民国
武侠小说
典藏文库

平江不肖生卷

民国
武侠小说
典藏文库

平江不肖生卷

近代侠义英雄传

第一部

平江不肖生 著

中国文史出版社

平江不肖生论（代序）[①]

张赣生

在民国通俗小说史上，若论起划时代的人物，便不能不提及平江不肖生，他不仅是推动中国通俗社会小说由晚清过渡到民国的一位重要作家，更是拉开中国武侠小说大繁荣序幕的开路先锋。

平江不肖生（1890—1957），原名向恺然，湖南平江人。他出生于一个富裕家庭，其祖父以经营伞店发家，其父向碧泉是个秀才，在乡里间颇有文名。向恺然五岁随父攻读，十一岁习八股，恰逢清政府废八股，改以策论取士，遂改习策论，十四岁时清政府又废科举，改办学校，于是向氏考入长沙的高等实业学堂。其时正值同盟会在日本东京成立并创办《民报》鼓吹革命，日本文部省在清政府的要求下，于1905年11月颁布"取缔清韩留日学生规则"，镇压中国留日学生的革命活动，引起留日学生界的强烈反对，同盟会发起人之一陈天华于12月8日在日本愤而投海自杀，以死激励士气。转年，陈天华灵柩运回湖南，长沙各界公葬陈天华，掀起了政治风潮，刚刚入学一年的向恺然就因积极参与这次风潮而被开除学籍，随后他自费赴日留学。

民国二年（1913），袁世凯派人刺杀了宋教仁，群情激愤。向恺然回国参加了"倒袁运动"，任湖南讨袁第一军军法官，讨袁失败后，他再赴日本，结交武术名家，精研武术，这使他成为民国武侠小说作家中真正精通武术的人；同时，他因愤慨一般亡命于日本的中国人之道德堕

---

① 本文节选自张赣生著《民国通俗小说论稿》。

1

落，执笔写作《留东外史》。民国四年（1915），向恺然重又归国，参加了中华革命党江西支部，继续从事反袁活动。袁世凯去世后，他移居上海以撰写小说谋生，直至1927年返回湖南，他的主要通俗小说作品均在这十年间先后问世。1930年至1932年，向恺然曾再度在上海从事撰著，但这一时期所作均为讲述拳术的短篇文章。1932年"一·二八"日寇进犯上海，向恺然应何键之请返回湖南创办国术训练所。1937年，抗日战争全面展开，他随二十一集团军转战安徽大别山区，任总办公厅主任，兼安徽学院文学系教授。1947年返湖南，1957年反右斗争后患脑溢血去世。

关于"平江不肖生"这一笔名的来历，向恺然在1951年写的简短"自传"中说："民国三年因愤慨一般亡命客的革命道德堕落，一般公费留学生不努力、不自爱，就开始著《留东外史》，专对以上两种人发动攻击。……因为被我唾骂的人太多，用笔名'平江不肖生'，不敢写出我的真名实姓。"此后他发表武侠小说时也一直沿用这一笔名。

至于"平江不肖生"的含义，向氏哲嗣在回忆文章中说："当时有人问为何用这'不肖生'？父亲说：'天下皆谓道大，夫惟其大，故似不肖。'此语出自老子《道德经》。原来其'不肖'为此，并非自谦之词。"其实这是向氏本人后来提出的一种解释，不一定真是采用这笔名的初意。《老子·六十七章》曰："天下皆谓我道大似不肖。夫惟大，故似不肖；若肖，久矣其细也夫。"这里的"不肖"是"不像""不类"的意思。道是抽象的，道涵盖万物之理，而不像某一具体物，从不像、不类、不具体，引申为"玄虚""荒诞"。这用以反驳某些人后来对《江湖奇侠传》的批评，颇能说明作者的立场；但在创作《留东外史》时采用这一笔名的初意却非如此，《留东外史》第一回《述源流不肖生饶舌，勾荡妇无赖子销魂》中说："不肖生自明治四十年，即来此地，……既非亡命，又不经商，用着祖先遗物，说不读书，也曾进学堂，也曾毕过业；说是实心求学，一月倒有二十五日在花天酒地中。近年来，祖遗将罄，游兴亦阑。"这段话把"不肖"二字的含义说得很清楚，应无疑义。

向恺然从写社会小说改为写武侠小说，是应出版商之请。包天笑在《钏影楼回忆录》中说："《留东外史》……出版后，销数大佳，于是海上同文，知有平江不肖生其人。……我要他在《星期》上写文字，他就答应写了一个《留东外史补》，还有一个《猎人偶记》。这个《猎人偶记》很特别，因力他居住湘西，深山多虎，常与猎者相接近，这不是洋场才子的小说家所能道其万一的。后来为世界书局的老板沈子方所知道了，他问我道：'你从何处掘出了这个宝藏者？'于是他极力去挖取向恺然给世界书局写小说，稿资特别丰厚。但是他不要像《留东外史》那种材料，而要他写剑仙侠士之类的一流传奇小说，这不能不说是一种生意眼。那个时候，上海的所谓言情小说、恋爱小说，人家已经看得腻了，势必要换换口味，……以向君的多才多艺，于是《江湖奇侠传》一集、二集……层出不穷，开上海武侠小说的先河。"这段话有助于我们了解向恺然的武侠小说。

　　向恺然是由晚清的通俗小说模式向新风格过渡的作家之一。因此，在他的小说中就必然存在着新与旧的两方面因素。从他最初的成名作《留东外史》来看，晚清小说模式的痕迹十分明显。

　　鲁迅在《中国小说史略》中谈到《官场现形记》《二十年目睹之怪现状》等晚清"谴责小说"时，曾指出："揭发伏藏，显其弊恶，而于时政，严加纠弹，或更扩充，并及风俗。虽命意在于匡世，似与讽刺小说同伦，而辞气浮露，笔无藏锋，甚且过甚其辞，以合时人嗜好"，是此类小说的共同特征。《留东外史》不仅在内容取材和创作思想上明显地带有晚清"嫖界小说"和谴责小说的痕迹，而且在故事的组织形式上也体现着晚清小说结构松散的时风，缺乏严谨的通盘考虑。我这样说，并非要否定《留东外史》的艺术成就，而是要表明客观存在的事实，《留东外史》是具有过渡性质的民初作品，它不可能完全摆脱晚清小说模式的影响。这是很自然的，《官场现形记》发表于1902—1907年，《二十年目睹之怪现状》发表于1902—1910年，《海上花列传》发表于1892—1894年，《海上繁华梦》发表于1903—1906年，《九尾龟》刊行于1906—1910年；当向恺然在民国三年（1914）撰著《留东外史》时，正值上述诸书风行之际，相距最近者不过三四年，《留东外史》与之实属于同时代产物，假若两者之间毫无共同之处，那反倒是怪事。

从另一个方面来看，《留东外史》之所以能称为过渡性质的作品，还在于它确实提供了新的东西，甚至在某种程度上有令人耳目一新之感。首先是他如实地描绘了异国风情，中国通俗小说中的外国，向来是《山海经》式的，《西游记》《三宝太监西洋记》《镜花缘》等不必说了；林琴南的小说原是翻译，但他笔下的外国也被写得面目全非；再看看晚清的其他作品，如《孽海花》中对欧洲的描写，大都未免流于妄诞。不肖生在《留东外史》中却能把日本的风土民俗写得生动、鲜明，这正是此书出版后大受读者欢迎的重要原因。但是，这还仅是浅层的新奇；更深一层来看，不论作者是否自觉地意识到要运用西方的创作方法，实际上他已经表现出这种倾向，如上所说之照实描绘异国风情，就是西方文学的"写实主义"方法，特别是在《留东外史》的某些段落中还显示了进行"心理分析"的倾向，这些都是从旧模式向新风格过渡的重要迹象。

总之，就《留东外史》总体而论，旧模式的深刻痕迹还是主要的，但不能因此而忽略它所显示的新倾向之重要意义。两方面的因素杂糅在一起，是过渡时期的必然现象。处于洪宪复古浪潮中的向恺然，能做到这一步已经难能可贵，不应对他提出不切实际的过高要求。看一看《玉梨魂》《孽冤镜》等在复古浪潮中极享盛名的扭捏之作，或许更有助于认识《留东外史》的可贵之处。

《留东外史》使向恺然崭露头角，但他之得享盛名却是因为写了武侠小说《江湖奇侠传》。

《江湖奇侠传》当年所引起的轰动，今天的读者或许难以想象得到。这部作品首刊于《红》杂志第二十二期，《红》杂志为世界书局所办周刊，1922 年 8 月创刊，至年底发行二十一期，转年始连载《江湖奇侠传》。1924 年 7 月，《红》杂志出满一百期，改名为《红玫瑰》，仍为周刊，继续连载，至 1927 年向氏返湘，遂由《红玫瑰》编者赵苕狂续写，现今通行的《江湖奇侠传》一百六十回本，自一百零七回起为赵氏所续。

《江湖奇侠传》掀起的热潮一直持续了十年。据郑逸梅《武侠小说的通病》一文说："那个付诸劫灰的东方图书馆中，备有不肖生的《江湖奇侠传》，阅的人多，不久便书页破烂，字迹模糊，不能再阅了，由馆中再备一部，但是不久又破烂模糊了。所以直到'一·二八'之役，这部书已购到十有四次，武侠小说的吸引力，多么可惊咧。"在《江湖奇侠传》小说一版再版的同时，由它改编成的连台本戏也久演不衰，更加轰动的是明星影片公司改编拍摄的《火烧红莲寺》，由当时最著名的影星胡蝶主演。沈雁冰在《封建的小市民文艺》（作于1933年）一文中说："1930年，中国的'武侠小说'盛极一时。自《江湖奇侠传》以下，模仿因袭的武侠小说，少说也有百来种吧。同时国产影片方面，也是'武侠片'的全盛时代；《火烧红莲寺》出足了风头……《火烧红莲寺》对于小市民层的魔力之大，只要你一到那开映这影片的影戏院内就可以看到。叫好、拍掌，在那些影戏院里是不禁的，从头到尾，你是在狂热的包围中，而每逢影片中剑侠放飞剑互相斗争的时候，看客们的狂呼就同作战一般，他们对红姑的飞降而喝采，并不尽因为那红姑是女明星胡蝶所扮演，而是因为那红姑是一个女剑侠，是《火烧红莲寺》的中心人物；他们对于影片的批评从来不会是某某明星扮演某某角色的表情哪样好哪样坏，他们是批评昆仑派如何、崆峒派如何的！在他们，影戏不复是'戏'，而是真实！如果说国产影片而有对于广大的群众感情起作用的，那就得首推《火烧红莲寺》了。从银幕上的《火烧红莲寺》又成为'连环图画小说'的《火烧红莲寺》，实在是简陋得多了，可是那疯魔人心的效力依然不灭。"这是一位极力反对《江湖奇侠传》者写下的实录，我认为他所描绘的这幅轰动景象是可信的。

如此轰动一时的《江湖奇侠传》，它的魅力在哪里？要说简单也简单，不过是把奇闻异事讲得生动有趣而已。

向氏初撰《江湖奇侠传》时，并无完整构思，只是随手摭拾湖南民间传说，加以铺张夸饰，以动观听，用类似《儒林外史》的那种集短为长的结构，信笔写来，可行可止。作者在此书第八回中说："说出来，在现在一般人的眼中看了，说不定要骂在下所说的，全是面壁虚造，鬼话连篇。以为于今的湖南，并不曾搬到外国去，何尝听人说过这些奇奇怪怪的事迹，又何尝见过这些奇奇怪怪的人物，不都是些凭空捏造的鬼话吗？其实不然。于今的湖南，实在不是四五十年前的湖南。只要是年在六十以上的湖南人，听了在下这些话，大概都得含笑点头，不骂在下捣鬼。至于平、浏人争赵家坪的事，直到民国纪元前三四年，才革除了这种争水陆码头的恶习惯。洞庭湖的大侠大盗，素以南荆桥、北荆桥、鱼矶、罗山几处为渊薮。逊清光绪年间，还猖獗得了不得。"就说出了此书前一部分的性质。

总之，《江湖奇侠传》有其不容忽视的长处，确实把奇闻逸事讲得生动有趣；但也有其不容忽视的短处，近乎于"大杂烩"，它之得享盛名，除了它自身确有长处之外，还与当时的环境条件有关，在晚清至民初的十多年间，中国通俗小说几经变化，公案小说和谴责小说的浪潮逐渐消退，"淫啼浪哭"的哀情小说维持不久已令人厌烦，此时向氏将新奇有趣的风土民俗引入武侠说部，道洋场才子之万不能道，自然使人耳目一新，其引起轰动也就是情理中应有之事了。

向恺然还写过一部比较现实的武术技击小说，即以大刀王五和霍元甲为素材的《侠义英雄传》，这部作品的发表与《江湖奇侠传》同时，于1923年至1924年间在世界书局出版的《侦探世界》杂志连载，全书八十回，后出单行本。或许是由于向氏想使此书的风格与《江湖奇侠传》有鲜明的区别，也或许是向氏集中精力撰写《江湖奇侠传》而难以兼顾，这部《侠义英雄传》写得不够神采飞扬，远不如《江湖奇侠传》驰名。此外，向氏还著有《玉玦金环录》《江湖大侠传》《江湖小侠传》《江湖异人传》等十余部武侠小说，成为二十年代最引人注目的武侠小说名家。

通观向氏的武侠小说创作，无论是《江湖奇侠传》或《侠义英雄传》，都还未能形成完善形态的神怪武侠小说或技击武侠小说风格。当然，对于这一点，我们不能苛求，向氏是一位过渡阶段的作家，他在民国通俗小说史上属于开基立业的先行者，他的功绩主要是开一代风气，施影响于后人。正是他的《江湖奇侠传》引起的巨大轰动，吸引了更多读者对武侠小说的关注，也推动报刊经营者和出版商竞相搜求武侠小说。后起的还珠楼主、白羽、郑证因、王度庐、朱贞木等都是在这种风气下，受报刊之约才从事武侠小说创作的，就这个意义上说，若没有向恺然开风气之先，或许也就不会有北派四大家的武侠名作。另一方面，向氏也的确给予后起的还珠、白羽、郑证因很大影响，只要看看还珠、白羽、郑证因早期的作品，就能发现其受向氏影响的痕迹。所以，向氏在民国通俗小说史上是一位重要的人物，他的功绩不容贬低，不能只从作品本身来衡量他应占的地位。

目　　录

3

序

太史公《游侠列传》记朱家、郭解事，其人皆倾动朝野，声名所被，虽妇孺亦知敬惮焉。余尝窃讶其为人，虽任侠豪宕有出乎其性者，然揆其实，其始皆椎埋屠沽之徒耳！目不窥圣贤之书、身不被儒者之服，动容周旋，跅弛不中乎礼节，果使人放言骤当吾前者，必且目眙而腹诽之，以为不足齿于士君子之林焉。乃其致名之烈，使时人尊戴而心附之如此，岂以其行事之有合于圣贤者耶，抑别有威胁而利诱之术乎？

虽然，以一人之智力，欲以掩尽天下人耳目，使之一一入我彀中，愚弄而儿抚之，此虽在帝王之尊，而亦有所弗能，矧一布衣横议之匹夫哉！谚有之："种瓜得瓜，种豆得豆。"为之因者，乃获其果，未有离因而致果者也。汤武以爱民而民归之，桀纣以暴民而民畔之，展禽行仁义而名显，盗跖恣睢怙恶而为万事怒，此皆因果之彰彰可考者也；然则任侠之流，其术足以使人输诚向往，而视之为仁人者，夫亦有所自矣。

自世之衰，礼失在野，公卿缙绅之间，不复言仁义，而力又足以挝楞楞小民，以自张其淫威。上下相失，怨讟日积，气运之所向，于是激昂慷慨游侠好义之士，遂激而挺生于世焉。其人虽未必读书习礼义，然天优其资秉，行事往往合于义，是非好恶之心，嚼然不淆，赴人之急，死生存亡以之，使神奸巨慝闻之束手而不敢肆，则人又焉得不畏威怀德而思感哉！

呜呼！侠之为道，盖貌异于圣贤而实抱己饥己溺之志者也，用虽不同，而所归则一。所谓慕义强仁者，固不必限于出处之如何，以其行事证之，固已远胜于貌为衣冠有学之流矣。继读《水浒传》，见所谓一百

1

单八人者，其言行志节，虽令人执鞭马前而亦甘之，忘其为绿林草泽儿也。嗟乎！此皆天地间气之所钟，而发为豪侠尚义之气，提携末世，以见天之生人，非尽碌碌死牖下者；虽然，世有其人，而苟无司马迁、施耐庵辈为之传，以垂于后世，则亦寂寂无闻，与蝼蚁乌鸢同朽耳，又岂能历千载而犹凛凛有生气哉？

太史公曰："烈士殉名，夫名之久，要系乎文字之力也！"平江不肖生者，今之振人也，为文善状轩奇侠烈之事。近著《近代侠义英雄传》，奇情壮采，栩栩纸上，书中所述者，虽未奇能谓之必有其人，然以寰宇之大，芸芸之众，意者其间必有异人出乎！然则不肖生之书，为非向壁虚构矣。抑有言者，男儿处乱世，不幸与笔墨为伴，郁郁怀利器而莫能展，则区区文字之间，又安知非自寄其磊落不平之气乎？非然者，抑何使人读之而感奋骚屑有不能自已者耶！

是为序。

民国十二年秋月沈禹钟

第一回

劫金珠小豪杰出世
割青草老英雄显能

话说前清光绪二十四年戊戌，因新政殉难的六君子当中，有一个浏阳人谭嗣同，当就刑的时候，口号了一首绝命诗道：

> 望门投止思张俭，忍死须臾待杜根；
> 我自横刀向天笑，去留肝胆两昆仑。

这首绝命诗，当时传遍了全国，无人不知道，无人不念诵。只是这诗末尾那句"去留肝胆两昆仑"的话，多有不知他何所指的。曾有自命知道的人，说那"两昆仑"，系一指康有为，一指大刀王五。究竟是与不是，当时谭嗣同不曾做出注脚，于今谭嗣同已死，无从证实，只好姑且认他所指的，确是这两个。不过在下的意思，觉得这两人当中，当得起"昆仑"两字，受之能无愧色的，只有大刀王五一人。至于康有为何以够不上"昆仑"两字，不俟在下晓舌，也不俟盖棺定论，看官们大约也都明白，也都首肯。但是大刀王五，是个什么人，如何当得起昆仑两字，如何倒受之能无愧色呢？在下若不说明出来，看官们必有不知道的，必也有略略知道而不详悉的。

这部书本是为近二十年来的侠义英雄写照，要写二十年来的侠义英雄，固不能不请出一位事业在千秋、声名垂宇宙的英雄，作一个开场人物。然二十年来的侠义英雄，声名事业，和大刀王五不相伯仲的，很有不少的人。这便不能不就这部书中，所要写的人物和事实当中，拣一位年代次序，都能与文字上以便利的，开始写来。大刀王五的事迹，又恰是年代次序，都能与文字上以便利，所以单独请他出来，作个开场人物。

好好的姓王行五，就叫做王五好咧，为什么却要加上"大刀"两字呢？姓名上有了这大刀两字，不论何人一听到耳里，便能断定这人是一个会武艺的。从来江湖上的英雄、绿林中的好汉，无人不有一个绰号。绰号的取义，有就其形象的，有就其性质的，有就其行为的，有就其身份的，有就其技艺的，不问谁人的绰号，大概总难出这五种的范围。

于今且借梁山泊上人物的绰号，证明这五种的取义来。曾读过《水浒传》的先生们，当读那一百零八人绰号的时候，读了"摸着天"和"云里金刚"这两个绰号，必知道杜迁、宋万二人的身量是很高的；"矮脚虎"王英是很矮的；"白面郎君"郑天寿是很漂亮的；"美髯公"朱仝、"紫髯伯"皇甫端，是胡须生得很好的。这种绰号，就是就其形象的取义。读了"霹雳火""拼命三郎"两个绰号，必知道秦明的性子最暴躁，石秀的性子最好勇斗狠。这种绰号的取义，便是就其性质的。读了"及时雨""鼓上蚤"两个绰号，必知道宋江是个肯周济人的，时迁是个当小偷的，这便是就其行为的取义。至于就其身份的，如"花和尚"鲁智深、"行者"武松、"船火儿"张横、"浪子"燕青等，很多很多，不胜枚举。"双鞭"呼延灼、"金枪手"徐宁、"双枪将"董平、"没羽箭"张清、"铁叫子"乐和、"玉臂匠"金大坚，都是就各人所长的技艺。

于今在下所写的大刀王五，是和梁山泊上的大刀关胜一样的。不论《水浒传》上，所写大刀关胜的写法，是一样一样的都模仿着《三国演义》上所写的关云长。关云长使的是青龙偃月刀，关胜使的也是青龙偃月刀。青龙偃月刀是马上临阵的兵器，长大是不待言，所以人称为"大刀关胜"。只是这种大刀，因是关云长曾用过，至今人都称关刀，并不称大刀。

几十年前的军队里，枪炮很少，大部分用的是蛇矛、刀、叉。这种刀在军队里，也占相当的地位，却不称为大刀，也不称为关刀。因为南洋器械中有这种刀，大家就称为"南洋刀"。不是军队里的人，不论如何会武艺的，使用这种的最少，为的是太长大、太笨重，极不适用。但王五何以又得了这大刀的绰号呢？原来北道上称单刀，也称大刀。《水浒》上既有个现成的大刀关胜，一般人便也顺口称大刀王五了，其实就是单刀王五。王五得这大刀的绰号，却不寻常，很有些好听的历史，待在下慢慢的写来。

王五的名和字，都叫做子斌，原籍是关东人，生长直隶故城，生得一副钢铜铁骨。小时候的气力，就比普通一般小孩子的大，又是天赋的一种侠义心肠，从小听得人谈讲朱家、郭解的行为，他就心焉向往。传授他武艺的师傅，就是他父亲的朋友，姓周，单名一个亮字。于今要写王五的事迹，先得把周亮的历史叙一叙。

周亮是保定府人，练得一身绝好的武艺，十八般兵器以内的，不待说是件件精通；就是十八般兵器以外的，如龙头杆、李公拐之类，也没一样不使出来惊人。周亮在十五六岁的时候，就在山东、河南、直隶一带，单人独骑的当响马贼。这一带的保镖达官们，没一个不是拼命的要结识他。结识了他的，每一趟镖，孝敬他多少，他点了头，说没事，便平安无事的一路保到目的地。若是没巴结得他上，或自己逞能耐，竟不打他的招呼，他把镖劫去了，还不容易讨得回来呢！不过他动手劫的镖，总是珠宝一类，最贵重而又最轻巧易拿走的，笨重的货物，再多的他也不要。

那时有几处镖行里，都上过这位周亮的当，打又实在打他不过，避也避他不了。各镖行都心想：我们既以保镖为业，倒弄得要仰周亮的鼻息。我们孝敬他银钱，他说给我们保，我们才能保；他说不给我们保，我们就真保不了。他反成了我们的镖手，岂不是笑话吗？于是大家要商议一个对付他的方法。只是周亮的本领高到绝顶，聪明机警也高到了绝顶，几家镖行所商议对付他的方法，起初无非是要将他弄死，哪里能做得到呢？三番五次都是不曾伤害得周亮毫发，倒被周亮用金钱镖，打瞎了好几个有声名的好手。弄到后来，差不多没人敢和周亮交手了。

周亮骑的一匹马，遍身毛色如火炭一般的通红。最容易使人认识的，就是全体的毛都倒生着，望去如鱼鳞一般。据说那匹马是龙种，日行六百里，两头见日，并不十分高大。保镖的达官们，远远的望见那匹马，即知道是周亮来了。曾在他手里吃过亏的，都望见马影子，就弃镖逃走了。周亮的威名越弄越大，保镖达官们的胆量，便越弄越小。

那时江湖上的人，也就替周亮，取了一个梁山泊上人物的现成绰号，叫做"白日鼠"。为什么把这样一个不雅驯、不大方的绰号，加在有大本领的周亮身上呢？这也是就其行为的取义。因为那时一般江湖上的心理，说绿林好汉，譬如耗子；保镖达官，譬如猫儿；所保的财物，譬如五谷杂粮。多存留了五谷杂粮的人家，若没有猫儿，耗子必是肆无忌惮的把五谷杂粮，搬运到洞里去，犹之财物有保镖的，就不怕绿林好汉来劫。然而周亮竟不怕保镖的，竟敢明目张胆来劫保镖达官所保的镖，这不是犹之大胆的耗子一般吗？公然敢白日里出现，心目中哪里还有猫儿呢？

几家镖行，既是没法能对付这"白日鼠"周亮，就只得仍走到巴结他的这条道路上去。但是每一趟生意，孝敬周亮多少银两，银两虽是取之客商，并不须镖行破费，然面子上总觉得过不去。后来却被几家镖行，想出一个妥当的巴结法子，和周亮商量，公请周亮做几家镖行里的大总头，大碗酒、大块肉的供奉着周亮，一次也不要周亮亲自出马，每趟生意恭送三成给周亮。周亮见各镖行都如此低头俯就，也就不愿认真多结仇怨，当下便答应了各镖行。

只是周亮是个少年好动，又是有本领要强的人，像这般坐着不动，安享人家的供奉，吃孤老粮似的，一则无功受禄，于体面上不大好看；二则恐把自己养成一个偷惰的性子，将来没精神创家立业。因此在镖行当这公推的大总头，当不到几月，便不肯当下去了。有人劝周亮自己开一个镖行，周亮心想也是，就辞了各镖行，独自新开了一个，叫做"震远镖局"，生意异常兴旺。山东西、河南北，都有震远镖局的分局。在震远镖局当伙计的，共有二三百人，把各镖行的生意，全部夺去了十分之八九。

一日，周亮亲自押着几骡车的镖，打故城经过。因是三月间天气，田野间桃红柳绿、燕语莺啼，周亮骑着那一匹日行六百里的翻毛赤炭马，在这般阳和景物之中，款段行来，不觉心旷神怡。偶然想起几年前，就凭着这匹马、这副身手，出没山东、河南之间，专一和镖行中人物作对，没人能在我马前，和我走几个回合，弄得一般镖行中人物，望影而逃。几十年来的响马，谁能及得我这般身手？绿林中人，洗手改营镖业的，从来也不在少数，又谁能及得我这般威震直、鲁、豫三省。怎的几年来，却不见绿林中再有我这般人，前来和我作对？可见得有真实本领的人很少。俗语道得好：人的名儿，树的影儿。有多么高的树儿，有多么大的影儿；有多么高的本领，便有多么大的声名。我于今的声名盖了三省，自然本领也盖了三省，怪不得没人敢出头和我作对。

周亮正在马上踌躇满志，高兴得了不得，觉得骡车行得太慢，强压着日行六百里的马，跟在后面，缓缓的行走，太没趣味。便招呼骡夫，尽管驾着车往前走，约了在前面杨柳洼悦来火铺打尖。遂将缰头一拎，两腿紧了一紧，那马便昂头扬鬣，从旁边一条小路，向一座树木青翠的小山底下飞走。

周亮用手拍着马颈项，对马笑着说道："伙伴，伙伴！我几年就凭着你，走东西，闯南北，得着今日这般地位、这般声望，何尝不是全亏了你！我知道你生成的这般筋骨，终日投闲置散，是不舒服的。难得今日这么好清朗的天气，又在这田野之间，没什么东西碍你的脚步，可尽你的兴致，奔驰一会儿，乏了再去杨柳洼上料。"那马就像听懂了周亮的言语似的，登时四蹄如翻银盏，逢山过山，逢水过水，两丈远的壕坑，只头一点，便钻过去了，一气奔腾了七八十里地。

周亮一则不肯将马跑得太乏；一则恐怕离远了镖，发生意外，渐渐的将缰头勒住。正要转到上杨柳洼的道路，只见路边一个须发都白的老头，割了一大竹篮的青草，一手托住篮底，一手用两个指头，套在竹篮的小窟窿里，高高的举在肩头上行走。周亮估量那大篮青草，结结实实的，至少也有一百斤上下，那老头一手托得高高的，一些儿也不像吃力。心中已是很有些纳罕，故意勒住马，一步一步的跟在后面走，想看

5

这老头是哪一家的。

老头只管向前走，并不知道后面有人跟踪窥探，也不回头望一望。周亮跟着行了十来里，见老头始终是那么举着，不曾换过手，心里不由得大惊，慌忙跳下马来，赶到老头面前，抱拳说道："请问老英雄贵姓大名，尊居哪里？"老头一面打量周亮，一面点了点头笑道："对不起达官，恕老朽两手不闲，不能回礼。老朽姓王，乡村里的野人，从来没有用名字的时候。现在人家都叫我王老头，我的名字，就是王老头了。"说话时，仍不肯将草篮放下。

周亮看了王老头这般神气，更料知不是个寻常人物，复作了一个揖道："小辈想到老英雄府上拜望拜望，不知尊意如何？"王老头且不回答周亮的话，两眼注视着那匹翻毛赤炭马，不住的点头笑道："果是名不虚传，非这般人物，不能骑这般好马。这倒是一匹龙驹，只可惜不能教它在疆场上建功立业；就退一步讲，在绿林中也还用得它着。"说时，回头望着周亮笑道："老哥的意思，以为何如，老哥现在是不是委屈了它呢？"周亮答道："如果有干城之将，效力疆场，小辈固愿将这马奉送；就是有绿林中人物，够得上做这马主人的，小辈也不吝惜，奈几年不曾遇着。若是老英雄肯赏脸将它收下，小辈可实时奉赠。"

王老头哈哈笑道："送给老朽驮草篮，那就更加可惜了。寒舍即在前面，老哥是不容易降临的贵客，老朽倒没有什么，小儿平日闻老哥的大名，非常仰慕，时常自恨没有结识老哥的道路。今日也是有缘，老朽往常，总是在离寒舍三五里地割草；今日偏巧高兴，割到十里以外去了，不然也遇不着老哥。"周亮听得，暗想这老头并没请教我姓名，听他这话，竟像是认识我的，可见得我的名头，实在不小。心中高兴不过，对王老头笑道："有事弟子服其劳，请你老人家把草篮放下来，小辈替你老人家驮到尊府去。"

周亮说这话的用意，是想量量这一大篮青草，看毕竟有多重。看自己托在手上，吃力不吃力。王老头似乎理会得周亮的用意，只随口谦让了两句，便将草篮放下来笑道："教老哥代劳，如何敢当？仔细弄脏了老哥的盛服。"周亮笑嘻嘻的将手中的马鞭和缰头，都挂在判官头上。

那马教练惯了的，只要把缰头往判官头上一挂，周亮走到哪里，它就跟到哪里，旁人谁也牵它不动。

周亮弯腰将草篮往手中一托，也照王老头的样，左手两个指头，套在草篮的小窟窿里，扶住草篮不教倾倒。王老头在前面走着道："老朽在前引道了。"

周亮将全身的力，都运在一条右臂上，起初一些儿也不觉吃力。草篮重不过一百二十斤，才跟着走了半里多路，便觉得右肩有些酸胀起来了，只是还不难忍耐；又行了半里，右臂渐渐有些抖起来了，左手的两个指头也胀疼得几乎失了知觉，草篮便越加重了分两似的。心里想换用左手托着才好，忽转念想起王老头，行了十来里，又立着和我谈了好一会儿，他并不曾换过手，且始终没露出一些儿吃力的样子。他的年纪比我大了好几倍，又不是个有大声名的人，尚且有如此本领，我怎么就这般不济，难道一半也赶他不上吗？他说他家就在前面，大约也没多远了，我这番若不忍苦，把这篮草托到他家里，未免太给他笑话。周亮心里既有此转念，立时觉得气力增加了好些。

王老头旋走旋抬头看看天色，回头向周亮笑道："请老哥去寒舍午饭，此刻也是时候了，老哥可能快些儿走么？"周亮是个要强的人，如何肯示人以弱呢？只得连连答道："随你老人家的便，要快走就快走。"王老头的脚步，真个紧了。可怜周亮平生不曾吃过这种苦头，走了里多路，已是支持不来了；在这支持不来的时候，更教他快走，他口里虽是那么强硬的答应，身体哪里能来得及，只把个周亮急得恨无地缝可入。

不知周亮这草篮如何下地，且俟第二回再说。

总评①：

　　此开宗明义第一回也。大概作文之法，起笔最难，古之善为文者，往往一出手间，其气魄声势，即足以笼盖全篇，小说

---

　　① 本书第一部和第二部前八回为陆澹庵评，第二部第九回起至第三部结束为赵苕狂评。

亦然。此书写近代之侠义英雄，而一出手间，先写一玮行奇节之谭壮飞；四句绝命诗，何等悲壮，何等阔大。此其气魄声势，真足以笼盖全书中无数侠义英雄矣！

此书以谭壮飞开端，而于壮飞戊戌殉难事，并不详细叙述，何也？曰："壮飞究非书中主人翁。作者不过借以引起全书诸侠义英雄而已。若复琐琐喋喋，叙述戊戌变政事，连篇累牍，取厌读者，便成笨伯矣。"

王五是前数回主人，其绰号"大刀"，人所共知，故此回中解释绰号一节，十分详尽。行文有不厌其略者，叙述谭壮飞之殉难是也；有不厌其详者，解释大刀王五之绰号是也。

写周亮路遇王老头一节，足为世之恃能而骄者，下一砭针。我尝谓子弟能阅正当之小说，有益心性不浅，非虚言也。

第二回

八龄童力惊白日鼠
双钩手义护御史公

话说周亮照王老头的样，托了那篮青草，已是走得支持不来了。王老头的脚步，走得更加快了许多。周亮生平不曾使用过这般笨力，教他如何能支持得下？心里一着急，就悔恨自己好端端的，为什么要多事，替他代什么劳，真是"是非只为多开口，烦恼皆由强出头"。这回只怕要把我好几年的威名，一朝丧尽。正要想一个支吾的方法，好掩饰自己力乏的痕迹，忽见从对面来了一个壮士，年纪约在三十左右，身上的衣服虽是农家装束，十分朴素，但剑眉电目、隆准高颧，很有惊人的神采。王老头远远的就向那壮士喊道："我儿来得正好，累苦了周大哥，快来把这篮青草接过去。"

那壮士走到了跟前，看了看周亮背后的马，才向周亮拱手笑道："就是江湖上人称'白日鼠'周亮周大哥吗？"周亮被肩上的这篮草，压得喘不过气来了，没说点头答礼，连回话都怕发声颤动，给人笑话。好在王老头十分通窍，连忙在旁答道："怎么不是呢？这是我儿平日时常放在口中称赞的周亮大哥。"遂指着壮士对周亮说道："这便是小儿王得宝，终日在家仰慕老哥的盛名，只恨不得一见，今日算是如了他的愿了。"

王得宝即伸手将草篮接过，只一只手托住篮底，左手并不勾扶。周亮这时的两手一肩，如释了泰山重负，不过用力太多，一时虽没了担负，然两膀的筋络，都受了极重大的影响，仿佛麻痹了一般，好一会儿还不能回复原状。王老头竭力向周亮慰劳，周亮越觉得面上没有光彩。

他万没想到在这荒僻地方，也能遇见这般有本领的人物，心想：亏得他父子是安分种地的农人，没心情出来和我作对。若他父子也和我一般的，在江湖上做那没本钱的买卖，有我独自称雄的份儿吗？于今我镖局里，正用得着这般人物，我何不将他俩父子请去，做个有力量的帮手呢？

周亮心中一边计算，眼里一边望着王得宝，独手擎着草篮，行若无事的往前走。旋走旋回头和王老头说话，说的是因家中的午饭已经好了，不见王老头割草回来，不知是什么缘故，有些放心不下，所以特地前来探看。

谈着话，没一会儿就到了一个村庄。王老头回头笑向周亮道："寒舍是已到了，不过作田人家，什物墙壁，都龌龊不堪，当心踏脏了老哥的贵脚。"周亮看这村庄的房屋，虽很矮小，却是瓦盖的，也有十多间房子。大门外一块晒粮食的场子，约有两亩地大小，几副石担、石锁，堆在一个角上，大小不等。小的约莫百多斤，大的像有七八百斤的样子，握手的所在，都光滑滑的，望而知道是日常拿在手中玩弄的。

一个八九岁的男孩子，从大门里跑了出来，向王老头呼着爷爷道："你老人家怎么……"话不曾说完，一眼看见周亮身后的那匹翻毛赤炭马，即截住了话头，两眼圆鼓鼓的，只管望着。王得宝喝了一声道："呆呆的望着干吗？还不把这草接进去喂牛。"那小孩吓得连忙走过来，伸出双手，接了那篮草。奈人小篮大，草篮比小孩的身体还高大，只得用双手捧着，高高的举起，走进大门里面去了。

周亮看了，惊得吐出舌头来，心里想道：若不是我亲眼看见，不论谁把今日的事说给我听，我也不相信是真的。周亮心里正在思量的时候，王得宝过来，接了缰头。王老头请周亮到里面一间房里坐下，周亮开口说道："便道拜府，实不成个敬意。小辈这番保了几车货物，和骡夫约了在杨柳洼打尖，本是不能在尊府厚扰的；不过像你老人家这般年老英雄，小辈深恨无缘，拜见得太晚。今日天赐的机缘，得邂逅于无意之中，更一时得见着父子公孙，三代的豪杰，心中实在不舍得立时分别。"王老头笑道："老哥说得太客气，老朽父子，都是乡村里的野人，什么也不懂的。平日耳里只闻得老哥的威名，今日见面，因看了那匹马，就想到非老哥不能乘坐，所以料知是你老哥。"

周亮听王老头的言语，看王老头的举动，心中总不相信是个乡村里作田的农人。谈到后来，才知道王老头在四十年前，也是一个名震三省的大响马，单名一个"顺"字。王顺当响马的时候，也是喜欢和保镖的作对，但他不是和周亮一般的，要显自己的能为；也不是贪图劫取珠宝。因他的生成的一种傲骨，说丈夫练了一身本领，当驱使没本领的人，不能受没本领人的驱使。与其替人保镖，如人家的看家狗一样，不如爽爽利利的，当几年强盗，一般的捞几文钱糊口。替人保镖，是受没本领人的驱使，哪有当强盗的高尚？王顺既是这般心理，因此就瞧不起一般保镖的。不问是谁人的镖，他只要能劫取到手，便没有放过的。

那时一般镖行对付王顺，也和对付周亮一样，不过周亮却不过情面时，自己也投入镖行。王顺却不过情面，就洗手再不做强盗了，改了业，安分守己的种地，做个农人。只是他儿子王得宝的性质，又和王顺相反。起初听得周亮当响马的种种行为，王得宝不住的叹息，说是可惜，怎么有这么好的身手，不务正向上？若一旦破了案，岂不白白的把一个好汉断送了。后来听得被几家镖行请去当镖头，不一会儿又听得开设震远镖局，王得宝才拍手称赞，说周亮毕竟是个好汉子，就很有心想结识周亮。只因知道周亮的年纪太轻，声名太大，王得宝恐怕周亮在志得意满的时候，目空一切，自己先去结识他，遭他的轻视，所以不肯先去。

若论王得宝的本领，并不在周亮之下。这回周亮到了王家，和王得宝说得甚是投契，彼此结为生死之交。周亮把王得宝请到镖局里，震远镖局的声名就更大了。王得宝在震远镖局，没几年工夫一病死了。临死的时候，将自己的儿子王子斌，托给周亮，要周亮带在跟前，教他的武艺。

王子斌就是周亮初次到王家的时候，在大门外看见的，那个双手捧草篮的小孩，天生牯牛一般的气力。王得宝在家的时候，已教给了他一些武艺。王得宝死时，王子斌才得十二岁，叔伯兄弟的排号第五，自己并没有亲兄弟。王子斌跟着周亮，在震远镖局学武艺，周亮自己没有儿子，将王子斌作自己亲生的儿子看待。

王子斌学艺，极肯下苦功，朝夕不辍的练了八年，已二十岁了。武艺练得和周亮一般无二，没一种兵器不使得神出鬼没。他平日欢喜用的，是一对双钩，比旁的兵器，更加神化。周亮见他武艺去得，每有重要的镖，自己分身不来，总是教王子斌去。绿林中人欺他年轻，时有出头与他为难的。他那一对双钩，也不知打翻了多少好汉，江湖上人因此都称他为"双钩王五"。

双钩王五一得名，周亮就得了一个不能动弹的病。原来周亮当响马的时候，常是山行野宿，受多了雨打风吹；又爱喝酒，两脚的湿气过重。初起仗着体质坚强，不拿他当一回事，一认真病起来，就无法医治了。上身和好人一样，能饮食、能言笑，只两条腿浮肿得水桶一般粗细，仅能坐着躺着，不能立着。

前回书中已经说了，他是个极要强、极好动的人，得了这种病，如何能忍受得了？便不病死，也要急死了。周亮死后，没有后人，王子斌感激周亮待自己的恩义，披麻戴孝的替周亮治丧，是周亮的财产，都交给师母，自己丝毫也不染指。当下把震远镖局收了，自己另开了一个，名叫"会友镖局"，取"以武会友"之意。

王子斌最好交结，保镖所经过的地方，只要打听得有什么奇特些儿的人物，也不必是会武艺的，他必去专诚拜谒。若是听说某处有个侠义男儿，或某处有个节孝的女子，于今有什么为难的事，他必出死力的去帮助，一点儿不含糊。略懂得些儿武艺的人，流落了不能生活，到会友镖局去见他，他一百八十的银两送给人家，丝毫没有德色。

那时合肥李鸿章用事，慈禧太后极是亲信他。满朝文武官员，不论大小，没一个不畏李鸿章的威势，也没一个不仰李鸿章的鼻息。偏有一个不识时务的御史安维峻，看不过李鸿章的举动，大胆的参了一折子，大骂李鸿章和日本小鬼订立《马关条约》，如何丧权辱国。这本参折上去，大触了慈禧太后之怒，立时把安维峻发口。发口就是充军，要把安维峻充到口外去。

这事在于今看来，原算不了一回事。在清朝当御史的人，名位虽是清高到了极处，生活又就清苦到了极处。一般御史的家里，每每穷得连粥都没有饱的喝。人一穷到了无可如何的时候，就免不得有行险侥幸的举动了。什么是一般御史行险侥幸的举动呢？就是拣极红极大的官儿，参奏他一下子。遇着那又红又大的官儿，正当交运脱运的时候，倒起霉来，这一折子就参准了，如明朝的徐阶参严世蕃一般。参倒了一个又红又大的官儿，即一生也吃着不尽了。怕的就是自己的运气，敌不过那又红又大的官儿。然而他自己，本来也在穷苦不堪的境况里面度日月，纵然参不着，或受几句申饬，或受些儿处分，正合了一句俗语，"叫化子遭人命，祸息也只那么凶"。

安维峻便是御史当中第一个穷苦得最不堪的。当立意参奏李鸿章的时候，本已料到是参不倒的，只因横竖没有旁的生活可走；预计这本折子上去，砍头是不会的，除却砍头以外的罪，都比坐在家中穷苦等死的好受。而这一回直言敢谏的声名，就不愁不震动中外，因此才决心上这一折子。

他上过这本折子之后，果然全国都震动了，北京城里更是沸沸扬扬的，连妇人孺子都恭维安维峻，是一个有胆有识的御史，是一个有骨气的御史。唯有满朝的官员，见慈禧太后正在盛怒之下，安维峻参奏的，又是满朝畏惧的李鸿章，竟没有一个人敢睬理安维峻。一个个都怕连累，恨不得各人都上一本表明心迹的折子，辩白得连安维峻这个人都不认识才好。谁还敢踏进安维峻的门，去慰问慰问他呢？就是平日和安维峻很要好的同僚，见安维峻犯了这种弥天大罪，就像安家害了瘟疫症，一去他家便要传染似的，也都不敢来瞧一瞧了。

好在安维峻早料到有这般现象，并不在意。不过他家境既是贫寒，自己发口虽不算事，妻室儿女，一大堆的人，留在北京，却怎么生活呢？并且自己的年纪也老了，这回充军充到口外去，口外的气候严寒，身上衣衫单薄，又怎么能禁受得了呢？他一想到这两层，不由得悲从中来，望着妻室儿女流泪。左右邻居的人见了，也都替安家伤感。

这消息传达得真快，一时就传到了双钩王五耳里。王五不听犹可，听了就拔地跳了起来，大声叫道："北京城里还有人吗？"这一声叫，吓得坐在旁边的人，都跳了起来。当时有一个自命老成的人，连忙扬手止住王五道："快不要高声，这书呆子弹劾的是李合肥，这本是不应该的。"王五圆睁着一双大眼，望了这说话的人，咬了一咬牙根，半晌才下死劲"呸"了一口道："我不问弹劾的是谁，也不管应该不应该，只知道满朝廷仅有姓安的一个人敢说话。就是说的罪该万死，我也是佩服他，我也钦敬他。我不怕得罪了谁，我偏要亲自护送姓安的到口外，看有谁能奈何了我！"

旁边那个人自命老成的，见王五横眉竖目、怒气冲霄，只吓得把脖子一缩，不敢再开口了。王五也不和人商量，自己检点了一包裹行李，吩咐了局中管事的几句话，立刻跑到安御史家里。

安维峻这时正在诀别家人，抱头痛哭。押解他的人，因这趟差使捞不着甜头，一肚皮没好气，哪管人家死别生离的凄惨，只一迭连声的催促上道。安家的老幼男妇，没一个不是心如刀割，为的就是安维峻一走，家中的生活，更没有着落；就和食贫的小户人家，靠一个得力儿子支持全家衣食，忽然把儿子死了的一般，教这一家人如何能不惨痛呢？

王五直走进安家，眼看了这种惨状，即向安维峻拱了拱手道："恭喜先生，恭喜先生！这哪里是用得着号哭的事？我便是会友镖局的双钩王五，十二分钦敬先生，这回事干得好，自愿亲送先生出口。我这里有五百两银票，留给先生家，作暂时的用度，如有短少的时候，尽管着人去我镖局里拿取，我已吩咐好了。"说时从怀中掏出一张银票来，双手递给安维峻。安维峻愕然了半晌，几疑是在梦中，接了银票，呆呆的望着出神。

王五遂朝着押解的人，点头笑道："这趟要辛苦诸位。安先生这里打点了些儿银两，送给诸位，只是数目太菲薄些，真是吃饭不饱、喝酒不醉，请诸位喝一杯清茶吧！"旋说旋从怀中抽出一个纸包来，递给为首的押解人。押解的接在手中，掂了一掂，很觉沉重，约莫也有百多两。这东西一到手，煞是作怪，押解人的神气态度，登时完全改变了。

安维峻看了王五这般举动，心里也不知是酸是苦，走过来向王五作了一个揖道："承义士慨助多金，邂逅之交，本不应受；但出自义士一番相爱的心，我若推让，反辜负了义士的盛意，只得拜义士之赐了。不过亲送出口的话，实不敢当，我有何德何能，敢叨义士这般错爱。"王五大笑道："满朝廷的大小官员，盈千累万，找不出第二个先生这般的呆子来。我王五不钦佩先生，却去钦佩哪个？我王五不护送先生，又有哪个来护送先生？各行各是，各求各心里所安，彼此都用不着客气。"安维峻听了，便点头不再推让。

这番安维峻因有王五护送，在路上饥餐渴饮，晓行夜宿，一些儿也不感觉痛苦。便是押解的人，也很沾着王五的好处。为的是王五在北道上的声名极大，这回护送安维峻的事，又传播得很远；沿途的江湖人物、绿林好汉，认识王五的，便想瞻仰瞻仰安维峻，看毕竟是个什么样的人物，能使王五这么倾倒；不认识王五的，就要趁此结识英雄。因此到一处，有一处的人摆酒接风，送安维峻的下程。

一路之上，王五代安维峻收下来的程仪，倒很有几千两。当时王五并没给安维峻知道，直待到了发配地点，王五才和盘托出来，交给安维峻道："这一点点银两，虽算不了什么，然也难得他们一片景仰的心，推却倒是不好，我所以都代先生收了，向他们道了谢。"安维峻长叹了一声道："他们谁不是看义士的颜面，我于今发配到此，哪用得着这许多银两。"王五知道安维峻说这话的用意，便说道："看先生留了多少在手中用度，余下来的，我替先生带到北京，送到先生府上去。"安维峻自然道好。

王五在那发配地盘桓了几日，一切都代安维峻安置停当了，才告别回京。安维峻感激王五的心自不待说，而王五只因有了这番侠义举动，从前的声名虽大，只是在江湖上的人知道，于今却是名动公卿了。江湖上的人，都仍是称他"双钩王五"。一般做官的，和因这番举动受了感触的人，竟都称他为"关东大侠"。他就因为这侠义的声名太大，便弄出杀身大祸来。

不知是什么杀身大祸，且俟第三回再说。

15

总评：

上回写周亮手托草篮，窘状毕露，此回急出王得宝，代为敷衍过去，适可而止，正是文章妙处。盖周亮异日，将为王五之师，作者不令其十分出丑，初非爱惜周亮，实亦回护王五也。

王老头之窘周亮，与黄石公之试张子房，用意正同；皆欲折其少年豪锐之气，期其大成耳。故王得宝一到，而王老头即处处为周亮掩饰。老年人热忱古道，用心如见。

文章之有线索，犹人身之有脉络也。此两回中，写周亮遇王老头一节，自始至终，以马为线索，看其叙述之时，处处不脱马字，最易令人着眼，读者不可以不察也。

文章有故意相犯者，如周亮出身响马，喜劫镖银；王顺亦出身响马，亦喜劫镖银。又有相犯而不犯者，如周亮洗手后，自设镖局；王顺洗手后，则隐居务农。一支笔写出两个人，有相犯处，有不相犯处，同而不同，方见文章之妙。

写周亮之见解高矣，接手写王顺之见解更高，此是文章进一层写法。

王顺云："大丈夫练了一身本领，当驱使没本领的人，不能受没本领人的驱使。"寥寥数语，真是豪杰见解，英雄口气。然天下有本领者多，而能驱使有本领者，何其少也。丈夫负才技，不得知己者用之，又羞与草木同腐，铤而走险，急何能择。不得流芳，亦当遗臭，此天下之所以乱也。作者笔及此，可谓慨乎言之。

行文宜识得宾主，譬如此两回中，王五主也，周亮宾也。至于王老头及王得宝，又宾中之宾也。故王老头父子一现之后，即便收却；而周亮亦于王五登场后，立即了结。作者惜墨如金，文章便不累赘。

作者写安维峻行险侥幸之心理，刻画入微，非深于世故者，不能道出。

16

三代之上，唯恐好名；三代之下，唯恐不好名。安维峻之参李合肥，虽属行险侥幸，然亦有一二分好名之心，存乎其间。就当时之官僚言，不可谓非庸中之佼佼者，此其所以能歆动王子斌也。

王五之助安维峻，不唯身受者感激涕零。即我今日读之，心中亦不知是酸是苦，侠义英雄之可爱如此，可敬如此。

写王五见义勇为，直有圣贤己饥己溺之心。士大夫谈仁说义，徒托空言，以视此辈，能无愧汗？

王五护送安维峻一节，打点押役，代收程仪，安置配所，照拂家眷，历落写来，十分细到。可知王五之为人，非徒以叫嚣击刺为能事者，气豪心细，方是英雄本色。

第三回

关东侠大名动京师
山西董单枪服王五

话说双钩王五，自护送安维峻出口回来，名动公卿，很有许多人，以得结识王五为荣幸。王五生性本来好客，会友镖局的食客，从前就时常住着三五十人，关东大侠的声名一传播出去，几千里以外仰慕他的人，都有来拜望的。会友镖局内几十间房屋，终年总是住得满满的，没一些儿隙地。

开的虽是镖局，事业就是替客商保镖，然王五本人，绝少亲自出马的时候，一切生意，都是打发伙友去。一来因他既有了这么高大的名头，只要扯的是他的旗号，谁也不敢转这趟镖的念头，用不着他亲自出马；二来他的结交既然宽广，应酬自很忙碌，哪有工夫给他出来亲自押镖呢？他每日除了清早起来，到他专练武艺的房里，练一两个时辰的武艺外，全是接见外来的宾客，拣那些有能耐的，谈论拳棒。

他那专练武艺的房间，是他亲自绘图、亲自监督着建筑的。各种长短兵器及各种远近大小暗器，都能在那间房里练习，极其便当。房中悬了一个沙袋，足重三百斤，就是会武艺的人，能打得起那沙袋的也很少。王五最会用腿，"鸳鸯拐""连环锁子脚"，都练得十分到家。他把沙袋悬齐膝盖，猛可的一抛膝打去，能将沙袋打得从头顶上翻到背后来，不等沙袋沾着腿弯，即向后一倒脚打去，又能不偏不倚的仍将沙袋从头顶上打翻到原处。有时打得兴发，两脚接连把三百斤沙袋，当鸡毛燕子一般抛打。

他练武艺的时候，听凭来他家的宾客，立在外面参看。那间练武艺的房子，周围墙壁，下半截全是嵌着大玻璃镜，自己练的姿势怎样，四面玻璃镜内，都看得出来。上半截安着透明玻璃，一扇一扇的门，可以打开来；便不打开门，立在外面的人，也能很分明的瞧着里面。有许多贵胄公子，因仰慕王五的本领，前来拜师。王五自己是个欢喜武艺的人，自巴不得一般有身份的人，也都欢喜武艺，因此凡是贵胄公子来拜他为师的，他无不收受，并无不尽心尽力的指教。本是个有名的镖师，这一来，又成了有名的教师了。他边练边教，总是清早起来。

这日早起，王五正带了四个徒弟，在那间房里练拳脚。外面来了四五十个客，都伸着脖子朝里张望。王五亲自使出一趟单刀，使得上紧的时分，外面看的人，齐声喝彩。王五听了这彩声，心中也自得意不过。一趟单刀使完，就听外面有人长叹一声道："这也值得喝什么鸟彩！这种彩，真喝得做铜钱响。嘎！好端端的一个小子，就完全断送在这喝彩的声里。"这几句话，因上半截的玻璃打开着，王五听得清清楚楚，不由得心里有些不自在起来。抬头看那说话的人，认得是一月前到会友镖局来的，年纪四十多岁，身体瘦弱得不成个样子，像是风都刮得起的。自称山西人，姓董，因是闻得双钩王五和关东大侠两个高大名头，特从山西来拜望的，一到会友镖局就害起病来。王五见这姓董的仪表，和痨病鬼一样，一到就病了，不曾开口谈过功夫，也就没把这人放在心上；只照着款待普通宾客的样，给房间他住，给饮食他吃喝。

姓董的病了半月，也不肯服药。镖局里的管事的，还怕他死在这里；几番问他，有亲戚在北京没有，他只是摇头说没有。管事的曾报告王五，请示怎么办法。管事的意欲将他驱逐出去，说是一个穷无所归的无赖，到这里来蒙饭吃的。王五不肯，说就是来蒙吃的，也没要紧，我不在乎这一点。如果死在这里，也不过多费些儿棺木钱，算不了什么。天下都知道我是个好客的人，岂可把害了病的宾客驱逐出去，只是得请他把他家乡的地名写出来，万一不幸，好着人去他家送信。

管事的说：他只肯说是姓董，连名字都不肯说，如何肯将家乡地名留出来呢？管事的对王五说这话的时候，凑巧又有客来了，打断了话头，王五的事情忙，过后就把这事忘了。这时一看，就是这个姓董的，王五心里不由得有些不服。

王五的性情，虽未必是个好面谀的，特好名要强的人，大都不服气有人当面鄙薄。当下即隔着玻璃，向姓董的招手，请他进来。姓董的点了点头，分开众人，走进房里。外面的人，也都听了姓董的说的话，这时看了他那种弯腰曲背、枯瘦如柴的模样，没一个不骂："大言不惭的痨病鬼"。

王五见姓董的进来，即拱了拱手说道："刚才说不值得喝彩的话，是从老兄口里出来的么？"姓董的点头应道："不错！不是人在这里喝彩，是铜钱在这里喝彩。我所以说喝得做铜钱响，你难道不以我这话为然么？"王五更加气愤，恨不得立刻动手打起来。只因自己毕竟是东家，不能不按捺住火性道："老兄何以见得我的单刀，不值得喝彩呢？"

姓董的冷笑了一笑，将脸一扬道："岂但单刀不值得喝彩，我还很懊悔这趟来得太冒昧，荒时废事，花费盘川。老实给你讲，你的武艺，我统统领教过了，简直没一件值得一看，何止单刀呢？"

王五听了这几句话，几乎把胸脯都气破了，只是仍勉强忍耐住说道："你懊悔冒昧与不懊悔冒昧，不干我的事。你在山西，我在北京，我又不曾发帖把你请来。你荒时废事，花费盘川，不能怨我。我家财虽不算富厚，然你所花费的盘川看是多少，我自愿照赔。不过你既说我的武艺，没一件值得一看，我此时也不必和你争论，倒要请你把值得一看的功夫，拿出来给我看看，我也领教领教。若再拿着一张空口来鄙薄人，那就谁也敢说这般大话了。"

姓董的听了，将眉头一皱，登时拿出教训小孩的声口说道："你这话说得好不懂事。我做梦也没想到，你竟是这般不行的人物。你说你不曾发帖请我来，不错，但是，我在山西，你在北京，我和你非亲非故，北京多少万户人家，我为什么不去，为什么独到你家来？你说不曾发帖，你可知道比发帖还要认真的道理么？你姓王行五，怎么不爽爽利利的叫王五，要叫什么双钩王五呢？又为什么要叫关东大侠呢？这两个名目，不是你发出去请人的请帖吗？你一点儿实在本领没有，却顶着两个这么大的招牌，骗起南北的英雄，不远数千里来拜望你，你不知道惭愧，反竭力的护短，你仗着你有钱，可以赔人家的盘川么？你要知道，有真实本领的人，谁把你这点儿家财看在眼里？我若望你送盘川，也不是这么苦口婆心的教训你了。"

姓董的这番话，说得外面的人都变了颜色，王五哪里再能忍受得了，只气得大声叫道："你这东西，欺我太甚了！我不领教你几手，我死不甘心。"说时用手中单刀，指着姓董的道："看你用的什么兵器，这架上都有。你有话，且等胜了我再说。"姓董的鼻孔里"哼"了一声问道："你就使单刀么？"王五道："是。"姓董的摇头道："不行！你既是真要领教，你的双钩有名，你得使双钩，我才肯教你。"

王五这时恨不得把姓董的生吞了，懒得多说话，耽搁时刻，即从兵器架上换上双钩，暗想：这东西合是找死，他哪知道我双钩的厉害！王五握着双钩在手，问姓董的道："你使什么？快点儿去拣称手的使吧。"

姓董的有神没气的样子，走到兵器架子跟前，将所有的长短兵器，一件一件的端详了一会儿，不住的摇头道："这许多兵器，没一件称我的手，这却怎么办呢？"王五恨得磨牙切齿的问道："都嫌轻了么？有重的，看要什么有什么，立刻就可拿来给你。"姓董的打着哈哈道："这里的都嫌重了，再要重些，使动起来，不会把你捣成肉泥吗？这较量手脚，岂是当耍的事。兵器没生着眼睛，设有万一差错，只要伤损了你一根寒毛，天下英雄就要笑我姓董的欺负后辈，不是好汉。"

王五气得几乎要哭了出来，倒勉强照样打了个哈哈道："难道我的双钩，就长了眼睛？我劝你不要支吾，不要啰唆了吧！终不成你说没有称手的兵器，便不较量了吗？"姓董的也不答话，只抬头四处张望，和寻找什么似的；一眼看见玻璃外面，一根撑帘子五尺多长的小竹竿，即指着笑道："那东西倒可用。"立在竹竿跟前看的人听了这话，随将那竹竿递了进来。姓董的接在手中，晃了两晃笑道："有了这东西，我就放心和你动手了，你就把平生看家的本领，尽量使来吧！"

王五看那竹竿，不过大拇指粗细，心想如何能当兵器使呢？我便打赢了他，天下英雄不要笑我无能吗？有这种竹竿在手里，倒不如空手好打，我打赢了他，算得什么咧？我不要上他的当，想罢便说道："你不敢和我较量，不妨直说出来，我王五素来不欺负人的，不要是这么做作。你以为不用兵器，便打输了也不算丢人么？我不会上你这当，不敢较量就快说。"

姓董的拿竹竿指着王五道："你这东西，真不识好歹，我好意怕兵器伤了你，才用这竹竿，你倒有这些屁放。"王五道："你就不怕我的兵器伤了你吗？"姓董的现出不耐烦的神气道："要打就快动手，我没这多精神，和你只管说闲话。你的兵器，能伤得着我，我又怎么会说不值一看呢？"

王五到了这时，实在忍气不过了，即向四围看的人抱拳说道："请诸位做个证人。这人欺我太甚！"看的人也都气姓董的不过，齐声答道："尽管放胆动手，有我等作证便了。"

王五将双钩一紧，立了个门户，望着姓董的道："你是我这里的客，让你先来吧。"姓董的道："要我先来吗？也好，我先将来的手法，说明给你听吧，使你好招架。我用'中平枪'杀你，仔细，仔细。"说着，将竹竿朝王五胸前中平刺去。

王五也不敢怠慢，左手钩起，捺住竹竿，右手钩正要滚进去。作怪，只觉竹竿一颤，左手的钩，即不由自主的反转来了。竹竿从握钩的手腕里反穿过来，竿头抵住前胸。那竿有五尺多长，右手的钩短了，哪里滚得进去呢？左手因翻了转来，掌心朝天，有力无处使。

姓董的拈住竹竿，一抽一送，下下点在王五的胸脯上，笑嘻嘻说道："你看！这若是真枪，不送了你的命吗？"王五气得将右手的钩一丢，打算把竹竿夺过来。谁知钩才脱手，姓董的已将竹竿抽回去，笑道："有钩尚且如此，何况丢钩？"王五这一气，就更觉厉害了，连忙拾起地上的钩道："你敢再和我走一趟么？"姓董的道："只看你敢不敢，怎的倒问我咧？我又老实说给你听吧，中平枪乃枪中之王，莫说你这一点儿功夫没有的人招架不了，就比你再强三五倍的人，也不容易说到招架我的中平枪。我这回拣你好招架的使来，听真吧，我使的是'铁牛耕地'，杀你的下三路。"

话才说了，竹竿已点进王五的膝盖。王五稍退半步，让过了竹颠，不敢再用钩去挡他，只用右手钩一闪，腾步直朝姓董的前手钩去。哪里来得及？右手的钩未到，左手的钩又被竹竿一颤动，更连膀膊翻到了背

22

上。因从下三路杀来，王五虽不用钩去撩竹竿，然既要消退前脚，又要用右手进杀，左手的钩势不能向后。哪知一向后便坏了，竹竿本不能着力，正要借着左钩向后的势，一颤就到背上去了。竹竿在背上，也和初次一般的一抽一送，口里连问："服了么？"

王五的一对双钩，在北道上逞了好几年的威风，不但不曾亲遇这般对手，并不曾有这般神化的枪法。两次都没有施展手脚的余地，就被这么小小的一条竹竿制住了，连动也不能动，虽欲说不服，也说不出口了，只得点头道："服了！"

姓董的抽出竹竿来笑道："何如呢？"王五放下双钩道："兵器是输给你了，但是我还得领教你两趟拳脚，你说怎么样呢？"姓董的微微点头道："我也知道你心还是不服，也罢！你既说出'领教'两字，我在你家叨扰了这么多的日子，不能吝教。不过你真要领教拳脚，得依我一句话，依得就行，依不得作罢。"

王五问道："一句什么话？大概没有依不得的。"姓董的指着立在房角上的四个徒弟道："拿一床大被来，教他四人，每人牵住一角，等着接你。你跌在大被里面，免得受伤。拳脚不比兵器，非教你真跌，就得认真将你打伤，打伤了你，固是给天下英雄笑话我；就是跌伤了你，何尝不是一般的要受人笑话呢！这地下太硬，跌下去难得不伤。"

王五只气得半晌开口不得，停了停才说道："我自愿跌伤，不用是这么吧！"姓董的不肯道："自愿跌伤也不行，你依不得，就不要领教吧。"王五只是不服这口气，心想：这东西的身体，拢总不到六七十斤重，随便就将他提起来了，他难道会法术吗？不见得牵了大被，就真个能把我跌进被里去。我若一把抓住了他，怕他不进被吗？那时就出了我这口恶气了，我又何必不肯呢？"主意已定，即对四个徒弟道："你们就去拿一床大被来，我倒要和他见个高下。"徒弟立刻跑到里面，抱了大被来，四人将四角牵了。

姓董的笑向四个徒弟道："你们师傅的身体不轻，你们各人都得当心点儿牵着，一个人没牵牢，就得把你们师傅的屁股，跌做两半个呢！"说得四个徒弟和外面看的人，都哄笑起来了。唯有王五气青了脸，一点笑容没有，只把两个袖口往上捋，露出那两条筋肉突起的臂膊来。

不知二人走拳，毕竟胜负谁属，且俟第四回再说。

总评：

  此回开首，先写王五之名望如何大，交游如何广，应酬如何忙。粗阅之，以为作者铺张扬厉，特地为王五抬高身份计耳！读至后文，方知种种铺张，实暗写王五立身处世之大病，王五具此数病，于是乎神针法灸之山西董来矣。作者于此用意甚深，读者非细心阅之，不易悟也。

  将写王五之大受挫辱，却先极力夸张其武艺之精绝，此是反跌法；抬得愈高，则跌得愈重，亦是做文章不二法门。

  作者写山西董之前，却先写会友镖局诸食客，作为陪衬。一方诮谇，一方鄙薄，两人对照，益增奇趣。

  施耐庵作《水浒传》，写一百零八人，各人有各人之性情，各人有各人之气魄，举止口吻，绝不相混，此其所以为奇书也。作者深得耐庵之笔法，同一描写侠义英雄，而其神情口吻，亦各不相同。譬如此回所写之山西董，其出言吐语，字字尖利，句句刻薄，令人受不得、怒不得、哭不得、笑不得，妙趣环生，如闻其声。至描写态度，尤能刻画入微，一种倨寒笑傲之情状，跃然如在纸上，以视《水浒》，无多让也。

  以貌取人者，鲜不失贤才，古人言之数矣，拳艺亦然。彼身高八尺，腰大十围者，未必便是力士；而短小尪瘰，望之若病夫者，未必无拔山扛鼎之勇，是在具慧眼者为能识之耳！此回写山西董赢弱善病，行将就木之状，与王五之魁梧健壮，适成一反比例。入后则魁梧壮健者，乃反为彼病夫所扼制，不能一展其手足。在文情固诡变不测，即以事实言，人世间事，往往如此，初非作者之故弄狡狯，出人意外也。

  古来英雄豪杰，最不肯服人，亦最肯服人。王五闻山西董鄙夷之言，赫然震怒，是英雄之不服人处也；入后一败再败，五体投地，是英雄之肯服人处也。处处服人，是为巽懦；处处不服人，是为刚愎。不巽懦，亦不刚愎，是为英雄，是为豪杰。

  写王五两次与山西董交手，兵刃相接，了然如见，非深知技击者，断然说不出来，小说之不易作在此。

第四回

王子斌发奋拜师
谭嗣同从容就义

话说王五自信拳脚功夫，不在人下，并且看这姓董的身量，不过六七十斤轻重，自己两膀足有四五百斤实力，两腿能前后打动三百斤沙袋，平常和人交手，从没有人能受得了他一腿。暗想：这姓董的身体，只要不是生铁铸成的，三拳两脚，不怕打不死他。他纵然手脚灵便，我有这么重的身躯，和这么足的实力，好容易就把我打进被窝里去吗？王五心里这般一设想，胆气便壮了许多，将袖口捋上，露出两条筋肉突起，又粗壮、又坚实的臂膊来，对空伸缩了几下，周身的骨节一片声嗟嗟的响。

窗外的人，看看这般壮实的体量，实有驯狮搏象的气概，又不禁齐声喝彩。一个个交头接耳的议论，都说姓董的不识相，赢了双钩还不收手，这番合该要倒运了。不说窗外的人是这般议论，就是手牵着被窝的四个徒弟，也都是这般心理，以为兵器可以打巧，拳脚全仗实力。

姓董的也不管大众如何议论，笑嘻嘻的望着王五道："你打算要怎生跌呢，只管说出来，我照你说的办理便了。"王五怒道："你欺人也未免太甚了，还不曾交手，你就知道胜负在谁吗？我倒要问你，看你打算怎么跌，我也照你的话办理便了。"姓董的仍是笑道："既是这么说，好极了，我于今打算要仰起跌一跤，你若办不到，我便将你打得仰跌在被窝里。"说时向四周看的人拱手笑道："诸君既愿替他做证，也请替我做个证，是他亲口问我要怎么跌，我说了要仰跌的。"

王五见姓董的只管啰唣，气得胸脯都要破了，大吼一声道："住嘴！

25

尽管把本领使出来吧。"姓董的倒把双手反操在背后道："我已占了两回先，这回让你的先吧！"

其实较量拳棒，不比下棋，下棋占先的占便宜，拳棒先动手的反吃亏些。这个道理，王五如何不懂得呢？见姓董的让他先动手，便说道："你毕竟是客，仍得请你先来。"姓董的放下一个右手来，左手仍反操着，并不使出什么架势，就直挺挺的站着，说一声："我来了！"即劈胸一拳，向王五打去。

王五见他打来的不成拳法，只略略让开些儿，右腿早起，对准姓董的左肋踢去。以为这一脚，纵不能把姓董的踢进被窝，也得远远的踢倒一跤。谁知姓董的身体，电也似的快捷，看不见他躲闪，已一闪到了王五身后，右手只在王五的后臀上一托。王五一脚踢去的力太大，上身随势不能不向后略仰，后臀上被姓董的一托，左脚便站立不稳；姓董的顺势一起手，王五就身不由己的仰面朝天，跌进了被窝里面。

四个徒弟虽牵着被窝立在房角上，心里都以为不过是形式上是这么做作，岂有认真跌进被窝之理？所以手虽牵着，并没注意握牢。王五的体量又重，跌下去如大鱼入网，网都冲破。

王五一跌到被里，即有两个徒弟松了手。这一跤跌得不轻，只跌得屁股生痛，好一会儿才爬起来，羞得两耳通红，但是心里还有些不服。因自己并不曾施展手脚，又只怪自己见姓董的打来的手，不成拳法，存了轻视的心，以致有此一跌。若当时没有轻敌的心，姓董的右手向我的后臀托来，我的腿能前后都踢得动三百斤，何不趁姓董的闪到身后的时候，急抽脚朝后踢去呢？怕不将他踢得从头顶上，翻倒在前面来吗？王五心里正在这么思想，姓董的已笑着问道："已打得你心悦诚服了么？"王五随口答道："这样跌不能上算，只怪我上了你的当。要我心悦诚服，得再走一趟，若再是这么跌了，我便没有话说了。"

姓董的点点头，望着四个徒弟道："你们这么高大的身量，不会功夫，难道蛮力也没跟你们师傅学得几斤吗？怎么四个人抬一个人也抬不起呢？你这个师傅，跌死了没要紧，只这外面看的许多人，教他们去哪里营生？天下还寻得出第二个这么好奉承、养闲人的王五么？你们这回须得仔细，不要再松手，把你师傅跌了。"外面看的人，听了这些话，一个个羞得面红耳赤。

王五这时连输了三次的人，心里虽是不服，却也不免有些害怕。换一个方面站着，离被窝很远，心想：就是打他不过，只要不再跌进被窝，面子上也还下得去一点儿。可怜他这回哪里还敢轻敌，自己紧守门户，专寻姓董的破绽。二人搭上手，走了三四个回合，王五故意向前一腿踢去，姓董的果然又往身后一闪。王五正中心怀，不待姓董的手到后臀，急忙将腿抽回，尽力向后踢去。哈哈，哪里踢着了姓董的？那脚向后还未踢出，姓董的就和知道王五的心思一般；王五的脚刚向后踢去，姓董的手已到了王五的小腹上，也是趁王五上身往前一俯的时候，将手掌朝上一起。王五的左脚又站立不牢，仿佛身在云雾里飘然不能自主，一霎眼就背脊朝天，扑进了被窝。

这回牵被的四个徒弟，却握得坚牢了，四人都下死劲的拉住。王五扑到里面，虽不似前回跌得疼痛，只是被窝凭空扯起，软不受力，哪里挣扎得起来呢？右边的手脚用力，身体就往右边侧倒；左边的手脚用力，身体就往左边侧倒。一连翻滚了几下，只气得圆睁二目，望着前面两个徒弟喝道："再不放手，只管拼命拉着干什么呢？"两个徒弟这才把手松了。

王五从被窝里翻到地下，也不抬头，就这么跪下，朝着姓董的叩头道："我王子斌瞎了眼，不识英雄，直待师傅如此苦口婆心的教导，方才醒悟，真可谓之'下愚不移'了。千万求师傅念王子斌下愚，没有知识，收作一个徒弟，到死都感激师傅的恩典。"姓董的满脸堆笑的将王五拉了起来说道："你这时可曾知道，你的功夫还不够么？"王五道："岂但功夫不够，还够不上说到'功夫'两个字呢！不是师傅这般指教，我王子斌做梦也梦不到，世间竟有师傅这般功夫咧！"

姓董的哈哈笑道："你固然够不上说到'功夫'两字，难道我就够得上说这两个字吗？功夫没有止境，强中更有强中手。功夫的高下，原没什么要紧，即如你于今开设这会友镖局，专做这保镖的生意，有了你这般的功夫，也就够混的了。在关内外横行了这么多年，何曾出过什么意外岔事？你的功夫，便再好十倍，也不过如此。但是江湖上都称你做'双钩王五'，你的双钩就应该好到绝顶，名实方能相称，不至于使天下英雄笑你纯盗虚声。你现在既虚心拜我为师，我就收你做个徒弟也使得，不过我有一句话，你须得听从。"

王五喜道："师傅请说，不论什么话，我无不听从便了。"姓董的道："你于今尚在当徒弟的时候，当然不能收人家做徒弟。你的徒弟，从今日起，都得遣散。"王五连连答道："容易，容易！立刻教他们都回去。"姓董的道："还有一层，你既想练功夫，便不能和前此一般的专讲应酬，把练功夫的心分了。目下在你家的食客，一个也不能留在家里，请他们各去自寻生路，免得误人误己，两方都不讨好。你依得我的话，我便收你做徒弟。"

王五听了这话，望着外面看的人不好回答。食客中略知自爱的，都悄悄的走了，只剩下几个脸皮坚厚的人。王五认识这几个，正是姓董的害病的时候，在管事的人跟前进谗，出主意要把姓董的驱逐的人，到这时还贪恋着不去，王五也就看出他们的身份来，只好教管事的，明说要他们滚蛋。

王五的徒弟和食客，都遣散了之后，姓董的才对王五说道："你知道我这番举动的意思么，何尝是为的怕分了你心呢？你要知道，我们练武艺的人，最怕的就是声名太大。常言道：'树高招风，名高多谤。'从来会武艺、享大名的，没一个不死在武艺上。你的武艺，只得如此，而声名大得无以复如，不是极危险的事吗？我所以当着一干人，有意是那么挫辱你，就是使大家传播出去，好说你没有实在功夫，二则也使你好虚心苦练。我于今传你一路单刀。十八般武艺当中，就只单刀最难又最好。单刀也称大刀，你此后改称'大刀王五'，也觉得大方些。双钩这种兵器，是没有真实本领的人用他讨巧的，你看从来哪一个有大能为的人，肯用这类小家子兵器。你学过我的单刀，大约不会有遇着对手的时候，万一遇着了对手，你不妨跳出圈子，问他的姓名；再把你自己的姓名报出来。他若再不打招呼，你就明说是山西老董的徒弟，我可保你无事。"

王五欣然跟山西老董，学会了一路单刀，从此就叫"大刀王五"，不叫双钩王五了。山西老董去后，王五虽仍是开着会友镖局，做保镖的生意，只是镖局里不似从前那般延揽食客了，所常和王五来往的，就只有李存义、李富东一般，有实在本领而又是侠心义胆的人。

那时谭嗣同在北京，抱着一个改良中国政治的雄心，年少气壮，很有不可一世之概；生性极好武艺，十几岁的时候，就常恨自己是个文弱书生，不能驰马击剑。每读《项羽本纪》，即废书叹道："于今的人，动辄借口'剑一人敌不足学'的话，以自文其柔弱不武之短，殊不知要有扛鼎之勇、盖世之气的项羽，方够得上说这'一人敌不足学'的话。于今这些手无缚鸡之力的人，岂足够得上说'学万人敌'的吗?"他读到《荆轲传》，又废书叹道："可惜荆轲只知道养气，而不知道养技。荆卿的气，可以吞秦政，而技不能胜秦政，以致断足于秦廷，而秦政得以统一天下。至于秦人武阳，则气与技皆不足道，反拖累了荆卿。若当时荆卿能精剑术，何至等到图穷匕首方才动手，更何至相去咫尺，动手而不能伤损秦政毫发呢？秦政并不是一个如何会武艺的人物，可见得荆卿不过是一个有气魄的男子，武艺比聂政差的太远。聂政刺韩傀，和荆卿刺秦政一样，但是秦政的左右侍卫，都是手无寸铁没有抵抗力的人，荆卿又已到了秦政跟前，秦政一些儿不防备；不像韩傀的巍然高坐，当下许多武士，都拿着兵器护卫，韩傀更身披重甲，这时若要荆卿去刺，说不定还跑不到韩傀跟前，就要被堂下的执戟武士杀翻了。能够和聂政一样，如入无人之境地把韩傀刺死了，还杀死许多卫士，才从容自杀吗?"

谭嗣同少时，便是这般心胸，这般见解，到壮年就醉心剑术，凡是会武艺的人他也是诚心结纳。王五本有关东大侠的声名，谭嗣同和他更是气味相投。

谭嗣同就义的前几天，王五多认识宫中的人，早得了消息，知道西太后的举动，连忙送信给谭嗣同，要谭嗣同快走；并愿意亲自护送谭嗣同，到一处极安全的地方。谭嗣同从容笑道："这消息不待你这时来说，我早已知道得比你更详确。安全的地方，我也不只有一处，但是我要图安全，早就不是这么干了。我原已准备一死，像这般的国政，不多死几个人，也没有改进的希望，临难苟免，岂是我辈应该做的吗？"

王五不待谭嗣同再说下去，即跳起来，在自己大腿上拍了一巴掌道："好呀！我愧不读书，不知圣贤之道。得你这么一说，我很悔不该拿着妇人之仁来爱你，几乎被我误了一个独有千古的豪杰。"

过不了几日，谭嗣同被阿龙宝刀腰斩了，王五整整的哭了三日三夜，不愿意住在北京听一般人谈论谭嗣同的事，独自带了盘川行李到天津，住在曲店街一家客栈里。

这时正是戊戌年十一月初间，一连下了几天大雪，王五住在客栈里，也没出门。这日早起，天色晴明了，王五正在檐下洗脸，只见街上的人来来去去的，打客栈大门口经过，仿佛争着瞧什么热闹似的。王五匆忙洗了脸，也走到大门口，向两边望了一望，见左边转拐的地方，围着一大堆的人，在那里观看什么。王五横竖是到天津闲逛的人，也就跟着行人，向那边转拐的地方走去。

走到跟前一看，并没有什么新鲜东西，就只淮庆会馆的大门前面，一颠一倒的卧着两个滚街的大石滚子，每个约莫有八九百斤轻重。许多看的人，都望着两个石滚，摇头吐舌。王五莫名其妙，望望石滚，又望望旁边的人，实在看不出这两个石滚，有什么出色惊人的所在，能轰动这么多人来看；且看了都不约而同的摇头吐舌。再看淮庆会馆的大门上，悬着一块"淮庆药栈"的牌子，会馆大门里面，一片很大的石坪，石坪里也立着好几个人，看那些人的神气，也像是闲着无事，在那里看热闹的。

王五是个很精细的人，有些负气不肯向人打听，既见许多人都注意这两个石滚，便在石滚的前后左右仔细察看。这时街上的雪，虽已被来往的行人，踩躏得和粥酱一般，然还仿佛看得出两条痕迹来。什么痕迹呢？就是这个石滚，在雪泥中滚压的痕迹。看那痕迹的来路，是从淮庆会馆的大门口滚来的，两个都滚了一丈多远。王五即走近大门，看门限底下一边压了一个圆印，深有三四分，大小和石滚的两当不差什么。圆印靠外面的一方，比里面的印深两分，并一个压了一条直坑，也有三四分深浅，像是石滚倒下来压的。王五看了这些痕迹，心里已明白是有大力量的人，显本领将石滚踢开到这么远的，但是心里也就纳罕得很，暗想：我踢动三百斤的沙袋，已是了不得的气力了，然而沙袋是悬空的、是游荡的，踢动起来比这着实的自然容易；若将三百斤沙袋搁在地下，我也不见得能踢动。这两个石滚有这么粗壮，每个至少也有八百斤，一脚踢倒也不容易，何况踢开到这么远呢？并且看这两个石滚，一颠一倒，倒在地下的，本是一个圆东西，要他滚还不算出奇；就是这竖起来的，踢得他一路跟斗翻倒那么远，这一脚没有千多斤实力，哪能踢得如此爽利？王五想到这里，忽然转了一个念头，以为决不是用脚踢的。

不知王五何以想到不是用脚踢的，是何种理由，毕竟猜想的是否不错，且俟第五回再说。

总评：

　　王五者，固不世出之英雄也，乃以名望之大，交游之广，应酬之忙，几乎为世俗所累，日趋于堕落而不自知，此有识者之所深惜也。山西董爱王五之才，不忍坐视其堕落，乃挫辱之以折其气，指导之以进其艺，婆心苦口，其有造于王五者深矣！

　　叙事之重叠者，或宜参差，或宜整齐，当视其地位而定。应参差而整齐之，则嫌呆板；应整齐而参差之，则见凌乱，是亦作文者所宜知也。此两回中，写王五与山西董交手，用兵刃者两次，比拳脚者两次，布局非常整齐，与第一回叙绰号一段，笔法完全不同，彼此参观可悟叙事重叠之法。

　　王五绰号"大刀"，人所共知。前文乃屡称其为双钩手王五，读者阅之，度必有怀疑而莫释者，直至此回，方将"大刀"二字，郑重说明，用笔令人不测。

　　谭嗣同之舍身就义，天下共知，后世共闻，此固历史上事迹也；故作者叙及此事，不过寥寥数语，绝不肯多着笔墨，惜墨如金，其作者之谓欤！

此回将从王五传叙入霍元甲传矣，然王五在北京，霍元甲在天津，如何能拉拢一起，作者却借谭嗣同殉难一事，轻轻将王五移至天津，笔致灵活，令人叹服。

作者将写霍元甲未出其人，却先写其神力，此又是一种写法。

从他人眼中，看出霍元甲之神力，不足奇也；作者偏要从王五眼中，看出霍元甲之神力，此是加一倍写法，自觉格外生色。

第五回

曲店街王五看热闹
河南村霍四显威名

话说王五忽然转念一想，我平日能踢三百斤沙袋，沙袋是软的，所以能尽力踢去，脚不致受伤；若是踢在这般磨石上，怕不踢得骨断筋折吗？这人纵有千多斤实力，难道脚是生铁铸成的吗？这必不是用脚踢开的。王五心里虽是这般猜想，然不论是不是脚踢的，只要是一个人的力量，能将这两个石滚弄到这么远，总算是个极有能为的。当下也不向看的人问话，即回客栈用早点。

店小二送茶进房的时候，王五就叫住他问道："这曲店街拐角的所在，那家淮庆药栈是什么人开的？开设有多少年了，你知道么？"店小二笑道："这个淮庆药栈，天津人谁也知道是霍四爷开的，开设的年数虽不久，但是霍四爷的神力，谁见了也得吐舌头。昨夜里这条街上，有二三十个汉子，聚会在一块儿，都说只知道霍四爷的力大，究竟不知道有多大，大家要商议一个试验他的法子。商议了一会儿，就有个人出主意，把两个压街的石滚，推的推、拉的拉，弄到会馆门前，一边一个靠门竖立起来。霍四爷看了，知道必是有意试他力的。若一般的教许多人来搬开，那么霍四爷的力，就不见得怎么大得了不得。今日天还没亮，就有好些个人，躲在两头街上，看霍四爷怎生处置这两个石滚；这时我也跟在里面等候。一会儿，会馆门开了，开门的是药栈里烧饭的大司夫，有五十多岁了。开门看见这两个东西，吓了一跳，弯腰想推开些，就和生了根似的，哪里能动得一动呢？望着石滚怔了半晌，才折身跑进去了。没一刻，就带了霍四爷出来。我们渐渐的走过去，只见霍四爷朝着石滚端详了两眼，两手将皮袍撩起，侧着身体一左脚踢去，右边的石滚倒下地就滚了丈多远，已把我们惊得呆了。再看他右脚一起，踢得左边这个直跳起来，一连砰通砰通几个跟斗，也翻了丈多远，仍然竖立在街上。这一来，不知惊动多少的人，都跑到淮庆会馆门前来看。"

王五听了店小二的话，不由得心里又惊又喜。惊的是世间竟有如此大力的人物；喜的是这趟到天津来，能遇着这样的人，算是不虚此一行。随口又问了几句霍四爷的名字来历，店小二却说得不甚明白，便不再问了，立时更换了衣服，带了名片，复到淮庆会馆来。

在下写到这里，却要趁此把这位霍四爷的身世履历，略叙一叙了。霍四爷是天津静海县小河南村的人，名元甲，字俊清。他父亲霍恩第，少年时候，也是一个有名的镖师，和"白日鼠"周亮曾共过事，很是要好。论到霍恩第的本领拳脚功夫，不在周亮之下。他霍家的拳脚，也是北五省有名的，叫做"迷踪艺"，只传霍家的子弟，代代相承。遵着祖训，连自己亲生女儿，都不许传授，恐怕嫁到异姓人家，将"迷踪艺"也传到异姓人家去了。

这"迷踪艺"的名字，据霍家人说，有两种解释：一是说这种拳脚，和他人较量起来，能使他人寻不着踪迹，所以谓之"迷踪"，"艺"就是技艺之"艺"；一是说这种拳脚的方法，不知是何人开始发明的，传的年代太久远，已寻不着相传的踪迹了，便名作"迷踪艺"。在下于今也不能断定他哪一种解释是确实的，只是不论就哪一种解释，这"迷踪艺"的拳法，是霍家独有的，是很不寻常的，在下是敢断定的了。

霍俊清的堂房叔伯兄弟，共有十个人。他排行在第四，以下的六个兄弟，年纪都相差得不甚远。霍恩第到了中年，因自己已挣得一笔不小的家私，在乡村里省衣节食的过度，预算已足够下半世的生活了，便离了镖局里的生涯，不肯再冒危险，受风霜，拿性命去换那下半世用不完的钱了。就安住在小河南树里，一面耕种，得些安稳的微利；一面训练自己子侄的武艺。工之子恒为工，农之子恒为农，他们会武艺人的子侄，也是一定要训练武艺的；何况霍家是祖传武艺呢？

乡村里的地本不值钱，房屋总是很宽敞的，霍家也和王五一样，特地建筑了一间练武艺的房子。不过乡村里不容易买办大玻璃镜，不能像王五的那么讲究便了。霍家练武艺的房，规模比王五家的大些，足能容得十多人操练，自然也是各种兵器都有。

霍俊清七八岁的时候，霍恩第就教他跟着一班哥哥弟弟，每日早晚到练武艺的场里，一拳一脚的练习。无奈霍俊清生成的体质瘦弱，年纪虽有了七八岁，矮小得不成话，看去还像四五岁的孩子，走路都不大走得稳。霍恩第说他太孱弱了，且等再过几年，体气稍微强壮了些儿，才教他练习；这时连站都站不稳，便是练也不中用。

霍俊清糊糊涂涂的又过了四年，已是十二岁了，比先前虽长大了些儿，望去却仍不过像是七八岁的人。然有时因争论什么玩耍东西，和同乡村里七八岁的小孩动手打起来，霍俊清总是被那些七八岁的小孩打倒在地，甚且打得头破血流，哭哭啼啼的跑回来。

霍恩第自然要追究被什么人打的，霍俊清一把打他的人说出来，每次总得把霍恩第气得说话不出。只因每次与霍俊清相打的，没有八岁以上的小孩，霍俊清这时的年龄已足足十二岁了。霍恩第心想：若是比自己儿子大的人打伤了自己儿子，可以挺身出去找人家评理，警戒人家下次不得再欺侮小孩；于今每次打伤霍俊清的，既都比霍俊清小了几岁，人家的孩子又不是学会了把式的，霍家是有名的武艺传家，教霍恩第拿什么话去找人家评理呢？霍俊清又顽皮，欢喜和那些小孩相打，是这般一次不了一次的，把霍恩第气得没法了，只好禁止霍俊清，不准他出外，也不准他进练把式的房间习武。

霍恩第说："像四儿这么孱弱的身体，必定练不成武艺，索性不教他练。外人知道他完全不曾练过，不至有人来找他较量，他也不至和人动手，免得败坏了我霍家的声名。"他们霍家的子弟，从来没有不练习武艺的，霍恩第这回不教霍俊清练习武艺算是创例。霍家的兄弟叔侄和亲戚六眷，都很觉得诧异，大家来要求霍恩第准霍俊清练习，霍恩第只是不肯；说霍家的子弟出外不曾示过弱，于今四儿十二岁了，连七八岁的小孩都打不过，将来不丢霍家的人，丢谁家的人呢？要求的人没得话说，也就罢了。

霍俊清既不能进练习的房子，也从不提起想练习的话。他的身体小，每日早晚，躲在练武室外面，悄悄的偷看，家里人都不注意。霍家的房屋背后，有一个极大的枣树园，霍俊清每早晚偷看了手法之后，就独自躲在枣树园里练习，也从没有人注意他。如此不间断的整练了十二年，霍俊清有二十四岁了，一次都不曾和人较量过。

这日忽然来了一个行装打扮、背驮包袱的壮士，自称河南人，姓杜名毓泉，自幼练习武艺，因闻霍家"迷踪艺"的声名，特地前来拜访。霍恩第见是慕名来拜访的，自然殷勤招待。住了一日，次日便带领了自己的九个子侄，请杜毓泉到练武室，教九个子侄次第做功夫给杜毓泉看。杜毓泉立在旁边看了，一个一个的鼓掌道好，并不说什么。九个人次第演完之后，杜毓泉即向霍恩第拱了拱手道："领教了，多谢，多谢！"

霍恩第看杜毓泉神气之间，似乎不大称许，只因自己年事已老，究竟不知道杜毓泉的功夫怎样，恐怕动起手来，坏了霍家的声名。九个子侄的功夫，杜毓泉看了不加称赞，杜毓泉的功夫不待说在九个人之上。霍恩第只得忍住气，也拱了拱手道："见笑方家，小儿辈才用功不久，拳脚生疏，实在看不上眼。"杜毓泉笑道："我多久听说尊府祖传的'迷踪艺''霍家拳'天下无敌，霍家的七八岁小孩，拳脚都是了不得的，原来都才用功不久，可见得外面的话，谣传的多，真是闻名不如见面。"霍恩第红了脸不曾回答。

九个人之中，霍六爷的功夫，比较这八个都好，听了这话气不过，走出来拍胸说道："我'霍家拳'本是天下无敌，谁敢说半个不字。你不相信，可下来同走一趟。"霍六爷的话没说完，霍恩第已大声喝住道："我霍家武艺，以礼义为先。杜君来此是客，我等安可怠慢。"杜毓泉笑道："较量武艺，倒算不得怠慢。我千里跋涉而来，为的就是要见见尊府的祖传本领，若不吝教，就大家下场子玩玩也好。"说时即走进几步，立在练武室当中。

霍恩第心中十分着虑，恐怕六儿打不过，以外的更不是对手了。然而杜毓泉既已下了场，又是自己人先说走一趟的话，不能中止说不打；只好悬心吊胆的望着霍六爷和杜毓泉交手。二人仅走了一个回合，霍六爷的左膀上已受了重伤，哪敢恋战，趁着不曾跌倒，连忙跳出圈子，忍着痛苦，不敢说受伤的话。

杜毓泉见霍六爷跳出圈子，也就拱手说了一声"得罪！"退出圈子来。把个霍恩第气得要拼着老命，替"霍家拳"争威名了。正待将身上的长袍卸下，只见霍俊清跑了进来，大声说道："我'霍家拳'本是天下无敌，谁敢说半个不字的，来跟我霍四爷试试。"霍恩第一见霍俊清进来，那气就更大了，一迭连声的喝道："逆畜，还不给我快滚出去，你来讨死么？"杜毓泉笑道："一般的好说大话，不要一般的不济才好呢！"说着，已跳进了圈子。霍恩第哪来得及阻止，一霎眼间，二人已搭上手了。

才交了两下，霍恩第已大惊失色，暗想：四儿从哪里学来这么好的本领？二人走不上十个回合，只见霍俊清的右腿一抬，将杜毓泉踢得腾空起来，跌了一丈多远，倒在地下，半晌动弹不得。霍恩第连忙走过去搀扶，见杜毓泉的左腿，已被霍俊清踢断了筋骨。亏得霍恩第的伤科很是高明，急急调敷了伤药，用杉树皮绑起来，在霍家调养了半个多月，方能行走。杜毓泉从此五体投地的佩服霍家的拳法，拜谢了霍恩第医伤之德，才驮着包袱去了。

霍恩第问霍俊清，如何练成了这么好的功夫，霍俊清将偷瞧偷练的话说了。霍恩第叹道："少年人真是不激不发，你若和这九个兄弟一块儿练习，争胜的心思一薄弱，怎能练成这么好的本领？"当下又教霍俊清做了些拳脚看了，没一样不是惊人绝技，喜得霍恩第恨不得把霍俊清抱在怀中叫乖乖。

山东虎头庄赵家，也是和霍家一样，祖传的本领不教外人，在北五省的声名，也是很大。中国从来会武艺人的习惯，第一就是妒嫉。两人的声名一般儿大，两人便誓不两立，总得寻瑕抵隙的，拼一个你死我活。所以会武艺的人，不和会武艺的人见面则已，一见面，三言两语不合，就免不了动起手来。有时双方请凭中保，书立字据，甚至双方凑出钱来，买好了一副衣巾棺椁，搁在旁边，两人方才动手。谁被打死了，谁就消受这副预置的衣巾棺椁。被打死的家属自去领尸安葬，没有异言。这种相打，名叫"过堂"。过堂也有好几种过法，北方有所谓"单盘""双盘""文对""武对"，南方有所谓"硬劈""软劈""文打""武打"，名称虽南北不同，意义却是一样。

北方的单盘，就是南方的硬劈。这种单盘、硬劈的过堂法，说起来甚是骇人。譬如两个人过堂，讲好了单盘，就一个立着不动，听凭这一个打他几拳，或踢他几脚。被打被踢的，有许避让，有不许避让，然总之不许还手还脚。照预定的数目打过了，踢过了，这人又立着不动，听凭刚才被打被踢的人，照数踢打回来。若是两人势均力敌，常有互打互踢至数十次还不分胜负的。在这种单盘和硬劈之中，又有个上盘、中盘、下盘的三种分别。预先说明了二人都打上盘，就只能专打头部，中盘专打胸部，下盘专打腿部，彼此不能错乱。其中又有文、武的分别。文盘和文劈，是空手不用器械；武盘和武劈，或刀或枪，二人用同等的器械，也有凶悍的，周身被劈数十刀，血流满地，还全不顾忌的。

双盘和软劈，就是二人都立着不动，同时动手，你打来，我打去，大家都不避让；也有用器械的，也有空手的。文对和文打，是各显本领，蹿跳闪躲，唯力是视；不过彼此议定不下毒手，不卸长衣。这种过堂的方法，大半是先有了些儿感情，只略略见过高下，彼此都没有拼命决斗的念头，才议了是这么文对、文打。武对和武打，就得请凭中保，书立字据，各逞各的本领，打死了不偿命。

当霍俊清武艺练成的时候，北方武术家，正盛行这过堂的事。寻常没多大能为的人，闻了霍家拳的名，谁也不敢前来，轻于尝试。唯有虎头庄赵家，武艺和霍家一般儿精强，声名和霍家一般儿高大，妒嫉霍家的心思，也跟着声名一日一日的增高，暗中派人更名换姓的到霍家来，寻霍家的兄弟相打，也不止一次两次。然派来的人，没有了不得的好手，每次都被霍家弟兄打败去了。

这年霍俊清有了二十四岁，他的胸襟阔大，不愿终生埋没在乡村之中，向霍恩第要求，要到天津做买卖。霍恩第见霍俊清的志意，比霍家一般子侄都坚强，出外做买卖必不至做蚀了本，就应允了，提出些资本给霍俊清。霍俊清就到天津，租了淮庆会馆，开设这个淮庆药栈。

开设不到一年，这消息传到虎头庄赵家去了。赵家从前就听说，霍家的武艺只不传给霍老四，这开店的就是霍老四。赵家人心想霍家的子弟，从来没有不传授武艺的，这霍老四虽说不曾练过武艺，必是练得不大好，怕他出来丢人，所以说是不曾传授，这要去打翻他必很容易。只要是他霍家的子弟，被人打翻了，总得丢他霍家的人。于是赵家先派了三五个好手到天津来，找霍俊清过堂。

不知霍俊清如何对付，且俟第六回再说。

总评：

作文有旁敲侧击之法，如欲写霍元甲之神勇，却偏偏从王五眼中看出；兼之王五亦不信世间有如此大力之人，于是元甲之勇，不言自见。若事事必从正面着笔，便是笨伯矣。从店小二口中，先说出"霍四爷"三字，并将王五眼中所见之事实，补叙一番，不特收过上文，借此开出下文。至于霍四之履历、家世及逸事，则自有霍四之正传在，故店小二口中，只以不甚明白四字，含糊了结。非但不背事理，即以文章言，亦能将王五传与霍四传，划分清楚，不致有拖沓夹杂之弊。

大抵艺术一道，必须公开，合群众之心力以研究之，则传播广而进步速。顾中国之艺术家，苟能发明一种优美之技艺，往往私为己有，秘不示人。故俗有"传子不传婿"之说，万一子而不肖，不能绍箕裘，则此种优美之艺术，必且因之而灭绝。如是而欲望艺术之进步，其可得乎？霍氏之"迷踪艺"，不传异姓，私而不公，亦冒艺术界之通病，故作者特表而出之，语有深意，读者勿轻轻看过也。

前回写一山西董，写得十分瘦弱；此回写一霍元甲，又写得十分瘦弱。山西董能胜王五，而霍元甲又能胜杜毓泉，此是作者有意相犯处也。能相犯而不着痕迹，方见笔力。

原夫练武之本意，固欲借以自卫，非欲恃技以凌人也。顾中国之习技击者，类皆度量窄狭，好勇斗狠。见他人艺出己上，往往妒而嫉之，百出其计，务欲胜之以为快。甚至残肢体，丧生命，亦所不惜。自残同类，恬不为怪，于戏，是亦不可以已乎。此回详述过堂一节，残酷凶悍，读之令人骇绝，野蛮若此，疑非人类所应有，可怜亦可恨也。

第六回

霍元甲神勇动天津
王东林威风惊海宇

话说虎头庄赵家,因妒嫉霍家的威名,以为霍俊清是霍氏子弟中最没有能为的,想趁霍俊清独自在天津开设淮庆药栈的时候,派人来将霍俊清打翻,可借此毁坏霍家拳的名誉。当下就在赵氏子弟中,挑选了四个年壮力强的好手,特地到天津来,会了霍俊清,说了慕名来访,敬求指教的话。

霍俊清笑道:"我家兄舍弟,都是练过武艺的,虽然没有声名,只是慕名的话也还说得过去;我自生长到二十五岁,一时半刻也没在练武室里逗留过,家父也不曾亲口传授过我一拳半脚,倒要请教四位,从什么地方慕我的名,要我指教什么?"赵家的人笑道:"霍氏子弟不会武艺,谁肯相信呢? 如果真不会武艺,便算不得是霍家的子弟了。江湖上的人都说:'霍恩第不应该有不会武艺的儿子',你不是霍恩第的儿子,便可说得不曾进过练武室的话;你不是霍恩第的儿子么?"

看官们请说,霍俊清是何等少年气盛的人,怎能容忍得这般无理的话? 只气得浓眉耸竖,两眼如电光闪动,先从喉咙里虎吼一声,随就桌上一巴掌拍下怒道:"无知小辈,安敢如此无礼! 我练过武艺和没练过武艺,是我姓霍的家事,与你们有甚相干? 我于今就练过武艺,你们又打算怎样?"

赵家的人也带怒说道:"你既是练过武艺,我们是特来找你,要见个高下的,旁的有什么怎样!"霍俊清随即立起来道:"好! 和你们这些小辈动手,哪用得着我霍家的武艺。只看你们四个人,还是一齐来呢，还是打一个来一个？"赵家的人道："四人齐来打你一个，算得什么？听凭你要和谁打，谁就跟你打。"

霍俊清将四人引到会馆里面的大厅上，卸去了身上长衣说道："你们既来了四个，免不得每人都得走一趟，只管随便来吧。"四人来时，原已推定了交手次序的，这时先上来一个，没七八个照面，被霍俊清一"独劈华山掌"，劈在脊梁上，扑鼻孔一跤跌了下去，不曾爬得起来，口里的鲜血便直往外冒。

第二个看了，两眼出火，抢过来，使出平生本领，恨不得一拳将霍俊清打死。只是这较量拳脚的事，不比寻常，一些儿也勉强不来的。霍俊清与第一个交手的时候，因不知道他们是何等本领，自己存着谨慎的心，所以直到七八个照面，才把第一个打倒。既打倒了第一个，他们的本领，就已瞧穿几成了，尽管第二个使出平生的本领，哪里是霍俊清的对手呢？一下都用不着架格，直迎上去，两膀一开一合，就把第二个的手封闭了。只一个回旋，已活捉了，只手举起来，往屋梁上一抛。

那大厅的屋梁，差不多有三丈高，这一下抛去，身体离屋梁不到一尺；被抛的人不待说，是吓得魂飞天外，就是第三个，也吓得心胆俱裂。以为这么高跌下来，又跌在火砖铺砌的地上，必是万无生理。想上前捧接，一则恐怕身体从上跌下来太重，捧接不住，自己反得受伤；二则须防备霍俊清趁着举手捧接的时候，动手来打，所以都只抬起头，翻起眼，呆呆的望着。

那人在半空中，叫了一声"哎呀！"倒栽了下来。霍俊清不慌不忙的，等他栽倒离地不过三四尺了，一伸手便捞了过来，就和抛接纸扎的人一般，一些儿没有吃力的样子。霍俊清将那人捞过来之后，提在手中问道："你认识我霍四爷了么？知道我霍家的武艺了么？此后再敢说无礼的话么？我于今要你们死，比踏死几个蚂蚁还觉容易，但是我和你们远日无怨，近日无仇，你们若不是刚才对我的言辞，过于混账，我怎犯得着和你们这些小辈较量呢？给我滚出去吧！"说着往厅下一摔，可是那摔的手法真妙，不但一些儿不曾摔伤，并且摔去两足着地，就和自己从桌椅上跳下地来的相似。

霍俊清指着未动手的二人道："要现丑，就快来，我没闲工夫和你们多纠缠；若害怕，就一齐上来吧。"二人见霍俊清这般神勇，便是有包身的胆量，也不敢再上前了，只得勉强拿着遮掩颜面的话说道："好！我已领教你霍家的本领了，且过三年，我再来和你见面，教你那时知道我便了！"这几句话，成了江湖上的例语，凡是会武艺的人，在和人过堂的时候，被人打败了，总是说这几句话；用意是说我此刻的本领打你不过，只是我这回被你打败了，我记了这仇恨，回去苦练功夫，三年必再来报仇雪恨。也有三年之后，果练成了惊人的本领，真来报了仇恨的，然拿这几句套话，遮掩颜面的居多。

当时霍俊清听了笑道："便再等你们三十年，也没要紧。你们回家仔细用功吧！"赵家四人去后，霍俊清仍一意经营他的生意。

时光迅速，又过了半年。这日有个同行开药栈的老板，荐来四个当挑夫的汉子，年纪都在三十岁左右，都是身强力壮的。霍俊清的药栈里，正要得着这么几个人，好搬运药材，随即收用了。四人做事都十分谨慎，霍俊清很是欢喜。

做了一个多月，四人忽然同到霍俊清跟前，辞工不做了。霍俊清觉得诧异，说道："某老板特地荐你们四人，到我这里来，正在做的宾东相得，我很喜你们精干，怎的无缘无故，就都要辞工不做呢？莫不是我有什么对不起你们的地方么？你们得原谅我事多心不闲，说话做事不周到，或失了检点的处所是有的。我们将来共事的日子长，我就有甚不到之处，你们也不要放在心上，还是在这里做下去吧！"

四人说道："四爷说哪里话？只有我们做事没尽力，对四爷不起的。我们吃四爷的，拿四爷的，四爷哪有对不起我们的事呢？只因我们四人打算去投军，想将来可望寻个出身，四爷快不要想左了。"

霍俊清心想：没几日工夫，就有一大批淮牛膝运到。淮牛膝照例每包有七八百斤，最轻的也有五六百斤，寻常没多大气力的挑夫，八个人抬一包，还累得很苦；有了这四个人，搬运上仓的时候，必比平常少吃些力。遂点头说道："你们既是打算同去投军，想寻个出身，这是男子汉应有的志向，再好没有的了，我何能拿些没有生发的苦事，勉强留住你们呢？不过你们是某月某日来的，到今日才得一个半月，我也不多留你们在这里，只留你们做满两个月吧！半个月很容易经过，一转眼就满了，我因欢喜你们的气力，比一般挑夫都大，不久便有一批淮牛膝运到，留你们搬了牛膝再去。"四人见霍俊清如此殷勤相挽，不好定说立刻要走了，只得仍做下来。

过不了几日，果到了一大批淮牛膝。霍俊清临时又雇了几名挑夫，帮着四人搬运，自己也在大门口照应。一会儿见四人抬了两大包牛膝，两人抬着一包，用饭碗粗细的树条扛抬，树条都被压得垂下来。四人接连着，　面抬走，一面口里一递一声的打着和声。

霍俊清远远的见了，心里不由得一惊，暗想：这两包牛膝，每包足有八百斤轻重，每人肩上得派四百来斤，岂是寻常有气力的挑夫，所能扛抬得动？嘎！他们四人哪里是来当挑夫的，分明是有意来显能为给我看的，我倒得对付对付他们，不要给他们瞧轻了我。

霍俊清主意既定，等四人抬到跟前，即仰天打了一个哈哈道："你们也太不中用了，两个人扛一包，还压得是这么哇哇的叫，也不怕笑煞天津街上的人吗？"四人听了霍俊清的话，连忙将牛膝往街心一顿道："四爷，看你的。"霍俊清笑道："看我的吗？我可以一人挑两包。"说着，就走了过来，接过一根粗壮些儿的树条，一头挑着一包，轻轻的用肩挑起来，径送到仓里才放下来。气不喘，色不变，吓得四人爬在地下叩头道："四爷真是神人，我们今日定要在这里拜师，求四爷收我们做徒弟。"

霍俊清放下树条，挽起四人道："有你们这样的功夫，也够混的了，何必再拜什么师呢？你们难道没听说，我霍家的武艺，遵祖宗的训示，连亲生女儿都不传的吗，怎么能收你们做徒弟咧？你们还是自己回家苦练吧。练武艺的人，岂必要有了不得的师傅才行吗？功夫是自己练出来的，不是师傅教出来的。"

四人道："我们原知道四爷，是不能收人做徒弟的，只因心里实在想学四爷的武艺，找不着学的门道，只好装作挑夫，求人荐到这里来；以为四爷早晚必做功夫，我们偷看得久，自然能学着些儿。谁知在这里住了一个多月，早晚轮流在四爷卧房外面偷看，一次也不曾见四爷动过手脚。料想再住下去，便是一年半载也不过如此，专在这里做苦力，有什么用处，所以决计不干了，才向四爷辞工。见四爷殷勤相留，不好推却，但是我们并不曾见过四爷的武艺，因见四爷早晚全不用功，又疑心没有什么了不得，所以商议着，临走想显点儿能为给四爷看，看四爷怎生说法。哪晓得四爷竟有这般神力，既有这般神力，便没有高强的武艺，也轻易难逢对手，我们佩服就是了。"

霍俊清问四人的真姓名，三人不肯说，只一个说道："我姓刘，名振声。我明知四爷不能收徒弟，只是我非拜四爷为师不可，我并不求四爷传授我霍家武艺，也不求四爷纠正我的身手，只要四爷承认一句，刘振声是霍俊清霍四爷的徒弟就得了。我愿伺候四爷一生到老，无论什么时候，不离开四爷半步。"旋说又旋跪了下去道："四爷答应我，我才起来。"

霍俊清看这刘振声，生得腰圆背阔，目秀眉长，慷爽气概之中，很带着一团正气，一望就知道是个诚实而精干的人。仔细察看他的言辞举动，知是从心坎中发出来的诚恳之念，便笑着扶他起来道："你不为的要学武艺？我又不是个有力量能提携你的人，如何用得着这师生的空名义呢？只是你既诚心要拜我为师，我就破例收了你这一个徒弟吧！"刘振声听了，欢喜得连忙又爬下去，叩了四个头，就改口称师傅了。这三人都向刘振声道喜，刘振声从此便跟着霍俊清，果是半步也不离开左右。直到霍俊清死后，安葬已毕，才去自谋生活，此是后话。

且说霍俊清当收刘振声做徒弟的时候，因在街上一看挑起两大包淮牛膝，来往过路的人见了，莫不惊得吐舌。此事一传十，十传百，几日之间，传遍了天津，无人不说淮庆药栈的霍俊清霍四爷，有无穷的气力，一肩能挑动一千六七百斤的牛膝。曾亲眼看见的，是这么传说；未曾亲眼看见的，便有信有不信。曲店街的一般自负有些气力的店伙们，和一般做粗事的长工，邀拢来有三四十个，都是不相信霍俊清果有这般大力，大家想商议一个方法，试试霍俊清。恰好一连下了几日的雪，这夜的雪止了，这一般好事的人，便又聚集起来，见街头搁着两个大石滚，其中即有人出了这个主意。

王五于百无聊赖的时候，得知有这般一个人物，近在咫尺，怎舍得失之交臂呢？当时带了名片，直到淮庆会馆，还有好几个崇拜英雄的人，因要瞻仰霍俊清的丰采，都立在会馆大门里的石坪上。王五径到里面，有刘振声出来，接了王五的名片。

刘振声自也是曾闻大刀王五之名的，比即进去报知霍俊清。彼此都是侠义心肠的人，见面自是异常投契，谈论起武艺来，王五佩服霍俊清的拳脚，霍俊清就佩服王五的单刀。

王五在几年前，双钩已是在北五省没有对手，自从受过山西老董的指教，那一路单刀真使得出神入化，连霍俊清见了都说自愧不如。这时王五已是成了大名的人，对于霍俊清，只有奖借的，没有妒嫉的。至于霍俊清，本来胸怀阔大，听说某人本领高强，他只是称道不置。在他跟前，做功夫给他看的，这人年事已长，或已享了盛名，霍俊清总是拱手赞叹，并向旁人唏嘘；若是年轻没有大名头的，总是于称许之中，加以勖勉的话。如肯虚心求他指教，他无不用慈祥的面目与和悦的声口，勤勤恳恳的开导指引。只要人家不开口找他较量，他从来不先起意要和人较量，所以王五在淮庆药栈盘桓了半月之久，二人都存着推崇和客气的心，始终不曾交过一回手。

据当时知道二人本领的人评判，论拳脚，王五打不过霍四；论单刀，就霍四打不过王五。总之，二人在当时的声名和本领，没有能赛得过的。

王五在淮庆药栈，住了半月之后，因思念多年的好友李富东，这回既到了天津，怎能不去瞧瞧他呢？遂辞了霍俊清，到李富东家来。

李富东和王五，系忘年至交，这时李富东的年纪已有六十岁了。因他生得相貌奇丑，脸色如涂了锅烟，一对扫帚眉，又浓厚、又短促；两只圆鼓鼓的眼睛，平时倒不觉得怎样，若有事恼了他，发起怒来，两颗乌珠暴出来，凶光四射。胆量小的人，见了他这两只眼，就要吓得打抖。口大唇薄，齿牙疏露；更怕人的，就是那只鼻子，两个鼻孔，朝天翻起，仿佛山岩上的两个石洞；鼻毛丛生，露出半寸，就如石洞口边长出来的茅草。江湖上人都顺口呼他为"鼻子李",不呼他为李富东。

在下于今写到这鼻子李,看官们须知他在三十年前,曾以武艺负过"天下第一"的盛名,自从霍俊清出世了,把他的威名压下来的。这部书将要叙入霍俊清的正传,就不能不且把鼻子李的历史,略提一提。

这鼻子李的为人,虽算不了什么侠义英雄,却也要算一个很有根基、很有来历的人物,轰轰烈烈的,在北五省足享了六十年盛名。若不是霍俊清出世,晚年给他受一回小挫,简直如三伏天的太阳,从清早以至黄昏,无时无刻不是炙手可热。有清二百六十多年,像他这般的人物也不多几个呢!

鼻子李的父母,在蒙古经商多年,练会了一种蒙古武艺,汉人名叫"蹞跤"。自满人入关以来,这种蹞跤的方法,日精一日的盛行于京津道上,天津、北京都设了许多蹞跤厂。蒙、满人练习的倒少,其中汉人居十之八九。汉人练蹞跤的,多是曾经练过中国拳脚的。蹞跤的方法,虽不及中国拳脚灵捷,然也有很多可取的所在,又因那时的皇帝是满人,皇室所崇尊的武艺,人民自然是趋向的了。当时蹞跤的人中最特出的,就是王东林一人。

王东林在道光初年,中国拳脚功夫,已是闻名全国。只因他的志向高大,想夤缘到皇室里面,教侍从官员的武艺,特地苦练了几年蹞跤。拿着他那么拳脚有根底的人,去练蹞跤,还怕不容易成功,不容易得名吗?苦练几年之后,果然名达天听,经营复经营,竟被他得了禁卫军教师的职位。北京七个蹞跤厂,共求他担任总教练,听凭他高兴,就来厂里瞧瞧。七个厂里所有当教师的人,大半是他的徒弟。

他的徒弟当中,虽有十分之六七,并不曾从他学过一拳半脚的,但只要曾向他叩过四个头,他承认了是徒弟,便算是他的徒弟了。那时不论上、中、下三等人,当面背后都没人叫他王东林,只称他王教师。凡是王教师的徒弟,不愁蹞跤厂不争着聘请。哪怕昨日还是极平常、极倒霉的一个略有些蹞跤知识的人,丝毫寻不出生活的道路;只要今日拜了王教师做徒弟,王教师随意在哪一个蹞跤厂里,说一声某人是我的徒弟,明日这人准已到这个蹞跤厂里当教师了。只因蹞跤厂里的教师,若没有王教师的徒弟，一般人都得瞧这厂不起，这厂便冷清清的，鬼影也没有一个上门。王教师的声名既大得这般骇人，就惊动了一个了不得的人物，要来找王教师见个高下。

不知这了不得的人物是谁，且俟第七回再说。

总评：

文章有一笔作两用者，如此回平空写虎头庄赵氏四人，来与霍元甲过堂。骤观之，必以为作者欲借赵氏四人，衬出霍元甲之英雄而已。然我尝细思之，霍元甲之本领，业于上文败杜毓泉时，竭力写出；此回又写赵氏四人，岂不嫌其重复而词费乎？及至读到下文，方知作者写此一段，半为后文赵玉堂作伏线，初非专为衬托霍元甲之英雄已也。所谓一笔作两用者，如是，如是！

赵氏四人同来，两人动手，两人不动手；挑夫亦四人同来，三人辞去，而一人独留不去。一回之中，有极相同处，有绝不相同处，错错落落，方见行文之妙。

作小说犹作画也。画家之善绘人物者，千百人有千百人之面目，千百人有千百人之身段。老少媸妍，长短丰瘠，各各不同，方为丹青妙手。作小说亦然，写一人须有一人之性情举止，他人绝不相同，方为能手。

此书写霍俊清，别有温文尔雅之态度，观其对答赵氏诸人以及慰问四挑夫之语，出言吐辞，何等委婉，绝不类纠纠桓桓之武夫。如此写来，遂与王五之粗豪爽利，截然不同。一支笔写出几样人物，非熟读《史》、《汉》及《水浒》诸传者，不能到也。

以大石滚试力之前，不料尚有以淮牛膝试力之一段事情也。石滚之试力在后，却先从王五眼中看出，又从店小二口中叙出；牛膝之试力在前，却反在霍四爷正传之中，缓缓叙出，或先或后，用笔令人不测。

由扛抬牛膝一节，引出以大石滚试力一节，非但回顾前文，且借此可以叙及王、霍二人之会面，笔致灵活，旋转处毫不费力。

王五是侠义英雄，霍俊清亦是侠义英雄，气味相投，自然易于契合。此回写两人之技艺，各有长短，绝不偏倚，至其互相推崇，互相敬慕之状，若与前回过堂一节参观，贤不肖之相去，奚翅天壤。

写李富东一节，忽然从容貌上着笔，此是作者有意换一种写法，以免与上文诸人相犯。眉也、目也、口也、唇也、齿也，种种形容皆是为鼻子作陪衬也。作者虽写得十分丑陋，而神采奕奕，别有一种气概，不必亲睹其人，而其人之英雄自见。

第七回

少林僧暗遭泥手掌
鼻子李幸得柳木牌

话说王东林教师的声名，震动全国，便惊动了一个了不得的人物，要到北京来找王教师见个高下。这了不得的人物是谁呢？就是河南少林寺的主持海空和尚。

少林寺在前清乾嘉年间，里面的和尚很有许多会武艺的。只因少林寺的地点，在中岳嵩山之下，居全国之中央，是一个规模极阔大、年代极深远的大丛林，里面常川住着三五百和尚。自达摩祖师少室得道之后，留传下内家口诀；隋大业年间，又有火工和尚，用一条棍子，打退几百乱兵的事，于是中国武艺当中，就有少林拳棍的派别。其实少林拳棍，并不是达摩祖师和那个火工和尚传授下来的方法。俗语说得好："人上一百，百艺俱全"，少林寺既是地点适中的大丛林，里面常有三五百僧人，其中怎么没有武艺好的呢？只要是少林寺的和尚会武艺，那所会的武艺，便要算是少林派了。

这个海空和尚，是在哪里剃度的，未剃度以前做什么生活，从谁人练成的武艺，在下都不曾打听得出来。只知道他在少林寺，住锡五年，由知客做到主持，每日参禅礼忏之暇，就练习拳棍。少林寺知晓武艺的和尚，没人能敌得过他，就有百十个年轻和尚，从他学习。他的本领，真能身轻似燕，踏雪无痕，高来高去，能在月光底下使人不见他的身影。那时的年纪虽已有了五十来岁，因内功做得到家，据说还是童子身体，精神充满，肌肉润泽，望去却像是三十左右的人。

这日海空和尚早起，忽将满寺的僧人，都召集在一个佛堂上说道：

"北京禁卫军教师王东林，名扬海内，我于今要替少林寺争光，准备就在今日动身，去北京找王教师见个高下。你们各照常做功课，监寺法明暂代主持。"法明即出座问道："师傅归期，大约在什么时候呢？"海空道："我能替少林寺争光，打得过王教师，自然归来得很快；若是打他不过，我没有面目再进少林寺，便永远没有归期了。"海空说罢，即刻动身。

不几日，到了北京，找着王东林，说了来意，约定次日，在法源寺过堂。这消息打七个跶跷厂里传出来，登时传遍了北京城。

第二日，天还没亮，就去法源寺，等着看热闹的，已是盈千累万的人。早饭过后，王教师带了几个得意徒弟，来到法源寺，用二百个会跶跷的人，编篱笆似的围成一个大圈子，不许看热闹的人挤进圈内。王教师端了一把靠椅，坐在圈中等候。

一会儿，海空来了，用丝绦扎上两个僧衣的大袖，免得较量时碍手；两脚套上薄底麻鞋，科头赤手，独自分开人众，走进圈来，向王教师合掌说道："贫僧武艺平常，望教师手下留情。"王教师忙立起身，背后的徒弟即将靠椅拖出圈外。王教师拱手答道："愿受指教。"说毕，即动起手来。

二人一来一往，越打越紧，正是棋逢对手，胜负难分。盈千累万看热闹的人，都看得眼花缭乱，分不出僧俗了，一口气走了二百多个回合。

海空的本领，毕竟逊王教师一筹，看看有些抵敌不住了，心中猛然计算道：拳脚我斗他不过，高来高去的本领，他必不及我。我此刻既不能望胜，恋战必然上当，何不趁着胜负未分的时候，上高跑他娘呢？计算已定，即卖了一个破步，两脚一点，凭空飞上了屋脊。

法源寺正殿的屋脊，足有三丈多高，二人交手的地方，又在正殿前面的石坪里，从石坪到屋脊，怕不有五六丈远近。海空到得屋脊，仿佛背上受了一暗器，只是丝毫不觉得痛苦，便不回头，穿房越栋的朝西一直跑去。约莫跑了三十来里，就在一棵大树底下坐下来，想休息休息，以为王教师断然追赶不上。谁知刚坐下来，回头一看，只见王教师笑嘻嘻的立在旁边，并不似自己跑得气喘气急的样子，神闲气静，和寻常不曾劳动的人一般。这才把个海空和尚惊得慌了，跳起来又待跑。王教师已将他拉住笑道："还跑什么呢？我若想下手打你，不早已下手了吗？何待此刻咧！你不信，且脱下僧衣来看。"

海空真个不跑了，将僧衣脱下来，看背脊当中，明明白白一个泥巴掌印。王教师指着笑道："你上房的时候，我在梧桐树底下摸了一掌泥，才追上来印在你背上，你只顾向前跑，所以始终不知道。我实在心爱你的本领，不忍伤你，不然，哪有你逃到这里来的份儿。"

海空听了，又是感激，又是惭愧，慌忙披上僧衣，跪下来叩头说道："虽承师傅容情，留了我的性命，然我也无面目再回少林寺。我情愿还俗，求师傅收我做个徒弟。"王教师双手扶起来，说道："这却使不得，你快不要说这跟我做徒弟的话，你今年多少岁了？"海空说："今年五十岁。"王教师点头道："比我小两岁，我两人结为异姓兄弟吧！我的本领尽可传授给你，你于今是少林寺主持，拳棍也在少林寺第一，你打不过我，拜我为师没要紧；将来这事传播开了，谁还瞧得起少林拳棍呢？你想替少林寺争光，不曾争得，少林拳棍的声名，不反被你弄糟了吗？你一个人，关系武艺当中一大派别，安可轻易说拜俗人为师的话！"

海空听了这几句话，更感激得下泪。当下二人就在那棵树下，撮土为香，结拜为兄弟，同回到北京来。在法源寺看热闹的人，只有惊叹传播，究竟没看出谁胜谁负。

海空在王教师家住了半年，钻了个门道，割掉下阴，进宫当了太监。清朝宫里自有海空当太监，许多贝子、贝勒，都要从海空学拳脚，所以咸同年间，少林拳棍比乾嘉时还要盛行，就因为一般贵胄好尚的缘故。王教师自从打败海空，也没人敢再来尝试。

这日，忽有几个踢跤厂里的教师，曾拜王教师为徒的，气急败坏的前来说道："今日来了一个十六七岁的小子，自称李富东，从天津来，生得容貌奇丑，鼻孔朝天。七个厂他一连打了六个，我们都被他打败了，于今又打到第七厂去了。师傅若不快去，那小子真要横行无忌了。"

51

王教师听罢，吃了一惊，问道："某人某人都动手过不行吗？"

王教师所问的某某，都是他自己的得意徒弟。来人齐声说道："不是动手过不行，也不来请师傅了。"王教师跳起身就走。来到踺跤厂里，只见一个少年，形象正是报信人说的，鼻子朝天，正在露出得意扬扬的样子，脱身上穿的踺跤制服。

踺跤不比拳术，会拳术的较量起来，没有一定的制服，不论长袍短褂，哪怕赤膊，皆可随意。踺跤就不然，都有一定的制服，不穿那种制服，厂里的人不肯交手；穿了制服的，有定章，打死了不偿命。制服的形式极笨，棉布制成的，又厚又硬，任凭人揪揉扭扯，不至破裂。一件一件的挂在厂门口，凡是进厂要踺跤的，自行更换制服。

踺跤有两种，一种大踺跤，一种小踺跤。大踺跤多讲身法，小踺跤多讲手法，大小一般的要穿制服。这李富东的父母，都是踺跤的好手，所以李富东从小就专心练习，又天赋他一身惊人的神力，练到一十六岁。因住在天津，每日到天津各踺跤厂去踺跤，踺来踺去，踺得天津没他的对手了。

天津踺跤的人，气他不过，知道只有北京王教师，就能克服得他下，便用言语激他道："你只在天津这一点儿地方逞强，算得了什么！你真有本领，敢到北京去么？你若能在北京打一个没有对手回来，我们方才佩服你实在有本领。"李富东少年气盛，听了这派言语，果不服气，说道："有何不敢！我就动身到北京去，打个落花流水，给你们看看。"

李富东即日动身，到了北京，七个踺跤厂，都被打得没人敢上前了，他如何能不得意？催问了几声，没人再来，只得要脱了制服回天津，说给激他的一般人知道。

制服不曾脱下，王教师来了，打量了李富东两眼，反嬉笑着问道："怎么，就想脱衣走吗？"李富东见有人来问这话，随抬头看了看答道："已打得没对手了，不走待怎样，你也是这里的教师么？"王教师道："你不用管我是这里的教师，不是这里的教师，且和我玩玩再走。"一面说，一面从壁上取衣更换了。

李富东哪里把王教师看在眼里，兴高采烈的踺起来。王教师逗小孩玩耍似的，轻轻将李富东提起放倒，又不教他重跌，又不教他得离开。李富东连吸娘奶水的气力都使出来了，只是蹾不倒王教师，知道不是敌手，想抽身逃走，也不得脱开，累得满身满头都是臭汗，只差要哭出来了。王教师忽将手一松，仍是笑嘻嘻的说道："好小子，歇歇再来吧！"李富东这时如得了恩赦，如何还敢再来，急急忙忙换了来时的衣服，掉头就走。

　　他从天津来，住在西河沿一家小客栈里。这时打蹾跤厂出来，头也不回的跑到那小客栈里，进房想卷包袱，陡觉有人在肩上拍了一下，李富东回过头来一看，原来就是王教师。李富东生气说道："我蹾不过你，你追到这里来干什么呢？这客栈里是不能蹾跤的，你难道不知道吗？"王教师见了李富东这种天真烂漫的神情，和那蹾虚了心，生怕再要跟他蹾的样子，心里实在欢喜不过，故意放下脸说道："我知道这客栈里不是蹾跤的地方，不过你蹾伤了我好几个徒弟，你打算怎么办呢？我特来问你。"

　　李富东着急道："谁教你那些徒弟跟我蹾咧！这蹾跤的勾当，总有受伤的，有什么办法，你刚才不也蹾伤了我吗？"王教师道："我蹾伤了你吗？快给伤处我看，伤在哪里？"李富东实在没被蹾伤，他还是小孩子性情，以为是这么说了，可以没事了。谁知王教师故意要他的伤处看，只急得李富东红了脸道："我受的是内伤，在肚子里面。"王教师忍不住哈哈笑道："也罢，也罢！我问你，你于今打算上哪里去？"

　　李富东道："回天津去！"王教师道："回天津干什么？"李富东道："我家住在天津。"王教师道："你回家干什么呢？"李富东道："我爸爸做西货买卖，我也学了做西货买卖。"王教师道："不练蹾跤了吗？"李富东点头道："不练了。"王教师道："为什么不练了呢？"李富东道："练了蹾不过人，还练他干啥？"王教师道："我就为这个，特追你到这里来的。你要知道，你此刻这么小的年纪，就练到了这一步，就只蹾我不过，若练到我这般年纪，还了得吗？你若肯练，我愿收你做徒弟，我将平生的本领，尽行传授给你。"

　　李富东听了，绝不踌躇的双膝往地下一跪，捣蒜一般的只拜。他自

53

己没拜过师，不知道拜师应拜几拜，叩了七八个头，王教师才拉他起来，从此就在王教师跟前做徒弟。王教师所有的本领，不到十年，李富东完全学得了。王教师死后，李富东便继续了师傅职位，声望也不在王教师之下。

李富东的声名既播遍了全国，也惊动了一个了不得的人物，特从广西到北京来，找李富东较量。这人是谁呢？他的身家履历，当时没人能知道详细，年龄只得三十上下，生得仪表堂皇，吐属风雅，背上驮一个黄色包袱，包袱上面捆一块柳木牌子，牌子上写着"天下第一"四个字。有人问他的姓名、籍贯，他指着那块牌子说道："我的姓名，就叫柳木儿，广西思恩府人。在外访友十年，行遍了南七省，不曾逢过敌手，所以把我的姓名，用柳木做成这块牌子，写这'天下第一'四字，就是我柳木儿，乃'天下第一'的用意。有谁打得过我的，我便将这块牌子送给他，算他是天下第一个好手。"有人问他身家履历的话，他只摇头不答。

这柳木儿访遍南七省，没有对手，一闻李富东的声名，即来到北京，找到李富东家里。

这时，李富东虽也不曾逢过敌手，但是他十六岁的时候，曾被王教师踬得他叫苦连天，知道本领没有止境，强中更有强中手。从那回以后，不论和谁较量，他总是小心在意，不敢轻敌。这回见柳木儿不远数千里来访，背上又驮着那"天下第一"的牌子。江湖上的规矩，不是有本领的人，出门访友，不敢驮黄色的包袱。江湖上有句例话：黄包袱上了背，打死了不流泪。江湖上人只要见这人驮了黄包袱，有本领的，总得上前打招呼，交手不交手听便。有时驮黄包袱的人短少了盘川，江湖上人多少总得接济些儿。若动手被黄包袱的打死了，自家领尸安埋，驮黄包袱的只管提脚就走，没有缪轕。打死了驮黄包袱的，就得出一副棺木，随地安葬，也是一些没有缪轕。所谓"打死了不流泪"，就是这个意思。

柳木儿既驮了黄包袱，更挂着"天下第一"的牌子，其本领之高强，自不待说。李富东这时的名位，既已高大，只能胜，不能败，因此不敢学王教师对付海空和尚的样，彰明较著的在法源寺过堂。

这日柳木儿一来，即殷勤款待，住在家中，陪着谈论了两日，将柳木儿的性情举动，都窥察了一个大概，第三日才从容和柳木儿交手。只有一个最得意的徒弟，回回教人名摩霸的，在旁边看，此外没一个人知道。为的是恐怕万一打输了，传播出去，坏了声名还在其次，就怕坏了自己的禁卫军教师地位。二人也走了二百多个回合，柳木儿一个不当心，被李富东一脚踢去，将要踢到小腹上来了。

柳木儿待往后退，因背后二三尺远近，有一个土坑，恐怕抵住了，不好转身，只得将身体腾空起来；却是两脚点地太重，身体往上一耸，跳了一丈五六尺高，把头顶上的天花板冲破了一个窟窿。落下来双脚踏在土坑上，把土坑也踏陷了，只是柳木儿身体步法，还一点不曾变动。

李富东见一腿没有踢着，柳木儿的架势也没有散乱，不敢怠慢，正要趁他的身体陷在土坑缺洞里的时候，赶上去加紧几下。柳木儿已拱手说道："住！"随即跳出来，取了那木牌子，双手捧给李富东道："自愿奉让！"李富东也不虚谦，欢天喜地的受了，供在神堂之上。

李富东常对人说，他平生最得意、最痛快的事，无有过于得这块牌子的。但是，李富东得这块牌子，心中却暗地感激那个土坑。他知道柳木儿的本领，与自己并无甚差别，本来不容易分出胜负，走过二百多个回合之后，他自己也有些把握不住了；若不是一脚踢去，柳木儿不顾虑后面有那土坑碍脚，随脚稍退一步，又何至冲破天花板，踏陷土坑，弄得英雄无用武之地呢？李富东心中一感激土坑，实时将踏破了的地方修复起来。谁知这日最得意、最痛快的事，是亏了土坑；后来最失意、最不痛快的事，也是吃亏在土坑。

毕竟李富东如何失意，如何不痛快，且俟第八回再说。

总评：

　　中国之谈拳艺者，动辄以少林嫡派自诩，一若少林二字，可以代表中国之拳艺也者。其实少林拳棒，不过技击中之一派耳，其他别派之高出少林者，尚不一而足。世俗不察，徒知推

55

崇少林，抑亦陋矣。此回叙述少林寺一节，语极翔实，足资证信。盖作者于拳艺一道，研究甚深，是以言出有据，不若他人之传会捏造也。

海空托迹浮屠，犹有好胜之心，少林盛名，几为所败。幸遇王东林，曲予爱护，庶不致露丑人前，然亦险矣！海空可为骄蹇好胜者戒。若王东林之慈祥宽厚，则又足为练习拳艺者之模范矣。

李富东之打跻跤厂，在王教师徒弟口中述出，是暗写法。盖此一节若从正面着笔，非唯十分累赘，且与本回之海空、柳木儿两节，均有相犯之处，故作者特地换一种写法，以免雷同。作文须能犯，尤须能避，不能犯不见笔力，不能避则呆板重叠，毫无趣味矣。

作者写李富东处，描摹其天真烂漫，童性未改之状，能于神情口吻间，曲曲传出，真是写生妙手。

柳木儿一节，明是衬托李富东之英雄，暗中却是为李富东与霍元甲比武作引子也，观此回结束数语，其意自明。

第八回

论人物激怒老英雄
赌胜负气死好徒弟

话说李富东接王东林的下手，当禁卫军教师，轰轰烈烈的当了二十年。自柳木儿送他"天下第一"的招牌，他于得意痛快之中，想到和柳木儿交手时的情形，不免有些心寒胆战。暗想：树高招风，名高来谤，爬得太高，跌得也太重。我于今只因坐在这禁卫军教师的位子上，所以有武艺想得声名的人，只想将我打翻，便可一举成名。我在这位上，已有了二十年，挣下来的家业，也足够下半世的衣食了，若不及时引退，保全令名，天下好手甚多，何能保得没有本领胜过我的人，前来和我过不去；到那时弄得身败名裂下场，岂不太没趣了吗？并且我再恋位不去，名是已经无可增加，利也不过照常的薪俸，名利既都无所得，何苦久在这里，担惊害怕。

李富东当日思量已定，即称病奏请解职，得准之后，即带了家眷和随身得意徒弟摩霸，到天津乡下住家。二十年教师所得，也有五六万家私，五年前就在离天津二十多里的乡下，买了一处房屋田产，预为退老的地步，到这时恰用得着了。李富东这时虽是家居赡养，但他思量大名既经传播出来，仍不免有在江湖上访友的好手，前来探访，不能把功夫荒废了，临敌生疏，每日早晚还是带着摩霸，照常练习。

这日正是十一月底间，天气甚是寒冷，李富东独自向火饮酒，回想在北京时，常有会武艺的朋友，前来谈论拳脚，每谈到兴会淋漓之处，长拳短腿舞弄几番。当时并不觉得如何有趣，于今离群索居，回思往事，方知那种聚会不可多得。从北京搬到此处，住居了这么多年，往日

57

时常聚谈的好友，一个也不曾来过。相隔虽没有多远的道路，只因各人都有各人的事业，没工夫闲逛，我这地方又不便大路，非特地前来看我，没人顺便到这里来。

李富东正在这般思想之际，忽见摩霸喜滋滋的进来报道："五爷特地来瞧师傅，现在厅上等着，师傅出去呢，还是请五爷到这里来呢？"李富东放下酒杯，怔了一怔问道："哪个五爷前来瞧我？"摩霸笑道："师傅忘了么？会友镖局的。"摩霸话没说完，李富东已跳起身来，大笑说道："王五爷来了吗？我如何能不出去迎接。"旋说旋向外跑，三步作两步的跑到客厅上，只见王五正拱立在那里等候。

李富东紧走了两步，握着王五的手笑道："哪一阵风把老弟吹到这里来了？我刚才正在想念老弟和那北京的一般好友，老弟就来了。我听说是王五爷，只喜得心花怒发，不知要怎么才好！老弟何以在这么寒冷的天气，冒着风雪到寒舍来呢？"王五也笑道："我此来可算是忧中有喜，忙里偷闲。一则因久不见老哥，心里惦记得很，不能不来瞧瞧；一则我本来到了天津，遇了一桩极高兴的事，不能不来说给老哥听听。"

李富东拉着王五的手，同进里面房间，分宾主坐下笑道："老弟怎么谓之忧中有喜，遇了什么高兴的事，快说出来，让我也好高兴一会儿。"王五遂将六君子殉义的事，述了一遍道："谭复生确是一个有血性的好汉，和我是披肝沥胆的交情，于今死了，舍生就义，原没有甚可伤。我心中痛恨的，就为北京一般专想升官发财的奴才们，和一般自命识得大体、口谈忠义的士绅们，偏喜拿着谭复生的事，作典故似的谈讲，还要夹杂些不伦不类的批评在内；说什么想不到身受国恩的人家，会出这种心存叛逆的子弟。我几个月来，耳里实在听得不耐烦了，也顾不了局里冬季事忙，就独自跑到天津来，打算把一肚皮的闷气，在天津扯淡扯淡。到了天津，就遇着这桩极高兴的事了，我且问老哥，知道有'霍元甲'这个名字么？"

李富东摇头道："我只知道姓霍的，有个霍恩第。霍元甲是什么人，我不知道。"王五拍掌笑道："老哥知道霍恩第，就好说了。霍元甲便是霍恩第的第四个儿子，本领真个了得，不愧他霍家拳称天下无敌。当今之世，论拳脚功夫，只怕没人能赶得上霍元甲了。"

李富东听了，心里有些不舒服道："后生小子，不见得有什么了不得的本领，就是他爸爸霍恩第的本领，我也曾见过，又有什么了不得呢，那不是霍家拳吗？他们霍家拳，不传外人，霍家人也不向外人学拳脚。老弟说这霍元甲，既是霍恩第的儿子，拳脚必也是霍恩第传授的。说小孩子肯用功，功夫还做得不错可以，我相信现在的小孩子，用起苦功来，比以前的小孩子灵敏。至说当今之世，论拳脚功夫，便没人能赶得他上，就只怕是老弟有心奖掖后进的话吧！"

王五正色说道："我的性格，从来不胡乱毁谤人，也从来不胡乱称许人。霍元甲的拳脚功夫，实在是我平生眼里不曾遇见过的。我于今只将他的实力说给老哥听，老哥当能相信我不是信口开河了。"王五遂将霍俊清踢石滚和挑牛膝、打虎头庄赵家人的话，说了一遍道："我亲眼见他走过一趟拳，踢过一趟腿，实在老练得骇人。"李富东听了，低头不作声，接着就用旁的言语，把话头岔开了。

王五在李家盘桓了数日，因年关将近了，不得不回北京，才辞了李富东回北京去了。李富东送王五走后，心里总不服霍元甲的拳脚，没人能赶得上的话，想亲自去找霍元甲，见个高下；又觉得自己这么高大的声名，这么老大的年纪，万一真个打霍元甲不过，岂不是自寻苦恼？待不去吧，王五的话，词气之间，简直不把我这"天下第一"的老英雄放在眼内，委实有些忍耐不住。李富东为了这事，独自在房中闷了几日。

摩霸是一个最忠爱李富东的人，见李富东这几日，只是背操着两手，在房中踱来踱去，像是有什么大心事，不得解决似的。有时长吁短叹，有时咄咄书空，连起居饮食一切都失了常度。

摩霸起初不敢动问，一连几日如此，摩霸就着急起来了，忍不住走上前去，问师傅为什么这般焦闷。李富东见摩霸抱着一腔关切的诚意，即将王五的话，和他自己的心事说了，摩霸逗口而出的答道："这算得了什么？师傅是何等年龄，何等身份，自然犯不着亲去。找一个后生小子较量，只须我一人前去，三拳两脚将那姓霍的小子打翻，勒令他具一张认输的切结，盖个手印，我带回来给师傅看了；再送到北京，给王五爷过目，看五爷有什么话说。这不是一件很容易的事吗？"

李富东叱道："胡说！我尚且踌躇，不敢冒昧跑去，你想去送死吗？"摩霸笑道："我为师傅，就被人打死了，也不算一回事。师傅既不教我去打，我还有一个法子，我即刻动身，到霍元甲那里去，邀他到这里来。他到了这里，师傅就用款待柳木儿的法子，留他住几日，再见机而作的和他交手，难道他姓霍的比柳木儿还凶吗？"

李富东嬉笑道："这法子倒可以行得。你就拿我的名片去，只说我很仰慕他的声名，想结交结交。只因我的年纪老了，体魄衰弱，禁受不起风霜，不能亲到天津去看他，特意打发你去，请他到这里来。若他推说没有工夫，你就说：哪怕住一夜，或连一夜都不住，只去坐谈一会儿也使得。"摩霸听了，答应理会得，当下即揣下李富东的名片，动身到淮庆会馆来。

这时霍俊清，正在会馆里，陪着他小时候拜过把的一个兄弟，姓胡名震泽的，谈论做买卖的事。摩霸到了，见了霍俊清，呈上李富东的名片，照李富东教说的话，周详委婉的说了。霍俊清笑道："我久闻得李老英雄的名，打算去请安的心思，也不知存着多久了。不过这几日不凑巧，我偏有忙得不可开交的俗事，羁绊着不能抽身，且请老大哥，在这里盘桓一会儿，我但能将应了的俗事，略略的布置清楚，便陪老大哥同去。"说时，随望着刘振声道："你好生招待摩霸大哥，住过几日再看。"

刘振声见摩霸生得六尺开外的身体，浓眉大目，气度轩昂，一望就知道是一个富有气力的汉子，心里很欢喜，极愿交结这么一个朋友。答应了自己师傅的吩咐，即走过来握了摩霸的手，竭力表示亲热的带到自己房里，彼此都说了几句仰慕闻名的客气话。

刘振声说道："大哥这回来的时候不对，若在三日以前，我师傅见大哥来了，必然立刻动身，陪大哥同去；于今我师傅有事，能去不能去，还说不定。"摩霸道："怎么三日以前，能立刻同去，于今什么事，这般要紧？我师傅只要接四爷去一趟，并不留住多久，抽身一两日工夫也不行吗？"

　　刘振声摇头道："大哥哪里知道，刚才大哥在我师傅房里，不是看见还有一个客，坐在那里说话的吗？"摩霸点头应是。刘振声道："那人是我师傅小时候的兄弟，姓胡名震泽。他家里有一张牙帖，三兄弟争着要拿出来做买卖。他的爸爸就说：'谁能在外面借得一万串钱来，牙帖便给谁拿去做买卖。'于是三兄弟都出来借钱。胡震泽就来请我师傅帮忙，要我师傅借给他一万串钱。我师傅不能不答应，却是自己又拿不出这么多，只得替他四处张罗。胡震泽在这里等着要拿去，我师傅已为他在外面张罗了三日，只因年关在即，还不曾张罗得五千串，我师傅和胡震泽都正在着急。大哥请说，差了一大半的钱，一时如何能照数张罗得了。我师傅的性格最是认真，凡是他老人家亲口答应了人的话，哪怕不顾性命，都得照着答应的做到，不做到决不肯罢手，所以我说能去不能去，此时还说不定。再过几日，我们自己栈里的来往账项也要结束了，我师傅是个店主，怎的能抽身呢？"

　　摩霸听了刘振声的话，心想：我这回若不能把姓霍的，请到师傅家里去，我自己白辛苦了一趟还在其次，只是我师傅不曾见着姓霍的面，较量过几手拳脚，心里横梗着王五爷的话，不要焦闷出毛病来吗？我看姓霍的既是这么忙得不能抽身，若不用言语激动他，他这回决不能同我去，我何不且拿话把他徒弟激怒一阵。

　　摩霸是个脑筋简单的人，以为自己想得不错，即对刘振声做出冷笑的面孔来。刘振声也是个爽直不过的人，见了摩霸冷笑的面孔，便耐不住问道："大哥为何冷笑，难道我的话说错了吗？"

　　摩霸越发冷笑道："老兄的话哪里会错，我笑的是笑我师傅，老兄不要多心。"刘振声诧异道："大哥什么事笑自家的师傅呢？"摩霸道："我师傅打发我来请霍四爷的时候，我就说道：'霍四爷是请不来的，用不着白碰钉子吧！'我师傅问我：'怎知道请不来？'我说：'这何难知道，霍家拳的声名谁不知道，本来用不着霍四爷出头，打翻几个有名的人物，才能替霍家拳增光；于今你老人家若是一个平常没甚本领的人，去请霍四爷，他必然肯来夸耀夸耀他霍家拳的好处。你老人家当了

61

二十年的禁卫军教师，又得了天下第一的牌子，谁闻了你老人家的名头不害怕，霍四爷肯来上这大当吗？'我师傅听了我这话，反骂我胡说，逼着我立刻动身，此时果应了我的话，因此不由得我不笑。"

刘振声一听这话，只气翻着两眼，半晌说话不出，也不知道是摩霸有意激怒他的，满心想发作，大骂摩霸一顿。转念自己师傅曾吩咐的，教好生招待，不好登时翻脸把人得罪，只好勉强按住火性，也气得冷笑了一声道："我师傅岂是怕人的？我师傅有事不能抽身，你就说是不肯去上当，然则你师傅不亲到这里来，不也是害怕，不肯来上当吗？你尽管在这里等几日，我师傅的事情一了，我包管他就同你去。不过你既是这么说，我师傅到了你师傅家，免不了是要和你师傅交手的，你敢和我赌赛吗？"

摩霸道："有何不敢！看你说，赌赛什么东西？"刘振声想了一想说道："赌轻了没用，须赌得重一点儿，你有没有产业呢？"摩霸道："我有一所房子，在天津某街上，看你有没有？"刘振声道："我也有一处房子，正在这里不远，我们同去看过房子，若你的比我的大，我师傅打赢了，照时价我找你的钱，你的房子给我；我师傅打输了，我的房子给你便了，若我的比你的大，你也照时价找钱给我。"摩霸说："好！"刘振声也不说给霍俊清听，二人私自去看了房子，并议妥了将来交割的手续。刘振声的房子，比摩霸的大了三间，若摩霸赌赢了，照时价应找刘振声一百银子，也不凭中，也不要保，就是一言为定。

摩霸在淮庆药栈住了三日，霍俊清已将胡震泽的事办妥了。筹了一万串钱，给胡震泽拿去，当约了第二年，归还三千串，第三年归还三千串，第四年全数归还。因是把兄弟的关系，帮忙不要利息，其实霍俊清在外挪借得来的，都得给人家的利息，这项利息，全是由霍俊清掏腰包。哪知后来霍俊清的性命，竟有五成是断送在这宗款子上面，古人所谓"善人可为而不可为"，便是这类事情的说法。至于如何断送了五成性命，在这宗款子上面，后文自有交代，此时不过乘机点醒一句。

于今且说霍俊清替胡震泽帮忙的事已了，即对摩霸说道："我多久就存心，要去给李老英雄请安，无奈我独自经营着这药栈生意，不能抽闲离开这里。我想不去则已,去了总得在他老人家那里,多盘桓几日,才能得着他老人家指教的益处。刚一到就走,哪成个敬意呢?我想今年已没有多少日脚了,我的俗事又多,本打算索性等明年正月,去给他老人家拜年,但是承老大哥辛苦了这一趟,若不同去又对不起老大哥,只好且陪老大哥去。不过有一句话得先说明,务请老大哥转达,我至多只能住两夜。不先事说明,他老人家挽留起来,我固执不肯,倒显得我太不识抬举。"摩霸连声应是,霍俊清即带了刘振声,同摩霸动身。

离天津才走了一里多路,只见迎面来了一个二十多岁的青年,行装打扮,背上驮着一个小小的包袱,行走时提步迅捷。生得面白唇红,眉长入鬓,两眼神光满足,顾盼不凡。霍俊清远远的见了,心里就很觉得这青年,必有惊人的本领,但不知姓甚名何,从哪里来的?

渐走渐近,那青年一眼看见了刘振声,即露出了笑容,紧走几步,到刘振声跟前,恭恭敬敬的行了一礼,口里呼着舅父道:"上哪儿去?我听得说你老人家,在天津霍爷这里,特地前来请安,并想瞧瞧霍爷,毕竟是怎么一个人物,有这么大的声名。"

刘振声连忙指着霍俊清说道:"快不要乱说,这就是我师傅霍爷。"那青年回头望了霍俊清一眼,拱了拱手说道:"特从哈尔滨来,给霍爷请安。霍爷待去哪里,有甚贵干吗?"刘振声忙上前向霍俊清说道:"这就是我日前曾向师傅说过的小外甥赵玉堂。"霍俊清也对赵玉堂拱了拱手笑道:"不敢当,不敢当!"说着随现出踌躇的神气,望着摩霸笑道:"这事将怎么办呢?"

摩霸不作声,赵玉堂插口说道:"霍爷有事去,尽管请便。我在客栈里恭候便了。"霍俊清生性极是好客,对于有本领人前来拜访的,尤不肯有些微怠慢。此时见赵玉堂特从哈尔滨前来,岂有置之不顾而去之理,遂向摩霸说道:"事出无奈,只好请老大哥回去,拜上李老英雄,我明年正月初二日,准来给他老人家叩头。这时寒舍有远客来了,我没有不归家招待的情理。"

不知摩霸怎生回答,且俟第九回再说。

总评：

此一回在书中为过渡，借以收拾上文，开出下文，故笔势渐趋平直，不若前数回之奇恣矣。然我以为文章越是平直处，越不易下笔，读者须看其前后穿插结构贯串呼应之处，煞费苦心，不可轻易阅过也。

霍元甲与李富东之比武，孰胜孰败？摩霸与刘振声之赌赛，孰输孰赢？此皆读者所急欲知之者也。不意作者忽然叙入赵玉堂传，将此事从中截断，不复提及。种因在此，而收果乃在数回之后，遂令读者将此事横亘胸中，一个闷葫芦，无从打破，此是作者极狡狯处，亦是文章极变幻处也。

第九回

遇奇僧帽儿山学技
惩刁叔虎头庄偷银

话说摩霸见霍俊清有远客来访，知道不能勉强同去，情理说不过去，也不好怎么说法，只得连连点头应道："既然四爷这么说，拜年的话不敢当，只是请明年早些降临。"霍俊清道："岂敢失约。"摩霸自作别归家，将情形报告李富东不提。

且说赵玉堂这个名字，在哈尔滨一带，住得时间长久的人，大约不知道的很少。此人在当时的年纪，虽只二十四岁，而本领之高，声名之大，说起来，确是有些骇人。赵玉堂的母亲，是刘振声的胞姊，二十几岁上，她丈夫就死了，苦志守节，抚育这个遗腹子赵玉堂。赵玉堂的父亲，叫赵伯和，兄弟叫赵仲和，两人都练得一身绝好的武艺，在虎头庄赵家会武艺的人当中，算是最有能耐的。赵伯和死后，不曾留下文钱尺布的遗产。赵仲和仗着自己的武艺，替人保镖生活。仲和为人，刻薄寡恩，见哥子去世，丢下幼年之妻，襁褓之子，没一些儿遗产，便不肯担任赡养的责任，一再讽劝寡嫂刘氏改嫁。奈刘氏心坚如铁，说自己丈夫不是没能耐的寻常人物，岂有他妻子改嫁之理，并且遗腹生了一个儿子，更不能不守望他成人。

赵仲和见几番讽劝不动，就声言不顾他母子的生活，教他母子自谋衣食。刘氏既能苦志守节，自然甘愿自谋衣食，替人做针线，洗衣服，凡是用劳力可以换得着钱米的，莫不苦挣苦做；无论苦到哪一步，绝不仰望赵仲和供给。幸得刘振声略有家业，每年津贴些儿。

年复一年的过去，赵玉堂已有十四岁了。只因他自出母胎以来，不

65

曾处过一天顺境，在两三岁的时候，他母亲处境贫寒，又忧伤过度，乳浆既不充足，更没好些儿的食物代替，虽勉强养活着一条小性命，只是体质孱弱异常。生长到五岁，还不能立起身子走路，说话啼哭，和小猫儿叫唤一般，通身寻不出四两肉，脸上没一些血色。他母亲望他成材的心思极切，因念他父亲练了一身本领，丝毫不曾得着用处，便不打算要赵玉堂学武艺。又因赵玉堂的体质太弱，就教他学武艺，料也练不出惊人的本领来。抚养到了十岁，即把赵玉堂送进一家蒙馆里读书，读到一十四岁。

这日下午，从蒙馆里放了学回来，走到半路上，迎面来了一个身高体壮的和尚，用手抚摩着赵玉堂的头顶道："你心想瞧热闹么？我带你到一处地方去瞧热闹，你去不去呢？"赵玉堂看那和尚，倒是慈善的样子，不过颌下一部花白络腮胡须，其长过腹，望着有些害怕，即摇头答道："我不想瞧热闹，我母亲在家，盼望我回去。"那和尚道："没要紧，我一会儿就送你回家去。我已向你母亲说过了，你母亲教我带你去瞧热闹。"

赵玉堂这时的年纪虽只得一十四岁，心地却非常明白，知道自己母亲决不会认识和尚，跟和尚说话，连忙对和尚说道："没有这回事！你不要哄我。什么热闹我也不要瞧，我只要回家见母亲去。"说完，就提起脚走。那和尚哪里肯舍呢？追上前将赵玉堂拉住，赵玉堂急得骂起来，和尚也不顾，用手在赵玉堂头上拍了几下，赵玉堂便昏迷不省人事了。

也不知在昏迷中过了多少时刻，忽然清醒起来。张眼一看，黑沉沉的，辨不出身在何处，耳里也寂静静的，听不出一些儿声息；但觉自己身体，是仰睡在很柔软的东西上面，四肢疲乏得没气力动弹，只能将头转动，向左右张看。仿佛见右边有一颗星光，星光之外，一无所见。心中明白是散学回家，在路上遇着和尚，被和尚用手在头上几拍，就迷糊到这时候，想必是天黑了，所以见着星光。又想到自己母亲，等到这时分还不见我回去，必然急得什么似的，我如何还睡在这里，不回家去呢？

赵玉堂心里这么一想，便竭力挣扎起来。原来身体睡在很厚的枯草上，站着定睛向四面都看了一会儿，黑洞洞的，一步也看不见行走。再看那星光，不像是在天上，觉得没有这么低塌的天，并且相隔似不甚远，便朝着那星光，一步一步慢慢走去。

　　才走了五六步，额头上猛然被碰了一下，只碰得两眼冒火，伸手一摸，湿漉漉的，冰冷铁硬，好像是一堵石壁。暗想：怪呀，怎么是一堵石壁呢？不是分明看见一颗星光在这一方吗？石壁里面，如何会有星光，不是奇了么？张开两手，不住的左右上下摸索，确是凸凸凹凹的石壁，壁上还潮湿得厉害，摸得两掌尽水；只得挨着石壁，向右边缓缓的移动。移不到二三尺远，右手摸不着石壁了，再看那星光，又在前面，心中一喜，仍对着星光举步。谁知一提脚，脚尖又被蹴了一下，险些儿向前栽了一个跟斗。随将身体蹲下，两手一面摸索，两脚一面向前移动，像是爬上了几层石级，离星光渐渐的近了。

　　又爬了几步，只见星光一晃，眼前忽现了光亮，那个要带他瞧热闹的和尚，端端正正的坐在一个蒲团上，笑容满面的望着他。赵玉堂见了这和尚，忍不住哭起来道："你不送我回家，把我弄到这里干什么呢？我要回去，我不在这里了。"和尚说道："你自己到这里来的，你要回去，只管回去便了，谁不教你回去咧？"

　　赵玉堂听说，便不哭了，立起身向四处一看，周围都是漆黑的石壁，只有头顶上一条裂缝，弯弯曲曲的有三四寸宽，从裂缝里漏进天光来。裂缝虽长有几丈，然太仄太厚，不能容人出入，挨近裂缝一看，缝旁有一条青布，和窗檐一般，用绳牵挂着，可以扯起放下；知道是为下雨的天气，防从裂缝中漏下雨水来，所以用这布遮盖。将四周的石壁，都细看了一遍，实在无门可出。低头看地下，也是一点儿罅隙没有，又急得哭了出来道："你把我关在这没门的石洞里，教我怎生回去呢？"

　　和尚笑道："没有门不能出去，你难道是生成在这里面的吗？好粗心的小子。"赵玉堂心里陡然觉悟了，直跪到和尚跟前，牵了和尚的衣道："你立起来，门在蒲团底下。"和尚哈哈大笑道："亏你，亏你！算你聪明。"随即立起身来，一脚踢开蒲团，露出一块方石板来。石板上安着一个铁环，和尚伸手揭开石板，便现一个地道。

和尚将遮裂缝的青布牵满，洞中仍旧漆黑，那颗星光又现了，原来是点着一支香，插在地下，阳光一进来，香火就看不出了。和尚引赵玉堂从地道出来，却在一座极高的山上。回头看地道的出口，周围长满了荆棘，非把荆棘撩开看不见出口，也没有下山的道路。一霎时狂风怒吼，大雪飘然而下，只冷得赵玉堂满口中的牙齿，捉对儿厮打。

和尚笑道："你要回家去么？"赵玉堂道："我怎么不要回家去！可怜我母亲只怕两眼都望穿了呢？"和尚点点头道："你有这般孝心，倒是可喜。不过我老实说给你听吧，这山离你家，已有一万多里道路，不是你这一点儿年纪的人，可以走得回去的。你的根基还不错，又和我有缘，特收你来做个徒弟。你功夫做到了那一步，我自然送你回去，母子团圆。你安心在这里，不用牵挂着你母亲，我已向你母亲说明了。你要知道你母亲苦节一场，没有力量能造就你成人，你跟我做徒弟，将来自不愁没有奉养你母亲的本领。像你于今从蒙馆先生所读的那些书，便读一辈子，也养你自己不活，莫说奉养你的母亲。"

赵玉堂是个心地明白的小孩，起初听了和尚的话，心里很着急，后来见和尚说得近情理，也就不大着急了，只向和尚问道："你怎么向我母亲说明白了的？"和尚道："我留了一张字，给你母亲，并给你舅父刘振声。"赵玉堂听和尚说出自己舅父的名字，心里更相信了，当下就跪下去，拜和尚为师，和尚仍引他从地道走入石洞，石洞里暖如三春天气。和尚过几日下山一次，搬运食物进洞。赵玉堂就一心一意的在洞中练习武艺。

那山上终年积雪，分不出春夏秋冬四季，也不知在洞中，过了多少日月，赵玉堂只知道师傅法名"慈云"，以外都不知道。在洞中专练了许久之后，慈云和尚每日带赵玉堂在山上纵跳飞跑。赵玉堂只觉得自己的身体，一日强壮一日，手脚一日灵活一日，十来丈的石崖，可以随意跳上跳下；在雪上能跑十多里远近，没有脚印。

一日慈云和尚，下山去搬运粮食，几日不见回来。赵玉堂腹中饥饿难忍，只得从地道里出来。山上苦无食物可以寻觅，遂忍饥下山，喜得脚健，行走如飞，半日便到了山底下。遇着行人一问，说那山叫"帽儿山"，在山东省境内。赵玉堂乞食归到山东，可怜他母亲，为思念儿子，两眼都哭瞎了，衣服也不能替人洗，针黹也不能替人做，全赖娘家兄弟刘振声津贴着，得不冻馁而死。一旦听说儿子回来了，真喜得抱着赵玉堂，又是开心，又是伤心，哭一会儿，笑一会儿，问赵玉堂这五年来在什么地方，如何过度的？

赵玉堂这时才知道，已离家五年了，将五年内情形，详细说给他母亲听了。他见家中一无所有，母亲身上，十二月天气，还穿着一件破烂不堪的棉袄，自己又不曾带得一文钱回家来，心想我这时虽学会了一身本领，然没有方法可以赚钱；并且就有方法，一时也缓不济急。我叔叔做保镖生意，素来比我家强，我何不暂时向他老人家借几十两银子来，打点过了残年，明年赚了钱再还，岂不甚好吗？我母亲平日不向叔叔借钱，是因我年纪小，不能赚钱偿还，于今我还怕什么呢？赵玉堂自以为思想不错，也不对他母亲说明，只说去给叔叔请个安就回。他母亲见儿子丢了几年回来，也是应该去给叔叔请安，便不阻拦他。

赵玉堂跑到赵仲和家里，赵仲和这时正在家中，督率匠人粉饰房屋，准备热闹过年。忽见赵玉堂进来，倒吃了一吓，打量赵玉堂身上，穿得十分褴褛，两个眉头，不由得就蹙了起来。赵玉堂也不在意，忙紧走了两步，上前请安，口里呼了声"叔叔"。

赵仲和喉咙眼里"哼"了一声，随开口问道："堂儿回来了么？"赵玉堂立起身，垂手答道："回来了！"赵仲和道："我只道你已死了呢！既是不曾死，赚了些银钱回来没有？"赵玉堂听了这种轻侮的口吻，心里已很难过，勉强答道："哪能赚得银钱回来，一路乞食才得到家呢！"

赵仲和不待赵玉堂说毕，已向空"呸"了一声道："原来还留在世上，给我赵家露脸。罢了，罢了！你只当我和你爸爸一样死了，用不着到我这里来，给我丢人。我应酬宽广，来往的人多，没得给人家瞧不起我。"这几句话，几乎气得赵玉堂哭出来，欲待发作一顿，只因是自己的胞叔，不敢无礼，只得忍气吞声应了一句："是！"低头走了出来。

心里越想越气，越气越恨，不肯向家里走，呆呆的立在一个山岗上，暗自寻思道：人情冷暖，胞叔尚且如此，外人岂有肯借钱给我的吗？我没有钱，怎生归家过度呢？抬头看天色，黑云四合，将要下雪了，心里更加慌急起来，恐怕母亲盼望，只好兴致索然的归到家中。喜得家中还有些米，做了些饭，给母亲吃了。入夜哪能安睡得了？独自思来想去的，忽然把心一横，却有了计较。

他等母亲睡着了，悄悄的起来，也不开大门，从窗眼飞身到了外面。施展出在帽儿山学的本领，顷刻到了赵仲和的房上。他能在雪上行十多里，没有脚印，在屋上行走，自然没有纤微声息。

赵仲和这时正在他自己卧室里，清算账目，点着一盏大玻璃灯。那时玻璃灯很少，不是富贵人家，莫说够不上点，连看也看不着。赵仲和这年因保了一趟很大的镖，那客商特从上海，买了两盏大玻璃灯送他，所以他能摆这么阔格。赵玉堂小时候，曾在这屋里玩耍，路径极熟。这时在房上，见赵仲和不曾睡，不敢就下来，伏在瓦楞里等候，两眼就从窗格缝里，看赵仲和左手打着算盘，右手提笔写数，旁边堆了许多纸包，只看不出包的是什么。

不一会儿，见赵仲和将纸包就灯下一包一包的打开来，看了看，又照原样包好，亮旺旺的全是银两。赵玉堂看了，眼睛出火，恐怕赵仲和收检好了，上了锁，要拿他的就费事了。天又正下着雪，身上穿的不是夜行衣靠，湿透了不活便，更不愿意久等。猛然间心生一计，顺手揭起一大叠瓦来，对准那玻璃灯打去；只听得"哗啦啦"一声响，玻璃灯打得粉碎，房中登时漆黑了。赵玉堂跟着一大叠瓦，飞身进了房，玻璃灯一破，已抢了两大包银子在手，复飞身上房走了。

赵仲和惊得"哎呀"一声，被碎瓦玻璃溅了个满头满脸，知道有夜行人来了，正待跳起来，抽刀抵敌，哪里看见有什么人影呢？他老婆睡在床上，被响声惊醒起来，见房中漆黑，连问："怎么？"赵仲和提刀在手，以为夜行人来借盘川，用瓦摔破了灯火，必然从窗眼里进来，准备杀他一个措手不及。哪知两眼都望花了，只不见有借盘川的进来，见自己老婆问得急，才开声答道："快起来，把火点燃。不知是什么人来和我开玩笑，把我的灯破了，却不肯下来。"

他老婆下床点了火，换了一盏油灯，赵仲和笑道："必是一个过路的人，没打听清楚，及见我不慌不忙的抽刀相待，才知道不是道路，赶紧回头去了。哈哈，可惜我一盏好玻璃灯，给他摔破了。"他老婆将油灯放在桌上，一面将瓦屑往地下扫，一面埋怨赵仲和道："我也才见过你这种人，银子包得好好的，搁在柜子里面，为什么过不了几夜，又得搬出来看看，难道怕虫蛀了你的银子吗？"赵仲和笑道："我辛苦得来的这多银子，怎么不时常见见面呢？我见一回，心里高兴一回，心里一高兴，上床才得快活。谁有本领，能在手里抢得去吗？"

赵仲和口里是这么说着，两眼仍盯住那些银包上，徒觉得上面两大包不见了，连忙用手翻看，翻了几下，哪里有呢？脸上不由得急变了颜色，慌里慌张的问他老婆道："你扫瓦屑，把我两大包银子扫到哪里去了？"他老婆下死劲在他脸上啐了一口道："你放屁么，瓦屑不都在这地下吗，你看有不有两大包银子在内？幸亏我不曾离开这里，你两眼又不瞎了！"

赵仲和被老婆骂得不敢开口，端起油灯，弯腰向地下寻找。他老婆气得骂道："活见鬼！又不是两口绣花针，两大包银子，掉在地下，要这般寻找吗，还在柜里不曾搬出来么？"赵仲和声音发颤道："小包都搬出来了，哪有大包还不曾搬出来的。我记得清清楚楚，先解小包看，最后才解大包看，所以两个大包，搁在这些小包上面，每包有三百多两。"

他老婆也不作声，走到柜跟前，伸手在柜里摸了几摸，恨了一声说道："还说什么！你在吹牛皮么，没人能在你手中抢了去么？我想起你这种没开眼，没见过银子的情形，我心里就恨。"

赵仲和被骂得不敢回话，提刀跑到外面，跳上房子，见天正下雪，房上已有了寸来厚，心中忽然喜道："我的银两有处追寻了。这早晚路上没有人走，照着雪上的脚迹追去，怕追他不着吗？"随在房上低头细看，见瓦楞里有一个人身体大小的所在，只有一二分深的雪，知道是借盘川的人，曾伏身此处。再寻旁边揭瓦的所在，也看出来了，只寻不见一只脚迹。满屋寻遍了，仍是没有脚迹，不觉诧异道："难道还不曾逃去吗？不然，哪有雪上没有脚迹的道理呢？"赵仲和这么一想，心里更觉追寻有把握了。翻身跳了下来，一间一间的房，弯里角里都看了，真是活见鬼。赵玉堂这时早已到了家，解衣就寝了，赵仲和到哪里能寻找得出人来？

直闹了一个通夜，还得哀求老婆，不要动气，不要声张，说起来保镖达官家里，被强人抢去了银两，于声名大有妨碍。

再说赵玉堂得了六百多两银子，打点过了一个很快活的年，对他母亲，支吾其词，胡诌了几句银子的来历。他母亲双目不明，只知道心里欢喜自己儿子，能赚钱养娘，哪里会查究以外的事。赵玉堂年轻，虽从穷苦中长大，然此番得来的银子容易，也不知道爱惜，随手乱花，见了贫苦的人，三五十两的任意接济人家，六百多两银子，能经得几月花销呢？一转眼间，手头又窘起来了，心里思量道："我叔叔的银子，也来得很辛苦，我取了他六百多两，他心里已不知痛了多少，若再去拿他的，未免太可怜了；还是大客商，有的是钱，我劫取些来，供我的挥霍，在他们有钱的商人，算不了什么。不过不能在近处动手，好在我没有一个朋友，不论哪家镖局镖行，我都没有交情，就只我叔叔，他虽是靠保镖生活，然他的名头不大，生意不多，不碍我的事。除我叔叔以外的镖，我高兴就劫，也不问他是哪条道路。他们这些保镖的人物，倚仗的是交情，是声望，我不讲交情，不怕声望，看他们能怎生奈何我！"

赵玉堂安排既定，也和白日鼠周亮在绿林中一样，专拣贵重的大镖劫取。周亮当时，还得仗着那翻毛赤兔马，赵玉堂连马都不要，就只背着一把单刀，和押镖人动手相杀的时候极多，只因他来去如风，人影还不曾看清，镖已被他劫去了。有时镖笨重了，不好单劫，他就等到落了店，夜间前去动手。总之，赵玉堂不起心劫这个镖则已，只要他念头一动，这镖便无保全的希望了。如此每月一两次，或二三月一次，劫了两个年头，北道上十几家镖局镖行，除了赵仲和，没一家不曾被劫过。不过他从来不劫全镖，只拣金银珠宝劫取，每次劫的，也没有极大的数目，多则三五千，少则三五百。保镖的只知山东道上，有这么一个独脚强盗，起初还不知道赵玉堂的姓名。

一年后，因赵家的镖，独安然无恙，才疑心这强盗和赵仲和有关系。大家聚会着，商议调查姓名和对付的方法。不知商议出什么方法来，且俟第十回再写。

总评：

此一回从霍俊清传岔入赵玉堂传矣！横云断山，密雨蔽林，而霍俊清之正传，遂不得不戛然截住，直至三四回之后，方能继续叙述。此是行文变化不测处，读者须看随处岔开，而随处俱能拉拢，笔致活泼，随心所欲，故能跌宕跳脱，不落呆诠。若能发而不能收，能岔开而不能拉拢，则正如圣叹所云：大除夕放烟火，一阵一阵过去，前后首尾，绝无贯串，尚复成何章法哉！

世衰道微，人心浇漓，乃至家人骨肉之亲，亦复毫无情谊。观于赵仲和之对待玉堂母子，刻薄寡恩，即路人亦不过尔尔，可叹可恨！虽然，今世人骨肉手足，往往相视若仇敌，甚至欲剚刃其胸以为快者，盖比比也，我又何暇独责赵仲和哉！

刘氏守节抚孤，自甘困苦，不求人助，其志节之高洁，令人肃然起敬。作者写此，欲为当世骄奢淫逸之妇女，痛下砭针耶！有刘氏之节妇，而后有玉堂之孝子，然则天视又何尝梦梦哉。

今之新人物，视教孝为腐谈，甚或创为"万恶孝为首"之说者，立论著书，恬不为怪。愚诚迂拙，当痛斥之。作者于此数回中，极力描写赵玉堂之孝，言之啧啧，一若深表其赞许之意者。我知新文学家见之，必又丑诋作者为头脑陈腐之学究矣！狂者以不狂为狂，我侪又将奈彼新人物何哉！

赵玉堂遇慈云和尚一节，事迹固极诡异，用笔亦异常突兀。即如描写山洞一段，星光也，石壁也，石级也，裂缝也，洞口也，种种衬托，方逼出一个幽奇险僻之山洞。笔致闪烁，

73

令人无从捉摸。

赵玉堂见仲和一节，写得十分深刻，如玉堂母子，饥寒交迫，无以卒岁，赵仲和家中，则正在粉饰房屋，预备热闹过年。两两对照，不必如何说明，赵仲和平日之漠视寡嫂，已可概见。至于仲和对待玉堂之神情言语，尤能形容尽致，令人读之，恍如有一刻薄寡恩之势力鄙夫，活现眼前，真妙笔也。

玉堂受仲和之揶揄折辱，能忍气吞声，不与计较而出，此是玉堂识得大体处。至于夜半入室，灭灯盗银，在玉堂固匪得已，在事实亦足快人心，我知十九阅者，必能为赵玉堂恕也。

赵仲和灯下算银，贪鄙之状如画，令人阅之，可气可笑。失银之后，被其妻痛骂一顿，语极爽利，又令人击案称快。尤妙者，仲和失去银两，反哀求其妻，不可声张，情状狼狈，神色懊丧，阅之不第可笑，抑亦可怜矣！

世之穿窬劫掠者流，岂生而愿为盗贼哉！亦皆出于不得已耳。作者写玉堂之为盗，逐层写来，觉其竟有不得不做强盗之苦衷，此等处与施耐庵之写梁山百八人，同一用意，昔武氏见骆宾王檄文而叹曰："有如此人才而不用，宰相之过也。"玉堂身怀绝技，不能自见，卒致流而为盗贼，是谁之过欤？

第十回

显奇能半夜惊阿叔
恶垄断一怒劫镖银

  话说北道中各镖行镖局，商议调查赵玉堂和对付的方法，无奈赵玉堂并无亲知朋友，又无伙伴，连他叔父赵仲和，都不知道赵玉堂会有这般本领，这种行为，教各镖行镖局，如何能调查得出他的姓名来呢？既是姓名都调查不出，更如何有对付的方法呢？

  各地的客商，见每次失事，只有赵仲和保的镖安然无恙，都以为赵仲和的本领，在一般保镖达官之上，都争着来请赵仲和保。赵仲和也莫名其妙，也自以为本领高强，所以没人敢劫，生意一日发达似一日。赵仲和一人分身不来，也雇用了多少伙计，半年之间，山东、河南一带的镖，全是赵仲和一人的旗号了。赵仲和得意得了不得，逢人夸张大口，说一般保镖的，太没有能耐，这强盗的眼力不错，知道我虎头庄赵某的厉害，所以不敢胡来。听了赵仲和夸口的人，也不由得不相信是真的。

  赵仲和正在生意兴隆、兴高采烈的时候，这日忽见赵玉堂衣冠华丽、气度轩昂的走了来。赵仲和看了，几乎不认得是自己的胞侄。原来赵玉堂自从帽儿山归家时，来过一次之后，就只那夜来借了六百多两银子，往后不曾和赵仲和见过面。赵仲和一则因事情忙碌，二则怕赵玉堂纠缠着借贷，不肯到寡嫂家来，对外人说是叔嫂理应避嫌。其实，用意并不在此。

  当日赵玉堂衣衫褴褛，形容憔悴，这时完全改变了，赵仲和做梦也想不到自己有这么漂亮的胞侄，还疑心是来照顾自己生意的富商呢！及认出是赵玉堂，不由得怔了一怔，不好再使出前次那般嘴脸来，略扮出些儿笑意说道："堂儿，怎么呢！一会儿不见，倒像是一个贵家公子了，一向在哪里呢？"

赵玉堂上前，照常请了个安，立在一旁答道："平日因穷忙，没工夫来亲近叔叔，今日为一桩事不明白，特来请求叔叔指示。"赵仲和见赵玉堂说话的神气，很带着傲慢，不似前番恭谨，也猜不出他请求指示的，是一桩什么事，随口问道："你有什么事不明白，且说出来看看。"赵玉堂道："我虎头庄赵家，为什么要祖传下这么多、这么好的武艺，武艺有什么用处？侄儿不明白，得请求叔叔指示。"

赵仲和听了这几句话，还摸不着头脑，更猜不透问这些话的用意，只好胡乱答道："武艺为什么没有用处？即如我现在，若不凭着祖传下来的武艺，拿什么给人家保镖？这便是我虎头庄赵家祖传武艺的好处。人家都保不了镖，只我能保得了，只我赚的钱多，你这下可明白了么？"

赵玉堂鼻孔里笑了一声道："我虎头庄赵家的祖宗，难道虑及将来的子孙，没本领给一般奸商恶贾当看家狗，特留下这些武艺，替看家狗讨饭吃吗？"赵仲和哪想到赵玉堂有这类无礼的话说出来呢，突然听了，只气得大叫一声，就桌上拍了一巴掌，只拍得桌上的什物跳起来尺多高，接着骂道："小畜生！谁教你来这里这么胡说的？你再敢无礼，我真要做了。"

赵玉堂神色自若的冷笑道："祖传了武艺，来做自己的年轻胞侄，倒是不错，但只怕也不见得能做得了。叔叔要问是谁教我来说的吗？是祖宗教我来说的。我赵家祖宗，传下这么多、这么好的武艺，是教我们子孙学了，在世界上称英雄、称好汉的，不是教学了去给奸商恶贾当看家狗的。"

赵仲和气得浑身打抖，脸上都气变了颜色，圆睁一对怪眼，也不说什么，拔地立起身来，想拿住赵玉堂，到祖宗神堂面前，结结实实的责打一顿，看赵玉堂下次还敢说这种无礼的话么？赵仲和起身，赵玉堂也站起来说道："我说的是好话，你不听也只由你。"边说边向外走道："看你拿着祖传的武艺，给人当看家狗，能当到几时？我看你的本领，还差得远呢！"

赵仲和见赵玉堂往外走，便连声喝住道："好逆畜，待向哪里跑？还不给我站住吗？"赵玉堂真个站住回头道："叔叔不要动气，有本领回头再见吧。"说毕，仍提步走了。赵仲和心里虽是气愤不过，但毕竟赵玉堂是什么用意，还是猜想不出，打算追到赵玉堂家，质问赵玉堂的母亲，看她为什么纵容儿子，这般无礼；只因天色将晚了，自己还有事不曾办了，只好按捺住火性，等明日去质问。

　　这夜，赵仲和刚上床安歇，听得外面有叫门的声音，并敲打得很急。赵仲和听了一会儿声气，听不出是谁来，只道是派出去保镖的伙计，出了乱子，连忙起来开门。及至打开门一看，但见满天星月，哪有个人影呢？便大声问道："谁呀？"即听得有人在里面应声答道："是我呀！"赵仲和仍听不出是谁的声音，只得翻身走进来，问道："谁呀？"一看，又不见人影，又有人在门外应声答道："是我呀！"赵仲和已觉得诧异，复翻身到门口一看，不还是不见人影吗？又"谁呀，谁呀"的问了两声，"是我呀"的声音又在里面答应。来回七八次，跑得赵仲和火冒了，立住脚喊道："谁和我开这玩笑？再不见面，我就要骂了呢！"这回就听出了赵玉堂的声音，在里面笑答道："叔叔不要骂，是堂儿！"

　　赵仲和赶到里面一看，趁着透明的月色，只见赵玉堂踞坐在桌上，右手支着下巴，笑嘻嘻的摇头晃脑，把个赵仲和羞愤得说话不出。

　　赵玉堂跳下来说道："堂儿从叔叔头上来回一十五次，又有这么透亮的月色，叔叔兀自瞧我不见，拿什么给人家保镖？依堂儿的愚见，不如在家吃碗安静茶饭吧，免得给祖宗丢人。"赵仲和这时才知道自己的本领，不及赵玉堂，然而恼羞成怒，又听了这些怄气的话，哪里再忍耐得住？从壁上抢了一把单刀在手，要和赵玉堂拼命。只是回身再找赵玉堂，已是踪迹不见，心里寻思道:这逆畜从哪里学来的，这么高强的本领？他今日既两次来说我不应保镖，可见得近来劫各镖行镖局的镖，就是这逆畜干的事。怪道只我的镖，得安然无事。这逆畜必是因这半年以来，各客商都来我这里求保，他没买卖可做了，只好来恐吓我，想我不给人保，好由他一人横行霸道，这还了得吗？我不保镖，一家一室的生路，不就这么断绝了吗？只是这逆畜的本领，我这许多同行的好手，都奈何他不得，他如果不给我留面子，我又有什么方法可以对付他呢？于今一般人，都恭维我虎头庄赵家的武艺，毕竟比人不同。我自己也逢人夸张大口，若一般的被这逆畜劫了，丢人还在其次，哪里再有生意上门咧？

赵仲和这么一想，不由得不慌急起来，独自踌躇了一夜。次日，才思想出一条道路来。想出了什么道路呢？赵仲和知道赵玉堂事母至孝，去求赵玉堂的母亲，不许赵玉堂胡闹，逆料必有些效验。当下准备好了言语，并办了几样礼物，亲自提到赵玉堂家里来。

这时赵玉堂不在家里，赵仲和进门，见屋内的陈设，却是簇新的，并富丽得很，全不是前几年的气象。赵玉堂因自己母亲双目失明，行动都不方便，自己又没有妻室，只得雇了两个细心的女仆，朝夕服侍。赵仲和见赵玉堂不在家，便对赵玉堂的母亲，哭诉了一番赵玉堂两次无礼的情形。

赵玉堂的母亲，并不知道赵玉堂的行径。赵玉堂因知自己母亲胆小，若把自己的行为照实说出来，必然害怕不安，从来不曾有一言半语，提及劫镖的事。他母亲又双目不见，哪里想到自己的儿子做了强盗呢？这时一听赵仲和的话，也气得流下泪来，对赵仲和赔了许多不是，并教赵仲和安心，只管照常替人保镖，赵仲和才高高兴兴回家去了。

这夜赵玉堂归家，见母亲掩面哭泣，不吃夜饭，吓得慌了，连忙立在旁边问道："娘呀！什么事，这么伤心的哭泣？"连问了几声，他母亲只是哭着不睬，慌得赵玉堂跪下来，也陪着哭道："我什么事不如娘的意，娘不说出来，我怎么知道呢？"

他母亲抬起头来说道："你还知道怕不如娘的意吗？你于今翅膀长齐了，哪里把我这瞎了眼的娘，放在眼里？你眼里若有娘，也不敢这么欺负胞叔了。你是英雄，你是好汉，只会欺负自己的胞叔。我赵家世代清门，没想到竟出了你这种辱没门庭的孽子。你于今是这种行为，教我死了到九泉之下，怎对得起赵家的祖先和你的父亲。你欺负我眼睛瞎了，是这么欺负的吗？"

赵玉堂起初还摸不着头脑，后来听得欺负胞叔的话，方知道是赵仲和来说了，只得不住的叩头说道："我下次再也不敢是这么了，你老人家不用着急。"他母亲看了如此情形，便拭干眼泪说道："你下次敢再劫人家的镖么？"赵玉堂心想：不劫镖，把什么生活呢？我近来手头挥霍惯了，又没有旁的本领，能循规蹈矩的干一件挣钱的差事。然此刻的镖，十九是我叔叔的，劫了又要说我是欺负叔叔。他心里正在如此踌躇，他母亲不容他思索，一迭连声的催着说道："你转的什么念头，还是要做强盗吗？我虎头庄赵家的拳脚，名闻天下，谁人不知道。江湖上有能为的，哪一个不谈起赵家就生嫉妒，都只恨打我赵家的人不过。于今你倒跑出来，和自家叔叔作对，给外人听了开心，你从哪里曾听说过有目无尊长的英雄好汉！"

他母亲才说到这里，忽听得外面有人叫门。他母亲说道："这时分有谁来了，还不快去开门！"赵玉堂听了那叫门的声音，少年人耳聪，不觉脸上急变了颜色，慌忙爬起来，跑出开门一看，又是赵仲和来了。一见面，即指着赵玉堂的脸说道："好小子，你干的好事！"赵玉堂不待他往下说，就将赵仲和拉到外面说道："叔叔不要高声，我只用去一百二十两银子，我明晚准一同送还。"赵仲和停了一停问道："银子怎用得这般快，明晚哪来得银子还我？你要知道，我是一个赚得起贴不起的人，一百二十两银子，足够我一家半年的费用。你此刻就做一起还了我吧，免得我受亏累。"

赵玉堂虽出在穷苦人家，然生性豪放，不知道银钱艰苦。近年来做那没本钱的买卖，银钱来得容易，去得容易，挥霍成了习惯了，耳里哪听得来赵仲和这一派鄙吝话。原来赵玉堂昨夜在赵仲和家，和赵仲和开了一会儿玩笑回来，睡在床上，想起赵仲和对待自己，和自己母亲种种无情无义的情形，气愤得翻来覆去的睡不着，决心要劫赵仲和的镖，出出胸中恶气。次日天光才亮，就出门到几条要道上堵截。

那时赵仲和的镖，都是派伙计押送，不是十分重要的，不亲自出马。因赵玉堂劫取得厉害，各客商投赵仲和保的异常之多，要堵截甚是容易，绝不费事的，连手都不曾和押镖的伙计交一下，就劫了一口大皮箱。皮箱里面，有五百两银子、几件女皮衣服、一个红木首饰匣，匣内金珠首饰，贮得满满的，约莫可值三五千银两。原是一家富户，搬取家眷上北京，很有些贵重的行李，因见这些镖行镖局靠不住，特来赵仲和这里投保，适逢其会，就遇了赵玉堂。

赵玉堂劫了那口皮箱，到他有交情的一家窑子里，取出一百二十两银子来，给了那个和他生了关系的婊子，饮酒作乐，到夜间才回来，皮箱就寄存在婊子那里。本打算任凭赵仲和来讨，也不给还的，无奈弄得他母亲知道了，这时若不给还，必再累得母亲受气，所以不待赵仲和说下去，就一口答应交还。见赵仲和问明晚从哪得来一百二十两银子，更说出许多小气不堪的话，不由得心里有些不耐烦，对赵仲和说道："我既说了明晚送还，莫说一百二十两，便是一千二百两，叔叔也用不着问我从哪得来，尽管放心好了。只看叔叔教我还到什么地方，退到客人手里呢，还是送到叔叔家里？东西我寄存在人家，此刻的天已二鼓了，我说了明晚，决无差错。"

赵仲和无法，只得点头答道："不必送到客人手里去，送到我家来就得了。"他们保镖的被人劫了镖，自己去讨，或托人去讨，本有两种交还的方法：一种是立刻交讨镖人带回，一种是不动声色的由劫镖人送还原主。送还原主的面子最大，非保镖的有绝大能为，或最大的情面，劫镖的决不肯这么客气。赵仲和这时何以不教赵玉堂送还原主，替自己挣面子呢？只因赵仲和是个极小气的人，又不知道赵玉堂的性格，恐怕赵玉堂用亏了银两，不肯全数送还，又怕客人冒诈，故意说皮箱里少了什么，要扣减保镖银两，所以宁肯不挣这面子，教赵玉堂送到他家。当下赵玉堂答应了，赵仲和还叮咛嘱咐了几遍才去。

赵玉堂转身在他母亲跟前，支吾了一会儿，服侍母亲睡了，独自思量此后既无镖可劫，不但后来生活没有着落，便是这已经花去的一百二十两银子，又从何处取办呢？想来想去，除了做小偷，去拣富厚人家偷窃，没有旁的道路可走。既约了明晚交还，今夜不将银两弄到手，明日白昼，有何办法呢？赵玉堂就在这夜，悄悄的出来，到近处一个很富足的乡绅人家，偷了四百多两银子，八十多两蒜条金，次日到那窑子里，取了皮箱并一百二十两银子，送还了赵仲和。

不到几日，那被窃的乡绅人家，因失去的金银太多，不能不认真追究。办这案子的衙役，川流不息的，在周近十多里巡缉。赵玉堂家虽是大族，然他这一支，向来穷苦，赵玉堂又无一定的职业，年来衣服华丽，用度挥霍。赵玉堂是个很机警的人，恐怕办案的犯疑，不敢耽搁，对他母亲说，有朋友在哈尔滨干很阔的差事，有信来邀他去，每月可得二三百元的薪水，家中只有一个母亲，自然一同搬到哈尔滨去住。他母亲见说有好差事，哪有不高兴的。赵玉堂实时服侍着他母亲动身，搬到哈尔滨，租一所房子住了。

几十两金子，经不得几月花销，在哈尔滨住不上半年，手中的钱看看要完了。做惯了那没本钱买卖的人，到了困穷的时候，免不了要重理旧业。哈尔滨的外国大商家极多，不论如何高峻的房屋，如何深稳的收藏，在赵玉堂偷窃起来，真是不费吹灰之力。

数月之间，三千五千的窃案，员警署里不知报过多少次。俄国人用尽了侦探的方法，探不出这贼是何等人来。大家都惊传哈尔滨到了飞贼，竟没人见着飞贼是什么样子，什么年纪，哪一国的人？赵玉堂因案子做多了，知道没有不败露的日子，恐怕败露的时候，连累母亲受惊恐，便在野外造了一间土屋，夜间独自睡在里面。

世无不败露的贼盗，真是古语说得好：若要人不知，除非己莫为。哈尔滨既是时常发现大窃案，而每次被窃之家，总是窗不开，门不启，墙壁不破，有时屋瓦破碎一两片，有时并屋上都没有痕迹。这么一来，一则关系全市商民治安，二则关系俄国警察的威信。外国人办事，自较中国人认真，哪有个永久侦查不出的道理呢？

俄国警察既查出是赵玉堂了，知道这人的本领很大，不容易擒拿。那时哈尔滨员警署的侦探长，名叫霍尔斯脱夫，是俄国很有名的拳斗家，气力极大，为人沉默寡言，却是机智绝伦。在他手中，从没有疑难的案子。他费了好几月的心血，将赵玉堂的身世履历，侦查得十分详确，知道不是寻常警察可以将赵玉堂拿住的，不动声色，假借要研究中国拳脚的名目，花重金聘了四个会武艺的人，又挑选了二百名精壮灵敏的警察，探得赵玉堂这夜，睡在那土屋里。霍尔斯脱夫亲自率了四名好汉，和二百名荷枪实弹的精壮警察，杀奔那间土屋来。

不知这番将赵玉堂拿着了没有，且俟第十一回再说。

总评：

赵玉堂劫夺镖车，独不劫仲和所保者，此是玉堂存心忠厚处。仲和虽负兄嫂，玉堂亦可谓以德报怨，能无负其胞叔者矣。乃仲和绝无自知之明，夸张大口，逢人自诩，竟欲因势垄断而图厚利，其不触怒玉堂也几希。故我谓玉堂之戏仲和，乃仲和所自取，不能责玉堂之目无尊长也。

赵玉堂第二次往见仲和，仲和之言语神情，与第一次截然不同，读者试与上回对照，便觉其妙。势利人之面目口吻，随处俱能变化，大抵入世稍深者，类皆领略过来，唯作者为能曲曲替他描出耳。

赵玉堂问仲和之言，异常突兀，不特仲和不解，即读者亦未必能解得也。仲和乃欲借玉堂之一问，强颜自诩，真是蠢材，真是笨伯，宜其为玉堂所痛骂矣！

戏叔一节，粗看之似觉无谓，其实却是借此一段，使仲和知玉堂之本领也；否则仲和之镖被劫，必不致疑及玉堂。玉堂能安然劫镖度日，亦不必迁往东三省矣。后文之事，俱从此中生出，作者固决不肯落一闲笔也。

赵玉堂劫仲和之镖，全用暗写，只在两人口中，露出一二语，读者便自然了解，用笔何等轻灵。若件件事必须详细叙出，便觉索然无味矣！

赵母对于仲和，能不念前膏，最是难得。至于训诫玉堂数语，词严义正，虽读者阅之，亦为肃然，真贤母也。入后玉堂卒能折节就范，食力以奉甘旨，天之报施贤母为不爽矣。

解释讨镖一节，原原本本，殚见洽闻，非深知个中情事者，说不出来，小说之不易作在此。仲和但求镖银无失，体面则不复顾及，描写鄙吝小人，处处刻画入微。

由劫镖而流为小偷，复由小偷而变为大盗，写赵玉堂之入于小流层次分明，大抵世人之堕落，无不皆然，杜渐防微，此君子之所以不能不慎其始也。

82

第十一回

巨案频频哈埠来飞贼
重围密密土屋捉强人

话说侦探长霍尔斯脱夫带领四名好汉，和二百名武装警察，一路寂静无声的杀奔赵玉堂的土屋来。离土屋只有里多路了，霍尔斯脱夫才下命令道："此去捉拿窃贼赵玉堂，赵玉堂只一个人，住在一间土屋里，手中并无器械，汝等须努力，彼若拒捕，或图逃逸，汝等尽管开枪，将他击毙，不必活捉。"众警察听了命令，一个个摩拳擦掌，准备厮杀。

霍尔斯脱夫领着四名好汉当先，行近土屋跟前，二百名警察散开来，将土屋团团围住，各人装好枪弹等候。霍尔斯脱夫掏出手枪来，看四名好汉，也各操着单刀铁尺，杀气腾腾。

这时正在四月初间，三更时分，天上半弯明月，早已衔山欲没，照得树荫人影，看不分明。霍尔斯脱夫见众人都安排停当，方亲自上前敲门，操着极流熟的北京口音呼道："堂儿，堂儿！快起来开门，我有要紧的话，要和你说。"

赵玉堂这时正才入睡，忽听得叫门声音，心中吃了一惊，暗想：这哈尔滨知道我叫赵玉堂的人，尚且不多几个，谁知道我叫堂儿呢？难道是我叔叔出了什么岔事，特地此来找我吗？转念一想，不会，他决不知道我到这地方来。赵玉堂心里一踌躇，口里就不敢随便答应，连忙伏下身来，以耳贴地静听。

斯时万籁无声，二百零五人的呼吸，和鞋刀擦地、枪机攀动的种种声音，一到赵玉堂耳里，都听得分明。知道是俄警来逮捕了，只是一些儿也不畏惧，立起来将头巾裹好，口里连声答道："堂儿在这里，请待一会儿，就来开门。"

霍尔斯脱夫听得，低声向四人说了一句："当心！"自己当门立着，擎着枪指定门里，口里仍催着："快开，快开！"赵玉堂一面应着："来了！"一面走到门跟前，双手把门闩一抽，随手带开那扇板门，将身隐在板门背后。板门开到一半，猛然对门上一脚踢去，"哗嚓"一声大响，板门被踢得散了，一片片飞起来。就因这声大响，将霍尔斯脱夫和四名好汉，惊得退了一步。赵玉堂趁这机会，耸身往门外一跃，已从霍尔斯脱夫头上飞了过去。霍尔斯脱夫还擎着手枪对着门里，两眼也只向门里定睛，不提防已从头上飞过去了。分左右立在门旁的四名好汉，更是全不觉着，都以为赵玉堂尚在土屋里面。

霍尔斯脱夫被那破门的声音，惊得心里有些虚怯怯似的，想开一枪壮壮自己的胆气，也不管赵玉堂在什么地方，朝着门里啪的一枪。那四名好汉猜想，这一枪必已打中了赵玉堂，一齐跟着枪声喊："拿住！"霍尔斯脱夫也猜想四人瞧见赵玉堂了，这才从衣袋里掏出手电来，捏亮向门里一照，却是空洞洞的，房中连桌椅等陈设品都没有，仅有一个土炕。

霍尔斯脱夫挥手教四人杀进去，四人都有些害怕，又不敢违拗，只得各人舞动手中器械，防护着自己身体，奋勇杀进土屋；都疑心赵玉堂藏身在门背后或土炕底下。霍尔斯脱夫跟着四人进屋，拿手电向四周一照，不禁跺脚道："坏了！已让他跑了。这贼的本领不小，在什么时候，从什么地方逃走的呢？他便和鸟儿一般会飞，打门里飞出去，我们这多人立在门口，也应瞧见呢！难道他飞得比鸟儿还要快吗？不然，怎的我们五个人，十只眼睛，都成了瞎子？"四人说道："料想没有这么快。他纵然能逃出这门，周围有那么多人把守了，不见得能逃得了。"

正说着，忽听得外面"啪""啪""啪"的连响了十多枪。枪声过去，接着一片吆喝之声，震天动地。四人喜道："好啦！准被他们拿着了，这么多人，拿一个小小的毛贼，若放他逃走，还了得吗？"霍尔斯脱夫摇着头说道："十多响枪，一响也不曾打着人。他们决没有拿着，这哪里是小小的毛贼，这人不除，哈尔滨没有安静的日子了。不过今夜

84

是这么打草惊蛇，给他跑了，以后要拿他，就更费事了。"霍尔斯脱夫说罢，不住的嗟叹，翻身引着四名好汉出来，携了手枪、手电筒，拿出哨子一吹，在一个草场里收齐了队伍，问道："刚才是哪几个人开枪，曾看见了什么？"

只见一个巡长出队报道："我奉命率领队伍把守前面，才听得'哗嚓'一声，接着又听得手枪响，我等不敢怠慢，都很注意的望着。前面枪声响过，我分明见一条黑影，一起一落的向我等跟前奔来，箭也似的飞快。我逆料就是要拿的那贼，心想他跑得这么快，活捉是办不到的，对着那黑影就是一枪；伏在我左右的队伍，曾看见黑影的，也都对着轰击。我以为这多枪朝着他打，距离又近，总没有打不着的。谁知打过几枪再看，黑影早已不知去向。随听得背后有人打着哈哈笑道：'堂儿少陪了，改日再会，今夜请你们回去休息吧！'我等听了这声音，赶紧回头张看，声音踪影又都没有了。"霍尔斯脱夫听了，瞪着两眼，好半晌没有话说，垂头丧气的率领队伍和四名好汉，回员警署安歇。

次日起来，霍尔斯脱夫将四名好汉，叫到跟前说道："重赏之下，必有勇夫。我于今悬五千块钱的重赏，你们四个人，能将赵玉堂拿来，只是要拿活的，打死了只有一千，期限不妨久点儿，十天半月都可以。"四人说道："赵玉堂的能为，我们昨夜领教过了，不是我们四人这般本领所能将他活捉的，五千块钱得不着；若弄发了他的火性，甚至我们四人的性命，都保不了。这不是当耍的事，我们不敢承办。"霍尔斯脱夫见四人推诿，也知道他们确非赵玉堂的对手，只得罢了。

不一会儿，来了一个书生，要见侦探长说话。警士问他的姓名，书生不肯说。霍尔斯脱夫出来接见了，是一个三十多岁的文人，见了霍尔斯脱夫，拱了拱手，朝左右望了一望道："此间不好谈话。"霍尔斯脱夫即将这书生，引到一间僻静房里，问道："足下有何机密事件见教？"书生笑道："先生不是要拿赵玉堂拿不着吗？"霍尔斯脱夫点头应是。书生道："我特来献计，包管赵玉堂自投罗网。"霍尔斯脱夫喜道："愿闻妙计。"书生道："我知道赵玉堂事母至孝，于今他母亲住在这里，只须将他母亲拘来，他自然会来投到。"

霍尔斯脱夫踌躇了一会儿道："这只怕使不得，法律上没有这种办法。"书生笑道："贵国的法律怎样，我不知道。若是我中国，这种办法是再好没有的了。历史上是这么办的很多很多，我看除了我这个法子，一辈子也拿不着赵玉堂。"霍尔斯脱夫道："拿着他母亲，他自己若不肯来，又将怎么办呢，难道拿他母亲办罪吗？"书生道："他自己万无不肯来之理。他母亲生出这种儿子，就办办罪也不亏。"霍尔斯脱夫一再问书生的姓名，书生不肯说。

霍尔斯脱夫只得依了书生的话，亲率了几名警察，到赵玉堂家里来。可怜赵玉堂的母亲，还以为儿子真在哈尔滨干了好差事，做梦也没有想到有此一着。霍尔斯脱夫不忍凌虐无辜的人，很客气的对赵玉堂的母亲说道："你儿子赵玉堂，做了违法的事，连累了你，于今只得请你暂到员警署去，只等你儿子来投首，立刻仍送你回来。员警署并不会委屈你。"说毕，教服侍她的女仆，扶她上车，押进员警署。

不到一点钟，赵玉堂果然亲来投首。警察要将赵玉堂上刑，霍尔斯脱夫见赵玉堂生得容仪韶秀，举止温文，连忙喝住那警察，把赵玉堂带到里面一间写字房里，教赵玉堂坐下，并不着人看守。霍尔斯脱夫自退出房去了，赵玉堂独自在那房里坐。

不一会儿，即见一个警察进来说道："见署长去。"赵玉堂即起身，跟随那警察，走到一间陈设极富丽的房里。一个年约五十余岁的西洋人，坐在一张螺旋靠椅上，霍尔斯脱夫立在一旁，和坐着的谈话。赵玉堂估料那坐着的，必就是署长了，便大模大样的站着，也不行礼。

那署长向霍尔斯脱夫说了几句话，赵玉堂听不懂，即见霍尔斯脱夫点点头，顺过脸来，带着笑意问道："你姓什么，叫什么名字？"赵玉堂这时一听霍尔斯脱夫说话的声音，知道就是昨夜在土屋外面叫门的，随口答道："我便是昨夜住在土屋里的堂儿，姓赵，名玉堂。"霍尔斯脱夫笑着晃了晃脑袋道："你干什么独自一个人，住在那土屋里？"赵玉堂道："我生性喜欢一个人独住，不干什么！"霍尔斯脱夫笑道："你来哈尔滨多少时了？"赵玉堂道："共来了一十五个月。"霍尔斯脱夫道："这十五个月当中，共做了多少窃案？"赵玉堂道："已记不清数目，大约也有二十来件。"

霍尔斯脱夫点了点头道："和你同党的，共有多少人？"赵玉堂道："我从来没有同党，都是我一个人做的。"霍尔斯脱夫道："被窃之家，多是窗不开，门不破，墙壁不动，你怎生得进人家去的？"赵玉堂道："多是从房上，揭开屋瓦进去的，偷窃到了手，仍将屋瓦盖好，所以没有痕迹。"霍尔斯脱夫道："你昨夜从哪里逃出那土屋的？"赵玉堂道："从你头顶上逃出来的。"

霍尔斯脱夫现出很惊讶的神气，回头对那署长说了一会儿，复问道："你练了这么一身本领，怎的不务正业，要做这种扰乱治安，违犯法律的事？"赵玉堂道："除了行窃，没事用得着我的本领。我家里毫无产业，我不行窃，我母亲便没饭吃，没衣穿。"霍尔斯脱夫道："你可知道你犯了罪，到了这里得受处分么？"赵玉堂道："知道。我情愿受处分，只求从速送我母亲回去。"

霍尔斯脱夫道："这不必要你要求。你既来了，自然送你母亲回家去，但是你在这里受处分，你母亲回家，又有谁给她饭吃，给她衣穿呢？"赵玉堂见霍尔斯脱夫问出这话，不由得两眼流下泪来，口里没话回答。霍尔斯脱夫接着问道："若有人给饭你母亲吃，给衣你母亲穿，并给钱你使用，你还想做贼么？"赵玉堂道："世间哪有这么好的事！果能是这样，我岂但不再做贼，并愿替那供给我母亲衣食的人做事。"

霍尔斯脱夫又回头对署长说了几句，那署长也说了几句，霍尔斯脱夫笑着问道："你这话是诚意么？无论到什么时候，不会更改么？"赵玉堂道："果能是这样，便断了我这颗头，我这话也不会更改。"霍尔斯脱夫笑嘻嘻的走过来，伸手给赵玉堂握。赵玉堂不曾和西洋人接近过，不知道是做什么，呆的望着。霍尔斯脱夫做了做手势，赵玉堂才明白，也伸手和霍尔斯脱夫握了一握。

霍尔斯脱夫牵了赵玉堂的手，走近署长跟前，教他向署长行了礼道："署长和我都欢喜你的本领，觉得拿你这般本领去做贼，太可惜了，你真有悔过的心，署长自有用你的地方。你且说你母亲每日的衣、食、住三种费用，并你自己的每月费用，共需多少？"

赵玉堂听到这里，忽然发生了一种知己的感念，他从来不曾向人屈过膝的，这时不知不觉的，双膝自然会向那署长跪下来，两眼泪如泉涌的说道："蒙恩不加处分，反供给我母子的衣食费用，我便是个禽兽，也应知道感激，竭死力以图报答。我只求我母亲不受冻馁，我还敢要什么使费吗！"

那署长连忙立起身来，双手将赵玉堂扶起，霍尔斯脱夫把赵玉堂的话，译给署长听了。署长点头说了几句，霍尔斯脱夫即对赵玉堂道："暂时并没事给你做，只要你住在这署里，每月给你一百元的薪水，你拿这薪水，去供养你的母亲，等到有事差遣你的时分，再增加你的薪水，你愿意么？"

赵玉堂道："我已觉过分极了，哪有不愿意的道理！"霍尔斯脱夫道："那就是了！你此刻送你母亲回家去，听凭你何时到这里来住，署长给你预备了一间居住的房子。"赵玉堂这时的高兴和感激，自都到了极处，反不好用言语向署长道谢，只诺诺连声的应是。

霍尔斯脱夫引赵玉堂出来，到他母亲坐的房间里，赵玉堂见自己母亲，坐在那里低头饮泣，不由得一阵心痛，跑上前双膝跪倒的哭道："娘呀！不用着急了，孩儿已蒙署长不究前过，反加收录，每月赏孩儿薪水一百元，从此我娘可以安心过度了。此刻署长命孩儿亲送我娘回家去。"

他母亲听了，拭干眼泪说道："你这逆子，屡次欺我眼瞎，在外胡作非为。于今出了乱子，害我出乖弄丑，又想拿这些话来哄我么？你从前不是常对我说，得了好差事的吗？"赵玉堂叩头有声道："从前确是孩儿该死，做贼做强盗的人，偷窃得了财物，都是说得了好差事。于今实在是署长当面吩咐了，不敢哄娘。"

霍尔斯脱夫立在门口，他母子说话，听得分明，即跨进房，呼着老太太说道："这回你儿子，不是谎话。我是员警署的侦探长，刚才就是我迎接老太太来的，老太太尽管放心回去，此时每月给赵玉堂薪水一百元，将来有事差遣他的时候，再有增加。"

赵母听了这番话，才相信不是儿子说谎，当下谢了霍尔斯脱夫，由赵玉堂搀扶着，带着女仆，坐车回家。次日赵玉堂就来员警署住着，每日吃饭闲游，全没一些儿差遣，月终领薪水洋一百元。

　　如此又过了几日，赵玉堂正觉得是这般无功受禄，心里不安，打算向霍尔斯脱夫，讨些零星差事干干。这日霍尔斯脱夫忽叫赵玉堂，到署长房间里说道："现在有一桩差使，事情并不繁杂，不过一般人都干不了，你可去干着试试看。于今火车站上，共雇用了二三百名夫役，很难得一个管理这些夫役的头儿，管理得稍不得法，他们全是些野蛮人，动辄相打起来。处置得轻了，他们不知道畏惧，重了就纠众滋闹，甚至罢工要挟。你去若能管理得法，可免去多少纠纷。每月的薪水增加一百元，这一百元是给你做交际费的。"

　　赵玉堂欣然承诺，就在这日，到火车站就人夫头儿的职。古语说得好："人的名儿，树的影儿"，赵玉堂的声名，在哈尔滨的三岁小儿都知道。铁道上二三百名人夫中，也有许多会些儿武艺的，平日闻了赵玉堂的名，心里钦仰已久，谁也想不到有这么一个人物，来当他们的头儿，还有个不竭诚欢迎的么！

　　赵玉堂这日到差，众人夫都来应点。平日钦仰赵玉堂的人夫们，就倡首开欢迎会，每人凑份子，凑了三五十元钱，备办了些酒菜，替赵玉堂接风，这是火车站上从来没有的盛举。赵玉堂生性不大能饮酒，众人夫你敬一杯，他劝一盏，把赵玉堂灌得烂醉。

　　警察署长和霍尔斯脱夫，听了这情形，都很欢喜。过了几日，赵玉堂也办了酒菜，请众人夫吃喝。酒席上有个会武艺的人夫，立起身向赵玉堂问道："我们久闻总管的大名，如雷贯耳，并听说总管独自一个人，住在一间土屋里，员警署的侦探长，率领二百名武装的警察，和四名会把式的好汉，黑夜把土屋围了，捉拿总管，竟被总管走脱了。连开了几十枪，一枪也不曾伤着总管哪里。我们心想，总管怎么会有这么骇人的武艺，都以为总管，必会隐身法，或者会障眼法；若是实在本领，难道一个人，能比鸟雀还快吗？鸟雀在空中飞起来，有几十杆枪朝着它打，也不愁打不着。一个人这么大的身体，如何会打不着呢？"

赵玉堂笑道："我哪里会什么隐身法，也不会什么障眼法，实在本领也只得如此。那夜能从土屋里逃出来，却有几个缘故。一则因是夜间，月已衔山，朦胧看不清楚；二则我突然逃出来，出他们不意，措手不及，等到他们瞄准开枪，我已跑得远了。唯有出门的时候最险，若非一脚踢得那门哗嚓声响，将侦探长惊退几步，他当门立着，我出来必遭他一枪。不过我要快，有时实在能赛过鸟雀。当时在帽儿山的时候，空手追捉飞鸟，并不算一回事。"

众人夫听了，虽人人欢喜，然都露出疑信参半的样子。那问话的人夫道："总管能赏脸给我们见识见识么？"众人夫都附和道："必得要求总管，试演给我们开开眼界。"说着，都立起身来。赵玉堂也只得立起，思量用什么方法，试演给他们看。正思量着，猛听得汽笛一声，火车到了，不觉失声笑道："有了。诸位请来看我的吧！"随离席向外面走，众人夫都跟在后面。

不知赵玉堂怎生试验，且俟第十二回再说。

总评：

捉拿赵玉堂一节，将俄国警察侦探方面，写得声势十足，其实却是极力衬出赵玉堂也。尝见甲与乙斗，乙负而甲胜，甲乃当众自诩其能，丑诋乙之不武。余笑谓乙诚怯弱，则胜之者亦不足为雄；若甲而盛称乙之矫捷，则甲固胜乙，其自诩不尤多乎？作者识得此意，故欲写赵玉堂之能，却极力写出警察方面之声势。旁敲侧击，不必从正面着笔，而其用意自能了然。初学作文字者，不可不知也。

大抵作小说之法，在极急迫处，偏要写得极从容；在极忙乱处，偏要写得极整暇，方见文章之妙。譬如此回写赵玉堂脱逃一节，在非常危急时，写得何等安闲不迫，令读者阅之，代为惊心动魄。然赵玉堂卒能脱然逸去，此不特显出赵玉堂之精灵机警，即文笔亦因之十分跳脱，格外觉得动目矣。至于百忙中夹写夜景数语，笔致细腻，其妙处尤不可言语形容矣。

近世战争，虽尚火器，然苟能济之以武技，则胜算之操，殆可预卜。试观此回赵玉堂脱逃之时，虽以警察十数人，开枪围击，卒无一能命中者。若此技施之疆场，岂不一以当十，克奏斩将搴旗之功乎？今人鄙武技，以为火器发明，武技既可以废弃，又何其识见之浅哉！

罪人不孥，古有明训，文明国家之律法，无不如是，独我国昔时，一人犯法，往往妻孥连坐，甚或有诛及阖门及九族者，真野蛮之制度也。赵玉堂犯窃盗罪，俄探长不肯听书生之言，罪及其母，足见西人之尊重法律。入后卒以母为质，使玉堂自出投首，此亦怜才心切，急欲得而用之，事非得已，未可指为株连无辜也。

赵玉堂身怀绝艺，无所施其技，卒致为饥寒所驱迫，流为盗贼。而俄探长霍尔斯脱夫，独能识拔之于罪犯之中，使为己用，士为知己者死，玉堂又安得不竭其所能，以图报称哉！楚材晋用，我正为国中之人才惜耳。

玉堂在土屋中突围逃出，当时虽冒奇险，然在哈埠之得名，亦正以此事，观众路工之言，可以知之。因知人非有冒险之性质，决不能享大名也。

第十二回

霍元甲初会李富东
窑师傅两斗凤阳女

　　话说赵玉堂要试演武艺，引着二三百名人夫，来到火车道上。只见远远的一条火车，长蛇似的飞驰而来。赵玉堂乘着半醉的酒兴，回头向众人夫笑道："诸位请看我的。我要在火车急行的时候，从车厢相接的缝里，横飞过去。"话才说了，那火车已如离弦劲弩，转眼到了跟前。众人夫还不曾瞧得分明，赵玉堂已从车缝里飞到了那边，把二三百名人夫，都惊得吐着舌头，半响收不进去。

　　火车已过，赵玉堂走过铁道来笑道："诸位见着了么？"有的说："见着了，实在骇人。"有的说："我们并没有看见是怎生飞过去的，只觉得总管的身子，晃了一晃，就不见了，直待火车过了，才看见总管立在那边。"赵玉堂笑道："你们看见我的身子晃了一晃，就算是真看见了。至于怎生飞过去，任凭你们眼睛如何快，终是看不分明的。"

　　赵玉堂从这回试过武艺之后，二三百名人夫，没一个不五体投地的服从赵玉堂。赵玉堂教他们怎样，他们决不敢存着丝毫违反的意思，声名也一日大似一日，四方会武艺的好汉，闻名前来拜访的，很有不少的人。赵玉堂从帽儿山回家的时候，他舅父刘振声因事出门去了，好几年没有回来，及至在哈尔滨，当了这个人夫头儿，刘振声回家听得说，才赶到哈尔滨来探视。这时，刘振声已闻了霍俊清的声名，打算邀赵玉堂同来天津，窥探霍俊清的武艺，将这意思对赵玉堂说。赵玉堂因就事不久，不肯轻离职守，没有跟刘振声去。过了好些时，没得着刘振声的消息，有些放心不下，趁着年关，夫役休息的多，特地请了两个月的假，禀明了赵母，独自动身到天津来，恰巧在路上遇着摩霸，请霍俊清师徒到李富东家。

当下，霍俊清对摩霸说明了，明年正月初间，准去李家拜年。摩霸作辞去了，霍俊清才引了赵玉堂、刘振声，归到淮庆会馆。霍俊清曾听得刘振声说过赵玉堂的出身履历，也存着相当的敬仰心思。唯赵玉堂少年气盛，从帽儿山回来，不曾逢过对手。在哈尔滨的时候，虽听得刘振声说，霍四爷武艺如何高强，声名如何盖世，只是那时的刘振声也是以耳代目，全是得之传闻，并没见过霍俊清的面，所以赵玉堂也不把霍俊清放在心上。这回特地请假来天津，有八成为感激刘振声周济之德，别后得不着刘振声消息，恐怕有什么差错，不能不来天津看看；只有两成心思，为着霍俊清。霍俊清却以为是山遥水远，特地前来拜访，款待得甚是殷勤。

夜间，刘振声和赵玉堂，同在一个炕上安睡。刘振声将自己邀同三个朋友，来这里假充挑夫的种种情形，述给赵玉堂听了，并说霍俊清的胸襟如何阔大，品行如何端方。赵玉堂素知自己舅父的性情长厚，说话没有欺饰，心里才佩服霍俊清的本领，不是盗窃虚声的，立时把轻视的念头取消了。

第二日早起，霍俊清陪着赵玉堂，在会馆的正厅前面丹墀里，来回的踱着闲谈。霍俊清忽然笑道："振声常说堂儿的纵跳功夫了得，可做一点儿给我瞧瞧么？"赵玉堂谦逊道："这是舅父过奖晚辈的话，哪有了得的功夫，可做给你老人家瞧！"霍俊清笑道："客气干什么？你我见面也不容易！"赵玉堂不待霍俊清说下去，即说了一声："献丑！"只见他两脚一垫，已飞身上了正厅的屋脊，距离纵跳的地点，足有五六丈高下。

霍俊清不禁失声叫道："好嘛……""嘛"字不曾叫了，赵玉堂复翻身跳了下来，两脚不前不后的踏在原地，不但没有响声，连风声都听不出一点儿。霍俊清叹道："怪不得负一时盛望，当今之世，论纵跳的本领，赶得上堂儿的，只怕也很少了。"

赵玉堂在淮庆会馆住了八日，因见霍俊清忙着料理年关账目，久住不免分他的心，遂作别回哈尔滨去了。这人在民国六年的时候，还在哈尔滨当人夫头儿，只最近数年来，不知怎样？可惜这种人物，中国社会容他不下，中国政府用他不了。偏生遇着识英雄的俄罗斯人，弃瑕录用，古语说得好：士为知己者死，赵玉堂不替俄国人出力，教他替谁出力呢？

闲话少说，于今再说霍俊清，度过残年，打算初三日动身，去李富东家拜年，以践去年之约。才到初二日，摩霸又来了，见面向霍俊清拜了年，起来说道："我师傅恐怕霍爷新年事忙，把去年的约忘了，所以又教我来迎接。"霍俊清笑道："怎得会忘了呢！我原打算明日动身的，又累老哥跑了一趟，我心里很是不安。"

摩霸退出了，拉了刘振声到没人的所在说道："我们去年赌赛的话，还作数不作数咧？"刘振声道："谁说的不作数？只怕我师傅到你家，你师傅不敢动手和我师傅较量，那我们赌赛的话，便不能作数了。"摩霸点头道："我们是这么约定好吗？你师傅到我家，我们须时刻不离左右，若是你师傅先开口，要和我师傅较量，我师傅推诿不肯动手，算是我师傅输了，我的房屋也输给你了；我师傅先开口，你师傅不肯动手，就算是你师傅输了，你的房屋也算输给我了。"

刘振声心里踌躇道：我师傅素来待人很客气，很讲礼节。他师傅的年纪这么高，声名这么大，我师傅又是去他家做客，必不肯轻易出手，和他师傅打起来。万一他师傅随便说要和我师傅玩两手，我师傅自然谦逊说不敢，他师傅见我师傅说不敢，也就不认真往下说了。照摩霸这么约定的说起来，不就要算是我师傅输了吗？彼此不曾动手，我的房屋便得输给他，未免太不值得，这约我不能承认他的。刘振声想罢，即摇头说道："这么约定不行，总得交手见了高下，我们才算输赢。"摩霸只得说："好！"这夜摩霸和刘振声睡了。

次日天气晴朗，三人很早的起身。他们都是会武艺的人，二十来里，不须一个时辰就到了。李富东听得传报，连忙迎接出来。霍俊清看李富东的躯干修伟，精神满足，虽是轻裘缓带，须发皓然；然行动时，挺胸竖脊，矫健异常，只是面貌奇丑，鼻孔朝天，忙紧走几步，上前行礼。

李富东不等霍俊清拜下去，已伸出两手，将霍俊清的肩膊扶住，哈哈大笑："远劳赐步，何敢当礼！"霍俊清觉得李富东两手，来得甚是沉重，知道是有意试自己力量的，便不拜下去，顺势将两手一拱，装作作揖的模样，把李富东的两手架开，口里接着李富东的话笑道："多久就应来给老英雄请安，无奈俗事纠缠，不得如愿，致劳摩霸大哥两次光降，真是无礼极了。"李富东也觉得霍俊清这两膀的气力不小，不好再试，即握了霍俊清的手，同进里面。

霍俊清看那房里，坐了一个身材瘦小、面貌黧黑的老头，衣服垢敝，活像一个当叫化的老头，坐在那里，见李富东拉了霍俊清的手进来，并不起身，大模大样的翻起两只污垢结满了的眼睛，望了一望，大有瞧不起人的神气。霍俊清看了，也不在意。李富东倒很诚恳的指着那老头给霍俊清介绍道："这位是安徽王老头，我特地请来陪霍爷的。"

霍俊清见李富东郑重的介绍，只得向王老头拱拱手，说声"久仰"，王老头这才慢腾腾的起身，也拱拱手道："老拙今日得见少年英雄，算是伴李爷的福。凡是从天津来的人，都提起'霍元甲'三个字，就吐舌摇头，说是盖世无双的武艺。我上了几岁年纪的人，得见一面，广广眼界，也是好的。"

霍俊清听了这派又似恭维又似嘲笑的话，不知要怎生回答才好，只含糊谦逊了两句，便就坐和李富东攀谈。后来才知道这王老头的历史，原来是安徽婺源县一个极有能耐的无名英雄。

和霍俊清见面的时候，王老头的年纪，已有八十四岁了。在十年前，还没有人知道这王老头是个身怀绝技的老者。他的武艺，也没人知道他到了什么境界。少壮时的历史，他从来不向人说，人看了他那种萎靡不振的模样，谁也不当他是个有能为的人。因此，也没人盘究他的少壮时的历史。他从五十岁上到婺源县，在乡村里一个姓姚的人家当长工。那姓姚的世代烧窑为业，远近都呼姓姚的为"窑师傅"。

窑师傅虽则是烧窑卖瓦为活，然天生的一副武术家的筋骨，气力极大。十几岁的时候，从乡村里会武艺的人练习拳脚。三五年后，教他的师傅，一个一个的次第被他打翻了，谁都不敢教他，他也不再找师傅研究，就在家里练习。那时，王老头在他家做长工，窑师傅每日练拳脚，练到高兴的时候，常对着王老头伸手踢脚，意思是欺负王老头屡弱。王老头总是一面躲避，一面向窑师傅作揖，求窑师傅不要失手碰伤了他。窑师傅看了他那种畏缩的样子，觉得有趣，觉得好笑，更喜找着他寻开心。旁人看了都好笑，于是大家就替王老头取个绰号，叫做"鼻涕脓"。一则因王老头腌脏，鼻涕终年不断的，垂在两个鼻孔外面，将要流进口了，才拿衣袖略略的揩一揩，不流进口，是决不揩的；二则因他软弱无能，和鼻涕脓相似。王老头任凭人家叫唤，他也不恼，在姚家做了二十多年，忠勤朴实。窑师傅把他当自己家里人看待，窑师傅的拳脚声名，在婺源县无人及得。

这日有一个凤阳卖艺的女子，到了婺源，年纪才十七八岁，生得很有几分动人的姿色，在婺源卖了几天艺，看的人整千整百的舍钱。那女子玩得高兴，忽然向众人夸口道："谁有能耐的下场来，和我较量较量，赢得我的，可将这些钱都拿去。"众人看地下的钱，约莫有二三十吊，那女子是这么说了两日，没人敢下场去和她较量。不料这消息传到了窑师傅耳里，窑师傅怒道："小丫头敢欺我婺源无人么？"遂跑到那女子卖艺的地方，挺身出来，向那女子说道："我下场来和你打，只是打赢了，我不要你的钱。"

那女子打量了窑师傅两眼，见窑师傅的年纪，不过三十多岁，生得圆头方脸，阔背细腰，很有些英雄气概，便笑盈盈的问道："你打赢了，不要钱，却要什么呢？"窑师傅有意要羞辱那女子，做出轻薄的样子说道："你打赢了我，我给你做老公，我打赢了你，你给我做老婆。行得么，行得就动手。"这几句轻薄话，羞得那女子满脸辉红，心里暗自恨道：这轻薄鬼，才会占便宜呢！他打输了，还思做我的老公，这样说来，我不是输赢都得做他的老婆吗？世上哪有这么便宜的事。

那女子心里虽这么想，但眼里看了窑师傅那样英雄气概，又不免有些动心，辉红着脸，半晌才向地下啐了一口道："不要胡说！你有本领，尽管使出来，钱要不要，随你的便。"窑师傅摇头道："谁要这点儿钱。

你依得我的话，就动手，依不得，我回去。"那女子道："你赢了，我依你说的；你要输了，得赔我这么些钱。"旁边看热闹的人，不待窑师傅回答，都说这话很公道。窑师傅只得说："好！"二人就动起手来，走了四五十回合，那女子气力毕竟不加，被窑师傅打跌了。窑师傅打赢了，也不再提要女子做老婆，披着衣就走。那女子找到窑师傅家里，见窑师傅有妻室、有儿女，才知道上了当，恨声不绝的去了。

过了三年，这日窑师傅有事出门去了，忽来了一个凤阳女子，说是特地来会窑师傅的。窑师傅的儿子出来，看那女子也不过十七八岁，问她有什么事要会窑师傅？她不肯说，见窑师傅家里养了十多只鸡，那女子手快得很，从腰间解下一根丝带来，将十多只鸡都捉了，用丝带缚了鸡脚，对窑师傅的儿子道："窑师傅回来的时候，你对他说，我在关王庙里，等他三日，他要鸡，亲自来取。三日不来，我多等一日，杀一只鸡，鸡杀完了，我才回凤阳去。"窑师傅的儿子，才得十二岁，翻起两眼望着那女子把鸡捉去了。

过了一会儿，窑师傅回来，听了儿子的话，心想：必就是三年前的那个凤阳女子，练好了武艺特来报仇的，也不惧怯，实时跑到关王庙。只见一个丽妆女子，盘膝坐在大殿上，十多只鸡仍用丝带缚了，搁在坐位旁边，年龄和三年前的女子仿佛，容貌却更加秀媚，妆饰也更加华丽，低头合目的坐在那里，并不向外面望一望。

窑师傅见不是三年前的那个女子，心里便有些害怕了，唯恐打不过，败在一个年轻女子手里，说开了面子上太难为情。但是，事已至此，不容不上前动手，白丢了十多只鸡还是小事，外人听得说，必说是窑师傅害怕，不敢前去讨鸡。独自立在门口，踌躇了好一会儿，猛然计上心来，暗想：既不是三年前的那女子，她必不认识我，我何不如此这般的前去讨鸡呢？

窑师傅想罢，便走上大殿说道："我是窑师傅家里的长工，我东家有事出门去了。这十多只鸡，是我喂养的，你为什么都捉了来，决给我拿回去吧！"那女子抬头望了望窑师傅道："这些鸡既是你的，你拿去就是了。"窑师傅真个上前捉鸡，谁知才伸下手去，就觉得腰眼里着了

97

一下，立不住脚，一个跟斗栽到了殿下；爬起来望着那女子发怔，不知她用什么东西打的，不敢再上前去，只好立在殿下说道："好没来由，我又不认识你，你把我的鸡捉来，我向你讨取，你不给我也罢了，为什么还要打我呢？等歇我东家回来，再来取你这丫头的狗命。"那女子笑道："你快去教你东家来，你东家不来，这鸡是莫想能拿去的。"窑师傅愤愤的回到家中，想不出讨鸡的方法，只急得在房中踱来踱去，叹气唉声。

王老头走上来问道："关王庙的鸡，讨回了么？"窑师傅没好气的答道："讨回了时，我也不这么着急了呢！"王老头道："怎么不去讨咧？"窑师傅更没好气的道："你知道我没去讨吗？"王老头笑道："讨了不给，难道就罢了不成！你且说给我听，看你是怎么样去讨的，我也好替你想想法子。"窑师傅道："要你这鼻涕脓想什么法子，不要寻我的开心吧！"王老头道："你不要以为我这鼻涕脓没有法子想呢！我看除了我这鼻涕脓，只怕十多只鸡，要白送给那丫头吃。"

窑师傅到了这时候，也只得于无可设法之中设法，横竖自己不损失什么，便将刚才讨鸡时的情形，说给王老头听了。王老头点头笑道："还好！幸得你不曾说出你就是窑师傅来，你的声名还可以保得住。我此刻替你去讨，你也陪我同去。讨来了，就说是窑师傅，讨不来时，她也不认识我，你再想法子便了。"

窑师傅诧异道："你打算怎么去讨呢？你知道那丫头，是有意找我较量武艺的么？我说是窑师傅家里的长工，她已答应将鸡给我，尚且打我一下，我腰眼里至今还有些痛。你去讨，她难道就不打你吗？我都打她不过，跌了那么一跤；你这一把子年纪，打坏了岂是当要的。我知道你在我家很忠心，旁的事你可以替我代劳，这不是你能代劳的事。你没事做，去坐着吧。"

王老头笑道："我这一大把子年纪了，哪里能和人相打，只是你不用问我打算怎样去讨，你只跟我去就得了。"说着，便往外走。窑师傅莫名其妙，只得跟着同去。

不一会儿，到了关王庙，看那女子还是如前一般的坐在那里。王老头也不开口，径走上大殿，伸手去捉鸡。那女子从罗裙底下，飞起三寸金莲，向王老头腰眼里踢来。王老头右手将鸡捉了，左手不慌不忙的接了那女子的脚，往前一摔，只摔得那女子仰面一跤，跌了丈多远。王老头提了那串鸡，往肩头上一搭，用手指着自己的鼻子，对那女子笑道："你认识我么？我就是窑师傅咧！"

不知那女子怎生回答，且俟第十三回再说。

总评：

此一回又从赵玉堂转折到霍俊清矣。玉堂此次来津，在阅者之意，以为下文必且与霍俊清较量拳艺矣，不料阅至此回，却轻轻将赵玉堂收过，依然谈到霍俊清身上，颇觉出人意外。其实霍俊清干也，赵玉堂枝也；霍俊清主也，赵玉堂宾也。强枝弱干，事固不可，喧宾夺主，理尤不能。玉堂之逸事叙毕，遂从速将其收去，不枝不蔓，方见文字之妙。

赵玉堂飞身跃过火车一节，苟非目睹其事者，谁能信之？然天下之大，何奇不有，况此书所纪，绝无怪诞不经之事，则其信而有征，盖亦明甚。技至如此，真绝诣矣！

赵玉堂之至天津，明明来看霍俊清，却偏说不是为霍俊清而来，故意曲一笔，便觉转折有致。入后玉堂献技，霍俊清旁观赞叹，绝不肯轻易出手，与之较量，如此布置，不特十分得体，抑且能脱去上文许多比较拳艺之窠臼也。

霍俊清与李富东比拳事，前为赵玉堂岔开，搁置许久，令人望眼欲穿。此回将玉堂传收束后，又复提及，阅者必以为下文当叙两人比拳之情事矣。不意霍俊清，方踏进李氏之门，而座中忽发现一王老头，遂令作者之笔，又借此扬开，谈到王老头身上。洋洋数千言，别成一小传，霍、李比拳事，因之又复搁起，此等处真使读者心痒难搔。作者不待以文为戏，兼以阅者为戏，亦可谓狡狯之甚者矣！

凤阳女子卖艺，夸张大口，目无余子，诚非走江湖者所宜然。然此于窑师傅固无关也，乃窑师傅必欲折辱之以为快，是诚何心哉！日后卒致受伤吃屎，不可谓非咎由自取矣！

作者写王老头一节，完全从《史记》冯欢、毛遂两传套来，当期屈居工人之列，畏葸龙钟，萎靡龌龊，谁复知为身怀绝艺之老师家哉！一旦攘臂而起，颖脱而出，然后乃知鼻涕脓亦有挺硬不可挠之日，足为怀才不遇者，吐一口气。昔人云：以貌取人，失之子羽。呜呼！上下古今以貌失者，宁仅一子羽而已耶？是可叹也。

窑师傅不敌凤阳女子，乃自承为长工；王老头打胜凤阳女子，乃自承为窑师傅，两人颠颠倒倒，心理不同，而一样有趣。

窑师傅少年盛气，结怨于凤阳女子，入后苟非王老头，则失鸡受辱，险致声名狼藉，然则吾人苟非万不得已，亦何苦结怨他人，自贻伊戚，读此可悟律身处世之道。我尝谓少年人读武侠小说，最易入于好勇斗狠之一途，作者深知此弊，故处处以好勇斗狠为戒，孰谓小说无益于世道人心哉！

第十三回

狭路相逢窑师傅吃屎
兄也不谅好徒弟悬梁

话说王老头指着自己的鼻子，对那女子说："你认识我么？我就是窑师傅咧！"那女子爬起来拱手道："已领教了，佩服，佩服！不过我听说窑师傅是一个三十多岁的好汉，我姐姐在三年前曾许他为妻，不料他中途懊悔，我姐姐归家，羞愤成疾，我此来特为找窑师傅说话。你的年纪这么大，不是我要找的窑师傅。"王老头恐怕被那女子看出破绽，背着鸡就往外走道："管你是也不是，我窑师傅的鸡，总没有给你吃。"

窑师傅跟着王老头归到家中，一手接过那串鸡，一手将王老头推在椅上坐了，自己跪下来，纳头便拜，吓得王老头手忙脚乱，挽扶不迭。窑师傅拜了几拜，立起来说道："我枉生了这两只乌珠，枉练了十几年武艺，你老人家在此这么多年，我竟一些儿不曾看出有如此惊人的本领。今日既承你老人家顾全我的颜面，难保三年前的那女子，不就来寻仇。他是认识我的，如何再能蒙混过去呢？无论怎样，你老人家得收我做个徒弟，将本领全传给我。"

王老头笑道："收你做徒弟倒使得，只是我的本领要全传给你，我怕你一辈子也学不到。不过你只防备那三年前的女子前来复仇，也用不着什么大本领。"窑师傅道："你老人家在关王庙，是用什么手法，将那女子摔倒的。那种手法极妙，我能学得到手就好了。"王老头道："那手名叫叶底偷桃，能用得好，接人家的腿，万无一失。我就专传授你这一类的手法吧！"窑师傅欣然受教。从此，王老头在姚家，由长工一变而为教师了。

窑师傅既是生性欢喜练武，这时又提防凤阳女子前来复仇，更是不辍寒暑，无分昼夜的苦练。是这么苦练了两年，将那叶底偷桃的手法，练得稳快到了绝顶。乡下人家最喜喂养看家恶狗，大户人家常有喂养十多条的。寻常胆小和体弱的人，轻易不敢到多狗的人家去，纵不被狗咬死，衣服总得撕破，非是这家有人出来将狗驱逐，没有不为狗所困的。窑师傅自从跟着王老头练过那叶底偷桃手法之后，到大户人家去，不问那家有多少恶狗，哪怕一齐蹿过来咬他，他从容不迫的一条一条抢住颈皮，摔开一两丈远近。许多大户人家的恶狗，被窑师傅摔得胆寒了，远远的见了窑师傅就害怕，夹着尾巴四散奔逃。窑师傅的声名，更一日高似一日，而王老头的声名，也渐渐的传播出来了。

　　这日，窑师傅正从家里出来，想去别人家收账，才走了里多路，即见迎面来了一个女子。窑师傅见了，不觉吃了一惊，原来那女子不是别人，就是五六年前受窑师傅羞辱的那个卖艺凤阳女子。窑师傅待要回避，那女子已看见了，远远的就呼着窑师傅说道："你还认识我么？你是好汉，再和我见个高下。"说着，已到了跟前。

　　窑师傅见已回避不了，只得镇定心神赔着笑脸说道："我和你无冤无仇，什么事要见个高下。常言道得好：'男不和女斗。'我就是好汉，也犯不着和你们女子动手。"那女子怒道："你怎说和我无冤无仇，你早知道男不和女斗，五年前就不应跟我动手了。"窑师傅辩道："五年前的事，只怪你自己，不应当众一干夸张大口，欺我婺源无人，不能怪我。"那女子道："我不怪你打败我，你不应轻薄我、羞辱我。今日相逢没有话说，你尽管将平生本领使出来，不是你死便是我活，不是鱼死便是网破。"

　　窑师傅知道免不了动手，遂抢上风站了。那女子的本领，大不是五年前了。窑师傅竭力招架，走了十来个回合，那女子趁空一脚踢来，窑师傅见了高兴，精神陡长，说声"来得好"，一手将三寸金莲抢在手中，正要往前面摔去。那女子真能，飞起的脚被人接住，立在地下的脚同时飞了起来。窑师傅两年苦练的功夫，就是为的要接这种连环腿，第二脚飞起来，又用空着的手抢了。于是那女子的身体被窑师傅两手擎在

102

空中，窑师傅得意非常的哈哈笑道："我若不念你是个女子，就这么一下，往石头上一掼，怕不掼得你脑浆迸裂么？"

那女子的两脚虽然被窑师傅握住，但是上身还是直挺挺的竖着，并不倾侧。窑师傅见她身体如生铁铸成，害怕不敢随便松手，作势往前面草地上一送，摔开有两丈来远。那女子仍是双足落地，望着窑师傅笑道："明年今日我再来扰你的三朝饭。"说罢，匆匆的去了。

窑师傅听了，也不知这话是什么意思，因急想将动手时情形，归报王老头，便不去收账。那时归到家中见了王老头，刚要诉说，王老头端详了窑师傅两眼，露出惊慌的样子问道："你和谁动手，受了这么重的伤呢？"窑师傅也吃惊道："动手曾和人动手，只是我打赢了，怎么倒说我受了重伤，伤在哪里？"王老头连连跌脚道："坏了，坏了！你怎的受了这么重的伤，还兀自不知道呢？快把动手时的情形说给我听，再给伤你看。"窑师傅听得这般说，也不免着慌起来，忙将方才的情形一一说了。

王老头点头道："是了！你解开衣，袒出胸脯来看，两只乳盘底下，必有两块红印。"窑师傅心里还有些疑惑，解开衣露出胸脯来，只见两个乳盘下面，有两点钱大的红印，但一些儿不觉得疼痛，这才相信确实受伤了。

王老头问道："那丫头临走时，曾说什么没有？"窑师傅才想起那句"明年今日来扰三朝饭"的话来，也向王老头述了，问道："那丫头用什么东西，打成这样的两个伤痕呢？"王老头道："你将她举起的时候，就这么随手放下来，她倒不能伤你。你为的怕她厉害，想将她远远的摔开，便不能不先把两膀缩摆，再用力摔去。她们卖艺的女子，脚上穿的都是铁尖鞋，你两膀缩摆，她的脚尖就趁势在你两个乳盘下，点了一下，你浑身正使着力哪里觉得。于今伤已进了脏腑，没有救药了，那丫头下此毒手真是可恨。"

窑师傅听得没有救药，只急得哭起来道："难道我就这么被那丫头送了性命吗？"王老头也很觉得凄惨，望着窑师傅哭了一回，忽然想出一种治法来说道："你能吃得下三碗陈大粪，先解去热毒，便可以望救。"窑师傅这时要救性命，说不得也要捏住鼻子吃。王老头寻了许多草药，半敷半吃，窑师傅吐了好几口污血，虽则救了性命，然因点伤了肺络，随得了咳嗽的病，终其身不曾好。此是后话，趁这时一言表过不提。

再说当时窑师傅，遭了凤阳女子的毒手，因吃了三碗陈大粪，才得死里重生。像这种稀奇的事，好事的人最喜欢传说，不过十天半月工夫，这消息早传遍了婺源；便有三山五岳的许多武术界中好手，存心钦仰王老头是个奇特的人物，特地前来拜访。王老头却是淡泊得很，绝没有好名的念头。有几家镖局，卑词厚币来请王老头去帮忙，王老头概以年老推诿，不肯应聘。就中唯有会友镖局派来的人，词意诚恳，非得王老头同去北京一趟，不肯回京复命。王老头无辞可却，又因王子斌是个有名的侠士，和寻常以保镖为业的不同，遂陪同来人，到了北京，王子斌不待说是以上宾款待。

王老头在会友镖局盘桓了两月，因平生清静惯了，住不惯北京那种尘嚣之地，向王子斌力辞，仍回到婺源，住居窑师傅家里。

李富东也是久慕其名，曾打发摩霸到婺源，迎接了好几次。王老头只是说路途太远，年老的人往返不易，不肯到李家来。这回因听说有个后起的大人物霍俊清，约了正月初三到李家来，心里也想见识见识，方肯随摩霸来天津，在李富东家里过年。和李富东谈起武艺，李富东也很表示相当钦佩之意。只因王老头做的是内家功夫，李富东是外家功夫，二人不同道，王老头又没有求名的念头，所以二人不曾动手较量。

李富东对王老头说出王子斌夸赞霍俊清的话来，并说了自己不服气的意思。王老头既是做内家功夫的人，对于做外家功夫的，照例不甚恭维。内家常以铁柜盛玻璃的比喻，形容挖苦做外家的，这是武术界的天然界限，经历多少年不能泯除的。这譬喻的用意，就是说做外家功夫的人，从皮肤上用功，脏腑是不过问的；纵然练到了绝顶，也不过将皮肤练得和铁柜一样，而五脏六腑如玻璃一般脆弱。有时和人相打起来，皮肤虽能保得不破，脏腑受伤是免不了的。王老头抱着这般见解，自然也存着几分轻视霍俊清的心思，但他轻视霍俊清并不是和李富东同样的，不服气王子斌推崇的话，为的是彼此不同道，哪怕霍俊清的本领固是天下无敌，在王老头的见解中，也是不佩服的。

李富东将自己平生独到的本领，使给王老头看，王老头也只微微的笑着点头，没半句称许的话。李富东故意请求王老头指示，王老头笑道："功夫做到了老先生这样，可说是无以复加了，只可惜当初走错了道路，外家到了这一步，已将近到绝顶，不能更进了。若当时是向了内家的道路，怕不成了一个金刚不坏的身体吗？"李富东起初见王老头绝无半语称许自己，心里也不免有些气愤，及听了这派言语，知道做内家功夫的人，都相信功夫做到绝顶，可以成仙了道，不堕轮回，其轻视外家是当然的，遂不和王老头争论。

这日霍俊清来了，所以王老头见面就说出那些不伦不类的话来。好在霍俊清的襟怀阔达，听了不甚在意，后来谈得投契，霍俊清也很佩服王老头的功夫，不是做外家功夫的人可以和他较量的。霍俊清在李家住了两日。第三日，李富东办了一席盛馔，款待霍俊清和王老头。席终，大家都有了几分酒意，李富东一时高兴起来，笑向霍俊清道："尊府的'迷踪艺'是海内有名的，而四爷又是练'迷踪艺'当中首屈一指的人物，我于今得听着四爷的言论和见着四爷的丰采，不能不说是三生有幸。不过我生长了七十多年，只闻得'迷踪艺'的名，那一拳一腿都不曾见识过，难得四爷肯赏脸到寒舍来，倒想求四爷指教我几手，不知四爷的尊意怎样？"

霍俊清连忙立起，躬身答道："老前辈说哪里话！老前辈教元甲怎样，元甲怎敢违拗。只求老前辈手下留点儿情，不教元甲过于丢人就得了。"王老头见霍俊清这般说，也立起身来笑道："说得好漂亮的话儿，你们老配少的打起来，不论怎样，总是我的两只老眼走运。"

李富东先向王老头拱手笑道："多年不玩这个了，拳脚生疏的地方，老英雄千万不要见笑。"霍俊清卸下身上穿的皮袍，刘振声即上前接了，摩霸也走到李富东跟前，等李富东卸衣。李富东笑着摇头道："我并不跟四爷争胜负，只随意走两路，领教领教'迷踪艺'的手法，用不着穿呀脱的麻烦。"霍俊清听了李富东的话，觉得自己卸衣过于鲁莽，打算从刘振声手里接过来再穿上，回头见刘振声站立得很远。王老头已看出霍俊清的意思，即望着霍俊清说道："他没有脱的就用不着脱，你已经脱了的，更用不着再穿了，就这么一老一少、一长一短的玩玩吧！"李富东笑道："已经脱了还不好吗？"随将两手一拱，请霍俊清居先。

霍俊清存着几分客气的心思，二人一来一往的走了五六十个照面，霍俊清不曾攻出一手。李富东知道他是客气，想趁他的疏忽猛力出几手。又走了二三十个回合，霍俊清见来势凶猛，改变了路数，便已看出李富东的心思来。因思自己是初立名的人，以三十多岁的壮夫和七十多岁的老头动手，自己还是短衣窄袖，老头的长袍拖地，实在是只能胜不能败。若不小心被这老头打败下来了，有碍自己的名誉还在其次，霍家"迷踪艺"的声威就从此扫地了。这一架的关系有如此其重，哪里敢怠慢呢？

李富东一步紧似一步，霍俊清也一步紧似一步。穿长袍的毕竟吃亏，转折略笨了些儿，被霍俊清抢了上风，步步逼紧过来，李富东只得步步往后退。霍俊清的弹腿，在当时可称得盖世无双，见李富东后退，就乘势飞起一腿。李富东知道不好，急使出"霸王卸甲"的身手，竭力向后一挫，原打算挫七八尺远近，好将长袍卸下，重整精神和霍俊清斗个你死我活的。没想到已向后退了好几步，背后有个土坑相离不过五六尺，这一退用力过猛，下盘抵住了土坑，没有消步的余地，上盘便收勒不住，仰面一跤，跌倒在土坑上面；土坑承受不起，同时塌下半边。还亏得李富东的功夫老到，跃起得快，不曾陷进土坑的缺口里，若在旁人陷了下去，怕不碰得骨断筋折吗！但是，李富东虽然跃了起来，无奈上了年纪的人，禁不起这般的蹉跌，已跌得心虚胆怯，勇气全无，不能再动手了。

霍俊清见他一跃而起，以为尚不肯罢休，仍逼紧过去。李富东只得拱手喊道："罢了！名不虚传，固是少年豪杰！"霍俊清这才停了步，也拱手谢罪道："冲撞了老前辈。"王老头哈哈大笑道："好一场恶斗，我的眼睛走运，这个土坑倒运。"说得李富东、霍俊清都笑了。

李富东这回虽是败在霍俊清手里，然心中并不记恨，倒很佩服霍俊清，说王五爷所夸赞的，确是不错，定要挽留霍氏师徒多住几日。霍俊清见李富东一片诚心，又在新正闲暇的分上，不便执意要走，遂住下来，又住了三日。

第四日早，霍俊清还睡在床上，不曾起来，忽被外面一阵嘈杂的声音惊醒来了，侧耳听去，只听得李富东的声音，在外面大声说道："这是从哪里说起，快解下来救一救试试看！"接连就听得唉声叹气，不觉吃了一惊，心里暗忖道：他家有什么人寻了短见吗，不然怎么说解下来救一救呢？一面忖想，一面翻身坐起来，看刘振声已不知何时起去了，遂披衣下床。才走到房门口，即见刘振声面色惊慌的走了进来。霍俊清连忙问道："外面什么事是这么闹？"

刘振声不待霍俊清问下去，即双膝往地下一跪，两眼泪如泉涌的哭道："弟子该死，摩霸大哥死在弟子手里了。"霍俊清陡然听得这么说，心里大吃一惊，以为刘振声私自和摩霸较量拳脚，将摩霸打死了，不由得大怒骂道："你这东西的胆量真不小，我带你在人家做客，你怎敢瞒着我去和人动手，这还了得！"

刘振声忙分辩道："不是弟子打死他的，是他自己悬梁自尽的，弟子并不曾和他动过手。去年他来天津请师傅的时候，他要和弟子赌赛，看师傅和李爷较量，谁胜谁负。他说李爷胜，我说师傅胜，他便要和我赌彩。他说有一所房屋，可拿来作赌，弟子也只得拿房屋和他赌。不料这回李爷不曾胜，他对弟子说，三日内交割房屋。弟子说这不过赌了玩的，岂真个要交割房屋吗？他说不行，男子汉大丈夫说话，哪有说了当玩的，三日内必交割房屋给你。他说完就出门去了，直到昨日才回来，神气颓丧的将弟子拉到僻静的地方说道：'我对不住你。我哥子不肯给我做脸，说祖宗传下来的产业，不能由我一个人做主，拿了和人做赌赛的东西。我向他叩头，求他曲全了我这一次的颜面，以后再不敢这么了。他只是不肯，说只得这一所房屋，输给人家就没有了，我不能住在露天里，给你全颜面。听凭我如何哀求，他不但不肯，后来反要动手打我，我只得忍气吞声的回来，我实在对不起你，欠了你这笔债，只好来生变牛马来偿还你吧！'弟子当时见他这么认真的说，便用许多言语安慰他，他低着头一言不发。弟子实没有想到他就此要寻短见，虽说不是弟子打死了他，也不是弟子逼死了他，他和弟子赌赛，总得算是死在弟子手里。想起来心里实在难过。"说罢，伏在地下痛哭。

不知霍俊清怎生说法，且俟第十四回再说。

总评:

我尝闻拳艺家言，女子及方外，最不可轻敌，以其用心专而习技精也。窑师傅以一时之好事，结怨于凤阳女子，遂致一再寻仇，纠缠不已。苟无王老头在，非唯声名扫地，必且罹杀身之大祸。吁，亦可畏已!

做文章最忌直率，小说亦然。譬如此两回写凤阳女子报复事，若直直落落，写其数年之后，前来报仇，将窑师傅打伤而去，则文情平淡，有何趣味!作者于此，却先写凤阳女子之妹，代姊寻仇，受挫而去;然后写彼本人自至，狭路相逢，卒逞其志而去。情事曲折，文笔亦不平直，遂觉增色不少矣。

窑师傅与凤阳女子奋斗一节，身法手法，写得十分好看。至于窑师傅受伤一层，却全用暗笔，当场绝不露出，故读者阅之，固人人以为窑师傅胜也。入后阅到王老头数语，方为之骇绝，文笔之不可测如此。

同一拳术家也，而又内家、外家之分。内家与外家，派别不同，艺术不同，乃至见解、议论以及神情举动，亦各各不同。作者前数回写外家英雄，写得妙到秋毫，此两回写一内家之老英雄，又写得栩栩欲活。此总缘分作者对于拳艺一项，研究有素，内家、外家，各具门径，故能言之亲切有味如此。若我辈举拳动足，不知高低者，向壁虚构，语多门外，又安能轻易写上一笔耶!

霍俊清与李富东比武一节，酝酿许久，到此回方才叙出。李富东之英雄，前数回早已叙过，此回写其失败，乃不得不设法为之回护，不脱长袍及误坠土坑中，均是作者之回护李富东处也。其实作者亦不是欲保全李富东之声誉，正是欲顾全自己之笔墨耳。

在霍俊清与李富东比赛之时，中间又隔入王老头，言语神情，与两人格格不入，如此穿插，颇有趣味。

李富东被霍俊清打败，能格外佩服，绝无妒嫉之心，此是富东局量过人处。侠义英雄之异于常人，如是而已。

摩霸自经一事，不特霍俊清所不料，即阅者亦皆不料也，大抵摩霸为人，乃狷介自号者流，故一受挫折，即不惜以身命殉之。此种人虽未入中庸，然在世衰道微之时，亦不可谓非难得者矣！

第十四回

伤同道痛哭小英雄
看广告怒骂大力士

话说霍俊清听了刘振声哭诉的话，错愕了半晌，心想这事真是出人意外，也不能责骂刘振声，也不能归咎于摩霸的哥哥，只能怪摩霸的气量过于褊仄。但是，这么一来，教我怎生对得起李爷呢？正要止住刘振声莫哭，打算出去看有没有解救的希望，只见李富东泪流满面的走了进来，见面就踩脚叹气道："霍爷，你看，这是从哪里说起！我的老运怎的这般不济，仅仅一个如意些儿的徒弟，都承受不了，还要是这么惨死，真比拿快刀割我的心肝更加厉害。"

霍俊清也两眼流泪的叹道："谁也想不到有这种岔事闹出来，这只怪我这小徒不是东西。"李富东连忙摇手，止住霍俊清的话，一面弯腰拉了刘振声的手，一面用袍袖替刘振声揩了眼泪道："怎么能怪他呢？"接着就温劝刘振声道："刘大哥心里快不要如此难过。我徒弟的性情我知道，他今日悬梁自尽，可知你昨日对他很客气。他在我跟前二十多年，我素知他是这么的脾气，服软不服硬，最要强，最要面子。他赌输了房屋，没得交割你，刘大哥若一些儿不客气，硬问他要，倒没事了，他决不会自尽。你越是对他客气，用言语去宽慰他，他心里越觉难过，越觉没有面子，做不起人。这全是出于我的老运不济，谁也不能怪。"

霍俊清问道："已解救过了无望吗？"李富东悠然叹道："哪里还用得着解救，大概已经去世好几个时辰了。"霍俊清道："李爷若不强留我师徒久住在这里，或者还不至出这种岔事。"李富东摇头道："死生有命，与霍爷师徒住在这里，有什么相干！"李富东虽则是这么说，然

110

霍俊清师徒总觉得心里过不去，走到摩霸的尸体跟前，师徒都抚尸痛哭了一场。就在这日，辞了李富东和王老头，回天津来，闷闷不乐的过了两个多月。

这日正是三月初十，霍俊清独自坐在账房里看账，忽见刘振声笑嘻嘻的走了进来，手中拿着红红绿绿的纸，上面印了许多字迹。霍俊清掉转身来问道："手里拿的什么？"刘振声笑道："师傅看好笑不好笑，什么俄国的大力士，跑到这天津来卖艺，连师傅这里也不来拜望拜望，打一声招呼。这张字纸便是他的广告，各处热闹些儿的街道都张贴遍了，我特地撕几张回来，给师傅看看。"

霍俊清伸手接那广告，旋正色说道："我又不是天津道上的头目，他俄国的大力士来这里卖艺，与我什么相干，要向我打什么招呼？"说着，低头看那广告，从头至尾看完了一遍，不由得脸上气变了颜色，将广告纸往地下一摔，口里连声骂道："混账，混账！你到我中国来卖艺，怎敢这般藐视我们中国人，竟敢明明白白的说我们中国没有大力士！"

刘振声问道："广告上并不曾说我们中国没有大力士，师傅这话从哪里听得来的呢？"霍俊清道："你不认识字吗？这上面明说，世界的大力士只有三个：第一个俄国人，就是他自己；第二个是德国人；第三个是英国人，这不是明明白白的说我中国人当中，没有大力士吗？他来这里卖艺，本来不与我相干，他于今既如此藐视我中国人，我倒不相信他这个大力士，是世界上第一个，非得去和他较量较量不可！"

刘振声正待问怎生去和他较量的话，猛听得门外阶基上，有皮靴声响，连忙走出来看，原来是霍俊清的至好朋友，姓农名劲荪的来了。这农劲荪是安徽人，生得剑眉插鬓，两目神光如电，隆准高颧、熊腰猿臂，年龄和霍俊清差不多，真是武不借拳、文不借笔，更兼说得一口好英国话，天津、上海的英、美文学家，他认识的最多。想研究中国文学的英、美人，时常拿着中国的古文、诗词来请农劲荪翻译讲解；研究体育的英、美人，见了农劲荪那般精神、那般仪表，都不问而知是一个很注重体育的人，也都欢喜和他往来议论。

那时中国人能说英国话的，不及现在十分之一的多。而说得来英国话的中国人，十九带着几成洋奴根性，并多是对于中国文字一窍不通，甚至连自己的姓名都不认得、都写不出，能知道顾全国家的体面和自己的人格的，一百人之中大约也难找出二三个。这农劲荪却不然，和英、美人来往，英、美人不但不敢对他个人有丝毫失敬的言语和失体的态度，并不敢对着他说出轻侮中国的国体，和藐视一般中国人的话。有不知道他的性格，而平日又欺凌中国人惯了的英、美人，拿作一般能说英国话的洋奴看待他，无不立时翻脸，用严词厉色的斥驳，必得英、美人服礼才罢。不然，就即刻拂袖绝交，自此见了面决不交谈。英、美人见他言不乱发，行不乱步，学问、道德都高人一等，凡和他认识的，绝没一个不对他存着相当的敬仰心。他生性喜游历，更喜结交江湖豪侠之士，到天津闻了霍俊清的名，就专诚来拜访，彼此都是义侠心肠，见面自易投契。

这日他来看霍俊清，也是为见了大力士的广告，心里不自在，想来和霍俊清商量，替中国人挣挣面子。刘振声迎接出来，见面就高兴不过，来不及的折转身，高声对霍俊清报告道："师傅，农爷来了。"说罢，又回身迎着农劲荪笑道："农爷来得正好，我师傅正在生气呢！"

农劲荪一面进房，一面笑答道："我为的是早知道你师傅要生气，才上这里来呢！"霍俊清已起身迎着问道："这狗屁广告，你已见着了么？"农劲荪点头道："这广告确是狗屁，你看了打算怎样呢？"霍俊清道："有什么怎样，我们同去看他这个自称世界第一个的大力士，究竟有多大的力？你会说外国话，就请你去对他说，我中国有一个小力士，要和他这个大力士较量较量。他既张广告夸口是世界第一个大力士，大概也不好意思推诿，不肯和我这小力士较量。"农劲荪高兴道："我愿意担任办交涉，像这种交涉，我求之不得，哪里用得着你说出这一个请字呢！"

刘振声也欢喜得要跳起来，向农劲荪问道："我同去也行么？"农劲荪道："哪有不行的道理。广告上说六点钟开幕，此刻已是五点一刻了，今日初次登场，去看的人必多，我们得早些去。"刘振声道："广告上说头等座位，十块钱一个人，二等五块，我们去坐头等，不要花三十块钱吗?"农劲荪没回答,霍俊清说道:"你胡说!我们又不是去看他卖艺,去和他较量也要钱吗?他若敢和我较量,他的力真个比我大,莫说要我花三十块,便要花三百块、三千块,我也愿意拿给他;不是真大力士,就够得上要人花这么多钱去看他吗?"农劲荪点头道:"不错,二位就更了衣服去吧。"

霍俊清师徒换了衣服,和农劲荪一同到大力士卖艺的地方来,见已有许多看客,挤拥在卖入场券的所在。农劲荪当先走进入口,立在两旁收券的人,伸手向农劲荪接券,农劲荪取出一张印了霍元甲三字的名片来,交给收券的人道:"我们三人不是来看热闹的,是特来替你们大力士帮场的,请将这名片进去通报一声。"这收券的也是天津人,天津的妇人、孺子都闻得霍元甲的声名,收券的不待说也是闻名已久,一见这名片,即连忙点头应是,让霍俊清三人进了入口,转身到里面通报去了。

这时不到六点钟,还不曾开幕。三人立在场外,等不一会儿,只见刚才进去通报的人,引着一个西装的中国男子出来。农劲荪料想这男子,必是那大力士带来的翻译,即上前打招呼说道:"我等都是住在天津的人,见满街的广告,知道贵大力士到天津来卖艺,我等异常欢迎,都想来瞻仰瞻仰;不过广告上贵大力士自称'世界第一',觉得太藐视了我中国,我等此刻到这里来,为的要和贵大力士较一较力,看固谁是世界第一个大力士。"

那翻译打量了三人几眼,随让进一间会客室,请三人坐下说道:"兄弟也是直隶人,此次在这里充当翻译,是临时受聘的。汉文广告虽系兄弟所拟,然是依据英文广告的原文意义,一字也不曾改动。于今三位既有这番意思,兄弟也是中国人,当然赞成三位的办法。只是依兄弟的愚见,这位这番举动,关系甚是重大,敝东既敢夸口自称世界第一个大力士,若言藐视,也不仅藐视我中国,法、美、日、意各大国,不是同样的受他藐视吗?这其间必应有些根据,现在我们姑不问他根据什么,他免不了要登场演艺的,且屈三位看他一看,他演出来的艺,在三位眼光中看了,也能称许是够得上自称世界第一,那就没有话说;若觉得够不上，届时再向兄弟说，兄弟照着三位说话的意思，译给敝东听，是这么办法似觉妥当些。"农劲荪不住的点头道："是这么办最好。"霍俊清也说不妨且看看他。

于是那翻译，就起身引三人入场，在头等座里挑了三个最便于视觉的座位，请三位坐了，一会儿派人送上烟、茶来，又派人送上水果、点心来。

这时已将近开幕，看客渐渐的多了，头等座里，除了霍俊清等三个中国人外，全是西洋人。那些西洋人，见三个中国人坐在头等座里，并且各人面前，都摊了许多点心、水果，比众人特别不同，都觉得诧异，很注目的望着。其中有和农劲荪认识的英国人、美国人，便趁着未开幕的时分，过来和农劲荪握手，顺便打听霍、刘二人是谁。农劲荪即对英、美人将来意说明，并略表了一表霍俊清的历史。英、美人听了，都极高兴，互相传说，今日有好把戏可看。

不一刻，掌声雷动，场上开幕了。那翻译陪同着一个躯干极雄伟的西洋人出场，对看客鞠躬致敬毕，那西洋人开口演说，翻译照着译道："鄙人研究体育二十年，体力极为发达，曾漫游东、西欧，南、北美，各国的体育专家，多曾会晤过，较量过体力，没有能赛过鄙人的。承各国的体育家、各国的大力士，承认鄙人为'世界第一个大力士'。此度游历到中国来，也想照游历欧美各国时的样，首先拜访有名的体育家和有名的大力士，奈中国研究体育的机关绝少，即有也不过徒拥虚名，内容的组织极不完备，研究体育的专家，更是寻访不着，也打听不出一个有名的全国都推崇的大力士，鄙人遂无从拜访。鄙人在国内的时候，曾听得人说，中国是东方的病夫国，全国的人都和病夫一般，没有注重体育的。鄙人当时不甚相信，嗣游历欧、美各国，所闻大抵如此，及到了中国，细察社会的情形，乃能证明鄙人前此所闻的确非虚假。体育一科，关系人种强弱、国家盛衰，岂可全国无一组织完善专攻研究的机关？鄙人为欲使中国人知道体育之可贵，特在天津献技一礼拜，再去北京、上海各处献技，竭诚欢迎中国的体育专家和大力士，前来与鄙人研究。"演毕，看客们都鼓掌，只气得霍俊清圆睁两眼，回头瞪着一般鼓掌的中国人，恨不得跳上台去，将一般鼓掌的训斥一顿才好。

农劲荪恐怕霍俊清发作，连忙拉了他一把，轻轻的说道："且看这大力士献了技再说，此时犯不着就发作。"霍俊清最是信服农劲荪的，听了这话，才转身望着台上，板着脸一言不发。看那演台东边，放着一块见方二尺的生铁，旁边搁着两块尺多长、六七寸宽、四五寸厚的铁板，演台西边摆着一条八尺来长、两尺来宽、四寸多厚的白石，石旁堆着一盘茶杯粗细的铁链，仿佛大轮船上锚的链条。

那大力士演说罢，又向看客鞠了一躬，退后几步，自行卸去上衣，露出那黑而有毛的胸脯，和两条筋肉突起的臂膀来。复走到台口，出那翻译说道："大力士的体量重三百八十磅，平时的臂膊，大十八英寸，运气的时候，大二十二英寸，比平时大四英寸，胸背腰围运用气力的时候，也都比平时大四英寸。这一幕，专演筋肉的缩胀和皮肤的伸缩给诸君看。"翻译说毕，立在一旁。

大力士骑马式的向台下立着，一字儿伸开两条手膀，手掌朝天，好像在那里运动气力。约有一分钟久，翻译指着大力士的膀膊，对看客说道："请诸君注意，筋肉渐渐的膨胀起来了。"霍俊清三人坐得最近，看得分明，只见那皮肤里面，仿佛有许多只小耗子在内钻动，膀膊胸腰，果然比先时大得不少。座位远的看不清晰，就立起来，遮掩了背后的人，更看不见，便哄闹起来。大力士即在这哄闹的声中，中止了运动，走到那盘铁链跟前，弯腰提起一端的铁环，拖死蛇似的拖到台心。翻译说道："这铁链是千吨以上的海船上所用的锚链，其坚牢耐用不待说明，诸君看了大约没有不承认的，大力士的力量，能徒手将这链拉断。"看客们听了，登时都现出怀疑的神色。

农劲荪、刘振声二人，不曾试演过，也有些疑惑是不可能的事。大力士将提在手中的铁环，往右脚尖上一套，用不丁不八的步法，把铁环踏住，然后拿起那链条，从前胸经左肩，绕到背后，复从右胁围绕上来，仍从左肩绕过。如此绕了三四周，余下来的链头，就用两手牢牢的握住。当铁链在周身围绕的时候，大力士将身体向前略略的弯曲，围绕停当，两手牢握链尾，一些儿不使放松，慢慢的将身体往上伸直，运用浑身气力，全注在左肩右脚，身体渐摇动渐上伸。到了那分际，只听得大力士猛吼了一声，就在那吼声里面，铁链条从左肩上反弹过去，"啪"的一声响，打在台上。原来用力太猛，铁链挣断了，所以反激过去。台上的吼声、响声未了，台下的欢呼声、鼓掌声已跟着震天价响起来。农颈荪留神霍俊清淡淡的瞧着，只当没有这回事的一般。

　　大力士挣断铁链之后，从右脚上，取下那铁环，和剩下的尺多长铁链，扬给台下人看了一看，解放下身上缠绕的铁链，仍堆放在原处，又向看客鞠了一躬，带着翻译进去了。看客们都纷纷的议论，说真不愧为世界的第一个大力士。头等座里的西洋人，便都注目在霍俊清身上。农劲荪正待问霍俊清看了觉得怎样，台上的大力士，又大踏步出来了，遂截住了话头，台上的翻译，已指着放在东边台口的那方生铁道："这方生铁，足重二千五百斤，中国古时候的西楚霸王，力能举千斤之鼎，历史上就称他'力可拔山'，以为是了不得的人物。于今大力士能举二千多斤，比较起西楚霸王来，超过倍半以上，真不能不算是世界古今第一个大力士了。大力士在南洋献技的时候，曾特制一个绝大的木笼，笼里装着二十五个南洋的土人，大力士能连人带笼，举将起来，土人在里面并可以转侧跳动。这回只因大力士嫌木笼太笨，而招集二十五个人也觉得过于麻烦，才改用了这方生铁。但是大力士的力量，还不止二千五百斤。这方生铁已经铸就了，不能更改，只得另添这两块铁板。这铁板每块重一百斤，合计有二千七百斤，据大力士说，唯有德国的大力士森堂，能举得起二千五百斤，所以称世界第二个大力士，彼此相差虽仅二百斤，然力量到了二千斤以上，求多一斤都不容易，这是大力士经验之谈。相差二百斤，就要算差得很远了。诸君不信，请看大力士的神力。"说完退开，远远的站了，好像怕大力士举不起生铁，倾倒下来，打伤了他似的。

　　这时大力士身上，穿了一件贴肉的卫生汗衫，两边肩头上贴着两条牛皮，遮盖着两条臂膀，是防生铁磨破汗衫，伤了皮肤的；两个膝盖上系了两方皮护膝，护膝里面大约填塞了两包木棉，凸起来和鹤膝相似。大力士先将那方生铁，用两手推移，慢慢移至台心，方向台口蹲下身体，两手攀住生铁的一边，往两膝倒下。就在这个当儿，从里面走出四个彪形大汉的西洋人，分左右立在大力士旁边，以防万一有失，生铁跌下来，不致惊了台下的看客。大力士伸两手到生铁的下方，缓缓的将生铁搬离了地，搁在膝盖上面。停了一停，立在东边的两个助手，每人双手捧起一块铁板，轻轻加在那方生铁上面。大力士一心不乱的运足两膀神力，凭空向头顶上举将起来，演台座位都有些摇摇的晃动，满座的看客，没一个不替大力士捏着一把汗，悬心吊胆的望着，全场寂静静得没一些儿声息。

不知霍俊清三人见了这般神力，可否将初来要和大力士较量的雄心，减退了几成没有，且待第十五回再说。

总评：

　　此回前半节，将霍、李比武事，作一收束，后半节乃叙入大力士事矣。论此回之地位，本是前后一过渡处，行文易趋平直，最难见好。然而作者写来，却依然有声有色，十分精彩，此是作者笔力过人处也。

　　摩霸自缢一段，写霍俊清、李富东两人见解议论，均极得体，侠义英雄之结交，固宜如是。

　　李富东论摩霸数语，描写一吃软不吃硬之人，刻画入微，知弟信莫若师也。我观今世之人，多欺软怕硬，畏强梁而凌懦弱，以视摩霸，应有愧色。摩霸虽病褊仄，要不可谓非庸中之佼佼者矣。

　　怒逐大力士一节，乃是写霍俊清之爱国也。一闻外人侮辱中国之言，即发指眦裂，投袂而起，此其爱国之热忱为何如哉！本来侠义英雄，无有不爱国之理，况轶伦绝群如霍俊清者乎？

　　霍俊清对答刘振声数语，最为得体，必如此则后文之怒逐大力士，乃完全为爱国心所激动，不是好勇斗狠也。

　　写农劲荪一节，竭力写出其有学问、有肝胆，此完全为后文伏笔，不是写此两回作译员用也。读者阅至下文，自然明白。

写翻译员接待之恭，以及英、美人之注意，正是竭力写出霍俊清之盛誉威势也。先声夺人，大力士固宜不战而胆怯矣。

大力士演说数语，虽有藐视中国之意，然其实亦是吾国之实情，未可以人而废言也。故后文霍俊清亦表出此意，体育会之设，即肇端于斯矣！

大力士演艺一节，写得骇人，此不是为俄国人夸张，正是欲衬出霍俊清也。大力士以如此神力，乃不敢与霍俊清斗，偃旗息鼓，鼠窜而去，然则霍之技艺，可概见矣。

第十五回

诋神拳片言辟邪教
吃大鳖一夜成伟男

话说大力士双手举起那方二千七百斤的生铁，约支持了半分钟久，两膀便微微的有些颤动。举着这么重的东西颤动，自然牵连得演台座位都有些摇荡似的，吓得那些胆小嘴快的看客，不约而同的喊道："哎呀！快放下来，跌了打伤人呢！"胆壮的就嗔怪他们不该多事乱喊，你啐一口，他叱一声，一个寂静的演场，登时又纷扰起来了。

大力士初次到中国来，在欧美各国游历的时候，从来不见过这般没有秩序的演场。这时被扰乱得很不高兴，他不懂得中国话，以为看客们见他手颤，口里喊的是轻侮他的话，又见叱的叱，啐的啐，更误会了，以为叱的是叱他，啐的也是啐他，哪里高兴再尽力支持呢？就在纷扰的时候，由两边四个健汉帮扶，将生铁放下来了。

霍俊清回头对农劲苏道："这小子目空一切，说什么只有德国的森堂，能举二千五百斤，什么中国没有体育家，没有大力士，简直当面骂我们，教我怎能忍耐得下！我不管他有多少斤的实力，只要他跟我在台上较量。若他的力大，我打他不过，被他打伤了或打死了，他要称世界上第一个大力士，他尽管去称；伤的死的不是我，只怪他太狂妄，不能怪我打伤了他。我在这里等你，请你就去和他交涉吧！"

农劲苏知道霍俊清素来是个极稳健的人，他说要上去较量，必有七八成把握，决不是荒唐人，冒昧从事的，当下即起身说道："我且去谈判一度，他如有什么条件，我再来邀你。"霍俊清点头应"好"。

农劲苏向内场行去，只见那翻译也迎面走来，笑问农劲苏道："先

119

生已见过了么，怎么样呢？"农劲荪看那翻译说话的神情，像是很得意的，估量他的用意，必以为大力士既已显出这般神力来，决没人再敢说出要较量的话，所以说话露出得意的神情来。农劲荪心里是这么估量，口里即接着答道："贵大力士的技艺，我等都已领教过了。不过敝友霍元甲君，认为不能满意，非得请贵大力士跟他较量较量不可，特委托兄弟来和贵大力士交涉，就烦先生引兄弟去见贵大力士吧！"

翻译听完农劲荪的话，不觉怔了一怔，暗想霍元甲的声名，我虽曾听人说过，然我以为不过是一个会把式的人，比寻常一般自称有武艺的人，略高强点儿，哪里敢对这样世界古今少有的大力士，说出要较量的话呢？当初他未曾亲见，不怪他不知道害怕；于今既已亲目看见了三种技艺，第一种或者看不出能耐，第二种、第三种是无论谁人见了，都得吐舌的，怎的他仍敢说要较量呢？他说认为不满意，难道霍元甲能举得再重些吗？只是他既派人来办交涉，我便引他去就得了，我巴不得中国有这么一个大力士。翻译遂向农劲荪说道："贵友既看了认为不满意，想必是有把握的，先生能说得来俄国话么？"农劲荪道："贵大力士刚才在台上说的不是英国话吗？"翻译连忙点头，转身引农劲荪到内场里面一间休憩室，请农劲荪坐了，自去通知那个大力士。

农劲荪独自坐在那里，等了好一会儿，仍是那翻译一个人走了来，问农劲荪道："先生能完全代表贵友么？"农劲荪道："敝友现在这里，用不着兄弟代表。兄弟此来，是受敝友的托，来要和大力士较量的。若大力士承认无条件的较量，兄弟去通知敝友便了；如有什么条件，兄弟须去请敝友到这里来。"翻译道："那么由兄弟这里，派人去请贵友来好么？"农劲荪连说："很好！"翻译即招呼用人去请霍俊清。

不一时，霍、刘二人来了，翻译才说道："敝东说他初次来中国，不知道中国武术家较量的方法，不愿意较量，彼此见面做谈话的研究，他是很欢迎的。"霍俊清笑道："他既自称为世界第一个大力士，难道中国不在世界之内，何能说不知道中国武术较量的方法呢？不较量不行，谁愿意和他做谈话的研究？他说中国是东方的'病夫国'，国人都和病夫一般，他是世界上第一个大力士，却怕我这个病夫国的病夫做什么哩！烦足下去请他到这里来吧。我霍元甲是病夫国的病夫，在世界大力士中一些儿没有声名的，也没有研究过体育，也不曾受全国人的推崇，请他不必害怕，我此来非得和他较量不可。"

霍俊清说时盛气干霄，翻译不敢争辩，只诺诺连声的听完了，复去里面和大力士交涉。这回更去得久了，约莫经过了一点多钟，霍俊清三人都以为在里面准备比赛，那翻译出来将农劲荪邀到旁边说道："敝东已打听得霍先生，是中国极有名望的武术家，他甚是钦佩，但确是因未曾研究过中国的武术，不敢冒昧较量。他愿意交霍先生做个朋友，如霍先生定要较量，可于交过朋友之后，再作友谊的比赛，教兄弟来将此意，求先生转达霍先生。"

农劲荪道："霍先生的性情，从来是爱国若命的。轻视他个人，他倒不在意；他一遇见这样轻视中国的外国人，他的性命可以不要，非得这外国人伏罪不休。贵大力士来中国卖艺，我等是极端欢迎的，奈广告上既已那么轻蔑中国，而演说的时候更加进一层的轻蔑，此时霍先生对于大力士，已立于敌对的地位，非至较量以后，没有调和的余地。大力士当众一昧的轻蔑中国，岂可于交过朋友之后，做友谊的比赛？假使没有那种广告，并这种演说，兄弟实能担保霍先生与大力士做好朋友，此刻只怕是已成办不到的事了，只是兄弟且去说说看。"

农劲荪回身将和翻译对谈的话，向霍俊清说了一遍。霍俊清道："好不知自爱的俄罗斯人，侮辱了人家，还好意思说要和人家做朋友。我于今也没有多的话说，只有三个条件，听凭他择一个而行。"农劲荪忙问哪三个，霍俊清道："第一个，和我较量，各人死伤，各安天命，死伤后不成问题；第二个，他即日离开天津，也不许进中国内部卖艺；第三个，他要在此再进中国内部卖艺也行，只须在三日内，登报或张贴广告，取消'世界第一'四个字。他若三个都不能遵行，我自有对付他的办法。"农劲荪随将这条件，说给那翻译听了。那大力士不敢履行第一条，第三条也觉得太丢脸，就在次日动身到日本去了，算是履行了第二条。

农劲荪觉得霍俊清这回的事，做得很痛快。过了几日，又来淮庆会馆闲谈，谈到这事，农劲荪仍不住的称道，霍俊清叹道："这算得什么！我虽则一时负气把他逼走了，然他在演台上说的话，也确是说中了中国的大毛病。我于今若不是为这点儿小生意，把我的身子羁绊住了，我真想出来竭力提倡中国的武术。我一个人强有什么用处？"农劲荪极以为然说道："有志者事竟成。你有提倡中国武术的宏愿，我愿意竭我的全力来辅助你成功，但也不必急在一时。"

二人正对坐着谈心，刘振声忽擎了一张红名片进来，走近霍俊清跟前说道："这个姓解的，穿一身很奇怪的衣服，来在外面，说有要紧的事，求见师傅，请他进这里来坐么？"霍俊清就刘振声手中，看那名片上，印着"解联魁"三个字，心里踌躇道："谁呀，就是解奎元的儿子么？他怎的会跑到这里来找我呢，为什么又穿一身很奇怪的衣服呢？不管他是也不是，见面自然知道。"随点点头道："就去请进这里来坐吧。"刘振声回身出去，引了一个二十多岁的男子进来。

霍俊清一见，还认得出果是解奎元的儿子，身上穿着一件黄色的对襟衣，两个小袖子，紧缠在两双手膀上；衣的下半截，前长后短。头上裹着红色包巾，那种奇形怪状，就是在戏台上，也寻找不出一个和他同样的来。若不是霍俊清的眼力足，记忆力强，在十年前见过的人，这时决辨认不出。眼里看了，心里实在好笑，但碍于面子，不便笑出来，只得起身笑道："解大哥何时到天津来了，十年不见，几乎见面不认识了。"

农劲荪见了这种怪模样，自也免不了要笑，也只好极力的忍住起身招呼。解联魁见过了礼，坐下来说道："本多久就应来给霍爷请安，只因穷忙事多，抽身不得，这回奉了韩大哥的命，特地到这里来。一则给霍爷请安；二则要请霍爷出山，大家干一番事业，好名垂千古。"

霍俊清听了这二则的话，更觉得稀奇，猜不出要请自己去干什么事业，如何名垂千古。忍不住笑着问道："韩大哥是谁，有什么事业可干？"解联魁装模作样的举着大拇指说道："霍爷竟不知道韩起龙大哥吗？他就是大阿哥跟前的第一个红人，义和团的魁首。"霍俊清摇头道："不知道，什么叫做'义和团'，干什么事的？"

解联魁大笑道："原来霍爷尚不知道我们义和团，是干什么事的，这就难怪不知道我韩起龙大哥了。说起我们义和团的好处来，霍爷必然高兴出山，大家帮扶做事。我们义和团第一就是'扶清灭洋'，于今洋鬼子来得不少，都是想侵夺我大清江山的，他们的枪炮厉害，做官的、带兵的全怕了他们，敌他们的炮火不过。我韩起龙大哥的神通广大，法力无边，哪怕洋鬼子的枪炮厉害，只要韩大哥喊一句，枪炮自然封住了，再也打不响。若是洋鬼子行蛮去开枪炮，枪炮不是炸了，就得反转去打他们自己的人。韩大哥在端王宫里，试过了无数次，枪炮都试炸了。这是大清合当兴隆，洋鬼合当灭亡，才天降英雄，有韩大哥这种人才出世。于今大阿哥也是我们的人，每天从韩大哥学习神拳，寻常三五十人，也近大阿哥不得。霍爷不知道韩大哥，韩大哥却知道霍爷，也是一个立志扶清灭洋的英雄，又会得一身好拳脚，并知道我认识霍爷，所以特派我来，请霍爷同去北京。韩大哥目下在端王宫里，陪伴大阿哥，学习神拳，韩大哥曾吩咐我，霍爷一到，他就引见端王，这是我们要干大事，要名垂千古的好门道，霍爷千万不要错过了。"

霍俊清听了，料知是白莲教一类的邪术，他的胸襟，是何等正大的人，这类无稽邪说，哪里听得入耳，只微微的笑了一笑道："承解大哥原来的好意，感激得很，但是我生性愚拙，素来不知道相信有什么神灵，我学习拳脚，尤其是人传授的，不相信有什么神拳。如有会神拳的人，敢和我的人拳较量，我随时随地，皆可答应他，不怕他的神拳厉害。大清的江山，用不着我们当小百姓的帮扶，洋鬼子也不是我们小百姓可以灭得了的。就烦解大哥，回京道谢姓韩的，我霍元甲是一个做小买卖的人，只知道谋利，不知道替国家干大事。"

解联魁见霍俊清说话的神气很坚决，并露出轻视义和团的意思，料知再说无益，乘兴而来，只得败兴而去。

解联魁作辞走后，农劲荪问道："这后生是什么人，你怎么认识他的？"霍俊清长叹了一声说道："说起这后生的父亲来，倒是一个了不得的人物，你因十年前，在北方的时候少，所以不曾听说解奎元的名字。"农劲荪道："解奎元吗，不就是山东曹州府人解星科么？"霍俊清连连点头应是道:"你原来也知道他么?"农劲荪道:"我只听人说过这解星科的名字,却不知道他的履历,怎见得是一个了不得的人物呢?"

霍俊清道:"解星科的武艺,原没什么了不得,就是天生的神力,少有人能及得他。我和他是忘年交,承他的情,很瞧得起我,他的履历,我完全知道。他十六岁的时候,并不曾跟人练过把式,也没多大的气力,一日因在乡里行走,拾了一只三条腿的大甲鱼。少年人贪图口服,他家里又很节俭的,轻易没有荤鲜进口,拾了那只大甲鱼,虽然只有三条腿,却也不舍得丢了。谁知将那甲鱼煮食之后,这夜睡在床上,就觉得浑身胀痛,四肢好像有人用力拉扯,闹得一夜不曾安睡。次早起来,身上的衣服,紧贴着皮肉,仿佛被水浸湿了一般。当时也不在意,及下床穿鞋,小了半截,哪里穿得进去呢?这才吃了一惊,以为两脚肿了,站了起来,一伸头顶住了床架,原来一夜工夫,陡长了一尺八寸。他的身躯,本来就不小,这一来,更高大得骇人了;膀膊的气力,也大得无穷。他家喂猪的石槽,有六七百斤,他用三个指头夹起来,和寻常端茶饭碗一样。遇两牛相斗,他一手握住一条牛的角,往两边一分,两牛的角,登时都被折断了。

"二十岁的时候,他父亲给他娶老婆,正在贺客盈门的时分,忽来了一个老和尚,拦大门坐下,口称要化缘。解家帮办喜事的人,给和尚的钱,嫌少了;给和尚的米,嫌糙了,弄得一般人都气愤不过,动手想把和尚攘开。那和尚就如在地上生了根的一般,再也攘他不动。解星科在里面,听得门口吵闹,跑出来看,见许多人攘一个和尚不动,一时兴起,伸手提住和尚的臂膊,掼了一丈开外。和尚脚才着地,就一跃仍到了解星科面前,合掌说道:'我久闻名你的神力,果是不虚,我想收你做个徒弟,传授你的本领,你若肯从我学习,包管你的功名富贵,都从这里面出来。'

"解星科这时已请了一个姓赵的教师,在家教习拳脚。那姓赵的是曹州有名的赵铁膀,两条膀子坚硬如铁,自称是少林嫡派,解星科已从他练了两年,这日徒弟娶老婆,师傅自然上坐。解星科听了老和尚的话,看老和尚的神采,确是较寻常的和尚不同,心想他被掼了这么远,一着地就跃了转来，本来必是不错的，何不请他进去？他的本领，若在赵师傅之上，我就从他学习，岂不甚好。当下就把那和尚请了进去。

"赵铁膀见了，心里自然不快活，又有些欺那和尚老迈，定要跟和尚较量。不容和尚不答应，于是就在筵席上，动起手来。赵铁膀哪是和尚的对手，被和尚点伤了一只铁膀，狼狈不堪的去了，解星科便做了那和尚的徒弟。那和尚是蒙阴人，法名叫做'慈舫'，解星科从和尚学了五年，原有那么大的气力，加以七八年的工夫，即使不好也很有可观的了。他有个舅父，在安徽当营官，他想投行伍出身，二十八岁上，就到安徽，依他的舅父。那时是裕禄做安徽巡抚，解星科到安徽不上半年，他舅父便委他当排长。

"裕禄是个旗人，宠幸一个兔子，名叫'小安子'，小安子那时才得一十六岁，生得艳丽异常，裕禄没有小安子，不能睡觉。小安子既得裕禄这般宠幸，骄蹇得了不得，有人贿托他向裕禄关说什么，不愁裕禄不听。寻常州县官儿，稍有不如小安子的意，只须小安子在裕禄跟前，撒一回娇，那州县官儿的位置，就靠不住了。因此司道以下的官员，见了小安子，都得上前请安。安徽人都呼小安子为'小巡抚'。小安子平常出来，在街上行走，总得带领十多个巡抚部院的亲兵。

"这日西门火神庙唱戏，看戏的人，挤满了一庙，小安子也带了十几个亲兵，到庙里看戏。那庙里唱戏的时候，戏台下面的石坪里，照例摆着两排很长的马凳，给看戏的人坐，中间留出一条两尺来宽的道路，供坐在马凳上的人出入，免得绕着弯子走两边；中间那条道路上，是不许站人的。小安子到得庙里，见两边许多马凳上，坐的全是些小百姓，腌臜极了，他那种娇贵的身体，怎肯和一般腌臜小百姓同坐。也顾不得中间的道路，是要供人出入的，就往当中一站，十几个亲兵，左右前后的拥护着，把那条道路，填塞得水泄不通。他还觉得不舒服，一脚立在地下，一脚翘起来，踏在马凳的当儿上，肘抵着膝盖，手支着下巴，得意扬扬的，抬起头朝台上望着。

"一般小百姓要进来的，见有一大堆巡抚部院的亲兵，挡住道路，就立在外面，不敢进来；要出去的也是如此。坐在小安子踏脚那条马凳上的，更是连动也不敢动一动。有两个戏瘾大的冒失鬼，立在外面，听得锣鼓声喧，忍不住不进来看，硬着头皮，想从许多亲兵丛中穿过。哪知才走近五六尺远的地点就被几个亲兵抢过去，将冒失鬼抓着，拳足交下，混账、忘八羔子骂得狗血淋头。是这么打骂了两个，谁还敢上来讨这苦头吃呢？为他一个人图看戏舒服，弄得满庙的人，都诚惶诚恐的，唯恐触怒了他。这时却恼怒了解星科，凑巧他坐的马凳，就是小安子踏脚的那条，眼见了这种情形，年青人气盛，哪里再忍耐得住，忽的立起身来，故意挨到小安子跟前，伸出那巨灵掌，在小安子跷起的那条腿上，拍了一下道：'借光，借光！让一让我好出去，这儿不是你站的地方。'小安子的腿，除了裕禄而外，岂是旁人可以随意拍的？当下也不顾解星科是有意来寻衅的，随用抵在膝盖上的那只手，举起来想打解星科的耳光。"

不知解星科怎生对付，且待第十六回再说。

总评：

逼走大力士一节，作者之用意有二，一则欲表出霍元甲爱国之热忱，借以增高其人格；一则欲借此引起霍元甲提倡体育之心，为后文设立精武体育会伏线。阅者若因大力士默然遁去，未与霍元甲交手，遂嫌其关节之不热闹，此真未识作者之用意也。

借叙述大力士一节，引出农劲荪，为后文霍元甲保护教民作臂助也。我读前一回，初疑作者之出农劲荪，专为霍元甲作翻译而已，及阅至此回，乃知农劲荪之助霍元甲，固在此而不在彼也。即此一端，作者心思只不易测，亦可概见。

霍元甲逼走大力士后，与农劲荪所谈数语，确是平心之论，不负气、不自满，不以人而废言，皆是其学识过人处也。

逼走大力士之后，便接写拒绝拳匪一节，此数回是霍元甲正传，故极力写出其英雄义侠，守正不阿，此与前数回出力写王子斌，一样用意，一样笔法。

解联魁信口开河，一派胡言，其谬妄荒诞，固不待智者而知之也。独怪当时西太后、端王刚毅以及朝廷诸大臣，竟能信彼邪说，任其横行，以致酿成外侮，险致亡国。满人庸愚，一至于此，为可慨耳。

霍元甲拒绝解联魁数语，如并剪哀梨，爽快之至，邪正之判，于斯可见，固不必如何正言厉色，已足褫拳匪之胆而夺其魄矣。

写裕禄宠幸小安子一节，秽鄙不堪，满清封圻大臣，大率如此，清欲不亡，其可得乎？

第十六回

打兔崽火神庙舞驴
捉强盗曹州府赔礼

话说小安子见有人公然敢动手拍他的腿，并说出那带着教训语调的话，他平生哪曾受过这种羞辱？随举起那搁在膝盖上的手，向解星科脸上一巴掌打去，奈解星科的身体太高，小安子伸起手还攀不着解星科的肩上，如何打得上脸呢？解星科见小安子举手打来，也用不着避让，一把抓住小安子光可鉴人的头发，提小鸡子似的提了起来。只痛得小安子手脚乱动，口里还掉着官腔，叫巡抚部院的亲兵快拿人。那些不知死活的亲兵，真个一拥上前，来捉解星科，解星科只一抬腿，早将一个勇猛些儿的亲兵，踢上了戏台。此外的亲兵见了，不由得不胆战心寒，唯恐站近了碰了解星科的腿，哪有一个再敢上前呢？

解星科从容把小安子放倒在地，几下将他身上的锦绣衣服，撕成一片一片，才一手抓住颈项，一手提住腿弯，双手高举起来，乡下人抛草把似的，向人多处平抛过去；在两丈以外落下来，跌在众多看戏的人头上，吓得那些人纷纷躲闪，小安子便跌到了地下。喜得是抛在人头上，不曾受伤。

农劲荪听到这里，拍掌笑道："打得痛快！解星科确是妙人。只是小安子吃了这次大亏，就肯善罢罢休吗？"霍俊清笑道："哪有这么容易。当下小安子从地下爬了起来，台上唱戏的人，因凭空飞了一个巡抚部院的亲兵上去，看戏的人又纷纷逃走，知道乱子闹得不小，连忙把戏停了，看戏的也逃去了大半。解星科的身材高大，立在人丛中本容易寻找，这时看戏的又走了许多，小安子爬起来就看见解星科岿然不动的站在那里，小安子远远的指着解星科叫道：'你是好汉不要走，我已认识你了，你走也走不掉！'解星科拍着胸脯笑道：'我山东曹州府人，姓解名星科，你这小子尽管去调救兵来，我走了不算好汉！'小安子气急败坏的跑出庙门去了。跌上戏台的亲兵，和立在地下的十多个，也都跟着小安子跑了。

"满庙看戏的人，料知小安子此去，必率领大兵到来，一个个都恐受无妄之灾，一窝蜂的走了。有几个良心好的人，以为解星科是外省人，初到安徽来，不知道小安子的厉害，走过来劝解星科道：'足下撞下了大祸，还不趁这时逃走，定要立在这里等苦吃吗？你知道你刚才打的是谁么？有名的小巡抚，有名的八角天王呢！你惹得起么？'解星科点头笑道：'承情关顾，哪怕他八只角我，也得攀折他两只。诸位怕受拖累的，请趁这时走吧。小子既撞了祸，不能移害别人，只得在这里等候他来。'

"那时也有些胆大想看热闹的人，不舍得走开，都相约躲在神堂里面，把格门关了，从门格眼里向外面张望。解星科一想有这些马凳碍脚，等歇动起手来不好，何不趁这时搬开，腾出战场来呢？遂将那两排马凳，搬做一个角落里堆了。

"才将马凳搬完，就听得庙外一片喊声，听去是喊不要放走了强盗，接着就看见长枪短剑的兵勇，争先恐后的拥进庙门。小安子骑着一匹小青马，跟在后面喊：'不要把强盗放走了！谁拿着了赏谁一百银子。'解星科看来兵约有百名以上，猛然想起自己不会上高，他们若关着庙门厮杀，自己一个总有疲乏的时候；若被他们困住了，被擒了去岂不要吃亏吗？不如迎上去，打他一个落花流水，好，走他娘！计算已定，向来兵一个箭步，脚才着地，就抢了两个兵士在手，即拿这两个兵士做兵器，遮挡众兵士的枪剑，并不出手打人，一路前遮后挡的冲出了庙门。

"众兵士起初见解星科那般凶猛，恐怕着伤，向左右闪出一条道路，给解星科走。及见解星科不敢动手伤人，小安子又在马上一片声催着喊拿，只得奋勇复围攻上来。解星科出了庙门，看手中的兵士还不曾死，就往地下一搁，打算就此走开。回头见众兵士复围攻上来，自己手无寸

129

铁不好招架，想从兵士手中夺下兵器来使，举眼看去，没一样兵器称手的，并且刀枪剑戟之类，使动起来难保不伤人。一时急不暇择，见庙门旁边开的一家磨坊，磨坊门口系了一条漆黑的叫驴。也可说是人急智生，一手拉断了系驴的绳索，一手握住那驴的后脚，提起来盘旋飞舞，兵器碰着叫驴便脱手飞了。

"众兵士也是血肉身躯，平日养尊处优惯了，不曾临过阵，这时遇了这种凶神一般的人，有敢不逃走的么？第一是小安子怕打，拍马当先逃走，众兵士都只恨自己少生了两腿，跑不过那马。解星科舞着叫驴追赶，直追近抚署，见众兵士都窜进衙门里去了，才把叫驴放下来，已死了好一会儿了。磨坊主人跟着追下来讨叫驴，解星科从怀中摸出十两银子，给磨坊主人道：'对不起你，赔你十两银子，去买一头活的，这死的我也不要。'那磨坊主人倒也是一个慷慨有气魄的人物，情愿将死驴领去，不要解星科赔偿。本来安庆的商民，没一个不厌恶小安子，只是畏惧他的势焰，敢怒而不敢言，多久就巴不得有人能给他一个下不去。"

农劲荪笑道："这本是大快人心的举动，不过裕禄既那么宠爱小安子，小安子在外面受了这种委屈，难道就不设法，替他出气吗？"

霍俊清道："裕禄何尝不想替他出气？只是小安子在火神庙被打的时候，解星科虽曾拍着胸脯报出姓名籍贯来，然小安子那时正气得神志昏乱，只顾急急的跑去调救兵，戏场中又人多嘈杂，解星科报出来的姓名籍贯，并没人听明晰。加以痛恨小安子的居多，便有人知道，也多不肯说出来，去向兔崽跟前讨好，所以当时裕禄也没有办法。只害了那些亲兵吃苦，打的打、革的革，说他们不该贪生怕死，不肯上前卫护，可怜那些亲兵，有冤无处诉。"

农劲荪道："解星科的胆量也真不小，有了这么一个冤家对头，他居然还敢在安庆干差事！"

霍俊清道："他有什么不敢？他打过小安子之后，不到两个月，他还在安庆干了一桩惊人的事呢！那夜已是三更过后了，抚台衙门里面忽然起了火，一时风发火急，衙门里面的消防队，哪里扑得灭呢？大门又关得紧紧的，外面的消防队，不能进去。那时衙门里面起火，照例关了大门，尽由里面消防队扑救，决不许外面的人进去。为的是怕有歹人趁火打劫，更怕有匪徒混杂在内，闹出意外的祸乱，因之那火越烧越大。外面的洋龙救火车，都到了衙门外面，只是叫不开门，不能进去。当时解星科的军队，驻扎在城内，听说抚台衙门失了火，他舅父就派他带了一排兵士，前去弹压。他一到，见街上停了好几辆救火车，没法进里面去，而里面火焰冲天，若再不加洋龙进去扑灭，必至全署皆成灰烬。解星科生性本来鲁莽，到这时也忘了顾忌，衙门两边的砖墙，有两丈来高、一尺四五寸厚，解星科一时性起，靠墙根站着，将右膀护住头顶，用尽平生气力，连肩锋带臀锋，只一下撞去，'哗喇喇'一声巨响，那砖墙已倒塌出一个大缺口来，恰好可以容一辆救火车进去，因得将火救熄了，不至蔓延。后来裕禄查出是解星科，一肩锋撞塌了砖墙，外面的救火车才得进去，倒很嘉奖他，想收他做卫队长。他因提防着小安子记仇陷害，不敢见裕禄和小安子的面，求他舅父托故推辞。而那时安徽的某提督，最喜欢勇敢有武艺的人，听了解星科这回撞墙救火的事，也要提到跟前做护卫的人，解星科就在那提督跟前当差。"

农劲荪叹道："这般本领、这般胸襟的人物，只落得跟官听候差遣！"霍俊清道："论解星科的功夫、人品，要飞黄腾达，本是容易的事，但他有一宗最关重要的短处，限制了他，使他一辈子不能在军队中得意。"农劲荪笑问道："什么短处呢？"霍俊清也笑答道："他的短处实是奇特得很，他那么大的气力，那么高的武艺，却不能骑马。世间不能骑马的人也有，然决没有像他那么不能骑的。人家不能骑，不过是骑得不好，或者不能骑太劣的马；解星科不能骑马，简直在马背上坐不住，连他自己都想不出是什么道理。极驯顺的马，马夫挽住辔头，他跨了上去，等他坐得稳稳的，拉好了缰索，马夫才把手松了。马不提脚他坐着不动，马向前提一脚，他便向后仰几寸，马再提一脚，他再仰几寸，马脚连连的提，他也连连的仰，行不到十来步，就从马屁股上，一个跟斗翻下地来了。每次如是，仿佛有人在他背后，拉辫发似的。"

农劲荪哈哈大笑道："这真奇特，怎么笨到这样呢？"霍俊清道："他练功夫的手脚一些儿不笨，他身躯虽大，然转折甚是灵巧，只骑马不知怎的，会笨到这样，谁也想不透是什么道理来。他最喜玩英雄胆（那铁蛋大如鸡卵，光滑而精圆，玩弄于手掌之中，如珠走盘。寻常人所玩皆二枚，每枚重约四五两，最能使指掌增劲，名'英雄胆'，亦名'英雄弹'。急时可作暗器用，其意盖谓有'此在手，能壮英雄之胆也'，故名形类弹丸，故亦名'英雄弹'），一个重八两，一手能玩三个，两手一般的能玩，可同时玩六个。最惊人的就是玩到极快的时候，两手同时向空中抛去，抛有六七尺高，在空中仍是不住的旋转，一些儿不散开；并且落下来的时候，从容旋转而下，落到手中还是旋转得那么快。我那时想从他学习这个玩意，他说是费力不讨好的东西，丝毫没有用处，犯不着费苦功夫去学习，我才打消了这个念头。"

农劲荪点头道："这确是实在话，并不是他吝不肯教。圣人所谓'死生有命，富贵在天'，解星科若不是天生成没有富贵的份儿，怎的会有这种没有理由的大缺憾呢？"霍俊清笑道："他岂但没有富贵的份儿，后来越弄越糟，曹州府还把他当强盗拿过一遭呢！险些儿把性命都送了，你看好笑不好笑？"农劲荪道："是怎么一回事，如何倒霉倒到了这一步？"

霍俊清笑道："横竖今日闲着无事，既谈到这上面去了，索性把他在曹州府的笑话，说给你听听也好。安徽那个提督，既赏识了他，提他到跟前做护身符，便要他教卫队的枪棒，他自然不能不教。他平常使用白腊杆的枪，使用惯了，栗木杆、椆木杆，他嫌太脆，到手挽一个花，就挽断了，便在那提督跟前上条陈，将军队里使用的枪，全改用白腊杆。提督依允了他的条陈，但是白腊杆，安徽并不出产，军队里又用得太多，安徽如何取办得出呢？提督问他什么地方出产白腊杆。他那时从家中出来，就径到安徽，在别省没有停留过，也不知道什么地方，出产白腊杆，只知道自己生长的曹州府，是要取办白腊杆很容易的，遂回那提督说曹州府出产。那提督即办了一角公，执并若干银两，就派去曹州，采办白腊杆。

"他自从打家里出门，已有好几年不曾回家乡了。这回借着这趟差使，得顺便归家一看，心里正不知有多高兴，在路上晓行夜宿，也不止一日。这日平安到了曹州府，因是有好几年没到曹州，有一两家亲戚，都移了地方，他家本在曹州府乡里，到时只得暂下客栈居住，打算休息一夜，次日再去府里投文。他随身并没多的行李，只驮了一个包袱，公文跟银两，都在那包袱里面。他落的是一家排场很阔的新开客栈，地点靠近府衙，他为的是图投文书，办一切交涉便利，所以落到这客栈里。

"他当进这客栈门的时候，便有一个年约四十多岁，形似很精明强干的人，走路一偏一跛的，好像腿子有些护痛不方便，从客栈的账房走出来，迎面遇见解星科，即露出很惊讶的神气，不住的拿两眼向解星科浑身上下打量。解星科也没在意，随口问道：'你这里有上等清洁的房间没有？'那人一听解星科开口，连忙转了笑容答道：'有的，有的，东西配房都空着，请随意住哪间都使得。'

"解星科因一旦回到了家乡地方，心中得意不过，听了那人的话，一面向东边配房走去，一面笑着说道：'几年不回，曹州气象都改变了，几乎连知府衙门都找不着了呢！住在这里，离衙门近好做事些。'那人跟在后面，也笑着问道：'客人从哪里来，好到衙门里做什么事？'解星科说着已进了东配房，将背上的包袱，取下来往桌上一搁，包袱里面，很有几百两银子。金银这种东西，不比旁的物事，最是觉得沉重的，又是顺势往下一搁，只压得那桌子喳喳的响，接着那人的话，笑嘻嘻的回道：'到衙门去干的，自然是好事。'随用手指点着包袱道：'我要干的事，就在这里面。'

"古语所谓'得意忘形'，解星科这时也是得意忘形了。他说这话的意思，是说公文、银两都在这包袱里面，特地到曹州来，就是为要办这公文上的事。少年人做事不老成，在得意的时候，每有这一类的言语举动。那人听了这话，望了望包袱，又打量解星科。解星科被那人打量得不耐烦了，指着自己的鼻端笑问道：'你认识老夫么？你若认识老夫，就得好好款待，我事情办好了，要走的时候，多赏几两银子，不算一回事。'那人连连点头道：'认识了，认识了，果是名不虚传的好汉。小店的款待，是不须吩咐的，好汉这时想用些什么点心，好教厨房里办来？'

"解星科以为那人，真个认识自己，所以称呼好汉，即说了几样点心，那人应是去了。一会儿，店小二送上几盘点心来。解星科背房门坐着，拿起点心狼吞虎咽的大嚼，才吃到一半，即听得后面一阵脚步声，行走得急速，他心想客栈里，是照例来往的人多，脚步声响不足为奇，正吃着点心，也懒得回头去看。及听得那些脚声响，到东配房门口都停了，才觉得有异，回头一看，只见黑压压的，门口挤满了一大群衙门口做公的人，各人手中都拿着刀、铁尺，凶神恶煞一般的，都准备厮杀的样子。

"解星科一见那些做公的，心里早已明白是认错了人，他却偏想开开玩笑，望了一眼就装作不曾看见的，仍掉转头，拿起点心往口里塞。那些做公的也不敢进房，只在门外呐喊道：'不要把强盗放走了！'接着就有人抖得铁链响着道：'还不动手，更待何时？'解星科心里好笑，暗想我平生不但不曾做过强盗，连见都不曾见过强盗，怎么在安徽火神庙的时候，那兔崽和一班巡抚部院的亲兵，也都喊我做强盗，也都喊不要放走了强盗。于今到了家乡地方，他们这班东西也把我当强盗，这是什么道理呢，难道我的相貌像个强盗吗？但是也不管他，由他们去喊吧，看他们将我怎样。仍装作没听见的，只顾低着头吃点心。

"那些做公的还是在门外，你推我让不敢进房，争执了半响，仍是进门时遇见的那人挨了进来，走到解星科面前一躬到地，陪笑说道：'我奉上官所差，不能推诿，久仰你老人家的威名，知道是好汉做事好汉当，决不忍连累我们做公的小人。于今上官追比得紧，非你老人家到案，我们没有活命。我这十几天，只因为没请得你老人家到案，三日一比，两腿已打见了骨，行走都极不方便。我知道你老人家今日到这里来，是可怜我受比得太苦，特地前来投案，救我们性命的。我们不敢动手，把刑具上在你老人家头上，只求你老人家不要耽搁了，就此动身同去吧。你老人家若是不曾吃饱，到了衙里大鱼肉、美酒白饭，尽你老人家的量，看要多少，我们办多少来孝敬便了。'

"解星科一声不作，望着那人说完了，装作呆头呆脑的样子问道：'老哥教我上哪里去？这里点心还没有吃完，就放着不吃了吗？不问要去哪里，我总得把这几盘点心吃光了才行，白丢了多可惜。'那人道：'你老人家不要装马虎，我们奉上官所差，要请你到曹州府衙门里去，到了那里自有吃的，我们也是身不由己，实在受逼得太苦了。'解星科不住的拈着点心往嘴里送，塞住了嘴不能说话，只把头向两边摇摆。

"后面公差中，有两个忍耐不住了，轻轻的走到解星科背后，猛然抖出铁链，往解星科颈上一套，口里说道：'不识抬举的东西，和他好说是不中用的，走吧！'两人同拉着一条链子，想拖着就走，只是哪里拉得动分毫呢！解星科也不起身，也不伸手去解铁链，更不开口说话，一手抓了一大把点心，好像怕被人将点心抢了去似的，比前吃得史急。这里两个人拉不动，立时又加了两个，门外的一大群人都拥了进来。一个冒失的，举起铁尺朝解星科的膀子砍下，解星科只当没看见，铁尺砍在膀子上，就和砍在石头上相似，'啪'的一声，险些儿把虎口震开了。这一下打得解星科气涌上来了，一声吆喝，靠近身子的公人，都纷纷的跌倒了。几人握在手中的铁链，不知怎的脱手飞去了，几人的掌心，都皮破血流，跌倒在地下半晌挣扎不起。

"正在这时候，外面忽又人声鼎沸，有问强盗拿住了没有的；有的喊：'不要放走了强盗。'解星科才慢腾腾的站了起来，伸头向门外一望，约莫又来了百几十个兵，一个个手持长枪大戟，凶眉恶眼的如临大敌。解星科心里觉得诧异，也猜不透把自己误认作什么人，好在他自己有把握，平生不曾干过犯法的事，这回到曹州府来，又奉有重大差使，包袱里携有给曹州府的公文，自然不问闹到哪一步，他也不害怕。"

农劲荪听到这里，忍不住截住话头问道："毕竟是把他误认作什么人了，用得着如此是这么大动人马的来拿他呢？"

不知霍俊清如何回答，且待第十七回再说。

总评：

此一回是解星科传也，作者特地换一种写法，将全传概从霍俊清口中说出，一则因解星科系过去之人物，势不能复追溯叙述；再则因以下将叙霍俊清保护教民之事，若此处将霍俊清丢开，专叙解星科事，则文章便不紧凑矣。作小说之不易，全在此等地方，作者苦心孤诣，阅者矣未可轻轻看过也。

写解星科殴打小安子一节，能于鲁莽豪爽之中，现出一种侠义心肠，如不肯无故伤人，以及赔偿磨坊主人皆是也。它若热心人之关切，受害者之快心，小安子之气愤，众兵丁之畏葸，一支笔端，均能曲曲描写出来，真不易也。

抚院救火一节，写官场之固执不化，亦颇有趣。

曹州府误认一节，以轻举妄动之捕快，恰遇一意存戏耍之解星科，遂致铸成大错，闹一笑话。曲曲写来，妙趣环生，文情亦婉折有致。

第十七回

解星科怒擒大盗
霍元甲义护教民

话说霍俊清见农劲荪截住话头，问曹州府毕竟把解星科误认作什么人，用着这么大动人马的来捉拿，遂笑答道："你不要性急，这其中自有道理，且等我照着当时情形，从容说给你听，曹州府大动人马的缘故，就自然明白了。当下解星科见来的众兵，已有十多个拥进房来，将要向着自己动武了，心想这玩笑不能再开了，若等到他们真个动起手来，就难保不弄出大乱子。忙向众人扬手喊道：'诸位有什么话，请快说出来，要我去哪里，便同去哪里。我特地到这里来的，断不会无缘无故的逃跑，诸位尽管放心，用不着动手动脚；若是不讲理，想行蛮将我拿到哪里去，那时就休怪我鲁莽。'

"进房的兵士当中，有一个像是排长的，出头说道：'我们与你往日无冤，近日无仇，只因奉了上官差遣，来请你到府衙里去走一遭。你既肯同去，我们又何必动手动脚？不过朝廷的王法如此，刑具是不能免了不上的，见了官之后，我们可以替你求情，把刑具松了。'那排长说时，向旁边手拿铁链的人，努了努嘴，那人即抖铁链，向解星科颈上一套，解星科也不避让，也不动手，只笑嘻嘻的说道：'这条铁链，套上我的颈，是很容易，等一会儿要从我的颈上解下来，只怕有些麻烦呢！好，就走吧！'随指着桌上的包袱道：'我这包袱里面，尽是杀人的凶器，你们得挑选一个老练的人，捧着在我前面走，好当官开验。'那排长伸手提过来，觉得很沉重，以为真是杀人的凶器，亲手提了，一窝蜂似的簇拥着解星科，出了客栈。街上看热闹的，真是人山人海，壅塞得道路不通，幸得那客栈靠近府衙，走不上半里路就到了。

"那时曹州知府姓杜，是两榜出身，为人又是精明、又是慈爱，立时升坐大堂。众公差把解星科拥到堂下，要替他除去颈上链条，解星科一把抢在手里说道：'且慢，没这般容易！'正说时杜知府已在上面喊：'提上来。'解星科即大踏步走上堂去。左右衙役一声堂威齐喝跪下，解星科挺胸竖脊的大声说道：'这里不是我跪的地方，这时不是我行礼的时候，只管要我到这里来，有什么话问，我请大老爷快问。'亏得杜知府很精明，一见解星科的神气，并不定要他下跪，即开口问道：'你姓什么，叫什么名字？'解星科哈哈笑道：'我的名字尚且不知道，为什么这么兴师动众的把我拿到这里来呢？'

"杜知府被他这两句话堵住了嘴，气得将惊堂木一拍喝道：'好大胆的强盗，到了本府这里，还敢如此凶刁挺撞！你曹四老虎犯的案子，打算本府不知道吗？你好好的招出来，免得吃苦！'解星科把脸扬过一边，鼻孔里'哼'了一声说道：'要我招么？好的，我就招给你听吧。我乃曹州府朱田镇人，姓解名奎元，字星科，今年三十岁，现充安庆某营邦统，兼受了某提督军门拳棒教师之聘。这回奉了差遣，来曹州采办白腊枪杆，携有公文、银两在包袱里面，正待来这里投文，不知犯了什么罪，是这么大动人马，将我锁拿到这里来？我多年不回家乡，今日虽不能说是衣锦荣归，然在我等穷苦小民，离乡背井的出外图谋，能得今日这般地位回来，总算可以稍慰父母亲朋的期望。不知大老爷和我有何仇怨，要是这么凌辱我？'

"解星科上堂的时候，那排长已将包袱呈上，杜知府一面听解星科招供，一面打开包袱，看了公文，只急得脸上登时变了颜色，连忙跳下座位来；先向解星科作了三个揖，口里连说'该死'，又赔了多少不是，才亲手除下那铁链，请解星科到里面坐了，把误认的原因说了出来。

"原来曹州府近年出了一个大盗，姓曹行四，人都称他为'曹四老虎'，手下有二三百党徒，二三年来，杀人放火的案子，也不知犯过多少。杜知府上任以来，可称得起爱民如子，疾恶如仇，曹四老虎却偏偏要和他作对，每月总得干一两件杀伤事主的盗案。手下的党徒，更是奸淫烧抢，无所不用其极。杜知府恨入骨髓，誓必诛了这个大盗，悬了三千两花红的重赏。无奈那曹四老虎的本领极大，手下党徒一多，消息又非常灵通，饶你悬着重赏，只是拿不着他。他手下的小强盗，倒拿来得不少，就在解星科到曹州的前几日，将曹四老虎的一个军师拿来了，监禁在府衙里面。那军师姓蔡，是曹四老虎的把兄弟，二人交情最深，将那蔡军师一拿来，外面就有谣言说：曹四老虎和蔡军师是共生死的把兄弟，这回蔡军师被拿，曹四老虎决不肯善罢罢休，必来曹州府劫牢反狱。这谣言一起，杜知府就十二分的戒备，特地调了二百名精壮兵勇，在府衙里防守。曹四老虎的年貌，早已在那些小强盗口里，盘诘得明白，身材相貌竟和解星科差不多。

"解星科住的那家新客栈，是府衙里一个班头开的，班头为着捉拿曹四老虎，受了多次的追比，两腿都打见了骨，行走极不方便。这日正请了三日假，在家养伤，一见解星科进来，就觉得这么高大身材的人很少，而且年貌都与小强盗所供的相合，不由得不注意。后来又见解星科指着鼻端，自称老夫，班头误听作老虎。那班头是个貌似精明，实际糊涂的人，更加听了解星科指着包袱说的那几句话，以为是来劫牢反狱无疑的了，一面用点心稳住解星科，一面亲去府衙里报告，所以铸成这么一个大错。"

农劲荪点头笑道："这也真是巧极了，但平心而论，不能怪那班头糊涂，只怪解星科不应有意开玩笑。像解星科那种言语举动，便在平常落到做公的人眼里，也惹人犯疑，休说在谣言蠭起、草木皆兵的时候，如何能免得了这场羞辱呢？只是后来还有什么过节没有，就那么完了吗？"

霍俊清道："并没别的过节，不过杜知府觉着太对不起解星科，用他自己坐的大轿，鸣锣放炮的，亲自送解星科回栈，并替解星科采办了白腊杆。解星科倒觉有些过意不去，他毕竟是曹州府人，曹州出了个这样凶恶的强盗，他不能袖手旁观，置之不问。他心里又思量，这回若不是为曹四老虎，他决不至受这般凌辱，也有些怀恨。杜知府替他采办白腊杆，他趁这当儿，竭力侦查曹四老虎；果然不上半月工夫，曹四老虎竟被他拿着了。说起来好笑，曹四老虎不但身材的高矮大小，和解星科相像，连相貌都有些仿佛。我和他认识在十年前，他已是六十多岁的人了，他这儿子小名叫魁官，是续弦的夫人生的，原配夫人并没有生育。我和他来往的时候，这魁官还只十多岁，没想到十年不见，已成了这么大的一个汉子，并信服了这种邪魔野教。照解星科的行为看来，实不应有如此不务正道的儿子。"

农劲荪点头道："看这解联魁的装束，与听他的言语，什么义和团，怕不就是白莲教的余孽吗？"霍俊清道："解联魁说什么韩大哥，在端王府里等我，又说大阿哥从韩大哥学神拳，这些话，只怕是拿来哄我的大话，不见得端王肯信这些邪教。"

农劲荪摇头道："不然。端王有什么知识？大阿哥更不成材，若没有端王这一类人信服，解联魁也不敢是这么装束招摇过市了。"霍俊清叹道："信服这些邪魔野教，来扶清灭洋，眼见得要闹得不可收拾。只恨我自己没有力量，若有势力，我先要将这般东西灭了。"农劲荪停了一停说道："四爷说话得谨慎点儿，于今这般邪魔野教的气焰方张，刚才解联魁来邀你入伙，不曾邀得，倒受了你一顿教训，说不定他们要恼羞成怒，反转来与你为难。"

霍俊清不待农劲荪说完，即作色答道："我岂是怕他们与我为难的？国家将亡必有妖孽，这般东西都是些妖孽，我怕他怎的！"农劲荪笑道："谁说你怕他？不过你现在做着生意，犯不着荒时废事的，去争这些无谓的闲气。"霍俊清听了这话，才不作声了。

过了几日，农劲荪忽然紧锁双眉的，前来说道："不得了！丰镇的义和团，简直闹得不成话了。初起就烧教堂，抓住外国人就杀，丰镇信天主教的中国人很多，凡是这家里有一个人信教，被义和团的人知道了，不问老少男女，一股脑儿拿来惨杀，这两日不知惨杀了多少。听说天津的义和团，也就在日内要动手了，和我认识的西洋人，得了这消息，都来求计于我，我不好主张他们走，也不好主张他们不走；现在有些往北京去了，有些往上海去了。就是一般信教的中国人，家里老的老、小的小，又没有职业，又没有赀财，一无力量能逃，二无地方可走，老少男女共有千多人，得了这种骇人的风声，都惊慌万状，不知要怎么才好。我看了这种情形，实在觉得可怜，只恨自己没能力保护他们。"

霍俊清道："振声昨日也曾向我说过，说天津的义和团，目下正在集会……"霍俊清的话，才说到这里，只见刘振声急匆匆的走过来说道："这里的义和团已动手了，此刻正在烧教堂，已经杀死了好几个外国人。听说为首的就是那个韩起龙，统共有两三千人，气势实在不小，只吓得那些吃教的，拖娘带子的乱窜。有几个在街上，遇见了义和团的神兵，其中有认识这几个是吃教的，都恶狠狠的把这几个人拿了，拈几片钱纸点着，口里不知念些什么咒词，将点着的钱纸，在吃教的头上，扬了几扬，说是吃教的拿钱纸那么一扬，钱纸烟里便现出一个'十'字，不吃教的没有。在每人头上扬了几下，说都现了十字，都是吃教的，遂不由分说的对着这几个吃教的人，你一刀、他一棍，登时打死了。还把几人的肚子破开来，每人用手中兵器挑起一大把心花五脏，血滴滴的在街上行走，说是挂红。"

霍俊清听到这里，跳起来说道："这还了得！"随望着农劲荪道："你的笔墨快，请你赶紧替我写几张告白，多派几个人，去各街头巷尾张贴。凡是信教的中国人，没地方可逃的，不问男女老小，一概到我淮庆会馆来，有我霍元甲保护他们。只是不能多带行李，会馆里房屋不多，信教的人数太多了，恐怕容不下，请你就是这么写吧！"

农劲荪问道："天津的义和团，既有两三千人，我们这告白一出，万一前来侵犯，不反送了许多教民的性命吗？"霍俊清一时眉发都竖了起来说道："尽人力以听天命，这时哪顾得了许多。如果这般小丑，真敢前来侵犯，唯有拿我的性命，来保护一般教民的性命。我意已决，绝不后悔！"农劲荪也是一个侠义英雄，哪有不赞成这种举动之理？不过他为人比较霍俊清精细，凡事得思前虑后，方肯举行。这种举动关系太大，不能冒昧做去，所以如此回问霍俊清一句。见霍俊清心志已决，料必有几成把握，遂也高兴。

刘振声忙着铺纸磨墨，农劲荪提笔写了"天津信教者注意"七个大字，接着往下写道："元甲并非信教主人，然不忍见无罪教民，骈首就戮，特开放曲店街淮庆会馆，供无地可逃之教民回避。来就我者不拘男女老幼，我当一律保护之，唯每人除被褥外，不能携带行李。"下面填了某月某日霍元甲白。一连誊写了十多张，霍俊清派人四处张贴了。

这告白一出，天津教民，扶老携幼，来淮庆会馆避难的，从早至晚，已来了一千五百余人。天津的教民，除已死已逃的不计外，都全数到淮庆会馆来了。霍俊清将栈里所有的药材，都搬放在露天里，腾出几间大栈房来，给教民居住，临时请了几十个会武艺的朋友，来会馆照顾。农劲荪主张将曲店街的商家，聚集起来，开一会议，筹商自卫的方法。

那时义和团的神兵，三五成群的手执"扶清灭洋"的旗帜，在各繁盛的街上，横冲直撞，流氓地痞，都跟着后面附和，在各商店强抢恶要。若是这商家，平日与义和团中的神兵，略有嫌怨的，这时只须随口加一个吃教的头衔，在这商人身上，就登时全家俱灭，毫无理由可讲，死了也无处伸冤。是这么已杀了几家商店，因此曲店街的商家，也都栗栗危惧。见了霍俊清的告白，没一个不唏嘘叹息，说霍元甲是个千古少有的英雄，恨不得大家都跑到淮庆会馆来，托庇宇下。第二日听得霍元甲在会馆，召集本街各商店会议，筹商自卫之策，无家不是争先恐后的，到淮庆会馆来。

霍俊清推农劲荪出来说话，农劲荪即向众商人说道："诸君都知道霍四爷不是信教的人，只因见丰镇的教民，死得太多太惨，发于不忍之一念，自愿拼着自己的性命，来保护这一千五百多个教民。唯是这种举动，当然招义和团人的忌，难保他们不前来索讨教民。在霍四爷和我等，早已准备，他们便全体到这里来，我们也不怕。但他们来时，免不了有争斗的举动，那时城门失火，殃及池鱼，必于诸君不利。霍四爷的意见，想将曲店街的两头，用砖石砌堡垒，断塞往来道路，由霍四爷派拨请来的众好汉把守。诸君中再愿意共襄义举的，我等自甚欢迎，不愿意的也听诸君自便。"

当下到的二百多个商人，听了农劲荪的话，都大呼："情愿听候霍四爷的差使。"人多手众，不须一刻工夫，曲店街两头的堡垒，已很坚固的砌筑成功了。霍俊清和农劲荪两人，每人率领了二十个会武艺的好汉，并七八十个商人，各执兵器，轮流防守两处堡垒。刘振声就在会馆里，照顾众教民的饮食。

三五成群的义和团神兵，走近曲店街，见筑了堡垒，有人把守了，不能通过，都立在堡外叫骂。堡内的人，有要拿弹子去打的，农劲荪连忙止住道："我们的目的，只在保护教民，并不是要与义和团为难，义和团的人，若不先动手来攻击我们，我们决不去伤害他。诸君留着弹子，准备他们大队前来厮杀的时候应用。他们若是知趣的不来这条街侵犯，诸君的弹子不好留着去山里打野鸡吗，何必要在这里胡乱使掉呢？"拿弹弓的那人，果然住手不打了。

在堡外叫骂的神兵见里面没人睬理，只道是里面的人害怕，都仗着会神拳的本领发了狂似的不知道畏惧，五六个人想爬上堡垒来，众好汉又待动手。农劲荪又连忙止住道："这几个小丑算得了什么，哪里用得着诸君动手去打他们呢？且待他们爬上来了，兄弟自有计较。"正说时已爬上了两个，农劲荪赤手空拳的并没带兵器，蹲立在堡下等那两人爬上来，即将双手一伸，一手抢着了一个神兵的脚，拉下堡来，教旁边的人把神兵的头巾衣服剥下。两个神兵见里面的人多，又一个个都和金刚一样，毕竟有些怕死，苦口哀求饶命。

这里才把衣巾剥了，外面又有两个爬了上来。农劲荪一手提了一个剥了衣的，举起来向那爬上来的两个抛去，碰个正着，四人同时滚下了堡垒，只听得"哎哟""哎哟"的叫唤。农劲荪跟着跳上堡垒，看这群神兵共只得六个人，二人被堡里剥衣巾，二人爬上了堡，二人正在往上爬，上面的四人朝下一滚，连带正在往上爬的两个也碰滚下去，所以都"哎哟""哎哟"的叫唤，从地下爬起来，抬头见农劲荪巍然立在堡上，吓得抱头鼠窜。

不知六个神兵去后，往义和团如何报告，且待第十八回再说。

总评：

　　作文第一须明宾主，然后下笔之时，分得出轻重缓急。譬如此数回乃是霍俊清正传，彼解联魁者，不过借以引起义和团事，以便叙述保护教民之一段情节耳。然则霍俊清主也，解联魁宾也。至于联魁之父解星科，则更是宾中之宾，与本文毫无关系，故作者记述解星科之事，完全假霍俊清口中叙出。叙述完毕，立即收过，以下紧接义和团事，归入正文。对于解星科父子，不复赘述一语，此是作者识得宾主，故笔下显然分出轻重也。

　　解星科之险被牵累，确是存心戏耍，以致弄出事来，不能尽责做公者之昏聩也。铁索锒铛，驱牵过市，纵得辨明，受辱已甚。甚矣，戏耍之无益也！霍俊清曰："不能怪班头糊涂，只怪解星科不应有意开玩笑。"此真是平心之论，其垂诫世人也深矣！

　　或问解星科擒曹四老虎，书中约略表过，不为详细叙出，何也？余曰："解星科是宾中之宾，前已言之矣，若复叙擒曹四老虎，则枝蔓牵率，伊于胡底，将不复能归入正文矣！"作者急欲叙述霍俊清保护教民一事，故于解星科及曹四老虎一节，不得不约略表过，作为收束，不特文字简洁，亦正是作者识得缓急轻重处也。

　　书中所叙拳匪，其服饰之奇诡、言论之谬妄、举动之轻躁、屠戮之残忍，据亲见拳匪者言，均是当时实在情形，绝无虚饰，乃霍俊清、农劲荪之痛恶之。而端王刚毅等独信奉之，肉食者鄙，未能远谋，国之欲不乱，其可得乎？

　　《水浒传》之所以胜人者，以其叙一百八人，各人有各人之面目，各人有各人之性情，乃至声音笑貌，言语举止，各不相同，此其所以妙也，此书亦然。试观其描写霍俊清、农劲荪二人，一则粗豪爽直，一则精细周匝，同是侠义英雄，而其性情、言语、举止之不同，题然如见。故为谓当世小说家之能得《水浒传》三昧者，唯作者一人而已。

农劲荪所书告白，简洁老当，措辞极为得体，即其布告大众之言，亦词意婉转，面面俱到，此等处固非农劲荪不办。农劲荪之于霍俊清，真是一强有力之臂助也。

第十八回

曲店街二侠筹防
义和团两番夺垒

话说那六个被农劲荪打得滚下堡垒的神兵，想跑到韩起龙那里去报告，那时韩起龙的大本营，驻扎在离天津十多里的乡下，一个村庄里面，每日除遣派党徒，四出寻仇掳掠和搜索洋人教民外，就操练神兵神将。神兵神将操练的方法，一不整行列队，二不使枪刺棒，聚集一班无知无业的怠惰游民，由韩起龙画符冲水，给他们喝了。那符水一喝下肚去，一个个自然会发了狂似的乱跳乱舞。韩起龙名这种乱跳乱舞，谓之"神拳"，刀剑不能伤，枪炮不能入，西后那拉氏都信以为真，下谕不许官兵干涉，所以越闹越凶。

韩起龙在义和团里的势力，很是不小。那六个神兵受了农劲荪的挫辱，怎肯罢休？脚不停步的向韩起龙驻扎的地方跑去。才跑了二三里路，只见迎面来了一大队神兵，约莫有一百五六十人。六人上前问哪里去，走在前面的人答道："韩大哥见了霍元甲的告白，大发雷霆之怒，此时就要亲征淮庆会馆，亏得军师在旁劝道，割鸡焉用牛刀，只须派一百五十名神兵，去把淮庆会馆剿灭了就是，难道霍元甲有三头六臂不成？大哥听了军师的话，所以派了我们来。"六人听了欢喜不尽，便跟着大队，浩浩荡荡，杀奔淮庆会馆来。

再说农劲荪既抛退了六个神兵，料知必有大队的义和团，前来报复，随和霍俊清商议抵御之策。霍俊清从容笑道："量这些小丑，有多少了不得的人物？他们不来则已，来了给他一顿痛剿，使他们知道我淮庆会馆的厉害！我这把雁翎刀，已三十年不曾动用，这回可以大发利市!"

原来霍家有一把祖传的雁翎刀,能吹毛断玉。霍恩第当少年的时候,在北五省保镖,不曾逢过敌手,所赖全在这把雁翎刀。这刀长几三尺,形如雁翎,故名"雁翎刀"。霍恩第将这刀视同性命,夜间睡觉都带在身边。霍恩第家居三十年了,所以说三十年不曾动用。因子侄十兄弟中,唯霍俊清的本领最高强。霍恩第常说:"宝刀宝剑,非有绝大本领的人,不能使用,若勉强拿在手中,不但不能得着宝刀宝剑的用处,十九因刀剑上,惹出许多乱子来。所谓'匹夫无罪,怀璧其罪'。诸儿之中,唯四儿够得上使用这把祖传的雁翎刀。"在霍俊清动身来天津开药栈的那时,霍恩第亲手拿了这把雁翎刀,交给霍俊清,还赞了几句吉利话,霍俊清拜了四拜才双手接了,九兄弟都向霍俊清道贺。

霍俊清得了雁翎刀,在天津好几年,也没有用处,这番为保护教民,才拿了出来,不释手的摩挲抚弄。农劲荪和他商议的时候,他正在抚弄宝刀,所以如此答应。农劲荪只是摇头说不妥。霍俊清问道:"怎么不妥?难道他们杀来了,我们束手待死不成?我们人少,他们人多,他们是攻,我们是守,我们若不杀他个下马威,这街道上又不是有险可守,把什么守得住?"

农劲荪道:"话是不错,但我等与义和团并非显然仇敌,他们杀戮教民,西太后和一般王公都知道的,都默许的,可以毫无忌惮。我等保护教民,系出于我等个人不忍之一念,保护教民可以,多杀戮义和团则不可以。我等为保护教民,弄得后来于自己有身家性命的关系,就太犯不着了。"

霍俊清道:"依你打算怎样呢?我这回的事,已做到这个样子了,若保护不了这些教民,我情愿死在义和团手里,决不中途畏祸,把教民丢了不顾!"农劲荪笑道:"岂但你不能中途丢了教民不顾,我又岂肯做这种为德不卒的事?据我推测,这班小丑全是乌合些流氓地痞,既无纪律,复无犀利好器械,仗着些邪术骗惑愚人。我们所筑的堡垒,虽不能说如何坚固,可以抵挡枪炮;然他们想用徒手和刀矛来攻,断不至给他们攻破。他们来时,我等且不与他动手,多准备原石灰、石子,以及

147

使人伤不至死的守具，如滚水、火蛋之类，专守住堡垒，使他们不能近前。如此抵挡一两阵，他们已知道我等不可轻视了，我自愿代表曲店街全体商人，凭这三寸不烂之舌，去说他们不要与教民为难。他们因苦于没有知识，才有这般举动，如果他们都是会有武艺有本领的人，我等倒不妨各显神通，拼个你死我活。拿着四爷这种本领，更使用这般锋利的宝刀，真个动起手来，岂不是虎入羊群，至少也得死伤他十分之七八。四爷这时激了义愤，只觉他们杀戮无罪的教民可惨，就没想到杀戮许多无知的愚民，也一般的可惨。"

霍俊清听了农劲荪的话，连忙放下雁翎刀，立起身来，向农劲荪一躬到地说道："若没有你，几乎以暴易暴，不知其非了。所有一切防守的事，全请你一人主持，我听候调遣便了。"农劲荪也连忙回礼笑道："你我兄弟，怎倒如此客气起来？你于今既和我的意见相同，就照我刚才所说的计划办理便了。"霍俊清连声应是。于是农劲荪就督率一般人，预备防守之具。

这里才搬了许多石灰、石子到堡垒跟前，那一百五十六名神兵，已摇旗呐喊杀将来了。那些神兵手里多拿的单刀，最长的兵器，也不过丈八蛇矛，休说枪炮，连弓箭也没有，如何好攻夺堡垒呢？曲店街的街道又甚仄狭，不能容多人齐上。农劲荪教帮同把守的商民，来回搬运石灰、石子，并在两边屋瓦上，架起锅灶烧了滚水，用长柄勺往底下只浇。自己便率领了二十名好汉，排立在堡上，抓石灰、石子撒下去。霍俊清把守的那方面，也是如此对付，一边有两个会打弹子的，就分左右立在屋脊上。

神兵见攻不下堡垒，反被石子、滚水伤了不少的人，便有出主意，从远处上屋，由屋上绕着弯子攻进来的。农劲荪早已料着了，预备了四张打二百步开外的弹弓，并吩咐了只拣上屋的四肢打去，使他们立不住脚，不许打中要害。那一百五十六名神兵，奋勇攻了三点多钟，有三十多个被石子打肿了头脸，有四十多个被石灰迷了眼睛，有十多个被弹子打伤了手脚，只有五六十个没受伤的，然也都累得精疲力竭，不能进攻了；只得悄悄收兵，回大本营报知韩起龙去了。

农劲荪也回到淮庆会馆，与霍俊清计议道："像今日这般攻击，便再增加十倍的兵力，也不足为惧。就只怕他们那些野蛮种子，不问青红皂白，在周围放起火来，我们在里面守，他们在外面烧，我们这里消防的器具，又不完备，难免不顾此失彼。"

霍俊清听了失色道："这便怎么好呢？这一般小丑，全是亡命之徒，他们知道什么顾忌？若真个四面放起火来，岂不糟了吗？"农劲荪道："事已如此，古语所说'骑虎难下'，于今唯有把防守范围推广，不能专守这曲店街。我们守得略远些，他们见放火烧不着淮庆会馆，就自然不会有此一着了。"

霍俊清道："街口的堡垒，不要跟着移远些吗？"农劲荪摇头道："堡垒用不着移动，只将人分作堡内、堡外两道防守便了。这种巷战，全赖房上有人掩护，有没有堡垒，倒没多大的关系。在我们这里能上高的，很有几个人，分班轮流在屋上巡哨。趁这下子做出些火蛋来，给在屋上巡哨的用，只是不要做得太大，每个有一两重够了，免得炸伤人。"

霍俊清笑道："什么火蛋，我倒不曾见过，不知怎生做的呢？"农劲荪也笑道："这是一种吓人的玩意儿，本名'火弹'，因其形和蛋一样，所以人都呼为'火蛋'，原是猎户用的。猎户在山中遇了猛兽的时候，只一个火弹能将猛兽吓跑，有时也能将猛兽炸伤。做法甚是简单，用皮纸糊成蛋壳形的东西，将火药灌在里面，扎口的所在安着引线，引线要多要短，多则易于点着，短则脱手就炸。纸壳越糊得牢，火药越装得紧，炸时的力量就越大。若要使它炸伤人，火药里面可拌些碎瓷片、碎铁片，不过我们于今用不着这么恶毒罢了。"

霍俊清连说很是，随教农劲荪亲手做出一个模样来，然后派定精细的商人，照样赶造。这夜霍俊清、农劲荪，都在堡外梭巡了一夜，不见动静。

次日农劲荪向霍俊清说道："我今日得去他们驻扎的村庄探了虚实，若有下说词的机会，能费些唇舌把这天大的问题解决了，岂不是大家的好处？"霍俊清问道："你打算怎生去法？"农劲荪道："昨日我曾剥了两套神兵衣巾在这里，就装作神兵混到里面去，还愁探不出内容来？"

149

霍俊清慌忙摇手道："使不得，使不得，万分使不得！我们已派了好几个探消息的在外面，如何再用得着你亲去？昨日他们来攻击这里的时候，也不知有多少人，认识了你我，即如那日在这里的解联魁，他见面必认得出是在淮庆会馆见过的。他们曾两次败在你手里，伤了这么多人，谁不恨你入骨？纵然有下说词的机会，这说词也不能由你去下。"

农劲荪从容笑道："昨日来攻击这里的人，哪一个长着了眼睛，如何便能认识我？"农劲荪说到这里，忽失声叫了一句"哎哟"，好像忘记了什么，临时触想起来了的神气。霍俊清忙问："什么事？"农劲荪道："有一句要紧的话，我忘了嘱咐屋上巡哨的人。你且在这里坐坐，我去嘱咐他们一句话就来，还有话要和你商量呢！"霍俊清点了点头道："你就去吧，我在这里等你便了。"农劲荪遂匆匆忙忙的去了。

霍俊清独自坐在房中，面朝着窗户向屋瓦上望着，雁翎刀横搁在面前桌上，心里猜度农劲荪是为一句什么要紧的话，忘记嘱咐巡哨的，用得着如此匆忙的跑去。再想农劲荪平日的举动，从来是很镇静的，相交多年，一次也不曾见过他的疾言厉色和匆遽的样子。今日他忘记嘱咐的那句话，想必是十二分要紧，迟了便关系全局的。

霍俊清心里正在如此猜想，猛然见对面屋脊上，跃过一个身体魁梧的汉子来，身上的衣服和头上的包巾与那日来的解联魁一般无二，额下一部络腮胡须，纷披在两边肩上，瞥眼望去容貌甚是威风，赤着双手并没携带兵器。那人的身法真快，瞬眼就下了屋檐。霍俊清料是义和团的人前来行刺的，随即立起身来，握刀在手，向窗外大声喝道："什么小丑敢来送死！"一面吆喝已一面跳出了房门，只见那人立在丹墀当中，对霍俊清拱手说道："霍爷不要动怒，休疑小人是前来行刺的。"

霍俊清见那人手无寸铁，并且白昼也没有前来行刺之理，便界面问道："足下贵姓大名，来此有何贵干？"那人说道："小人特来与霍爷讲和，霍爷能否容小人进房坐着谈话？"霍俊清心想这人既是前来讲和的，却为什么要从房上下来呢？不好大大方方的，说知外面把守的人，从容由大门进来吗？况且屋上派有巡哨的，这青天白日之中，他又穿着这么碍眼的衣服，怎么巡哨的一个也不曾看见呢？他的本领就很不小了，我若不许他进房坐着谈话，显得我胆小，算不得英雄。量他一个人便有大本领，我不见得怕了他，就让他进房来坐吧！想罢即对那人拱了拱手道："足下既是来讲和的，哪有不请进房坐着谈话之理？"

那人见说，大踏步走过来，霍俊清让进了房，分宾主坐下，顺手将雁翎刀倚在身边，复问那人贵姓。那人从怀中摸出一张小小的名片来，双手递给霍俊清。霍俊清接过手一看，不觉呆了，以为是那人摸错了名片。原来名片上，分明写的是"农劲荪"三个字，正待抬头问怎么，农劲荪已露出自己的本音来，打着哈哈笑道："你尚且不认识我，那些小丑能认识我么？"

霍俊清也忍不住大笑起来，说道："你的本领真不错，真有你的。啊哟！你的胡须呢，怎么一转眼就没有了？"农劲荪将手对霍俊清一伸道："这不是胡须是什么？"霍俊清接过来看，是一层极薄极软的皮子，皮子上面粘着一部极浓密的胡须，提在手中就和才剥下来的耗子皮一般，那皮子的里面，好像糊了什么胶在上面，有些粘手，便问农劲荪道："这东西从哪里来的？"农劲荪道："是一个英国人送我的，这算不了什么，外国当侦探的都有这一类东西，一时之间能变换出无数种模样，肥瘦老幼随心所欲，不是内行，对面也分辨不出。你说义和团那班糊涂虫，能认得出么？"霍俊清道："你有这一套本领还怕什么？我很安心的放你去了，但是你得早些回来，免我盼望。"农劲荪应着知道去了。

不知此去探出什么消息回来，且待第十九回再说。

总评：

叙述雁翎刀与解释火蛋两节，均是忙中闲笔，然亦有不同处在。火蛋一节，仅是注释；而雁翎刀一节，却暗中为后文伏线。同而不同，方见其妙。

农劲荪谓杀戮无知之拳匪，与杀戮无罪之教民，一样可惨，此真霭然仁人之言，无怪霍俊清之肃然起敬也。

农劲荪改扮一节，看似突兀，其实上回剥留拳匪衣巾时，早存此心矣！

第十九回

农劲荪易装探匪窟
霍元甲带醉斩渠魁

话说农劲荪从淮庆会馆出来，向韩起龙驻扎的地方走去。那时义和团的神兵，到处横行霸道，无人敢过问；就是义和团内部里，也无人稽查。农劲荪在路上，遇了无数起三五游行的神兵，也有向农劲荪点头招呼的，也有挨身走过，不作理会的。农劲荪料知决没人识破，大着胆径走那义和团驻扎的村庄，远远的就看见"扶清灭洋"的旗帜，竖立在庄门外，随风飘荡。那村庄旁边，有一个大黄土坪。看那坪的形式土色，知道是把麦田填平了，作操练神兵之用的。但是这时并没有神兵在坪上操练，只插了许多五光十色的大小旗帜在那里，有两个年老的神兵，坐在坪里谈话。

农劲荪转过庄后，见麦田里架着十几个帐篷，一个帐篷里面，约莫有五六十个人，见农劲荪穿过，也都不作理会。走近一个帐篷跟前，听得里面有人说道："哪怕他霍元甲有三个脑袋、六条胳膊，我们有了这几座红衣大炮，难道他淮庆会馆是生铁铸的不成？"农劲荪听了心中一动，便扑进那帐篷，只见地下摆了几碗菜，七个神兵围坐地下，吃喝谈笑。农劲荪笑道："你们倒快活，躲在这里吃喝，信也不给我一个。"

七人同时望着农劲荪，中有一个说道："我们是凑份子的，你没来成，怎有信给你？"农劲荪道："你们不要我来成，我有钱也无处使呢！看你们是多少钱一份，我就补上一份吧！"说着即伸手往口袋里，装作要掏钱的样子。刚才说话的这人笑道："用不着补了，这回算我们请你吃，明日你再请我们吧。"一面说一面让出座位来。

农劲荪挨身坐下笑道："也使得，明日打下了淮庆会馆，我到聚珍楼酒馆，安排一桌上等酒席请你们。我这一向的身体不大舒服，睡了几日，今日才得起来，我的身体虽不好，口腹却是很好，今日起床就遇着好酒食。"

七人见农劲荪说话很合式，俨然如常见面的熟人一般，他们原来都是临时凑合的人，谁也不知道谁的来历，七人之中李疑张认识农劲荪，张疑李认识农劲荪，都不好开口请教姓名。农劲荪喝了一口酒说道："幸亏我昨日病了，起床不得，没同去打淮庆会馆，若是去了，难保不一同受伤回来。"

七人听了都瞪了农劲荪一眼，让农劲荪坐的那人说道："戴花就戴花，什么伤呀伤的瞎说！"农劲荪才知道他们忌讳受伤的话，要说"戴花"吉利些，便连忙改口道："昨日戴花回的，差不多有一百人，我若去了，自是免不了的。"一个人答道："我们有神灵庇护，戴花算得了什么！我们本来今日都准备了，要去活捉霍元甲的，就为那解联魁在韩大哥面前捣鬼，说什么先礼后兵，要先写信去尽问霍元甲，限霍元甲在十二个时辰以内，把一千五百多个吃洋教的，通通交出来；过了十二个时辰，不交出才去打他。韩大哥偏偏听信了这派鬼话，我们不知道怕霍元甲做什么，他也是一个人，又没有封枪炮的本领。我们拿红衣大炮去冲他，他就是铜打的金刚，铁打的罗汉，也要冲他一个粉碎。"

农劲荪道："我这几日，又吃亏病了，连红衣大炮都只听得说，不曾看见，也不知如何厉害。"那人说道："吴三桂的红衣大将军大炮，是最厉害有名的，一炮能冲十里，十里以内可冲成一条火坑。霍元甲是知趣的，赶快把那些吃洋教的东西交出来，就不干他的事，曲店街的人，也免得遭这大劫。若再执迷不悟，包管他明年这时候，是他的周年忌辰。"

农劲荪故作高兴的样子说道："好厉害的大炮，我们吃喝完了回去瞧瞧好么？"那人望着农劲荪说道："就搁在大门当中，你怎的还不曾瞧见呢？"农劲荪笑道："我身体不舒服，哪里在意呢？搁在大门当中的，就是那厉害东西么？我的眼睛真是可笑，几次走那东西跟前过身，都没在意。可惜只有一座，若多有几座就更好了。"

农劲荪说这话，原是为不知道有几座，特地是这般说，看他们怎生回答。那人果落了农劲荪的圈套，答道："这么厉害的东西，有一座就当不起了，哪里还用得着几座？韩大哥身边，还有两杆小炮，也是最厉害无比的东西。每杆能一连打得六响，多厚的铁板，就穿得过去，又打得快，又打得远。明日去打淮庆会馆，霍元甲躲了不见面便罢，见面就是几炮，他便有飞得起的本领，也逃不了这一劫。"

农劲荪心想：此来算没白跑，紧要消息，已被我探着了，他们既准备了大炮来攻击淮庆会馆，我们若不肯将教民交出，凭空去向他们说和，是不中用的，且快回去商议抵御大炮的方法。遂推出去小解，起身出了帐篷，急急向归途上走。

七人等了一会儿，不见农劲荪转来，出帐看也没有，都以为是来骗饮食的，一般没有军事知识的人，哪里会疑到是敌人的侦探。

于今且放下这边，再说农劲荪在路上不敢停留，径跑回淮庆会馆，改换了服装来见霍俊清。霍俊清正捧着一封信，坐在房中出神，见农劲荪进房，忙起身迎着说道："你走后没多久，那韩起龙就派人送了这封信来，你看，我们应怎生对付他。"

农劲荪点头答道："用不着看，信中的意思，我已知道了。"随将自己探得的情形，对霍俊清述了一遍道："他们竟用大炮来攻，我等若照昨日那般防守，是不中用的。从他们驻扎的村庄，到这里来的道路，我都留神看了，有两处地方，可以埋伏。我们明日分两班，一班在这里照常防守，一班到路上去埋伏。等那大炮经过的时候，猛杀出来，离那埋伏的所在不远，有一个很深的潭，我们抢了那炮，就往潭里掼，掼了就跑，他们要想再从那潭里捞起来，也很不容易。即算他们人多，能捞得起，然也得费不少的功夫，我们到那时，再想方法对付。"

霍俊清踌躇道："这办法行是可行的，不过我想射人先射马，擒贼先擒王，在我的眼中，看他们这班东西，直和蝼蚁一般，但觉得讨厌，不知道可怕。你这办法很妥当，尽管照着去做，我看了韩起龙这封信，心里委实有些气他不过。你只听得那人口说，不曾见这措辞荒谬的信，你且瞧瞧，看你能忍受不能忍受？"

农劲荪即拿起那信来看，先看了信上的字迹歪斜，一望就知道是个没读书的人写的，接着看了第一句，是"元甲先生知悉"，即笑着放下来不看了，说道："这信也值得一气吗？这只怪在韩起龙跟前当秘书长的，胸中只有这几点墨水，还不知费了多少心血，才写出这封信来，你倒怪他措辞荒谬，岂有个通文墨的人，也肯跟着他们是这样胡闹的吗？你不看信中的词句，有一句不费解的么？"

霍俊清道："话虽如此，但我决心明日辰刻，去找韩起龙当面说话，你的计划仍不妨照办。韩起龙既有这信给我，我去找他说话是应当的。"农劲荪问道："你打算找他说什么话呢？"霍俊清道："天津的义和团，为首的就是韩起龙，和信教的为难，是他们义和团的主旨。韩起龙一日不离开天津，我等保护教民的负担，便一日不能脱卸，又不能尽我等的力量，杀他们一个尸横遍野，血流成渠，使他们望了淮庆会馆就胆寒。即是我等明日便将他们的大炮，沉之潭底，能保得他们不弄出第二座大炮来吗？我等提心吊胆的日夜防闲，已是不易，而一千五六百教民，和二三百防守的人，每日的粮食，再支持三五天下去，也要闹饥荒了。我再四思维，直是逼着我向这条道路上走，至于成败利钝，只好听之于天。我原说了，尽人事以听天命，我也未尝不知道这是冒险的举动。但于今既没第二条较为安全的道路可走，所以决心如此。"

农劲荪道："我是自顾无此能力，因之无此勇气，若不然今日早已那么做了。"二人谈话时，刘振声走了来，向农霍二人说道："这些教民却都能体贴，每人一日自愿只喝一碗粥，腾出米粮给外面出力的人吃；还有愿挨饿，一颗米也不要吃的。"

霍俊清叹道："人家都说信教的十九是不安本分的人，想借着外国人的势力，好欺压本国人的，不然就是没生活能力的人，想借着信教，仰望外国人给饭吃的，何尝是些这么的人？他们若真是些不安分的坏蛋，既有一千五六百人，还怕什么义和团呢？又如何肯这么体贴人呢？振声你去对他们说，请他们都聚在大厅上，我有话向他们讲。"

刘振声应着是去了。一会儿回来报道："他们都到了厅上等候。"

霍俊清点头，拿了韩起龙的信起身，农劲荪、刘振声跟着，一同来到大厅上。一千五百多教民，见了霍俊清，都大呼救命恩人。

霍俊清连忙扬手止住，大声说道："昨日义和团两次来攻，和我们两次将他们击退的情形，我已教小徒刘振声说给诸位听了。今日农爷亲去韩起龙驻扎的地方，探得韩起龙准备了红衣大炮，原打算今日再来攻打这里，只因有人劝韩起龙先礼后兵，先写一封信给我，信中限我在十二个时辰以内，将诸位全数交给他。若过了十二个时辰不交，他就统率一千六百神兵，前来血洗淮庆会馆。我想韩起龙既有能冲十里的大炮，又有一千六百名神兵，我等若依照昨日的方法防守，决防守不了。并且那大炮开发起来，不但我淮庆会馆和诸位当灾，就是靠近曲店街的商铺，也得冲成一条火坑。他们这些没天良的东西，毫无忌惮，我料他们是说得到，做得到的。我想领着诸位，往别处地方逃吧，此时天津邻近东南西北各府县，没一处不是义和团闹得天翻地覆。天子脚下的北京城，闹得比天津更厉害，逃是无处可逃的。我激于一时的义愤，出告白把诸位都聚做一块儿，今日祸到临头，若仍不免教诸位逃难。在前几日，诸位向旁处逃，或者还有十分之几，能逃得了性命。今日已是逃不出十里，便得被害了，岂不是我反害了诸位吗？我思量了多久，浩劫临头，别无旁的道路可走。"

霍俊清说到这里，教民当中已发出哭声来了。霍俊清复扬手止住，高声说道："我的话还不曾说完，且请听下去，这时哭也不中用。"那几个哭的人听了这话，真个止住了啼哭。霍俊清继续说道："韩起龙限我十二个时辰，是到明日午时为止，我明日辰时动身去韩起龙那里，尽我的本领去做。我能在午时以前回来见诸位的面，是诸位的福气，若过了午时再不见我回来，那么我早在地下等候诸位了！"

霍俊清说到这里，两眼一红，嗓音也哽了，一千五百多个教民，也都忍不住放声大哭起来。霍俊清拿手掩面回房，农劲荪跟着叹息，霍俊清拭干了眼泪说道："我当初以为天津信教的，至多不过几百人，哪知道有这么多。于今我们这里人数，总共将近有二千人，专就粮食这一项，已经担负不起。这种举动，在我们看了，是义不容辞的；而曲店街各商户，因为各人要保护各人的生命财产，才肯大家跟在里面出力。若教他们捐助食粮，给这些教民吃，是谁也不愿意的。幸亏我今年早料到怕闹饥荒，又恰好空了两个栈房，多屯了些米麦。然照这两日每天十石计算，至多不过能再支持五日，五日后食粮尽了，韩起龙便不来攻打，我等能守得住么？"

农劲荪道："我明日陪你一阵去，我虽没甚本领，然有一个帮手，毕竟妥帖些。"霍俊清摇头道："那怎么使得？我两人都去了，万一韩起龙分两路来攻，还了得吗？我此举原是行险，若不成功，则此后千斤重担，全在你的肩上。假使前日没你在跟前，我一个人就敢毅然决然的发那告白吗？我知道你的武艺不如我，我的计谋，就差你更远。我今夜得安睡一觉，我的职务教振声代替，你一心照着你自己的计划安排，不用问我的事。"

农劲荪遂退出来，在霍俊清请来的朋友当中，挑选了二十个富有膂力的，对他们说了夺炮的计划，教二十人这夜都去休息，不担任防务，其余的分作两班，照常巡逻把守。

一夜平安过去，第二日早起，农劲荪防韩起龙动身得早，天光才亮，就同二十人吃了战饭，各带随身兵器，到预定的埋伏地方埋伏了；一个个摩拳擦掌的，只等大炮到来。

再说霍俊清见天交辰刻，即换了一身灰布紧身衣靠，用灰布裹了头，脚上也穿着灰色袜子，套上草鞋，背上雁翎宝刀。他生性原不喜欢饮酒的，这时却从橱里，提出一瓶高粱酒来，对着瓶口一饮而尽，酒壮人气，人仗酒雄。出了会馆，使出平生本领，如疾风迅电的，杀奔义和团的驻扎所来。连埋伏在半路上的农劲荪等二十一个人，都没看出霍俊清，是何时打从这里经过的。一则因霍俊清的身法太快；二则因他遍身灰色，不注意看不出来。

霍俊清奔近那村庄一看，只见那庄子旁边的黄土坪里，半圆形的立满了一坪奇形怪状的神兵，估计个数目，约莫有二千来人，但是都静悄悄的，听一个立在桌上的人讲话。看立在桌上的那人，也是穿着一般颜色、前长后短的怪服，六尺以外的身材，浓眉巨眼脸肉横生，立在桌上说话，也显出一种雄赳赳的气概；一手握着一杆六子连的手枪，说话的声音极大。

霍俊清立在远远的，听得其中几句话道："好不识抬举的霍元甲！我拿他当个英雄，特地派人请他入伙，他不但不从，倒明目张胆的与我们作对。你们大家努力，只等过了午时，他如胆敢再不将那一千五百多个吃教的杂种，全数交出来，我韩起龙抓住他，定理碎尸万……"下面的一个"段"字不曾说出，霍俊清已如风飞至，手起刀落，只听得"喳""喳"两声响，韩起龙两条握手枪的胳膊，早已与他本身脱离了关系，身体随往桌底躺下。

当韩起龙胳膊未断的时候，满坪的神兵但听得一声"霍元甲来了！"却是霍元甲的影子，全场没一个人看见，韩起龙的身体躺下，又齐听得一声"霍元甲少陪了"，全场的人，有大半吓得手中的兵器，无故自落的，韩起龙的性命，这回虽不曾送掉，然没了两条臂膊，自此成了废人。天津的义和团既去了这个头目，所谓蛇无头不行，没几日工夫就风消云散了，天津的教民因此得全数保全了性命。而京、津、沪、汉各新闻纸上，都载了霍元甲保护教民的事实，有称霍元甲为侠客的，有直称为剑仙的，"霍元甲"三字的声名，在这时已经震惊全世界了。

欲知后事如何，且待第二十回再说。

总评：

天下之事，往往因时变幻，错综百出，虽有智者，莫能测其究竟也，善作小说者亦然。譬如此书前一回，霍俊清欲轻身入拳匪之窟，农劲荪竭力阻之，不意霍俊清未去，而农劲荪反改装去矣！农既去，阅者以为霍俊清可以不去矣，不意农方归来，而霍又慷慨横刀以去。事之不易测，一至于此，亦可谓极错综变化之能事矣。

农劲荪身入匪窟一节，观其随机应变，对答如流，便活像一侦探专家样子。尤妙在随处露出破绽，又能随处掩饰过去，身历奇险，神色不变，此非大勇之士，不能如此坚定也。

霍俊清之入匪窟、斩匪魁，此固奇危极险之事，苟非万不得已，轻身而蹈不测之险，不特著者所不取，亦霍俊清之所不愿出也。故必先叙拳匪方面，欲以大炮轰淮庆会馆，而后时机急迫，霍俊清乃不得不出此冒险之一举；谨慎如农劲荪，亦不复能从而拦阻之矣。故我谓农劲荪之探匪窟，却是预为霍俊清刀劈巨魁作伏线也。

教民节食一节，所以表世人尚有良心也。我尝谓人之良心，急难时最易发现，观此益信。霍俊清对教民之一番演说，慷慨激昂，仁至义尽，虽荆卿易水歌，无此悲壮也！人有必死之心，则事无不济，常人且然，况大英雄如霍俊清乎？故不必韩起龙之身受重创，我早知霍俊清之必达目的矣。

第二十回

金禄堂试骑千里马
罗大鹤来报十年仇

话说上回写到霍元甲带醉斩了韩起龙，义和团的事，成了一个天然的小结束，这一回却又要写到大刀王五的身上来了。且说王五自从在李富东家，替霍俊清夸张了一会儿，作辞回北京来，草草的过了残年，心中为着谭浏阳殉义的事，仍是快快不乐，总觉得住北京，腻烦得了不得。

光阴迅速，匆匆到了三月。这日有个虞城的朋友，新从家乡到北京来，特地到会友镖局来瞧王五。那朋友闲谈虞城的故事，说起虞城西乡大塔村，有一家姓胡的，世代种田为业，算是大塔村里，首屈一指的大农户。胡家养了几匹骒马，每年产生小骡、小马，也是一宗很大的出息。他家有一匹老牝马，已经多年不生小马了，胡家的人，几番要把那匹老牝马宰了。可是作怪，那匹老牝马好像有知觉似的，胡家这几日一打算要宰它，它就不吃草料，并且拼命的做功夫，以表示它不是老而无用、徒耗草料的东西。胡家人见它这样，便不忍宰它了，屡次皆是如此。

到去年十月，那牝马的肚子，忽渐渐的大起来，十二月二十九的那日，居然又产下一匹小马来。那匹小马的毛色真是可爱，遍身头尾漆也似的乌黑，只有四条腿齐膝盖以下，雪一般的白得好看。胡家人便替它取个名字，叫做"乌云盖雪"。那马下地才半月，就比寻常半岁的马，还要大许多。胡家因是才生出来的小马，没给它上笼头，谁知那马出世虽才半月，力气却是大得骇人，和它同关在一间房里的骒马，被它连咬

160

带踢的，简直闹得不能安生。最好笑的，那马竟知道孝顺。平日那匹老牝马，和旁的骡马，关在一块儿的时候，老牝马太弱，常抢不着食料，甚至被旁的骡马，咬踢得不敢靠近食槽。自从小马出世，每逢下料的时候，小马总是一顿蹄子，将旁的骡马踢开，让老牝马独吃。胡家人见了，只得将骡马都隔开来，于今才得两个多月，已比老牝马还要高大，凶恶到了极处，什么人都不敢近前，靠拢去就得被它踢倒。

春天正是嫩草发芽的时分，家家的骡马，都得放出来吃青草，胡家的骡马，自然也一般的放出来。那乌云盖雪的马，既没有笼头，人又近前不得，便毫无羁绊，一出门就昂头竖鬣的乱蹿乱跑，蹿到别人家的马群里，别人家的马，就得倒霉，十有八九被它踢伤。老牝马吃饱了青草，将要归家了，只伸着脖子一叫，小马登时奔了过来，同回胡家。左右邻居的马，三回五次的被小马踢伤了，养马的都不服气，一个个跑到胡家来论理，问为什么这么大的马，还不给它上笼头？胡家不能护短，只好一面向人赔不是，一面拿笼头给小马上了，但是笼头虽然上了，仍是没人能捉得它住。哪怕身壮力强的汉子，双手拉住绳索，它只须将头一顺，那汉子便立脚不牢。

胡三的气力，也是大塔村的第一个，他偏不相信拉不住。这日，他做了一个新笼头，给小马套上了，就一手把笼头挽住，牵出大门来。那马才跨出门限，即将头往前一扬，放开四蹄便跑。胡三有力也施展不出，两脚悬了空，两手死死的把笼头握住，打秋千似的吊跑了半里多路，遇了一片好青草地，那马低下头来吃草，胡三才得脚踏实地。从此，胡家把那马监禁起来，再也不敢开放。胡家人说，如有人能骑伏那马，自愿极便宜的卖给那人。

王五听了，心中一动，暗想我年来正愁没访得一匹好马，那马若合该是我骑的，必然一骑就伏，价钱多少，倒没要紧。好在我此刻正苦住在北京腻烦，借此去外面走走也好，当下向那朋友问了虞城县大塔村的路径。镖局里的事务，本来是委人料理的，自己在家不在家，没有关系。就在第二日，带了些银两，骑上一匹长途走马，动身向河南开封道虞城县走来。

161

在路上饥餐渴饮，晓行夜宿，这日已到了虞城县，向人探问大塔村，喜得很容易寻找。大塔村的地方不小，进了大塔村口，还得走十来里才是胡家。王五问明了道路，要见那马的心切，遂将坐下的马加上两鞭。王五骑的这马，虽不是千里名驹，然也不是寻常易得之马，一日之间也能行走五百里路，只因齿老了，故想更换。

这时王五进了村口，两鞭打下去，便追风逐电的向前驰去。才跑了二三里路，王五在马上听得背后一声马叫，忙回头来看，只见相隔半里远近，一匹漆黑的马四蹄全白，向自己走的这条道路，比箭还快的飞来。马背上坐着一人，低着头，伏着身子，好像用双手紧紧的揪住马项上的鬃毛。那马跑得太快，那人又低着头，看不出年纪相貌。王五一见那马的脚步，心里好生羡慕，打算将自己的马，勒开一边，让那马过去；只是哪里来得及，自己的马不曾勒住，那马已从背后一跃飞到了前面，转眼就只见一团黑影了。王五倒大吃一惊，暗想世上哪有这般猛烈的马，便是这个骑马的人，本领也就了不得。我这回为此马长途跋涉，只怕来迟了一步，马已有主了。但我既到这里来了，少不得要去见个实在，能因马结识一个英雄，也不白跑这一遭，仍催着坐下马。不一刻，到了一个大村庄。

庄门外立着几个人，在那里说笑，那乌云盖雪的马，也系在门外一棵树上。王五知道就是这里了，随跳下马来，即有一个满头满脑一身都是污泥的老头，走过来向王五拱手道："刚才冒犯了老哥，很是对不起！"王五估量这老头的年纪，至少也有七十多岁，见他遍身是泥，那马的肚皮腿股，也糊满了污泥，料知刚才骑马的，必就是这老头，所以有冒犯对不起的话。遂也拱手答道："老丈说哪里话！没有老丈这般本领，不能骑这马；没有这马，也显不出老丈的本领。小子本特为这马，从北京到这里来，老丈既来在小子之前，小子只好认命了。但得因马拜识了老丈，也算是三生有幸。请问老丈的尊姓大名，府上在哪里？"

老头先请教了王五的姓名。才答道："老朽姓金，名光祖……"王五不待老头说下去，连忙拱手笑问道："老丈不就是宁陵县人，江湖上人称为'神拳'金老爹的吗？"金光祖也拱手笑道："不敢！承江湖上人瞧得起老朽，胡乱加老朽这个名目，其实懂得什么拳脚，更如何当得起那个'神'字！像老哥的大刀，名扬四海，那才真是名副其实呢！老朽今年七十八了，怎么用得着这样的好马，只因小孙听得人说，这里生了一匹好马，横吵直闹的要来这里瞧瞧。我虑他年轻不仔细，俗言道得好：'行船跑马三分命'，越是好马，越是难骑，因此不敢教他一个人来。我离马背的日子，也太久了些，这马又是异乎寻常的猛烈，险些儿把我掼了下来。"

金光祖说着，回头对立在那马跟前的一个后生招手道："禄儿快过来，见见这位英雄，这是很不容易见着的。"那后生见招，忙走了过来。金光祖指着王五向那后生说道："这位便是无人不知的大刀王五爷。"随又向王五说道："小孙金禄堂，多久仰慕老哥的威名，往后望老哥遇事指教指教。"金禄堂对王五作了一揖，说了几句钦仰的话。

王五看金禄堂二十来岁年纪，生得仪表很不俗，心想他能知道爱马，必然不是等闲之辈，便有心结纳他，好做一个镖局里的帮手。只是当时同立在人家的门外，不便多谈。金禄堂也为那马分了精神，见自己的祖父骑了，也急想骑着试试，便向王五告了罪，将腰间的带子紧了一紧。金光祖在旁说道："禄儿得当心这畜生，它别的毛病一些儿没有，就只跑得正好的时候，猛然将头往下一低，身体随着就地一滚，若稍不留意，连腿都得被它折断。这毛病要提防它，也还容易，你两眼只钉住它两个耳朵，将要打滚的时分，两个耳朵尖必同向前倒下，你一见它两耳倒下……"

金光祖说到这里，金禄堂接面说道："赶紧将缰往上一拎，它不就滚不下了吗？"金光祖连连摆手道："错了，错了！亏你在这时说出来，就这一拎，不怕不把你的小性命送掉！你以为这也是一匹寻常的劣马吗？便是寻常的劣马，不上辔头，不上嚼口，也拎它不起，何况是这样的好马呢？这马一头的力，足有千斤，又光光的套上一个笼头，你坐在它背上，两膀能有多大的力？它的头往下，你能拎得它起来吗？它口里若上了刺嚼，因为怕痛，才能一拎即起，于今是万万拎不得的，你务必记取明白。它的头一往下低，两耳又同时朝前倒了，就赶快把你自己的

163

右腿尖，往它前腿缝里一插，它自然滚不下了。还有一层，这畜生欢喜蹿高跳远，你万不可拿出平常骑马的身法、手法来，想将它勒住，一勒就坏了。像这样的好马，你骑在它背上，须得将你自己的性命，完全付托给它。它遇着高墩，要蹿上去，你尽管由它蹿上去；遇着极宽的坑，它想跳过去，你也尽管由它跳过去。越是顺着它的性子，越不会出乱子。它虽是畜生，然它若自顾没蹿高跳远的能耐，你就打它，它也不肯蹿跳。这畜生能蹿一丈三四尺高，能跳二丈来远。你须记取，它蹿高的时候，你的身体须往后仰，等它前脚已起后脚用力的时候，你的身体便向前略栽，它才不觉吃力。若是它将要起前脚的时候，你将身体向前压住，它后脚用力的时候，你又将身体往后压住，它本有蹿一丈三四的能耐，是这么一挫压，便得减退四五尺了，岂不坏了吗？我刚才骑它，因跑过几亩水田。所以弄得浑身是泥，你要骑得十分当心才行。"

金禄堂也不答话，笑嘻嘻的走到树下，解下绳索来。那马见绳索已解，便四脚齐起，乱蹦乱跳。金禄堂也不害怕，凭空向马背上一个箭步，已身在马上了。那马将头扬了两扬，支开四蹄就跑。

金光祖到王五跟前说道："难得在这里遇见老哥，我想屈尊到寒舍盘桓盘桓，不知尊意以为何如？"王五既有心要结识金禄堂，自己又左右闲着无事，便欣然答应。二人站着谈话，谈不到一顿饭的工夫，金禄堂已骑着那马，如飞而至，遍身头顶，也和金光祖一样，糊满了污泥。金光祖爱惜孙儿，恐怕他骑得累了，忙上前抢住笼头。那马接连被骑了两次，也累得乏了，比前驯良了许多。

金禄堂滚下马背，摇头吐舌的说道："就方才这一点儿时间，已来回跑了六十多里路，在马上看两边的房屋、树木，只见纷纷的往后倒下去，多望两眼，头目就昏眩了。人家都说火车快得厉害，我看这马比火车还要快得多呢！我买了它回去，看何时高兴，我得骑到南京去，和火车比赛比赛。"金禄堂这时随口说了几句玩笑话，后来南京办劝业会的时候，他果然将这马骑到南京，特地专开一个火车头，马在前头，车头在后边，十里以内，火车真个追这马不上。这是后话，趁这时表过不提。

再说当日金光祖，见已将这马骑服了，即问胡家要多少马价。胡家开口要一百两银子，金光祖并不还价，随如数兑了一百两银子。王五遂跟金光祖、金禄堂，带了那匹乌云盖雪的马，一同到宁陵县金家来。王五在金家住了几日，和金光祖公孙，谈论拳脚，甚是投机。金光祖的儿子金标，出门十多年，没有音信，也不知是生是死，金禄堂的本领，全是金光祖传授的。

这日王五正和金光祖，坐在房中谈话，只见金禄堂进来报道："外面来了一个姓罗的，说是湖南人姓言的徒弟，有事要见爷爷。"金光祖一听这话，脸上顿时改变了颜色，停了一停，才抬头问金禄堂道："那姓罗的，多大年纪了？"金禄堂道："年纪不过三十多岁，身材很是高大。"金光祖道："你已说了我在家么？"金禄堂摇头道："我说你老人家不在家，他说没有的事，若真不在家，他也不会来了。"金光祖面上很露出踌躇的样子，王五在旁见了，猜不出是什么缘故，想问又不好开口。金光祖长叹了一声道："冤家路窄，躲也躲避不了。禄儿请他在外面坐坐，我就出来见他。"

金禄堂应"是"去了，金光祖随回头向王五说道："十年前，有一个湖南人姓言的，因闻我的名，特地找到这里来，在这里住了三日，要和我交手。那姓言的，原来是一个读书人，本领确是不弱，和我走了二百多个回合，我用擒拿手伤了他。他临走的时候，对我说道：'我们十年后再见。我若没有和你再见的缘法，也得传一个徒弟，来报这一手之仇。'当时姓言的说完这话走了。十年来，我虽上了年纪，然不敢荒废功夫，就是防他前来报复。"

王五道："姓言的若是自己来，或者可怕。这姓罗的，是他的徒弟，也不见得有多大的本领。区区不才，如老丈有用得着我的时候，尽可代劳，和他见见高下。"金光祖摇头说道："使不得！一人做事一人当，但请老哥在旁，替我壮壮胆量。"说着起身，进里面更换衣服，用一块寸来厚的护心铜镜，藏在胸前衣襟里面。装束停当，拉了王五的手，同来到外面厅堂上；只见金禄堂陪着一个魁伟绝伦的汉子，坐在厅堂上谈话。那汉子背上还驮着黄色包袱，不曾放下。见金光祖出来，那汉子起身抱拳笑道："久闻神拳金老爹的大名，今日才得来领教。老爹还记得十年前用擒拿手，点伤辰州人言永福的事么？小子罗大鹤，就是言永福师傅的徒弟。这回奉了师傅之命，特来请教老爹。"

金光祖也抱拳当胸的答道："但愿老哥能青出于蓝。我虽老迈无能，但是既有约在先，不能不奉陪大驾。"罗大鹤即将背上的黄包袱，卸了下来。

不知与金光祖如何较量，罗大鹤是怎生一个来历，且俟第二十一回再说。

总评：

此书以王五、霍俊清二人为线索，我已言之矣。十九回以前，所叙各事，多偏于霍俊清方面，对于王五，未免稍嫌冷落；故二十回起，乃将霍俊清放过，重提王五方面，此是作者双方兼顾处也。

此回虽折入王五方面，其实却非王五正传，故作者乃借千里马一节，轻轻搭到金禄堂祖孙身上。然后言永福也，罗大鹤也，陈广泰也，牵连之人物渐多，笔势之开展益甚。读者悟此，则虽遇枯窘之题，亦不愁无好文章做矣。

作者写千里马一节，暗中确是为侠义英雄做影子也。少年任气，不受羁勒，勇于御敌，孝于事亲，以马言，是何等好马；以人言，则是何等好汉子耶！全书诸侠义英雄，均以此马为之写照矣。

当世妄人，昌言非孝，视父母若路人，余已深恶而痛斥之者屡矣。今观作者写千里马，却极写其孝，我意作者亦有感而发，欲以千里马愧彼妄人。人而不如禽兽，彼妄人者，亦何面目立于天地之间耶？

写胡三之骑马，借以衬出金禄堂之骑马，是反衬也；写金光祖之骑马，借以衬出金禄堂之骑马，是正衬也，读此可悟两种衬托之法。写千里马脚步之速，亦完全以衬托出之。如王五听得背后一声马叫，回头看时，尚隔半里，迨欲将自己之马勒开，而背后之马，已一跃过去；又谓马跑得快，马上之人，看不出相貌年纪；又谓此马飞到前面，只见一团黑影；又谓王五所骑，亦非寻常之马，一日能行五百里路。以上几层，历落写来，不必定要出力写马，而马之神速自见。

　　作者写千里马之脾气，灼然如见，驾驭之法，亦说得十分详明，阅此一节，我可断定作者非但善于骑马，而且善于驾驭千里马也。

第二十一回

言永福象物创八拳
罗大鹤求师卖油饼

话说金光祖在十年前用擒拿手点伤了的言永福，原是湖南辰州的巨富。言永福的父亲言锦棠，学问甚是渊博，二十几岁就中了举，在曾国藩幕下多年，很得曾国藩的信用，由乐山知县，升到四川建昌道，就死在雅安。言永福是在四川生长的。他虽是个读书种子，然生性喜欢拳棒。那时四川的哥老会极盛，哥老会的头目，有个姓刘名采成的，彭山县人，拳棒盖四川全省。

言锦棠做彭山县知事的时候，刘采成因犯了杀人案子，被言锦棠拿在彭山县牢里。论律本应办抵，但言永福知道刘采成是四川第一个好汉，想相从学些武艺，亲自到牢监里和刘采成商量，串好了口供，又在自己父亲跟前，一再替刘采成求情，居然救活了刘采成的性命。刘采成从死中得活，自然感激言永福，将自己平生本领，全数传授给言永福。

"天下无难事，只怕有心人。"言永福既是生性欢喜武艺，又得这种师傅，哪有不成功的道理？因此只苦练了五年，他的年纪才得二十岁，在四川除刘采成外，已是没有对手。后来言锦棠病死在建昌道任上，言永福扶枢归到辰州。辰州的木排客商，会法术、会武艺的极多，论到武艺，也没有人及得言永福。

言永福在家守了三年制，心想中国这么多的省份、这么多的人民，武艺赛过自己的，必然不少。我独自住在这穷乡僻壤的辰州，一辈子不向外省走动，便一辈子也见不着了不得的好汉。我于今既已闲着在家无事，何不背上一个黄包袱，去各省访访朋友呢？若能遇上一两个强似我

168

的人，得他传授我几手惊人的技艺，也不枉我好武一生。

言永福主意已定，遂略带了些盘川，背上黄包袱，历游广东、广西、云南、贵州，到湖北住了三年。所到之处，凡是负了些声名把式，以及江湖上卖艺之徒，言永福无不一一指名请教，共在南七省游了十个年头，与人交手在千回以上，却是一次也不曾逢过对手。于是从湖北到河南，闻得"神拳"金光祖的威名，便直到宁陵县来拜访。

论到言永福的本领，并不弱似金光祖，也是一时大意了些，被金光祖用擒拿手，将言永福的臂膊点伤了。言永福当时知道不能取胜，遂向金光祖说了十年后再见，若自己无再见的缘法，当教一个徒弟来拜赐的话，即退了出来。言永福出金光祖家，暗想北方果有好手，我初进河南，就逢了这么一个对手，还亏得受伤不重，不至妨碍生命；若再进山东、直隶一带去，只怕更有比这金光祖厉害。本领得不到手，弄得不好，倒送了自己的性命，不如且回辰州去，加工苦练几年，好来报这日之仇，遂从宁陵仍回辰州原籍。

他本来是一个富家公子，也曾读过诗书，他生性除好武而外，还有两种嗜好：一好养鹤，家中养了一二十只白鹤，每日总有一两次，凭着栏杆，看那一二十只白鹤，梳翎剔羽；再有一种嗜好，说起来就很好笑了，他最欢喜吃那用米粉做的油炸饼。但是，自己家里做的，不论如何做得好，他又不欢喜吃，专喜吃那些小贩商人挑着担子，旋炸旋卖的。他家虽是辰州的巨富，然因他生性爱挥霍，加以不善经营，又因急于想研究高深的技艺，就不惜银钱，延纳各处武术名家，终日在家研究拳脚。如此不三四年工夫，言永福的拳脚倒没了不得的进步，而言锦棠一生宦囊所积的巨万家私，已容容易易的花了个一干二净。还亏言永福少时，曾随着他父亲读书，就凭着他胸中一点文学，就在辰州设馆，教书度日。

俗语说得好："穷文富武。"大凡练武艺的人，非自己的生活宽舒，常有富于滋养的饮食来调补不可。言永福的生活，既渐次艰难起来了，各处的武术名家，不待说不能延纳在家，就是他自己的武艺，也因心里不愉快，不能积极的研练。十年报仇的话，虽不曾完全忘掉，然自知实行无期，只得索性把研究武艺的心思放下，专教一班小学生的"诗云""子曰"，倒也能支持生活。但他的好武念头，已因穷苦而减退，而好鹤与好吃油饼的心思，却依然如故。不过家中养的鹤，不似从前那么多的成群结队罢了，仅留了一只老白鹤，连他自己也不知道那只白鹤，有了多大年纪。据他说那只鹤，还是他父亲言锦棠，在十几岁的时候饲养的。言家已养了六十多年，言永福将这只鹤爱同性命。

这日用过早饭，言永福刚教了小学生一遍书，就伏身在栏杆上面，看那鹤亮着翅膀，用它那长而且锐的嘴，梳翅膀上的羽毛。正看得有趣的时候，忽见那鹤耸身一跳，两翅一扑，便跳过了天井那边，随着用长嘴，向青草里啄了一下。言永福的眼快，早看见青草里面，钻出一条六七尺长的青蛇，伸颈扬头的张开大口，向白鹤的喉颈咬去。白鹤不慌不忙的亮起左边的翅膀，对准青蛇七寸上一扑，长嘴就跟着翅膀啄下。可是青蛇也敏捷得厉害，白鹤的翅膀方才扑下，蛇已将头一低，从翅膀底下，一绕到了白鹤背后。白鹤的两腿，是一前一后立着的，青蛇既绕到了背后，就要在白鹤后腿上下口。言永福看下，心中着急，唯恐自己心爱的鹤被蛇咬坏。正打算跳过栏杆去将蛇打死，谁知那鹤更灵巧，后腿连动也不动，只把亮在后面的左翅膀，挨着后腿掠将下来，翅梢已在蛇头上扫了一下，只扫得那蛇缩头不迭。不过蛇头上虽被扫了这一下，却仍不肯退去，且比前更进咬得快了。言永福很注意的看那鹤，竟是一身的解数。

蛇、鹤相斗了三个时辰，蛇自低头去了。言永福独自出了好一会儿神，猛然跳起身来，仰天哈哈大笑，将一班小学生都吓了一惊，不知先生什么事，这般好笑。言永福狂笑之后，把那些小学生，都辞了不教，对人说是有要紧的事，没有闲工夫教书了。其实，言永福辞退学生之后，并不见他做什么要紧的事，只终日如失心病人一般，独自在房中走来走去。有时手舞足蹈一会儿，有时跳跃一会儿，无昼无夜的，连饮食都得三番五次的催他吃，不然，他简直不知道饥饿。

是这么在家里闹了三五个月，忽改变了途径，每日天光才亮，他就一人跑到后山树林中去了。他家里人不放心，悄悄的跟到山中去看他，只见他张开两条手膀，忽上忽下，忽前忽后，学着白鹤的样式，在树林中翩翩飞舞。茶杯大小的树木，只手膀一掠过去，就听得哗嚓一声响，如刀截一般的断了。地下斗大一个的石头，一遇他的脚尖，便蹦起飞到一两丈高。是这么又过了几月，才回复以前的原状，仍招集些小学生在家教读。

又过了些时，有一日下午放了学，言永福到自家大门外散步，见一个三十来岁的汉子，肩上挑着一个炸油饼的担儿，走近言永福跟前放下，言永福见了，禁不住馋涎欲滴。摸了摸怀中，只得两文铜钱，就拿着向那炸油饼的汉子，买了两个油饼吃了，到口便完，兀自止不住馋涎，呆呆的望着那汉子，炸了又炸。怀中没有钱，不敢伸手。那汉子却怪，炸好了一大叠油饼，双手捧了，送给言永福道："先生喜欢吃，尽管吃了再说。我每日打这里经过，先生不拘何时有钱，何时给我好啦！"

言永福一听这话，心中好生欢喜，一边伸手接了油饼，一边问那汉子道："听你说话，不是此地口音，怎的却来这里卖油饼呢？"那汉子笑道："我本是长沙人，流落到这里，没有旁的生意可做，只得做这小买卖。先生要吃时，尽量吃便了。"言永福真个把一大叠油饼吃了。

次日这时候，言永福来到门外，那汉子已挑着担儿，并炸好了一叠油饼，歇在门外等候。见言永福出来，仍和昨日一般的双手捧了那叠油饼，送给言永福道："我知道先生欢喜吃，已炸好在这里了。"言永福虽则接了油饼，往口里吃，心里终觉有些过不去，吃完那叠油饼问道："你姓什么，叫什么名字？说给我听，我好记一笔账，十天半月之后，一总给你的钱。"

那汉子摇头道："只要先生欢喜吃，随意吃就是了，这一点点小事，用得着记什么账！"言永福听了这话，很觉得奇怪，暗想做小买卖的人，怎的有如此大方，如此客气？并且我看这人的神气，全不像是流落在这里，不得意才做小买卖的，遂问那汉子道："你既是长沙人，为什么会流落在这里呢？"那汉子笑道："这话难说，且过一会儿，再说给先生听吧！"说着，就挑起担儿走了。

自此，每日下午必来，来必双手捧一叠油饼，送给言永福吃。

如此吃了两个月，言永福几次给他钱，他只是不受。言永福吃得十分过意不去，对那汉子说道："我和你非亲非故，且彼此连姓名都不知道，我怎好长久叨扰你呢！你若是手中富有，也不做这小买卖了，我看你很不像是个流落在此的人，你何不爽直些说出来，有什么事要求的，只要我力量做得到，尽可帮你的忙。我想你若没有求我的事，决不会如此待我。"

那汉子听了，点了点头道："我姓罗，名大鹤，在长沙的时候，早闻得辰州言师傅的名，只自恨我是一个粗人，不敢冒昧来求见。到辰州以后，打听得师傅欢喜吃这东西，便特地备了这个担儿，本打算每日是这么，孝敬师傅一年半载，方好意思向师傅开口，求师傅指教我一些拳脚。于今师傅既急急的问我，我只好说出来了。"

言永福听了，心中异常高兴，满面堆欢的问道："你既多远的来求师，又存着这么一片诚心，你自己的拳脚功夫，想必已是很有可观的了。"罗大鹤道："我本来生性欢喜拳脚，已从师专练十个年头了。"言永福即教罗大鹤将油饼担儿，挑进里面。

湖南学武艺的习惯，拜师的时候，徒弟照例得和师傅较量几手，名叫"打入场"。罗大鹤这时虽诚心求师，然他自己抱着一身本领，自然得和言永福较量较量，才肯低首下心的拜师。当下挑进油饼担，言永福即自将长衣卸去，向罗大鹤道："你已有十年的功夫，我的本领能不能当你的师傅，尚未可定。你且把你的全身本领使出来，我二人见个高下再说。"

这话正中罗大鹤的心怀，但口里仍说着客气话道："我这一点儿本领，怎敢和师傅较量，只求师傅指教便了！"言永福不肯，二人便动起手来，只得三四个回合，言永福一仰丢手，把罗大鹤抛去一丈开外，跌下地半晌不能动。罗大鹤爬起来，拜了四拜，言永福慌忙拉起说道："你若是去年来拜我为师，我决当不了你的师傅。你此刻的本领，在南七省里，除我以外，已不容易找着对手，我能收你做徒弟，是我很得意的事。不过我有一句话，得预先说明，你应允了，我方肯尽我所有的本领传授给你。"

罗大鹤道："师傅有什么话，请说出来，我没有不应允的。"言永福道："六年前，我在河南宁陵县，和神拳金光祖较量，被他用擒拿手点伤了臂膊。当时我曾说了，十年之后，我自己不能来报仇，必教一个徒弟来。论我此刻的本领，已打金光祖有余，就因路途太远，我的家境又不好，不能专为这事，跑到河南去。你既拜我为师，将来本领学成之后，务必去河南，替我报了这仇恨。"罗大鹤道："这是当徒弟的应做的事，安有不应允之理？"

言永福点头道："我于今要传给你的本领，是我独创的，敢说一句大话，普天下没有我这种拳脚。我从河南被金光祖打了回来，请了无数的好汉，在家日夜谈论拳脚，为的是想报这仇恨。奈请来的人，都没有什么惊人的本领，皆不是金光祖的对手。许多人在我家闹了三四年，我的本领不曾加高，家业倒被这些人闹光了。亏了一条大青蛇，和我家养的老白鹤相打，我在旁看了，领悟出一身神妙莫测的解数来。刚才和你动手所用的，就是新创的手法，这一趟新创的拳，只有八下，不是有高强本领的人，断不能学，学了也不中用。我替这拳取个名字，就叫做'八拳'。像你这种身体，这种气劲，学了我这八拳，听凭你走到什么地方，决不会遇着对手。"

罗大鹤听了，自是又钦佩，又欣喜。从此就一心一意的跟着言永福研究八拳。研究拳脚有根底的人，用起功来，比较寻常人自然容易多少倍。罗大鹤只在言永福家，苦练了一年，言永福便说道："你的八拳，已经成功了，但这一趟拳，我不是容易得来，不能不多传几个徒弟。你回长沙之后，须挑选几个资质好、气劲足，并曾练过几年拳脚的徒弟，用心传授出来，再到河南去。越是传授得徒弟多越好，也不枉了我一番心血。"罗大鹤再拜受教，辞了言永福回长沙来。

不知回长沙传了些什么徒弟，且俟第二十二回再写。

总评：

　　此一回忽然折入言永福传，金光祖与罗大鹤比武之事，遂搁置不复谈矣。此等处乃作者故意卖关子，使阅者为之闷闷。

故我尝谓唯好小说为能使人畅快，亦唯好小说为能使人气闷也。气闷之极，即是畅快之至，阅者请耐心以静待之可耳，勿令作者笑也。

凡欲一艺之精，必先入魔，入魔愈深，则所得愈精。人世百艺，靡不如是，固不独技击为然也。言永福以研究拳艺故，致毁其家，其入魔可谓深矣。卒之以鹤蛇之斗，演为"八拳"，岂非天怜永福，俾成绝艺哉！少年读此，可以增长志气。

言永福在南七省未遇敌手，志得气盈，卒败于金光祖之手，余以为此实永福之大幸也。唯其失败，乃思复仇，思复仇则刻苦研练，以图精进，于是乎因蛇鹤之夺斗，而发明八拳之绝艺矣。苟非金光祖一激，安能如是！故少年时失败，正可激之大成，不足忧也。

言永福爱鹤，又爱食油炸饼，其徒适名大鹤，又适为售油炸饼者，情事之巧合耶，抑作者之以文为戏耶？

罗大鹤求师，至不惜屈其身为卖饼之侩，以投言永福之好，其立志可谓勤矣。昔人求一明师，如此之难，今之少年，父母为延师教导，尚不肯用心求学，以视罗大鹤固何如哉！

中国艺术家，苟有特别技艺，为他人所未经发明者，则大都深自秘惜，不肯传之他人。数千年来，绝妙技术之因而失传者，不胜屈指，良可痛惜。言永福发明八拳，不自珍秘，传之罗大鹤，更嘱大鹤广为流传，俾不湮灭。其度量之宽，识见之远，亦可谓艺术界中难得者矣。

因言永福广为流传之嘱，遂开出下文无数情事来，读此可悟文章转捩接笋之道。

第二十二回

奉师命访友长沙城
落穷途卖武广州市

　　话说罗大鹤从辰州回到长沙，他家本住在长沙城内，西长街罗家大屋里面。他临行受了他师傅的命令，教他多传授几个好徒弟，他到家之后，便到各处物色英才。这时恰好有一个江西南康人，姓陈名广泰的，从广东到湖南来，也是用一种极新巧的武艺，号召徒众，设了一个大厂，在小吴门正街。湖南练把式的人，稍有声名的，没有一个不曾和陈广泰交手，也没一个能在陈广泰跟前，走到十个回合。因此陈广泰的声名，妇孺皆晓，跟着他学本领的，共有一百七八十人。

　　从来会武艺的人收徒弟，没有一次收到这么多的。陈广泰得意得了不得，每日从早至晚，专事教授，没有丝毫闲暇的时候。如此才教了两个月，罗大鹤从辰州回来了，闻得陈广泰的名，见资质好些儿的徒弟，一股脑儿被陈广泰收去了，心中不免有些醋意，遂假装一个做小买卖的人，走到陈广泰教武艺的厂里，注意看陈广泰教徒弟的本领。一连看了三日，觉得陈广泰的功夫，实在不错，全看不出一些儿破绽，不过尚能相信自己的本领，不至斗陈广泰不过。

　　第三日正在看的时候，忽听得陈广泰对一般徒弟说道："我到湖南来设厂子、教徒弟，一不是为名，二不是为利，为的是要把我这绝无仅有的本领，在湖南开辟一大宗派，使湖南人不学武艺则已，要学武艺，则非学我这门拳不可。我教会你们这班徒弟，你们便可代我传授徒孙、徒曾孙，我自己就回江西原籍去，使江西人学武艺的，也都和湖南人一样。"

175

罗大鹤听到这里，不觉将手中提的做小买卖的篮子，往地下一掷，脱口而出的说道："好大的口气！只怕我湖南由不得你江西人这般猖獗。"说着，跳进厂子，立了一个门户，招手教陈广泰来比赛。

陈广泰一见罗大鹤的身段步法，不禁大吃一惊，连忙拱手招呼道："小弟出言无状，冒犯了老兄，望老兄暂时息怒。我们同道的人，有话尽好商量，请老兄到里面来，坐着细谈。此间人多，不是谈话之所。"

罗大鹤见陈广泰很谦恭有礼，并已当众赔了不是，不便再以恶语相向，只得立起身，也拱手道："只看老兄有什么话商量。湖南地方，轮到你们江西人来耀武扬威，我湖南人的面子，也太无光彩了！"

陈广泰并不答话，只笑嘻嘻的邀罗大鹤到里面一间房内，让罗大鹤坐了，陪话说道："兄弟一时冒昧，说话没有检点，望老兄不要放在心上。看老兄的身段，好像和兄弟同道，不知尊师是哪一位，老兄尊姓大名？"罗大鹤摇头笑道："同道的话，只怕难说。因我师傅是辰州言永福，平生没有第二个徒弟，而我师傅传授我的武艺，也并没有师承。"罗大鹤说到这里，随将言永福因看了蛇跟鹤相打，新创八拳的话说了。陈广泰大笑道："好嘛！我说同道，果是不差。老兄不知道我的武艺的来历，我的师傅，也正和言师傅一样，老兄若不相信，我不妨向老兄说个明白。"

原来陈广泰在七八岁的时候，就跟着他父亲陈翌园，在福建长乐做生意。陈广泰小时，异常顽皮，陈翌园因生意忙碌，也不大拘管他。这日陈翌园走一条街上经过，见有许多人，围着一个大圈子，好像看什么热闹，圈子里面，一片喊打的声音。陈翌园以为是江湖上人，在那里卖艺，自己有事的人，便懒得理会。才走了几步，耳里听得三三五五的人议论道："倒看这个瘦弱小孩不出，至多不过十一二岁的孩子，居然能打翻长乐县几个有名的好手，这不是很稀奇的事吗？"

陈翌园听了这一类话，心里不免有些纳罕，暗想是哪来的十一二岁小孩，有这样的本领？我既打这里经过，何妨停步挤进去看。陈翌园心中这么一想，随挤入人群之中，举眼一看，不由得大吃一惊，原来三三五五议论的瘦弱小孩，并不是别人，就是自己的顽皮儿子陈广泰，这时正跟着一个身体魁梧、形象凶猛的莽汉，在圈子里一来一往的交手。

那莽汉眼看着招架不了，将要败下来，忽从人群中蹿出一个和尚，须眉如雪，发声如巨霆，向陈广泰大喝道："孽障！还不住手，待要累死老僧吗？"陈广泰一听这声音，抬头望了和尚一眼，吓得慌了手脚的样子，连忙倒退了几步，垂手立在和尚跟前说道："这回实在怪不得我，不听师傅的教训。他们仗着人多，欺负我是小孩，碰碎了徒弟的酒瓶，不肯赔倒也罢了，反骂我瞎了眼，不该拿酒瓶去碰他，动手就打我一个耳巴。"陈广泰说时，用手指着一个形似痞棍，衣服撕破了，脸上被打得青一块、红一块的人道："酒瓶是这东西碰碎的，动手打我耳巴的也是他。师傅快抓住他要赔，不要给他跑了。"

陈翌园看地下，果有一个碎了的花瓷瓶，但认得不是自己家里的对象。只见和尚望了那痞棍一眼，也不说什么，伸手拉了陈广泰的手，分开人群就走。看热闹的人也都四散了。

陈翌园看那和尚慈眉善目，气度潇洒，料知不是作恶的僧人，想探明自己儿子的究竟，就跟在和尚背后，走到一座庙宇。陈翌园看那庙门上的匾额，写着"圆通庵"三个大字。和尚拉着陈广泰进庙去了，陈翌园也跟了进去，看庙宇的规模，并不甚大。正殿上冷清清的，一没有奉经拜忏的和尚头陀，二没有烧香礼佛的善男信女。那老和尚才走上正殿，忽回过头来，朝陈翌园打量了两眼。陈广泰也回过头来，连忙叫了声："爹爹。"

老和尚听得陈广泰叫爹，即掉转头向陈翌园合掌笑道："原来就是陈居士，失敬了！"陈翌园上前施礼道："小儿承老师教诲，感激，感激！今日若不是在下亲眼见着，真有负老师傅栽培的盛意了。"老和尚大笑道："彼此有缘，才得相遇。老僧在半年前，无意中遇见令郎，觉得他这种异人的禀赋，没有人作育他，太可惜了。随即把他招到这庵里来，略略的指点他一番。曾再四叮嘱他，不许他在外和人动手，并不许拿着在此地学功夫的话，对世人说出半字。今日老僧教他提了酒瓶，去街上买酒，等了好一会儿，不见他回来，谁知他不听老僧的叮嘱，竟和人在街上动起手来！这只怪老僧平日管教不严，以致累及居士担心，老僧很对不起居士。"旋说旋让陈翌园进方丈就座。

陈翌园谦逊了一会儿，又道谢几句，请问老和尚的法讳。老和尚名广慈，住持这圆通庵，已有二十多年了。庵里有十多个和尚，并没一个知道广慈会武艺，广慈也从来没教过徒弟。这回收陈广泰做徒弟，是第一遭。当下陈翌园见广慈说自己儿子有异人的禀赋，又在街上亲眼看了和人相打的情形，他虽不是个好武的人，然能有这么个善武的儿子，心里自也欢喜。

半年来陈广泰在圆通庵学武艺，是秘密的。自陈翌园见过广慈之后，竟将陈广泰寄居在圆通庵里，朝夕跟广慈研练。又练了两年，陈广泰年纪才一十四岁，他生性欢喜赌博，时常瞒着广慈，从一般无赖赌棍赌钱。

一日因赌和同场的口角，同场的哪里知道他有了不得的本领，见他年轻身体小，争持不下，就打将起来。赌场里人多，福建人的特性，就是会排挤外省人。陈广泰是江西人氏，同场的福建人，没一个不存心想欺压他的。十四五岁的人，知道什么轻重，一动手便使出全副本领来，将满赌场的人，打了一个落花流水。登时被打死了的有六七个，其余的也都受了重伤。

这场大人命官司一闹出来，陈广泰下了长乐县的监狱是不待说，陈翌园也就因这官司急死了。还亏了陈广泰未成年，又系自己投首，广慈拿了陈翌园遗下来的财产，上下买托，只监禁了三年，遇大赦放了出来，孑然一身，无依无靠，只得仍伴着广慈，住在圆通庵里。广慈才将自己武艺的来源，说给陈广泰听道："你从我所学的武艺，和旁人的武艺不同。这种武艺，是我数十年心血，独自创出来的。我没有创这武艺之前，本住甘肃、陕西一带保镖，因保着一趟很重要的镖，被一个本领高似我的强徒劫去了，我身上还受了重伤，那镖既讨不回来，我又赔偿不起，只得逃到广西。在永宁州境内一座石山上，看见一只盘篮大的苍鹰，盘旋空中，两眼好像在石缝里寻觅什么。我当时以为是人家养的猎鹰，放出来猎野兽的，我两眼也跟着向石缝里寻找。寻了好一会儿，才看见石缝里面，藏着一条茶杯粗细的花斑蛇，只留出头尾在外，身子全被崖石遮掩了，蛇头伸了两尺来高。鹰飞到哪一方，蛇头便对着哪一方。鹰越盘越低，离蛇头约有五六尺远近，忽然将翅膀一侧，刀也似的劈将下来。我在旁看了，以为那蛇必被鹰啄死了；谁知那蛇的尾巴，甚是厉害，鹰伸着翅膀劈下来的时候，只听得'啪'的一声响，蛇尾已弹了过来，正打在鹰翅膀上面。鹰被打了这一下，却不飞开，只一翻身，就在蛇尾上啄了一嘴。蛇头将要掉过来，鹰亮开两翅，横摩过去，吓得那蛇，连忙把头往石缝里一缩，鹰翅摩不着蛇头，一扑翅就飞上了半空。我这时倒觉得有趣，不舍得惊散了它们。再看那鹰，并不飞远，仍是目不转睛的，望着那蛇打盘旋。盘旋一会儿，又下来相斗一会儿。我看见一连斗了八次，一次又一次的斗法，各不相同。斗过八次之后，苍鹰自飞向空中去了，彼此都不曾受伤。

"我从永宁州出来，到罗浮山，受我师傅的剃度，渐渐领悟了静中旨趣，心胸豁然开朗，就因苍鹰与花蛇相斗，悟出遍身的解数来。他八次有八次的斗法，我也就创出八样身法手法来，费了二十多年的心血，精益求精的，成了八个字诀，因名这种武艺为'字门'。所有的手法，无一不是极简捷、极妥善，他人不易提防的。字门拳既成了功，特地到陕西，寻着从前劫我镖的人，报了那番仇恨。我原不打算传授徒弟的，只因了十年的心血湮没了可惜，才物色了你这个禀赋极强的徒弟。你这番受了这般重创，又听了我这武艺的来源，此后应该知道，非到万不得已、生死关头的时候，决不可轻易和人动手。你要知道，世间若没有第二个，和我一般新创的武艺，便不会有人是你的对手。"

广慈说过这话，不到一月便圆寂了。圆通庵的和尚，平日都不欢喜陈广泰，而陈广泰又是个俗人，广慈既死，在圆通庵自然存身不住，只得对着广慈的塔，痛哭了一场，出了圆通庵。他因在福建犯过杀人的大命案，福建人最胆小，闻了陈广泰的名都害怕，谁也不敢近他。他在福建便无可谋生，辗转流落到了广州，仍是没有谋生的技艺，只好每日赶人多的地方，使几趟拳脚，求人施助几文钱度日。无奈他那种新创的字门拳，是极不中看的，外行看了，固然不懂得是闹些什么玩意，便是寻常会武艺的人看了，因为这种身手太来得不伦不类，全是平常不曾见过的，也都冷笑一声走了。遇着好行善事的人见了，可怜他是一个外省人，流落此地，横竖和开发乞丐一般，丢下一两文钱，也不问他闹的是什么玩意。

陈广泰哪里理会得一般人都瞧不起他的武艺，还想在广东招收些学武艺的徒弟。一则要借此图谋衣食；二则想将自己的名声传扬出去。只是卖艺了两三个月，仅免了饿死，并无一人来从他学武艺。

这日陈广泰在街上卖艺，围着看的人却也不少。陈广泰使完了拳脚，照例拾了几文钱，正待换一处地方再使，偶抬头见人群中立着一个二十来岁的青年，两目炯炯，露出光芒，四肢身体，都像是很活泼的样子；不过身上衣服甚是褴褛。只因广东的气候热，广东人对于衣服皆不大注意，每有几十万财产的人，身上穿着和乞丐差不多的。陈广泰暗想这后生的身体，生得这么活泼，两眼这么有神，他若肯从我学武艺，我用心教出来，必能成为一个好手。我师傅当时传授我武艺的时候，也是因见我的资质好，特地用方法劝我，从他老人家学武艺。我来广东这么久了，每日在街头巷尾卖武，广东人知道我武艺好的，自然很多很多，但从不见有一个人来拜我为师的。我此刻既遇着了这么一个资质好的后生，何妨也学我师傅劝我的样，去劝他一番，看是怎样？

陈广泰主意已定，随即背上包袱，跟着那后生，走到人少的地方，紧走了几步，在那后生肩上，轻轻的拍了一下说道："唉，请站住！我有话问你。"那后生见背后有人，于无意中拍自己的肩，又听了站住有话说的话，当下头也不回，一扭身就往前跑。陈广泰不知他为什么这般惊跑，提脚便追。

不知那后生毕竟为什么惊跑，陈广泰追着了没有，且待第二十三回再写。

总评：

此回由言永福传折入陈广泰传矣。言在辰州，陈在长沙，两地相隔，势不能不多有一人，厕身其中，为之接笋。罗大鹤者，即从中接笋之人也。既已谈到陈广泰身上，则罗大鹤便可暂时搁过，故此回开首叙罗、陈二人相遇事，声势汹汹，颇有欲一决雌雄之状。及至一面之后，便已风散云消，戛然而止。盖斗笋已合，即不必多费闲笔墨也。

陈广泰对徒弟演说数语，皆罗大鹤之所欲言而未言者，大鹤闻之，焉得不含醋意？况陈广泰又为异省之人乎？入后广泰一味谦和，大鹤之怒气，亦遂消灭。逐步写来，入情入理。

我尝谓小儿与其迟钝，不如顽皮。盖顽皮之小儿，往往天分甚高，苟能加以学问，使之就范，便不是寻常人物。陈广泰自小顽皮，乃能入得广慈和尚之心目。我知其天分必有大过人者，不然，长乐城中，岂少跳荡叫嚣之小儿？彼和尚亦将顾而目之曰："孺子可教耶！"

陈广泰以十余龄童子，挺身与健丈夫斗，慓悍极矣！然和尚一呼，能帖耳而走，不敢违抗，此即其天性过人处也。广慈之赏识为不虚矣！

上回写言永福，以蛇与鹤斗而成八字拳；此回写广慈和尚，以蛇与鹰斗而成字门拳。言永福传一罗大鹤，广慈和尚亦传一陈广泰，此是作者故意相犯处也。作小说不持要能避，尤要能犯。不能避则不见笔法，不能犯则不见才力也。

学问艺术之高者，往往不为俗人所知。今之卖拳通衢者，类皆花拳绣腿，求悦俗人之目而已；真实技艺，知者有几？陈广泰以字门拳之绝艺，欲自侪于江湖卖艺者之列，以图糊口，宜乎为俗人之所唾弃也！

第二十三回

收徒弟横遭连累
避官刑又吃虚惊

话说陈广泰见那后生一拍即跑，不知是什么缘故，随即追赶下去。陈广泰的脚步，何等迅速，在长乐从广慈和尚练武艺的时候，他能缠一串寸来长的爆仗，在狗尾巴上，将爆仗的引线点着，狗被爆仗声惊得向前狂奔，他在后面追赶；不待爆仗响完，可将狗尾巴捞住。他两腿既能快到这一步，那后生何能跑掉？跑不到十步，就被陈广泰拉住了。

那后生见已被人拉住，脱身不得，惊慌失措的回头一看，认出是在街头卖武的，才安了心，忽把脸一沉问道："你追我做什么，拉住我做什么？"陈广泰赔笑说道："你不要动气，我有话问你，你姓什么，叫什么名字？现在有什么职业，家住在哪里？"那后生听了，装出不屑的神气，晃了一晃脑袋说道："我姓名、职业、家在哪里，你既一项也不知道，却要追赶我，拉住我问话，你要问的就是这几句话吗？"

陈广泰笑道："你且把这几项说给我听了，我自然还有要紧的话问你，若就只问你这几句话，也不追赶你，也不拉住你了呢！"那后生见陈广泰说得很慎重，低头思想什么似的，思想了一会儿，换了一副笑容说道："你问我的姓名么？我姓刘，没有名字，人家都叫我刘阿大，我就叫做刘阿大，职业和住的地方，都没有一定。我家原不在广州，我到广州来的时候，总是寄居在亲戚朋友家里，我广州的亲戚朋友极多，随处可以住得。"

陈广泰点头说道："你既无一定的职业，也愿意学习些武艺么？你若是愿意学习些武艺，我就愿意收你做徒弟，并不取你的师傅钱，你的意思怎样?"刘阿大笑了一笑答道:"学习些武艺,倒是我很愿意的,只是你教我学些什么武艺呢?"

陈广泰见他说很愿意,心中甚是高兴,连忙说道:"十八般武艺,我无一般不精晓,不过你初学,必须先练一会儿拳脚,我才教你各般武艺。"刘阿大道:"你打算教我练的拳脚,是不是刚才在街头使的那些拳脚?"陈广泰一听这话,心中更加高兴,逆料刘阿大必也知道些拳脚,所以是这么动问,即连连点头答道:"一些儿不错,就是刚才使出来的那类拳脚,你看我那拳脚有多好!"刘阿大鼻孔里哼了一声,也不说出什么,掉转身躯就走。

陈广泰历世不深,人情世故都不大理会得,见刘阿大又待走,仍摸不着为的什么。又一伸手把刘阿大拉住,口里问为什么不说妥就走。刘阿大回转头来,朝着陈广泰脸上,"呸"了一口道:"你那种拳脚功夫,也想做我的师傅吗?不瞒你说,我徒弟的本领,还比你高。我看你只怕是穷得发昏了,亏你说得出,并不取我的师傅钱。你固真有本领,能做我的师傅,我不送你师傅钱,就好意思要你教武艺吗?"

陈广泰万分设想不到,有这么一派话入耳,不觉怔了一怔才说道:"我倒不相信你徒弟的本领,还比我高,你不要瞧不起我的拳脚,你敢和我较量较量么?我若是输给你了,立刻拜你为师,你输了就拜我,这般使得么?"刘阿大仰天大笑道:"有何使不得!前面有一块火烧坪,极好较量拳脚,要较量,可就去。"

陈广泰看看刘阿大这有恃无恐的样子,暗想他的本领,必也不小,不过自己仗着得了异人传授,从来和人交手,不曾失败过,心里并不畏怯。当下刘阿大在前面走,陈广泰在后面跟着。行不到两百步远近,刘阿大趾高气扬的指着一片火烧了房屋的地基说道:"这所在不好动手吗?"陈广泰看了看点头道:"我的拳脚,无论在什么所在,都可以和人动手,并用不着这么大的地方。于今我让你先动手好么?"

刘阿大已抢上风站着,听陈广泰这么说,便使出一个"猛虎洗脸"的架势,向陈广泰的面部扑来。陈广泰一见,就知道是一个好以大言欺人、不中用的脓包货,也懒得躲闪,只将下部一低,用一个"鹞子钻山入竹林"的身法，迎将上去。刘阿大果不中用，连陈广泰的手脚都不曾看清，早已扑地一跤，变成了一个狗吃屎的架势，面部在瓦砾上擦过，鼻端门牙都擦出了血。

陈广泰一手揪住刘阿大的辫子，提了起来。看了看那副血肉模糊的脸，止不住笑问道："我拜你为师，还是你拜我为师呢？"刘阿大虽被打跌了一跤，心里仍是不服，向地下吐出口中的带血泥沙，说道："这趟不能上算，怪我自己轻视了你，地下的瓦片又有些滑脚，所以跌了这一跤。你真有本领，我们再来过。"

陈广泰笑道："这地方是你自己选择的，我的脚难道不是踏在瓦片上，就只滑了你的？你再要来，也随你的便。你说这里瓦片多了不好，就换一个地方也使得。"说着把手松了。刘阿大趁陈广泰才松手不防备的时候，对准陈广泰的软肋上，就是一拳。陈广泰要躲闪也来不及，只得运一口气，将软肋一鼓。刘阿大用尽平生气力，以为这一下打着了。却是作怪，那拳打在软肋上，就和打在棉花包上一般，软得全不要力；而右手这条臂膊，反如中了风似的，软瘫麻木，一不能动弹，二没有感觉，才知道自己的本领不济，若再恃强不哀求陈广泰，眼见得这条右膀，成了废物。随即双膝往地下一跪，叩头说道："我佩服了！就此给师傅叩头。"

陈广泰很高兴的拉起他，在他右膀上揉擦了几下。刘阿大的右膀，登时恢复了原状。揩去嘴脸上的血迹，说道："我还有几个拜把的兄弟，也都是练过武艺的。师傅若肯教他们，我可以将他们找来，同跟师傅学习。"陈广泰喜道："我怎的不肯教，只要他们肯从我学！你此刻就去，将他找来给我看看。"刘阿大欣然说好，教陈广泰在一家小茶楼上等候，自去找寻他的拜把兄弟去了。

看官们猜这刘阿大是什么人？原来是广州市的，一个很厉害的窃贼，连他自己有六个拜把的兄弟，都略略的懂得些拳棒。他们六个人在广州市中，所犯的窃案堆积如山。只因他们都很机警，做事严密，一次也不曾败露过。刘阿大为的是心虚，恐怕有衙门里做公的捉拿他，所以陈广泰于无意中，在他肩上拍一下，说了一句"请站住"的话，就吓得那么狂跑。陈广泰入世未深，哪里看得出这些毛病，一心只想多收几个好徒弟。在那小茶楼上等了半晌，只见刘阿大引了三个汉子上楼来。三人的年纪，都不过二十来岁。陈广泰看三人的体格，都很壮实、很灵活，没一个不是练武艺的好资质。刘阿大领过来见了礼，张三、李四的各自报了姓名。

刘阿大道："我们原是六兄弟，现在两个因事往别处去了，须迟数日才得回来，回来了也要从师傅学的。师傅的寓所在哪里？我们每日到师傅那里来，请师傅指教。"陈广泰道："我才从福建到这里来，白天在街头卖武，夜间随意到饭店里借宿，哪有一定的寓所。我每日到你们家里来教倒使得。"刘阿大四人听了，交头接耳的商量了一会儿，说道："师傅到我们家里来教如何使得？于今师傅既无一定的寓所，那很容易，我们几人合伙，租一所房屋，给师傅住。师傅高兴多收徒弟，尽管再收，饭食由我们几人供给，岂不甚好吗？"陈广泰笑道："能这么办，还有什么不好？"他们当窃贼的人，银钱来得容易，有钱凡事易办，不须几天工夫，房屋就租妥了。于是，陈广泰就在广州设起厂来。

刘阿大等六个窃贼，黑夜各自去做各自的买卖，白日便从陈广泰练字门拳。六人的武艺越练越好，盗窃的本领也跟着越练越高，犯出来的案子，更是越犯越大。陈广泰只顾督促六人做功课，功课以外的事，一概不闻不问。

如此教练了八九个月。这日陈广泰起床了好一会儿，不见刘阿大等六个徒弟来，心里很觉诧异，暗想他们都很肯用功，每日总是天光才亮，就陆续到这里来；做了半晌功课，我才起床。今日怎的一个也不来呢？有事没有六人都有事的道理，有病也没有六人都有病的道理，这不很稀奇吗？

陈广泰独自踌躇了一会儿，正待弄早点充饥，忽见有八个差役打扮的人，一拥进了大门，各出单刀铁尺，抢步上前，要捉拿陈广泰。陈广泰大吃一惊，暗想自己并无过犯，用不着逃走，只是见众差役的来势凶猛，恐怕无故被他们杀伤，不等他们近前，连忙扬着双手说道："诸位不用动手，我不曾犯罪，决不会逃跑。诸位来拿什么人，请拿出牌票来，给我看了；如果是来拿我的，我同去便了，不要诸位劳神。"

众差役听了这话，其中有一个从身边摸出一张牌票来，扬给陈广泰看道："我们奉上官所差，要拿的是江西人陈广泰。你是值价的，就此同去，免我们劳神费力。"陈广泰还待问话，只听得"当琅琅"一声响，一条铁链当面飞来，套在颈上。陈广泰忍不住气往上冲，双手握住铁环，只使劲一扭，便扭成了两段，抢过来往地下一掼道："教你们不要动手，你们要自讨没趣。你们这八个饭桶，也想在我跟前用武吗？"

八个差役看了这情形，只吓得目瞪口呆，哪里还有一个敢上前动手呢？陈广泰大声说道："我若是犯了罪，打算逃走，你们这八个饭桶，不过是来送行的。我自问既没有犯罪，有了县大老爷的牌票，便打发一个三岁小孩来，我也不敢不随传随到。"众差役既不敢动手，只好用软语来求道："我们也知道你老哥是好汉，必不肯给我们为难，只怪我们这伙计太鲁莽，抖出链条来，得罪了老哥，求老哥不要计较，就请同去吧。"陈广泰不能不答应，跟着差役到了县衙里。

县官立时升堂，提陈广泰在堂下跪着问道："你就是陈广泰么？"陈广泰应是。县官又问道："刘阿大等六个结拜兄弟，都是你的徒弟么？"陈广泰也应了声："是！"县官微微的点头道："你倒爽利，快好好的把所做的案子，一件一件的供出来。"陈广泰叩头说道："小人到广州一年了，并没有做个什么案子！"县官拿起惊堂木一拍，喝道："放屁！你到了本县这里，还想狡赖吗？哼哼，你做梦哟！快好好的供吧，本县这里的刑，你知道是不好受的么？"

陈广泰惊得叩头如捣蒜的说道："小人实在不知道什么叫做案子。小人会得几手拳脚，初到广州来，没有技艺谋衣食，就在街头卖武糊口。后来遇着刘阿大，小人因他生得壮实，收他做个徒弟，由他引了五个结拜的兄弟来，一同跟着小人学武艺。小人已教了他们八个多月的武艺了，每日除教他们的武艺而外，什么事都没做过。"县官冷笑了一声道："刘阿大等六个人，都是广州犯案如山的窃贼。你当了他们八个多月的师傅，谁能相信你什么事都没做过？你便真个一事不曾做过，也是一个坐地分肥的贼头。本县只要你供认是刘阿大等六人的师傅就得了。"

186

说着，伸手抓了一把竹签，往公案前面地下一掷，喝道："重打！"

两边衙役，暴雷也似的答应一声，过来三个掌刑的，拖翻陈广泰，脱下小衣来。县官在上面，一迭连声的喝："打！"陈广泰心想我并不曾做贼，如何能将我当贼来打呢？我在长乐的时候，犯了七条命案，尚且不曾挨打；于今教错了六个徒弟，就用得着打我吗？我小时候曾听人说过，在衙门里受过刑的人，一辈子讨不了发迹。我练就了这一身武艺，若就是这么断送了我一辈子的前程，未免太不值得。拼着斫了我这颗头，倒没要紧，屁股是万万不能给他打的。陈广泰这么一想，顿时横了心，他的本领，能扑面睡在地下，将手脚使劲一按，身子就弹上了屋顶。这时也顾不了犯罪的轻重，一伸脚，一抬头，即把按住头脚的两人，打跌在五六尺以外；跳起身来，顺势一扫腿，将手拿竹板的掌刑也扫跌了，披上了小衣，从丹墀里一跃上了房屋。在房上，还听得那县官在下面一片喊的声音。

陈广泰在广州住了一年，并卖了几个月的武，三街六巷，自然都很熟悉。逃出了县衙，不敢回刘阿大一班人所租的房屋，拣僻静街道，穿出了广州城，到了乡村地方，便不畏惧有人来拿了。一气跑了二十多里路，见一片山林中，有一座庙宇，心想这所在倒可以歇歇脚，且休息一会儿，弄些可吃的东西充充饥，再作计较。旋想旋走近那庙门，抬头看庙门上面，竖着一块"敕建吕祖殿"的白石牌，随提脚跨进了庙门，径走上正殿，不见有个人影。正殿东边的两扇房门，朝外反锁着，料想房里必没有人；西边也是一个双扇门，却是虚掩着。

陈广泰提高着嗓音，咳了一声嗽，仍不见有人出来，只得走到房门跟前，将门轻轻一推，见房内陈设得很清雅，因房内无人，不便踏脚进去。正在踌躇的时分，忽听得有二人口角的声音，发自这间房后面。陈广泰侧着耳朵，听他们口角些什么言语。只听得一人厉声喝道："你仔细打定主意，可是由不得你后悔的呢！哼哼，我不给点厉害你看，你也不知道我的手段。"这一人也厉声答道："你休得胡说！我这回若不杀死你，也不在阳世做人了。好，你来吧！"

陈广泰听了二人的口气，不由得大吃一惊，暗想这必是仇人见面，

187

彼此都以性命相扑。我既到了这里，应得上前去解劝一番，能免了二人的死伤，也是一件好事。想罢，即大呼一声："不要动手！"随蹿身进去。

不知里面的人，毕竟因何事要动手相杀，陈广泰如何的解劝，且待第二十四回再写。

总评：

甚矣！识人之不易也。陈广泰粗疏脱略，人情世故，懵然未解，乃欲识刘大于稠人之中而传之以绝艺，亦可谓不自量力之甚矣！比依匪人，卒受厥累，咎由自取，无足怪也。

师道之不讲久矣。作者叙刘大等六人，虽属穿窬者流，颇知敬礼其师；今之子弟，一入学校，趾高气扬，凌轹师长，视为故常。以此例彼，则又穿窬者流之不若矣。

刘大之为剧贼，在言语举止中，固已随处流露，陈广泰与处八九月之久，乃绝未觉察，亦可谓昏聩之甚者矣。故我谓县令之不信，亦在情理，不能责其糊涂也。

作者写刘大一节，却是为后文张燕宾作引子也。写张燕宾，却是欲引诱陈广泰做剧贼也。盖陈广泰不遇刘大，则不致被累脱逃，不脱逃则不遇张燕宾，不遇张燕宾则不能一变而为剧贼，因果相乘，曲折如此。

县令不信陈广泰非贼党，喝令用刑，此尚在情理之中也。若云不管是否知情，只要是刘大等六人之师，即该用刑，此则无情理之可言矣。方正学忤成祖，诛十族，并其师亦杀之，而刘大做贼，复罪及其师。明季有杀先生之皇帝，清朝又有打先生之县令，诚如是也，则世人孰复敢收学生、徒弟哉！

作文有预先下笔布置者，如陈广泰入吕祖殿，先见东厢房房门反锁，此一语看似无关，其实却暗暗早已伏下一个张燕宾也。

此回收束处，故作惊人之笔，比读下文，不禁为之失笑。此种笔法，偶一为之，弥觉可喜；若回回如此，便觉索然无味矣！

第二十四回

看宝剑英雄识英雄
谈装束强盗教强盗

话说陈广泰吆喝了一声："不要动手！"将身蹿到房中，一看后房的门，是关着的。这时他一心急于救人，也不管三七二十一，对准那门一腿踢去，"哗嚓"一声，门板被踢得飞了起来；就听得房内有二人，同声叫着："哎呀！"陈广泰口里呼着："不要动手！"身子跟着跳了进去，一看倒怔住了，不知要怎么才好。

原来房内并没有仇人见面，性命相扑的事，仅有两个年轻道童，对面靠着一张方桌，在那里下围棋，反被陈广泰一脚踢飞门片，吓得手脚无措，齐叫"哎呀"。见跳进来一个不认识的人，都立起身问："干什么？"陈广泰只得拱一拱手，赔笑说道："对不起，对不起！是我误听了，以为这房里有人动手相杀，所以赶来解劝；想不到两位乃是因下围棋，说出我这番不杀死你，不在阳世间做人的话来。我冒昧踢破了房门，心里抱歉得很。"

一个年纪略大些儿的道童，打量了陈广泰几眼问道："你是认识我师傅，特来相访的么？"陈广泰摇头道："我是路过此地，想借贵处休息休息。尊师却不曾拜见过。"两道童见陈广泰这么说，面上都微微的露出不高兴的样子。年纪大的那个说道："既是来这里休息的，请到前面去坐吧！"

陈广泰自觉进来得太冒昧，只得谢罪出来，到正殿拣一个蒲团坐着。腹中饥肠雷鸣，忍耐不住，十分想跟道童讨些饭吃，又深悔自己不该鲁莽，无端将人家的房门踢破，道童正在不高兴的时候，怎好去向他开口？就是老着脸开口，也难免不碰钉子。独自坐在殿上，以口问心的商量了几转，终以向旁处人家，讨碗饭充饥的为好。遂立起身来，待往外走，猛然想起东边配房的门，朝外反锁着，我何不从窗眼里，朝房内张望张望，若是没人住的空房，我于今光身逃了出来，身边一个钱也没有，夜间去哪里借宿呢，这房岂不是我的安身之所吗？

陈广泰如此一想，即走到东配房的窗户跟前，点破了些窗纸，朝里一看，哪里是没人住的空房呢？房内的陈设，比西配房还精雅十倍。床几桌椅，全是紫檀木镶嵌螺钿的；案上图书、壁间字画，没一件不是精雅绝伦。对面床上的被帐，更是一团锦绣窝，光彩夺目；连枕头垫褥，都是五彩绣花的。

陈广泰看了暗忖道："不是富贵家小姐的绣房，哪有这么华丽的？世间岂有富贵家小姐，和道士住做一块儿的？"心里一面想着，一面仍用眼，向里面仔细张望。忽一眼看见枕头底下，露出一绺黄色的绒绦，不觉暗暗吃惊道："这绒绦的结子模样，不是缠在宝剑把手的吗？我师傅当时所用宝剑，就是和这样一般无二的绒绦，这剑必是两道童的师傅用的，然而道士不应如此不安本分，享用这般的床帐。不待说，这道士必是个无恶不作东西。"

陈广泰正在张得出神，陡觉背后有些风响，急回头一看，只见一个少年俊俏人物，衣服鲜明，刚待伸手来抢自己的辫发，忙将头一低，退开一步说道："干什么在我头上动手动脚？"那少年没想到抢了个空，很现出又惊讶、又诧异的样子答道："你问我干什么动手动脚，我倒要问你干什么探头探脑？你想做贼，来偷我房里的东西吗？"

陈广泰看少年不过二十多岁年纪，眉目间显出十分英秀之气，并且觉得他方才来抢自己辫发的时候，只略略的闻得一些儿风声，回头就已到了眼前，丝毫不曾听得脚步声响；可见得他的本领，也不是等闲之辈。我于今正在穷无所归的时候，像这种人何妨结识结识，遂拱了拱手笑道："我从此地过路，实不知道是尊驾的寓所，因贪看房内精雅的陈设，忘了避忌，求尊驾不要见责。"那少年听了，也和颜悦色的说道："老兄既路过此地，你我相遇，也是有缘，就请去房内坐坐何如？"陈广泰自是欣然应允。

少年从身边取出钥匙，开了房门，进房分宾主坐了。少年问陈广泰的姓名，陈广泰因此地离广州太近，不敢说出真姓名，随口说了个名字姓氏，转问少年，少年道："姓张，名燕宾，广西梧州人，到广东来探看亲戚，因生性喜静，不愿在闹市，特地找了这荒凉地方的一座庙宇，租了这间房居住，才住了三四日。"陈广泰很相信他是实话，心里只是放那枕头底下的宝剑不下，不住的用眼去睄。

张燕宾忙起身，从床上提出那剑来说道："我因喜住清静地方，又怕清静地方有盗贼来侵犯，所以将祖传的一把宝剑，带在身边，毕竟也可以壮壮胆气。"陈广泰看那剑的装饰，并不甚美观，知道是一把年代久远的宝剑，也立起身笑道："尊驾不用客气。仗这剑壮胆的人，这剑便不能壮胆，能用得着这剑的人，便没有这剑，他的胆也是壮的。古语说得好，'艺高人胆大'，我知道尊驾有了不得的本领，我们同道的人，请不用相瞒。"

陈广泰说这话，原是料定张燕宾是个有本领的人，有心想结识他，为自己穷途落魄的援助。张燕宾见陈广泰这么说，即笑答道："兄弟有何本领，像老兄这般才算得是本领呢！不瞒老兄说，兄弟十四岁闯江湖，实不曾见过像老兄这般精灵矫健的人。兄弟很愿意和老兄结交，只不知尊意何如？"陈广泰嬉笑道："我只愁高攀不上，哪有不愿意的！"张燕宾当下甚是高兴，抽出剑来给陈广泰看，侵人秋水，果是一把好剑。

彼此谈了一会儿，陈广泰看张燕宾，不是个无志行的人，二人又都有意结交，遂将自己的真姓名籍贯，来广州一年的情形，并这回逃难的事，详细向张燕宾说了一遍。张燕宾听了，一些儿不惊惧，连忙弄了些食物，给陈广泰充了饥，才说道："这个县官，太糊涂得可恶。怎么也不审察明白，就动刑拷打好人！现在这一般瘟官确是可恶，只要是因窃盗案拘来的人，总是先用了种种的毒刑，然后开口问供。哪怕就是忠信廉洁的圣人，无端被贼盗诬咬一口，也得挨打到半死。不肯诬服的，他就说是会熬供、会熬刑的老贼盗。像这么问供，怕不能将天下的人，一个个都问成强盗吗！你不用走，也不用害怕，我们得想法子，开开这瘟官的玩笑，看他有什么办法？"

陈广泰问道："你打算如何去开他的玩笑呢？"张燕宾向门外张了一张，凑近陈广泰笑道："他既拿你当贼，你何妨真个做一回贼给他瞧瞧。"陈广泰道："径去偷那瘟官的东西吗？"张燕宾摇头道："偷他的无味，他自己被了窃，不过心痛一会儿子，案子办不活，没什要紧。甚至他为要顾全面子，情愿忍着痛不声张，只暗地勒着捕头拿办，我们更连音信都得不着。我想有一家的东西好偷，看你说怎样？杉木栏的李双桂堂，若是失窃了重要东西，这瘟官不要活活的急死吗？"

陈广泰问道："李双桂堂是什么人家里？何以他家失窃了重要东西，这瘟官要急死？"张燕宾笑道："你原来不知道李双桂堂是谁？只大约说给你听，你就知道这瘟官是要倒霉了。李双桂堂就是李莼盦御史家里。李莼盦是于今两广总督的老师，为人极是悭吝，一文钱都看得比性命还要紧，家里有百多万的财产。他的孙小姐，才得一十六岁，说生得美如天仙。这瘟官有个儿子，今年一十八岁了，想娶李小姐来家做媳妇，将要成功了。我们去相机行事，总得使这瘟官，吃一个老大的苦。"

陈广泰也是少年心性，听了这般计划，又是为自己出气，哪有不竭力赞成的？张燕宾打开衣箱，拣出一套很漂亮的衣服来，递给陈广泰道："你身上的衣服，穿进广州城去，容易给人注目，用我这套衣服，便是做公的当面看见，也想不到是你。"

陈广泰很佩服张燕宾的心思周密，接了衣服，抖散开来，就往身上披。张燕宾忙扬手止住道："你就打算披在这衣服上面吗？"陈广泰愕然问道："不披在这衣服上面，要披在什么衣服上面呢？"张燕宾低声问道："你没有夜行衣靠么？"陈广泰虽练就了一身绝大的本领，然所从的师傅广慈和尚，是个很守戒律的高僧，没有江湖上人的行径，因此陈广泰不但不曾制备夜行衣靠，并不曾听说夜行衣靠是什么东西。

当下见张燕宾这么问，怔了一会儿才问道："什么夜行衣靠？我不懂得。"张燕宾不觉笑了起来，也不答话，仍回身在衣箱里翻了一会儿，翻出一身青绢衣裤出来，送给陈广泰道："你我的身材、大小、高矮都差不多，你穿上必能合身。"陈广泰放下手中的衣，看这套衣裤，比平常的衣裤不同，腰袖都比平常衣服小，前胸和两个袖弯，全都是纽扣，裤脚上也有两排纽扣，并连着一双厚底开衩袜；裤腰上两根丝带，每根有三尺来长。此外尚有一大卷青绢，不知作什么用的，一件一件的看了，不好怎生摆布。

张燕宾伸手掩关了房门，卸去自己身上的外衣，叫陈广泰看。陈广泰见他身上穿的，和这衣裤一般无二，遍身紧贴着皮肉，仿佛是拿裁料就身体上缝制的。心想穿了这种衣服，举动灵巧，是不待说的，正要问裤腰上的丝带，有何用处，张燕宾已揭起衣边，指给陈广泰看道："我等夜行的时候，蹿房越脊，裤腰若像平常的系，跳跃的次数多了，难保不褪下来。不和人动手，倒没甚要紧，不妨立住脚，重新系好；万一在和人动手，或被人追赶的时候，裤腰忽然凑巧褪了下来，不是自己误了性命吗？所以用这种丝带，从两边肩上绕了过来。你看裤腰这边，不是有两个纽绊吗？这两个纽绊，就是穿系丝带的，要高要低随心随欲。并且裤腰是这么系上，比平常的系法，得势好几倍。我这时腰上缠着的，就是你手上这样的一条青绢，此刻把它缠在腰上，等到夜间要用的时候，解下来往头上一裹，就成了一个包头。只是这包头的裹法，不学不会，裹得不好，得不着一些儿用处；会裹的，有这多青绢裹在头上，除了削铁如泥的宝刀、宝剑遮挡不了，若是寻常的刀剑，不问他如何锋利，这绢是软不受力的，砍在上面，至多割裂几层，皮肉是不容易受伤的。"

陈广泰听了，不胜之喜，问道："是怎么一个裹法？你倒得教给我。我今日得遇着你，真是三生有幸，比我十年从师的益处还大。"

张燕宾笑道："这算得什么？我将来叩教的地方，还多有在后面呢！我就教给你裹吧。"遂从腰间解下青绢来，脱下头上的小帽，一手一手的从容裹给陈广泰看。这本不是难烦的事，只一看便会了。陈广泰照样裹了一遍不错，即问张燕宾道："你不曾穿这厚底的开衩袜子吗？"张燕宾将脚下的鞋子一卸，伸起脚笑道："这不是吗？这袜底是最好无比的了。一般江湖上绿林中人物所用的，全是用纻麻插成的，好虽好，不过我等的身份不同，平日不曾赤脚在地上行走过，脚底皮肤不老，麻皮太硬，有些垫着脚痛。并且麻的火性太大，走不了几里路，脚底便走得发烧；再勉强多行几里，简直打起铜钱大的一个个血泡，痛彻心肝。还有一层，麻皮最忌见水，干的时候，穿在脚上觉得松快得很，只一见水，便紧得不成话，逼的一双脚生痛。就是干的时候也还有毛病，踏在地下喳喳的响，我等行事，都在夜深人静、万籁俱寂的时分，风吹叶落，尚且防人听得，两只脚底下喳喳作响，岂不是有意叫人知道。我这袜底，纯用头发插成，又柔软、又牢实，以上所说的病，完全没有。更有一件好处，是一般人都没想到的。他们穿的，多是和平常的袜子一样，袜底是整块头，不开衩的，上山下岭，以及穿房越栋，两脚全赖大拇指用力，整块头的，没有开衩的灵巧。你穿上一试，就知道了。"

陈广泰点头问道："这衣是对襟，前胸自然少不了这些纽扣，只是这两只袖弯，也要这些纽扣干什么呢，不是做配相的吗？"张燕宾笑道："这种行头，在黑夜里穿的，哪里用得着配相！并且钉几个纽扣在袖弯上，又能做什么配相呢？你不知道这几个纽扣的用处，才是很大咧！"

不知张燕宾说出什么大用处来，且待第二十五回再写。

总评：

　　吕祖殿救人一节，写陈广泰之鲁莽，十分可笑。广泰确是一片好心，不意反遭道童之白眼，人生时乖运背之时，往往如此，阅此为之一叹。

　　陈广泰身怀绝艺，落魄广州，乃至求一饱而不可得。当其蹀躞庙中，进退维谷，谁复有哀王孙而进食者耶？谚云：世上无如吃饭难，岂不信哉！

　　作者之使陈广泰入吕祖殿，为欲令其遇张燕宾也。顾入庙之后，复故意写其腹中饥饿，惘然欲去。临行之时，偶窥空室，乃得借此以识燕宾。曲曲写来，笔致自然婉折，不病直率矣。

　　书中将出张燕宾，却先写其枕下之宝剑，借以打动陈广泰之心。燕宾人未登场，而其英雄气概，固已赫然纸上。广泰与之一见，遽尔倾倒，非无因也。

陈广泰能识张燕宾为有本领人，而不能识其行为如何，做何职业，此是识见不到故也。然以视收刘大等为徒弟时，其目光固已高出十倍矣！

张燕宾指斥刑讯一节，语语实情，句句有理，三木之下，何求不得？刑讯取供之不足恃，盖不待智者而知，今世折狱，废刑讯，重证据，盖以此也。

陈广泰述被诬事，张燕宾即乘机劝之做贼，因势利导，陈广泰固未有不贴然入彀者，张燕宾之机灵活泼，于斯可见。

平空撰出李双桂堂与县令缔婚一段情事，为后文窃物张本。第就张燕宾口中所述一节观之，李御史之吝啬，杜知县之钻营，已跃然如见，抵得一段《官场现形记》也。

张燕宾立身行事，虽不轨于正道，顾其对待陈广泰，陌路相交，解衣推食，遇之不可谓不厚。入后陈广泰恋恋广州，不肯遽舍燕宾而去，恩怨分明，大丈夫固当如是也。

叙述夜行衣靠一段，妙在疏疏落落，将衣裳、鞋袜、包头等物，分作几段解释，较之自首至尾，一气说明者，自有活泼呆板之分。至其所述夜行衣靠之制法及用法，详明透辟，不知作者从何处学得，故我谓非十分博学之士，不能轻易捏笔作小说也。

此一回已入张燕宾、陈广泰两人合传矣！作者写陈广泰之性情，十分直率；写张燕宾之性情，却十分机灵。一支笔同时写出两个人，脾气却截然不同，真是好看。

第二十五回

偷宝剑鼓楼斗淫贼
飞石子破庙救门徒

话说陈广泰见张燕宾说，两个袖弯上的纽扣，用处很大，心中兀自不能理会，随口问道："你且说有什么大用处？"张燕宾笑道："这不是一件很容易明白的事吗？这种行头的尺寸，是照各人身体大小做的，你看这衣的腰胁袖筒，不都是小得很吗？只是腰胁虽小，因是对襟，有纽扣在前胸，所以穿在身上，弯腰曲背，不至觉得羁绊难过。至于两只衣袖是两个圆筒，若不照臂膊的大小，大了碍手，小了穿不进。就是照臂膊的尺寸，而两个圆筒没有松坏，两膀终日伸得直直的，便不觉怎么。但一动作起来，拐弯的地方没有松坏，处处掣肘，不是穿了这衣服在身上，反被他束缚得不能灵便了吗？"陈广泰也笑道："原来是这么一个用处！怪道这衣服，名叫夜行衣靠，就是靠皮贴肉的意思。"说时，脱了身上的衣服，换了绢衣，照张燕宾的样，装束停当了，外面罩上长衣。

陈广泰的容貌，虽不及张燕宾生得标致，风度翩翩，然而五官端正，目秀眉长。俗语说得好：三分人才，七分打扮。看了张燕宾的漂亮衣服，穿着起来，对镜一望，几乎连自己不认识自己了。张燕宾道："我们趁黄昏的时候进城。你尽管大着胆跟我走，一点儿不用害怕，决不会有人能认得出你。"陈广泰点头道："我害怕什么！到了县衙里大堂上，一个揪住我的头，一个按住我的脚，我尚且说走就走了。于今自由自在的，又有你这么一个帮手，料想广州城里，没有能奈何你我的人。我们就此走吧！"

196

张燕宾道："话虽如此说，不过你黑夜到人家行事，这番是初次。此种事很有些奇怪，不问这人的本领有多高大，胆量有多粗豪，初次总免不了有些虚怯怯的，好像人家已预先防备了，处处埋伏了人，在那里等候似的，一举一动都不自如起来。便是平常十分有本领的，到了这时，至多只使得出六成了，甚至还没进人家的屋，那颗心就怦怦的跳起来。自己勉强震摄，好容易进了里面，心里明知道这人家，没一个是我的对手，他们尽管发觉了也没要紧，然身上只是禁不住，和筛糠一般的只抖。若听得这家里的人，有些响动，或有谈话的声音，更不由得不立时现出手慌脚乱的样子。这是我们夜行人初次出马的通病，少有能免得掉的。不过我事先说给你听，使你好知道，这种害怕，并没有妨碍，不要一害怕，就以为是兆头不好，连忙将身子退了出来，这一退出来就坏了。"

陈广泰对于这一类的事，全没有研究，这时真是闻所未闻，听得一退出来就坏了的话，忍不住插嘴问道："怎么退出来，倒坏了呢？更为什么害怕倒没有妨碍呢？"张燕宾道："这种害怕，无论是谁，只有第一次最厉害，二三次以后，就行所无事了。第一次若因心里犯疑，无故退了出来，则第二次，必然害怕得更厉害，甚至三五次以后，胆气仍鼓不起来。一旦真个遇了对手，简直慌乱得不及寻常一个小偷。只要第一次稳住了，能得了彩，以后出马顺遂，自不待说；便是彩头不好，第一次就遇了对手，但初进屋在害怕的时候，能稳得住，对手见了面，彼此交起手来，初进屋害怕的心思，不知怎的，自然会没有了，胆量反登时壮了许多。这种情形，我曾亲自领略过，不是个中人，听了决不相信，以为没遇对手，倒怕得厉害，遇了对手，胆量反壮起来，世间没有这种道理！"陈广泰听了，也觉没有这种情理，问张燕宾亲自领略的是什么事。

张燕宾笑道："我初次经历的事，说起来好笑。那时我才得一十三岁，跟着我师傅，住在梧州千寿寺。这日来了一个山西人，是我师傅的朋友，夜间和我师傅对谈，我在旁边听得，说梧州来了一个采花大盗，数日之间，连出了几条命案，都报了官，悬了一千两银子的赏，要捉拿这个强盗。山西人劝我师傅出头，我师傅不肯，说多年不开杀戒；况事不关己，犯不着出头。我当时以为是我师傅胆怯，山西人曾对我师傅，说过那采花大盗藏身的地方，我便牢牢的记了。等到夜深，我师傅和山西人都已安歇了，我就悄悄的偷了师傅的宝剑，瞒着师傅出寺，找寻采花大盗。一则想得到那一千银子的悬赏；二则想借此显显自己和师傅的名头。那个采花大盗姓郝，因他生得满脸瘢纹，江湖上人都称他为'花脸蝴蝶'郝飞雄，在梧州藏身的地方，是一个破庙的鼓楼上，除了师傅的朋友山西人之外，没旁人知道。"

陈广泰听到这里，忍不住问道："山西人怎生能知道的呢？"张燕宾踌躇了一会儿说道："你不是圈子里头的人，说给你听，倒没甚要紧，若是外人，我说出来，就有妨碍。因为此刻郝飞雄还没有死，山西人求我师傅的事，没外人知道。这话一传扬出去，郝飞雄必与山西人翻脸，不是我害了山西人吗？山西人和郝飞雄，原是有些儿交情的朋友，那番一同到梧州来，打算劫一家大阔佬的，不知为什么事不顺手，耽搁了几日。郝飞雄不能安分过日，每夜出外采花，山西人劝他不听，几乎弄翻了脸。山西人的武艺，虽不是郝飞雄的对手，心思却比郝飞雄周密，见郝飞雄那么任性胡为，便存心除了这个坏蛋，替那些被强奸死去的女子伸冤。知道自己的本领不济，面子上就不敢露出形踪来，敷衍得郝飞雄绝不起疑，才暗地来求我师傅，以为我是个小孩子，在旁听了没要紧。谁知我年纪虽小，好胜的心思却大，那回若不是偷了师傅的宝剑在手，险些儿闹出大乱子来。千寿寺离郝飞雄住的破庙，有十四五里路。我初出寺的胆气极壮，什么也不知道害怕，一口气奔到离破庙只有半里路的所在，方停步，想就地下坐着，歇息歇息。谁知我的身体，才往地下一坐，猛听得脑后一声怪叫，接着呼呼的风响；只吓得我拔地跳了起来，手舞着宝剑，向前后左右乱砍。"

陈广泰插口问道："什么东西叫，什么东西响呢？"张燕宾笑道："我当时不知道是什么，所以吓得慌了手脚。过了一会儿，才知道是两只猫头鸟，躲藏在一个枯树兜里面。我坐着歇息的地方，就在那树兜旁边，两只东西在里面听得响声，以为有人来捉它，因此狂叫一声，插翅飞了。但是我那时虽已明明知道是一对猫头鸟，用不着害怕，然而一颗心，总禁不住怦怦的跳动，连我自己都不明白是什么道理。无论怎样的竭力镇静，终是有些虚怯怯的，不似出千寿寺时的胆壮，仿佛觉得郝飞雄知道我去捉拿他，已有了准备似的。不过我那时想得那一千两赏银和扬名的心思很切，心里虽有些虚怯怯的，却仍不肯退回头，自己鼓励自己道：'郝飞雄并不是什么三头六臂，了不得的人物，又不是神仙，能知道过去未来。我既已瞒着师傅出来，若不能将淫贼拿住，不但不得扬名，外人反要骂我不中用。'有这么一鼓励，胆量果觉壮了些，懒得再坐下来歇息，径奔到那破庙跟前，看庙门是关着的，即纵身上了房屋。

"我记得那时正在三月二十左右，有半明半暗的月光，十步以内，能看得清晰。庙门以内，东西两座钟鼓楼，我大着胆子，上鼓楼找寻淫贼，却是不见有个人影，只有一堆乱蓬蓬的稻草，像是曾有人在草内睡过的。我见郝飞雄不在，只得退了出来，才回身走到鼓楼门口，即见一条黑影，从西边房檐上飘飘下来，落地没些儿声息。我料知是郝飞雄，暗暗的吃惊。这淫贼的本领果然不弱，可是作怪，那黑影下地，就没看见了。我因鼓楼里的地方仄狭，不好施展，连忙朝那黑影下来的所在蹿去，喝一声：'淫贼哪里走？'不见他答应。正要向各处张望，不知郝飞雄怎的已到了我背后，劈头一刀砍下。我这时倒不害怕了，一闪身让过那刀，转身就交起手来。才斗了四五个回合，那淫贼实在有些本领，我初次和人动手，哪里是他的对手呢？明知道敌他不过，满打算卖他一手，好抽身逃跑。叵耐他那口刀，逼得我一点空闲没有，一步一步的向后退，心里只急得说不出的苦楚，看看退到后面没有余地了，想不到郝飞雄忽猛叫了一声：'哎呀！'掉转身抱头就跑，一霎眼便没看见了。"

陈广泰失声问道："怎么呢？"张燕宾笑道："幸亏我师傅因不见了宝剑，猜度是我偷了来，干这冒失事，急急的把山西人叫了起来，赶到破庙里救我。只要来迟一步，我的性命便完了。我师傅在屋上，打了郝飞雄一五花石，正打在额角上，所以抱头而跑。山西人要追，我师傅不肯，收了宝剑，责骂了我一顿，说：'山西人的本领，已是了得，尚且打郝飞雄不过，你乳臭未除的小子，怎敢这么胡闹！'"

陈广泰笑道："你也真是胡闹，你才说偷你师傅宝剑的时候，我心里就暗地思量，如何自己的宝剑，会被徒弟偷去，还兀自不知道呢，那也算得是有本领的人吗？"张燕宾笑着点头道："是时候了，我们走吧！好在李御史家里，没有会把式的人，你虽说是初次，大概不至着慌。"

陈广泰跟着张燕宾出来，仍旧反锁了房门，一同出庙，径奔广州城来。进城恰在黄昏时候，城门口出进的人多，果然无人注意陈广泰。张燕宾的路径也很熟悉，初更时候，二人便在黑暗地方卸去了外衣，各做一个包袱捆了，系在腰间，拣僻静处上了李御史的房。陈广泰留神看张燕宾的身法，甚是矫捷，穿房越栋，直如飞鸟一般，不禁暗暗的佩服。二人同到李御史的上房，张燕宾教陈广泰伏在瓦楞里莫动，自己飘身下了丹墀。

陈广泰心想：他教我莫动，不是怕我初次胆怯，反把事情弄糟了，不如教我伏在这里。其实我虽是初次，这里又不是龙潭虎穴，我怕什么呢？于今他已从丹墀里下去了，我何不转到后面去，见机行事呢？

主意已定，即蹿到上房后面。只见一个小小的院落，隐约有些灯光，射在一棵合抱不交的大芭蕉树上。就屋檐上凝神听去，听得似妇女说笑的声音，随飞身落到芭蕉树旁边，看灯光乃是从两扇玻璃窗里透了出来，说笑的声音，也在里面。玻璃有窗纱遮掩了，看不出房里是何情景，只好把耳朵，紧贴在窗门上，听里面说些什么话。听得一个很娇嫩的女子声音说道："对老爷只说是六百两银子，他老人家便再不舍得出钱些，也不能说像这般一副珍珠头面，六百两银子都值不得。"又有个更娇嫩的女子声音答道："老爷只出六百两，还有八百两谁出呢？"

先说话的那个带着笑声答道："只我小姐真呆，这八百两银子，怕太太不拿出来吗？依我看这副头面，一千四百两银子，足足要占六百两银子的便宜。这也是小姐的福气，才有这般凑巧，迟几个月拿来，固然用不着了，就早几月拿来，小姐的喜事不曾定妥，老爷也决不肯要。做新娘娘有这么好的珍珠头面，不论什么阔人，也得羡慕。新贵人看了，必更加欢喜。"说着，咯咯的笑。就听得这个啐了一口，带着恼怒的声音说道："死丫头！再敢乱说，看我不揪你的皮。"接着，听得移动椅子声响，好像要起身揪扭似的。先说话的那个说道："小姐，当心衣袖，

200

不要把这一盒珠子掼泼了，滚了一颗便不是当耍的呢！"这话一说，那小姐即不听得动了。

略停了一会儿，那小姐说道："这几颗十光十圆的珠子，若不是我零星揩人家的便宜买进来，这时候一整去买，你看得多少银子？这头面上没一颗赶得上我这些珠子，都要卖一千四百两，一两也不能减少。哦！茶花，你开箱子，把太太的那两颗珠子，拿来比比看，可比得过这头面上的？"

茶花笑道："小姐也太把太太的珠子，看得不值钱了，怎么还比不上这头面上的呢？"一面说，一面听得开箱的声音。一会儿，又听得关箱盖响，仍是茶花的声音说道："小姐比比看，头面上哪一颗，赶得上这两颗一半？我曾听太太说过，这两颗珠子是祖传的，每颗有八分五厘重，若是再圆些，光头再好些，就是无价之宝了呢！这头面上只要有一颗这么的珠子，莫说一千四百两，一万四千两也值得。"

陈广泰听了这些话，不由得暗喜道：我初次做这趟买卖，算是做着了，再不动手，更待何时呢？这时看那院落里的门，并不牢实，等她们睡了，才动手去撬开，原不是件难事；不过她们既上床睡觉，这些值钱的珍珠，必然好好的收藏，教我从哪里下手寻找咧？并且张燕宾说，这小姐就是定给要打我的那瘟官做儿媳妇，我惊吓她一下子，也好使那瘟官听了，心里难过。像这样不牢实的门片，还愁一脚踢不开来？陈广泰想到这里，移步到那扇门跟前，伸手轻轻的推了一推，插上了门闩的，推不动，提起脚待踢，却又有些不敢冒昧，忙把脚停下来。

就在这个当儿，忽听得芭蕉树底下一声猫叫，陈广泰不做理会。房里的小姐听了猫叫，似乎很惊讶的呼着茶花说道："白燕、黄莺都挂在院子里，我几番嘱咐你，仔细那只瘟猫，不要挂在院子里，你只当耳边风。你聋了么，没听得那瘟猫叫吗？还不快开门，把笼提进来。"

陈广泰听得分明，心里这一喜，真是喜出望外。茶花旋开着门，口里旋咕叽道："只这瘟猫，真讨人厌，什么时候，又死在这院子里来了！"门才开了一线，陈广泰顺势一推，将茶花碰得仰跌了几尺远，抢步进了房。那小姐见茶花跌倒在地，回头见一个陌生的男子，凶神恶煞一般的蹿了进来，"哎呀"一声没叫出口，就吓昏过去了。

陈广泰看桌上光明夺目的，尽是珍珠，几把抓了，揣入口袋，正待回身出门，猛听得门外一声喝道："好大胆的强盗，往哪里走？"陈广泰存心以为李御史家，没有会把式的人，忽听了这声大喝，不由他不大吃一惊。

不知陈广泰怎生脱险，且待第二十六回再写。

总评：

张燕宾谓初次做贼，往往胆怯，乃引捉拿郝飞雄一事证之。余初阅此回时，意颇嫌其累赘，及阅至后文，方知作者写郝飞雄及山西人一段，是完全为张燕宾与陈广泰做影子也。笔不妄落，于斯可见。

张燕宾叙述捉拿郝飞雄事，小小一段文字，有明笔，有暗笔；有曲笔，有直笔；有繁笔，有简笔，前后情事，皆出人意外。语云：狮子搏兔，亦用全力。作者叙述各事，直是全神贯注，不肯放松一笔也。

作文如用兵然，虚者实之，实者虚之，总要使人猜度不到方妙。如张燕宾在半路歇息，忽闻脑后一声怪叫；又如郝飞雄不在楼上，却见一条黑影，从房上飘下；又如燕宾看看退到后面，没有余地，郝飞雄忽然叫声"哎呀"，抱头而逃，种种奇特之笔，虚虚实实，令人万万猜想不到后文之果如何也。势如波涛起伏，汹涌不定，阅者眼光，亦复随之而为转移矣！

李氏主婢之谈话，完全从陈广泰耳中听出，文情绝妙，而两人对答之语气中，又能将老爷之吝啬，小姐之贪便宜，主婢二人之调笑，曲曲传出，文笔之细致，殆无以加于此矣。

陈广泰正在踌躇，猫忽发声而叫，可谓凑巧极矣！迨阅至后文，方知猫叫之中，尚有内情，此则令人猜想不到矣。

一结骏绝，门外呼者，果为谁呀？然我知善读者固早已猜到矣！

第二十六回

求援系杜知县联姻
避烦难何捕头装病

话说陈广泰抢了珍珠，正待回身逃跑，忽听得院子里有人喝："大胆的强盗哪里走?"不由得大吃一惊。他来时不曾准备厮杀，没有携带兵器，仅腰间藏了一把解腕尖刀，不过七八寸长短，这时只得拔了出来。冲出房门，借玻璃窗上透出的灯光，朝院中一看，空洞洞的，并不见一人。陡然想起刚才的喝声好熟，心里才明白是张燕宾开的玩笑。飞身上屋，果见张燕宾立在檐边。二人打了个手势，各逞本领，如宿鸟投林，一会儿越出了广州城，到了人烟稀少的地方，才放松了脚步。

陈广泰先开口问道："你得着了什么没有?"张燕宾反手拍着背上的包袱笑道："我得着的在这里面。我们今日凑巧极了，我拿的东西，虽值不了钱，然多少比那值几千几万的，还要贵重。我下去的那个丹墀，旁边就是李御史夫妻的卧房，那瘟官娶李家小姐做儿媳妇，谁知就在今日下订。瘟官要巴结李御史，拣他家传值钱的金珠宝石，总共一十六样，做下订的礼物。李御史从来吝啬，看了这些值钱的东西，好不欢喜。我到他卧房窗外的时候，李御史正拿着这十六样礼物，一样一样的把玩，笑嘻嘻的对他老婆说，这样能值多少，那样能值几何，还有几样是有钱也无处买的。我从窗缝向里面张望，原来五光十色的尽是珠翠，做一个小小花梨木盒子装了。李御史把玩一番，随手将小木盒，放在旁边一张小几上，夫妻两个都躺在一个螺钿紫檀木炕上，呼呀呼的抽鸦片烟。我正踌躇，他二人不睡，我如何好动手去偷东西呢?事真是无巧不巧，恰巧在我踌躇的时候，一个听差模样的人，双手托着一个大包，打

203

前面房间走来。我连忙闪身立在暗处，那人走过丹墀，推开李御史的卧房门，原来是虚掩的，并不曾加闩。那人推门进去，我便紧跟在他背后。李御史夫妻和这听差的，都不在意，我端了那个花梨木盒子，回身出来，还在窗外听了一会儿，李御史并没察觉。我恐怕你在房上等得心焦，即上房找你，你却到了后院。"

陈广泰嬉笑道："你说你无巧不巧，你哪知道我比你更巧。我也是不敢劈门进去，正在思量主意，好一只猫儿，在芭蕉树底下叫了一声，那房里的小姐，就怕猫咬了她养的白燕，叫丫头茶花开门，到院子里提鸟笼。我便趁这当儿，只等那门一开，顺势一掌，连门片把那丫头打倒，我才得进房。不然，要劈开门进去，就得惊动一干人了。"

张燕宾哈哈笑道："好一只猫儿，你看见那猫是什么毛色？"陈广泰这才恍然大悟，也打着哈哈问道："你怎么知道一做猫叫，她们就会开门呢？"张燕宾道："我何尝知道她们一定会开门？不过看了你提脚要踢门，又不敢踢的样子，料知你是不敢鲁莽。我跳下院子的时候，就看见屋檐底下，挂了好几个精致的鸟笼，一时触动了机智，便学了一声猫叫。不想房里的人，果然着了我的道儿。"

陈广泰听了，非常佩服张燕宾，很诧异的说道："怎的我在那院子里，立了那么久，并不曾留神到屋檐底下的鸟笼，你一下去就看见了，是什么道理呢？"张燕宾道："哪有什么道理，你只因是初次，见窗外透出灯光，窗里有人说话，便一心只想去窗跟前探望。并且初次做这种买卖的人，心里都不能安闲自在。平日极精明的人，一到了这时候，就不精明了。三五次以后，才得行若无事。所谓眼观四路，耳听八方，岂但屋檐底下的鸟笼，一落眼就看得分明。"二人旋走旋说笑，不一刻已到了圆通庵附近。二人都解下包袱，把外衣穿了，仍装出斯文样子，回庙歇息。

从此陈广泰跟着张燕宾练习做贼，果然三五次后，陈广泰也和张燕宾一般机警了。

再说那番禺县知事，姓杜名若铨，原是江苏的一个大盐商，家中有二三百万财产，花了无穷的钱，捐了这个县知事。他为人也很能干，在广东做了好几任知县，才得了这个首县的缺，好容易利用李御史贪婪卑鄙，巴结上了，彼此联了秦晋之好。这日红订之后，杜若铨好不得意，以为此后有了这个泰山之靠的亲家，自己便有些差错，只要亲家在总督跟前说一句方便话，就能大事化小事，小事化无事了。不过就是这日，在大堂上走了陈广泰，心里不免有些忧虑。一面传齐捕役，满城兜拿；一面再提刘阿大一干积贼出来严讯。见刘阿大等供称，陈广泰一次都不曾出马偷盗过，确是专教武艺的，才略将忧虑的心放下。

在杜若铨的意思，以为陈广泰既是专教武艺的，不曾犯过窃，这回就逃走了，也没甚要紧。只要陈广泰不在广州犯案，也就是这么马马虎虎的算了。日间忙着替自己儿子订婚，对于追捕陈广泰的事，因此并不上紧。谁知李御史家，就在这夜来报了抢劫，抢去的金珠宝物，竟是价值四五万，下订的十六样礼物，也被抢去了。这一来，把个杜若铨知县，只急得一佛出世，连夜传齐通班捕役，四城踹缉。这桩案子，还不曾办出一些儿头绪，接连广州各富户，到县衙里报抢劫的呈词，如雪片一般的飞来，所报被抢被劫的情形，大概都差不多。杜若铨只得把捕役追比，勒限缉拿。

一连七八日，捕役被逼得叫苦连天，哪里能侦缉得一些儿踪影呢？

那些被抢的富户，除呈请追缉外，倒没有旁的麻烦。唯有李御史失去了那么多珠宝，而最心爱的小姐，又受了大惊吓，心里痛恨得了不得，一日两三次的，逼着杜若铨，务必人赃并获，好出他心头的恶气。李御史并将自己被盗，和广州市连日迭出巨案的情形，说给那总督听了，总督也赫然大怒，说省会之地，怎么容盗贼如此横行！传了杜若铨上去，结结实实的申斥了一顿，吓得杜若铨汗流浃背。回到县衙里，一面仍是严比捕役，一面悬五千两银子重赏，绘影图形的，捉拿陈广泰。

陈广泰做贼不久，毕竟有些胆怯，遂和张燕宾商议道："我们图报复那瘟官，于今已算是报复过了。就是讲银钱，此刻我二人几次所得的，也不在少数。依我的意思，就此丢开广州，往别处去，另打码头吧！你在这里不曾露相，多停留几日倒没要紧，我是不能久留了。你和我做一块儿呢，还是各走各的呢？"

张燕宾大笑道："别处打码头，哪里赶得上广州？我们买卖正做得得手，岂有舍此他去的道理！到了要走的时候，我自然会和你一道儿走，也没有各走各的道理。瘟官不悬赏，怎显得我二人的能为。你要知道，做我们这种没本钱的买卖，不做到悬重赏的地步，没有身价，便没有趣味。我们内伙里，呼官厅不曾悬赏捉拿的同伴，叫做'盗墓的'。因为墓里头是死人，不论你拿他多少，他是不知不觉的。你我的本领，不做这买卖则已，既做了这种买卖，岂可使内伙里叫我们做盗墓的？番禺县的捕役，有哪一个够得上见我们的面，休说和我们动手！"

陈广泰听了这派话，胆气顿时增加了许多。不过觉得这地方，已住了这么久，恐怕再住下去，给道人看出破绽，劝张燕宾搬场。张燕宾摇头道："暂时也用不着搬，且迟几日再看。"陈广泰便不说什么了，夜间仍是进城行窃。二人所劫的财物，都是平均分了，各人择极秘密的地方收藏。连日又做了几件大案，杜若铨见悬赏尽管悬赏，窃案仍旧层出不穷，只得夜间亲自改装出来，率同捕役，通夜在三街六巷巡缉。

这夜二更时候，杜若铨带着四名勇健的捕头，正悄悄的在街上行走，忽听得相离四五丈的屋上，有一片瓦炸裂的声音。这时的月色，十分光明，杜若铨忙朝那响声望去，只见一前一后的两条黑影，比箭还快，一晃就没有见了。杜若铨叹道："有两个这么大本领的强盗在广州，广州市怎得安静？这些饭桶捕役，又怎能办得了这班大盗？"当下也懒得亲自巡缉了，第二日见了总督，禀明了昨夜眼见的情形，自请处分。

总督虽然愤怒，却看着李御史的面子，不便给杜若铨过不去，宽放限期，仍着落他认真缉捕。杜若铨无法推诿，只得闷闷不乐的回衙。

这时广东有个著名会办盗案的老捕头，姓何，名载福，因年纪有了八十多岁，已休职二十来年，不吃衙门饭了。一般在职的捕头，虽都知道二十年前的何载福，是办盗案的好手，然都以为他于今已是八十多岁的人了，行走尚且要人搀扶，哪里还有本领，办这种棘手的案子？所以任凭陈广泰、张燕宾如何滋闹，捕头们如何受比，总没人想到何载福身上去。

杜若铨从总督衙门回来，和一个文案老夫子邹士敬，商量办法。这个邹士敬，在广东各县衙里，办了多年的文牍，这时他倒想起何载福来了。对杜若铨说道："东家既为这盗案为难，何不把老捕头何载福传来，问他可有什么方法？"杜若铨道："何载福的声名，我也知道，不过他于今已经老迈了。我听说他步履都很艰难，有什么方法，能办这样的案子？"

邹士敬摇头道："不然。何载福的年纪虽然老了，但他毕竟是个著名的老捕头，经他手里办活的疑难盗案，不知有多少，经验必比这些饭桶捕役足些。东家若把他传来，不见得也和这些捕役一样，一筹莫展。他纵然想不出什么方法，于案情也无损害。"杜若铨这才点头应好，登时派人去传何载福。

一会儿，派去的回来说，何载福病在床上，甚是沉重，他家里人正在准备后事，不能来。杜若铨便望着邹士敬笑道："何如呢？快要死的人了，神志必然昏乱，就传了他来，也不中用。"邹士敬不作声，过了一会儿，才向立在旁边听差的说道："你去供房里，看赵得禄出去了没有？只看看，不要说什么，看了快回来报我。"听差的去看了，回来说道："赵得禄在供房里，揩抹桌椅，并不曾出去。"

邹士敬点头，向杜若铨说道："我逆料何载福不是真病，果然。"杜若铨问道："老师何以知道不是真病？"邹士敬从容笑道："这很容易知道。赵得禄是何载福的外甥，又是何载福的徒弟，如果何载福真病到要准备后事了，岂有赵得禄还在这里揩抹桌椅之理？何载福为人极是机警，他虽多年休职在家，然近来省城闹了这么多大窃案，他哪有不知道的？大约他也觉得这件案子棘手，不容易办理，恐怕东家去嬲他来帮助，不能不装病推却。依我的愚见，东家若能屈尊去何载福家一走，他感激知遇，必愿出死力办这案子。"

杜若铨是一个捐班官儿，谄上傲下的本领最大，要他屈县大老爷之尊，去看一个多年休职的捕头，心里如何甘愿？只是对那老夫子，不便说出本意来，现出踌躇的样子说道："我去他家一遭，倒没什么使不得。不过我始终不相信，他有能为帮我办这案。"邹士敬知道杜若铨忘不了自己的尊贵，懒得再往下劝驾，杜若铨也不再说了。

谁知这晚，又劫了一家大商户，并为劫取一个翠玉镯头，强断了这家主妇的手腕。杜若铨一接到这个呈报，正如火上添油，急得面无人色，思来想去，除了亲自去求何载福，实没有第二条道路可走。只得仍和邹士敬商量，邹士敬连忙说道："东家要去，就得赶早，再迟恐怕见不着面了。"杜若铨吃惊问道："老师昨日说他是假病，怎么又说迟了，见不着面呢？难道他就要死吗？"邹士敬扬手道："东家到了何家，自会知道。我不过是这么猜度，准不准也不见得。"

杜若铨莫名其妙，当下依了邹士敬的话，只带了一名亲随，便装到何载福家里。刚行到何家门首，只见一乘小轿，从何家门首抬了出来，轿里坐着一个须发如银的老叟。亲随认得是何载福，对杜若铨说了。杜若铨忙叫亲随上前，把小轿拦住说道："何老爷哪里去？县太爷正来奉看，已步行到这里来了。"杜若铨不由得暗暗佩服邹士敬的先见，这时也就不顾失尊了，见何载福还迟疑不肯下轿，即走上前向轿内拱手道："老英雄纵不肯为本县帮忙，也不替广州众商户帮帮忙吗？本县今日特来奉求，无论如何，得请老英雄看广州众商户的分上，出来除了这个大害。"

何载福到了此时，知道躲避不了，推诿不掉，只得连忙滚下轿来，双膝往地下一跪，叩头说道："大老爷折杀小的了。"杜若铨来不及的，两手捧住何载福的肩膊，不教他叩头下去，一面哈哈笑道："老英雄快不要如此拘泥行迹。本县要奉商的话很多很多，且到老英雄家里，坐着细谈吧！"何载福不肯道："舍间蜗居逼仄，怎敢亵尊。小的实在因老朽无能，承大老爷错爱，恐怕辜负德意，误了大事。于今大老爷既执意差遣小的，小的即刻到衙里来，听候使令。"

杜若铨心里犹豫，恐怕何载福图脱身躲避，想就在何家商议一个方法。何载福已看出杜若铨的用意了，遂低声说道："舍间房屋紧靠着闹市，小的有话，也不好奉禀。"杜若铨才点头说道："那么老英雄就不可失约呢！"何载福忙应道："小的怎敢无礼。"杜若铨便别了何载福，带着亲随回衙。

不知何载福有何方法，能办这件盗案，且待第二十七回再写。

总评：

张燕宾与陈广泰分头窃物，陈既实写，张乃不得不虚写矣！然张所窃者，较为重要，又不便含糊过去，故于事后从张燕宾口中，详细叙出，借此并将猫叫之内幕揭破。前后布局，何等精细周到！

猫叫一节，若非张燕宾自己揭破，则非但陈广泰被其瞒过，即阅者亦完全为其瞒过矣。文笔之狡狯如此。

自恃者，害之随也。张燕宾自恃武艺之高强，以为番禺捕役，无一人为其敌手，流连都会，不肯决然舍去；以致何载福出，而燕宾乃卒落于名捕之手，岂非"自恃"二字，阶之厉耶！

杜知县以儿女婚姻，为钻营进身之阶，卑鄙可嗤。张燕宾、陈广泰暗中破坏之，反令杜知县大受总督之申斥，真是快事！今之宦途中人，以钻营逢迎为长技，其卑鄙龌龊，有十倍于杜知县者，安得有陈、张其人者，暗中一一惩创之耶！

邹士敬精灵机警，料事如见，虽专研侦探之术者，亦无以过之。昔日刑名师爷中，真有奇才异能之士，以余所闻，不一而足。如邹士敬者，亦其一也。

何捕头装病避差，可谓狡矣！然杜知县可欺，而邹师爷卒不可欺，两智相遇，好看煞人。

第二十七回

三老头计议捉强盗
一铁汉乞食受揶揄

　　话说何载福这个捕头，虽是终身吃衙门饭的人，却很有些侠气，生性爱结交朋友。挣下来的钱财，都用在朋友交际上，所以到老没有多少积蓄。他虽没有积蓄，只因少时结交的朋友多，大家都肯帮助他。他自己没多大的武艺，而江湖上有能耐的人，多和他有交情，多愿供他的差遣。他当捕头的时候，遇有难办的窃案盗案，只须邀集几个熟悉江湖情形的人，帮同办理，没有办不活的。他的声名，因此一日高似一日。近二十年来，他虽休职在家，不问外事，然陈广泰、张燕宾在广州，接二连三，做出好几桩惊人的窃案，消息传遍了广州城，何载福是个老当捕头的人，这种消息到了耳里，如何能忍得住，坐视不理呢？他外甥赵得禄，也不断的到他跟前，报告各商户失窃的情形。何载福很费了一番调查功夫，知道作案的不止陈广泰一人，必有由外省新来的大盗。料知这案不容易破获，恐怕一般捕役被逼不过，来找自己帮忙，预先嘱咐了家下人，如县衙里有人来，只说病在沉重，正准备后事。

　　邹士敬是个老文牍，深知何载福的性格，并和赵得禄的关系。何载福这日见是县官饬人来传，并非捕役来求助，已料知推病不能了事。次日早，更听得赵得禄来说，昨夜又出了大窃案，并杀伤了事主，就决计去乡下躲避，免得因这案，坏了自己一生的名誉。赵得禄回衙，将何载福要去乡下躲避的话，漏给邹士敬听了，所以邹士敬催杜若铨快去，并不是邹士敬有预知的能为。

　　再说何载福见县官亲来恳请，不能置身事外，送杜若铨走后，即回

210

到家中，开发了轿夫，派人去请他多年的好友刘清泉、卢用广二人，前来计议。

刘、卢二人都是广东有名的把式，年纪虽都有了七十多岁，本领尚是三五十人，近他们不得。每人教了百几十名徒弟，在广州的潜势力，确是不小。何载福当捕头的时候，得刘、卢二人帮助的次数极多，因二人合共有三百来名徒弟，遍布广东各中、下社会，消息极灵通，办事极顺遂。每逢重要案件得了花红，何载福自己一钱不要，全数分给刘、卢二人的出力徒弟，因此两部分的徒弟，也都乐为之用。

这回何载福，派人把刘、卢二人请了来，对二人说了杜县官亲来恳请缉盗的话，求二人出来帮助。刘清泉问道："老哥已答应下来吗？"何载福道："自然是已经答应了，才奉请两位出来帮助。"刘清泉道："老哥歇手在家多年了，衙里一般哥儿们，没一个是老哥手下的人，要办这样的大案子，呼应不灵，是难办的。五千两的花红，谁不想得？老哥有什么方法，能使那一般哥儿们，听老哥的调度？没有掣肘，这案才可办得。"何载福道："我也虑到这一层了。等歇我到衙里去，得和杜大老爷说明，答应事事不掣我肘，我才肯承办这案。不然，我已歇手多年了，又有这么一大把子年纪，冤里冤枉的送了这条老命，真犯不着。"

卢用广点头道："老哥份上的事，我二人没有推诿的道理。依我的愚见，与其用那一般不中用的哥儿们，处处不能得力，不如索性老哥在杜大老爷面前，一力承当下来。老哥今年八十三岁了，像这么的大案子，莫说老哥已经歇手多年，便是不曾歇手，此生也不见得还有第二次。我二人帮助了老哥三十多年，俗语说得好，'临了结大瓜'，我们三个老头子，就临了结起这大瓜看看，要他们那般饭桶，干什么呢？"

刘清泉立起身，对卢用广举着大拇指笑道："倒是你有气魄，一定是这么办。"何载福高兴道："这倒也使得。我拼着这条老命不要，有两位老弟肯这么出力帮助，愁办不了吗？两位请在这里坐坐，我就上衙里走一遭。"刘清泉摇头道："我二人坐在这里没有用处，我们各去干各人的事，今夜在我家相会。"何载福、卢用广同声应好。于是三个老头一同出来，刘、卢二人各自回家布置。

何载福走到县衙，杜若铨正在等得心焦，又待派人来何家催请，见报何载福到了，一迭连声的叫请进来。门房直引何载福到签押房，杜若铨已立着等候。何载福年纪虽老，脚步比少年还要矫健，当下抢行几步，将要屈膝下去，杜若铨慌忙扶住，携了何载福的手笑道："老英雄并非我的属吏，这回肯出来，我已是承情得了不得。"说时，随手纳何载福坐下。何载福当捕头出身的人，见了本籍知县，哪里敢坐呢？杜若铨推了再四，才坐了半边屁股。

杜若铨开口问道："小丑如此跳梁，弄得广州市内的人，寝不安席。老英雄有什么好方法，替广州城除了这个大害？"何载福抬了一抬身子说道："回禀大老爷，小的看这偷儿的举动，好像是有意在广州市逞能，所以第一次便偷杉木栏李大人府里的珠宝。大老爷前夜在街上瞧见的，是两条黑影，小的也猜，不止陈广泰一个。小的并无旁的好方法，依小的推测，这两贼正在得手，必不肯就往别处去。小的已布置了人，就在今夜专等两贼到来，叨庇大老爷的福德，两贼之中，只要能破获一个，便好办了。"

杜若铨喜道："能拿住了一个，那一个就有天大的胆量，料他也不敢再在这里做案子了。你办这案，须用多少捕快？说出来，好挑选眼捷手快的给你。"何载福道："不是小的说，现在所有的捕快，不能办这案子。只因小的当时供职的时候，所有合手办事的人，此时一个也不在此了。不曾同办过案的人，不知道每人的性情能耐，不好摆布。办这种案子，调度一不得法，案子办不活，还在其次，怕的就怕反伤了自己的人。"

杜若铨点头道："话是不错。不过一个捕快也不要，老英雄一个人怎么办呢？"何载福遂将刘、卢二人，愿出力帮助的话，说了一遍。杜若铨道："赏格上已经说明了，不论何色人等，但能人赃并获的，立刻赏银五千两。"何载福听了，口里不便说，心想这么大的赃物，好容易都搜获到手，并且从来没有赃物，全不走失些儿的理。好在我并不稀罕这笔赏银，将来这案就办得完美，五千两赏银，只怕也要被这位大老爷，赖去几成。当下没什么话可说了，即作辞出来，回家整理多年未用

212

的器械。黄昏时候，就到刘清泉家来。

卢用广已带了八个徒弟，在刘清泉家等候。刘清泉也把就近的徒弟，传了十多个在家。二人的徒弟，多是能高来高去的。不过刘清泉的百几十名徒弟当中，只有两个徒弟最好，一个姓谢名景安，一个姓蔡名泽远。两人都是番禺的世族，几代联姻下来，谢景安的妻子，是蔡泽远的胞妹。两人少时同窗读书，彼此感情极好。谢景安欢喜武艺，延了师傅在家早晚练习，只练了两个月。平日谢景安和蔡泽远，相打玩耍，谢景安总是打不过蔡泽远。因为谢景安比蔡泽远小两岁，身体也瘦弱些，及谢景安从师傅，学了两个月武艺之后，相打起来，蔡泽远哪里是谢景安的对手呢？一动手就跌了。

起初蔡泽远不知道谢景安正在练武，还不相信自己是真打不过，一连跌了好几跤，爬起来怔了半晌。谢景安说出练武的缘故，才相信自己是真打不过了，便要求谢景安介绍，也从这一个师傅学习。

那时谢景安家所延聘的武师，是一个流落江湖的铁汉，姓李名梓清，善使一把单刀，人家都呼他为"单刀李"，他自己也对人称"单刀李"。他从不肯向人家说出籍贯，江湖上也就没人知道他籍贯的。看他的年纪，不过四十多岁，流落在广州市，只随身一条破席，一把单刀。身上的衣服，不待说是褴褛不堪，在广州市中行乞，没人听他说过一句哀告的话。到一家铺户，总是直挺挺的，立在柜台旁边。给他饭，他便吃；给他钱，他只摇摇头；给他的衣服，他连望都不望。有人问他为什么不要钱，不要衣服？他说广东用不着衣服，每日只要得饱肚腹，钱也无用处，并且衣上没有口袋，有钱也无处安放。人家给他饭吃，他从来不肯伸手去接，教人把饭搁在什么地方，他再拿起来吃。有人问他："带了这把刀，有何用处，为什么不变卖了，换饮食吃？"他说："刀就是我，我就是刀，怎能变卖。"有人要他使刀给大家看看，他问："都是些什么人要看？"在旁边的人，就你一句"我要看"，他一句"我要看"。他向众人哨了一眼，哈哈笑道："哪里有看刀的人嚜？"笑着提步便走。

是这么好几次，广州市的人，气他不过，弄了些饭菜，给他看了，说道："你肯使刀给我们看，这饭菜就给你吃；你不使，莫想！"他头也不抬，向地下唾一口就走。如此接连好几日，一颗饭也不曾讨得进口，饿得不能行走了，就躺在一家公馆大门口的房檐下。这公馆是谁家呢？就是谢景安家里。

谢景安的父亲谢鹤楼，是个很有胸襟、很有气魄的孝廉公。这日听家人来报，大门口躺着一个如此这般的叫化，谢鹤楼心中一动，即走出来看。见李梓清的仪表，绝不是个下流人物，便俯下身子，推了一推李梓清问道："你是病了么？"李梓清摇头道："我有什么病？"谢鹤楼道："我听说你因不肯使刀给人看，所以饿倒在这里，是不是有这回事呢？"李梓清道："谁是看刀的人，却教我使？"

谢鹤楼叹了一声气道："虽说他们不会看刀，但是你为要换饭吃，又何妨胡乱使给他们看看呢！"李梓清鼻孔里哼了声道："我忍心这般糟踏我这把刀时，也不至有今日了。请不用过问，生有来，死有去，古今地下，饿死的岂止我李梓清一人！"谢鹤楼一听这话，心里大为感动，不觉肃然起敬的说道："当今之世，哪里去寻找足下这般有骨气的人！兄弟很愿意结交，足下能不嫌我文人酸腐么？"

李梓清听了这几句话，才把两眼睁开来，看了谢鹤楼雍容华贵的样子，也不觉得翻身坐了起来，说道："先生不嫌我粗率，愿供驱使。"谢鹤楼大喜，双手扶李梓清起来，同进屋内。谢鹤楼知道饿久了的人，不宜卒然吃饭，先拿粥给李梓清喝了，才亲自陪着用饭；又拿出自己的衣服，给李梓清洗浴更换，夜间还陪着谈到二三更，才告别安歇，简直把李梓清作上宾款待。

李梓清住了半月，心里似乎有些不安，这日向谢鹤楼说道："先生履常处顺，无事用得我着。我在先生府上，无功食禄。先生虽是富厚之家，不在乎多了我一人的衣食，只是我终觉难为情，并且我感激知遇，也应图报一二，方好他去另谋事业。我从小至今，就为延师练习武艺，把家业荡尽，除练得一身武艺之外，一无所长。我看令郎的身体很弱，能从我学习些时，必然使他强健，读书的事，也不至于荒废。"

谢鹤楼接李梓清进公馆的时候，心里已存了要把儿子谢景安，从他练武的念头，只因李梓清是个把武艺看得珍重的人，自己又是文人，全不懂得武艺，恐怕冒昧说出来，李梓清不愿意教；打算殷勤款待半年，或三五个月，再从容示意。想不到李梓清只住了半个月，就自己说出这话来，当下欢喜得什么似的，实时教谢景安过来，叩头拜师。

谢景安这时才得一十四岁，早晚从李梓清练武，白天去学堂里读书。武艺一途，最要紧的是得名师指点，没有名师，不论这人如何肯下苦功，终是费力不讨好，甚至走错了道路，一辈子也练不出什么了不得的能为来。李梓清的武艺，在江湖上是一等人物。他当少年练习的时候，花拳绣腿的师傅，延聘了好几个，七差八错的练习，也不知走了多少冤枉道路，家业差不多被那些花拳绣腿的师傅骗光了。末后才遇了一个化缘的老尼姑，来他家化缘。他家的祖训，不施舍和尚、道士，门口贴着一张纸条儿，上写"僧道无缘"四字。那老尼姑把钵进门，正遇着李梓清因和债主口角生气，恶狠狠的对老尼姑说道："你不瞎了眼，怎么会跑到这里面来呢？"

老尼姑却不生气，仍是满面堆笑的说道："因为不曾瞎眼，才能到施主这里面来募化；若是瞎了眼，就要募化到卑田院去了。"李梓清更加有气，指着大门厉声说道："'僧道无缘'四字，不是写给你们这班东西看的，是写给猪和狗看的吗？"老尼姑听了这几句话，即正色说道："施主不肯施舍也罢了，何必如此盛气凌人。常言道：'不看僧面看佛面'，贫僧不曾强募恶化，施主这种形象，实在用不着。"说完，转身要走。

李梓清性情本来急躁，又不曾出外受过磨折，平日两个耳朵里面，所听的都是阿谀奉承的话，哪曾受过人家正言厉色的教训。老尼姑说的这派话，表面上虽像客气，骨子里简直是教训的口气，羞得李梓清两脸通红，没话回答。少年气盛的人，越是羞惭，便越是气愤，一时按捺不住，就大喝一声道："老鬼！你倒敢数责我么，不要走，我偏不看佛面，看你这老鬼，能咬了我鸡巴？"一面骂，一面抢步上前，去捉老尼姑的肩膊。

谁知手还不曾伸到，老尼姑已反手在他脉腕上，点了一下，伸出的

215

这条膀膊，登时麻木了，收不回来。他还不知道见机，手腕被点不能动了，又提腿猛力踢去，老尼姑仍用一个指头，顺势点了一下，这腿也麻木了。老尼姑指着李梓清的脸说道："你生长了这么大，住在这样的房子里面，不是个全无身份的人，怎的这般不懂道理？我是个尼姑，又有这样大的年纪，你一个男子汉，身壮力强，应该欺负我这样的人吗？大约你父母是不曾教训过你的，我这回替你母亲教训你一番，你以后切不可再欺负年老的人了。休说是女子，男子也不应该。你听遵我的教训，我就把你的手脚治好；不听遵我的教训，我治好了你的手脚，怕你又去打别人，就是这样直手直脚的过这一辈子吧！"

李梓清受了这两下，愤怒之气倒完全消了，心想：我从了这多的师傅，花了这多的钱练武艺，我自以为武艺已是了不得了，就是那些师傅，也都恭维我不错，怎么今日这么不济呢？我若能从了这样一个高明师傅，岂不是我的造化吗？李梓清主意既定，连忙说道："听遵师傅的教训，求师傅治好了我的手脚，我还有话求师傅。"

老尼姑笑道："能听遵是你的福分。"随用手在李梓清手脚上，摸了几摸，立时回复了原状，一些儿也不痛苦。李梓清将手脚伸了两伸，即往地下一跪道："我要求师傅收我做个徒弟。我愿意将所有的家产，都化给师傅。"

不知老尼姑怎生回答，且俟第二十八回再说。

总评：

此一回由何捕头叙及刘清泉、卢用广，由刘、卢二人叙及其徒弟谢景安、蔡泽远，更由谢、蔡二人叙及李梓清，更由李梓清叙出老尼姑。曲曲折折，愈推愈远。须看其能发能收，一丝不紊。

写三老头会议一节，老谋深算，识见高远，其言语口吻，完全与陈广泰、张燕宾辈不同。作者色色能描摹得出，真是奇才。

杜知县敷衍何捕头一节，初读之，似杜之为人，尚称不俗；及谈至赏银数语，便觉俗不可耐，狐心露尾，其杜知县之谓乎！

　　叙铁汉李梓清一节，足令天下古今英雄之颠沛不遇者，为之同声一哭。呜呼！铁汉之言，又何其壮也。非其人则宁饿死沟壑，不肯一显其身手，刚毅倔强，立志不挠。如李梓清者，诚不愧为铁汉之称矣！

　　人生得一知己，可以无憾。李梓清潦倒半生，卒能得一谢鹤楼，识之于江湖乞食之中，不可谓非李梓清之大幸矣。

　　李梓清所遇老尼，真是异人。我不奇其技艺之神，奇其能以正理斥责李梓清也。

第二十八回

老尼姑化缘收徒弟
小霸王比武拜师傅

话说李梓清向那老尼姑跪下，求收作徒弟，老尼姑道："贫僧是出家人，怎能收在俗的人做徒弟？并且贫僧游行无定，又哪有工夫，能收人做徒弟？"

李梓清既遇了名师，如何肯放，叩头如捣蒜的说道："出家人收在俗的人做徒弟的事，极多极多，算不了稀罕。若师傅因游行无定，没有工夫收徒弟，我情愿侍奉师傅到老，师傅游行到哪里，我跟随到哪里，难道还耽搁师傅的工夫吗？师傅游行无定，为的是要募化，我情愿把祖遗的产业，尽数募给师傅，只求师傅收我。师傅不知道我学武艺的事，实在是冤屈无伸。我祖遗的产业，就为我学武艺，十成耗去了八成，三伏三九，也不知吃过了多少苦头，练出来的看家本领，刚才师傅是瞧见的。若不是今日遇见师傅，还不知要到什么时分，才明白那些教我武艺的师傅，都是些不中用、专会骗钱的坏蛋。今日算是天赐我学武的机缘，岂可错过！若是师傅执意不肯收在俗的人做徒弟也容易，我立刻削发都使得。"

老尼姑见李梓清如此诚恳，说不出再推诿的话，只是心里仍似不大愿意，教李梓清且立起来。李梓清道："师傅不答应，便跪死在这里也不起来。"老尼姑微微的点了点头道："要我收你做徒弟，你得先答应我几句话；不然，你便跪死了，我也不能收。"李梓清喜道："请师傅快说，什么话我都可答应。"老尼姑道："为人处世，全赖礼节，敬老尊贤，是处世礼节中最要紧的。没有礼节，便是自取羞辱，即如刚才你不对我无礼，怎得受这场羞辱！你从此拜我为师以后，不问对什么人，不准再使出这种无礼的样子来。"李梓清连忙答道："我已知道后悔了，下次决不如此。"

老尼姑点头道："我看你一身傲骨，将来武艺学成，没行止的事，料你是不会干的。不过从来会武艺的人，最忌的就是骄傲，你瞧不起人家的武艺，人家自然也瞧不起你的武艺。你既是骄傲成性，就免不了要和人动起手来。你要知道，我们出家人练习武艺，不是为要打人的。儒家戒斗，释家戒嗔，戒尚且怕戒不了，岂有更练武艺，助长嗔怒的道理么？为的是我们出家人，不能安居坐享，募化十方，山行野宿，是我出家人的本等。山野之中，有的是毒蛇猛兽，没有武艺，一遇了这些害人的异类，就难免不有性命之忧。所以我们出家人，不练武艺则已，一练便不是寻常把式的武艺。因为要和毒蛇猛兽较量，寻常和人相打的武艺，克伏不下。你将来若拿着我的武艺，动辄和人交手，为害就不在小处，你从我学成之后，非到生死关头，无论如何不准和人交手，你能答应不能答应？"

李梓清连声应道："谨遵师傅的训示，不是生死关头，决不出手打人。"老尼姑道："我因你学艺心诚，才肯收在门下。若专就你的性格而论，习武是很不相宜的，其所以要你先答应两件事，不过借此预先警戒你一番。你起来吧，也不用你跟随我到处募化，你只在家用功，我随时来指点你便了。从我学武艺，不必常在我跟前。"李梓清这才欢天喜地的爬了起来。

老尼姑就在这日，指教了李梓清一会儿，吩咐李梓清依着所指教的，在家用功，仍托着钵盂出去了。自此或二三十天一来，或三五个月一来，来时也只看看成绩，指点指点就走。不拘哪一种学问，但能不走错道路，猛勇精进的做去，其成功之快，无有不使人惊讶的。

李梓清起初从一班花拳绣腿的教师，苦练了好几年，花去财产十分之八，一些也没有成效；及至从老尼姑练起来，并不曾耗费资财，只整整的练了三年，老尼姑就不来了。老尼姑最初几次来教他的时候，原曾对他说过了，武艺不曾到可以离师的地步，至久三五个月，总的来教一次，可以不来，便不来了。

李梓清整练了三年之后，有半年不见师傅到来，心中甚是思慕，只苦于这三年之中，曾屡次请问他师傅的法讳，和常住的庵堂庙宇，他师傅总不肯说。这时想去探望，也无从打听，只得仍在家中，不断的研练。但他专心在武艺上做功夫，谋生的方法，一些儿没有研究。前几年被骗不尽的十分之二的产业，因不善营运，坐吃山空，又几年下来，只吃得室如悬磬，野无青草，看看的在家安身不住了。好在他父母早死，终年打熬筋骨，也没心情想到成家立室，孑然一身。在家既存身不住，就索性将家业完全变卖了，出门谋生，在大江南北，混了十多年。只因性情生得太耿介，又是傲骨峥嵘，混迹江湖十几年，只落得一个"铁汉"的头衔。他守着他师傅的训示，不肯和人较量，真有眼力的人，知道他的本领，才肯赏助他，俗眼人哪里能看出他的能耐？为的他片刻不离那把单刀，江湖上人才称他为"单刀李"，其实他的单刀，好到什么地步，知道的人也就很少。

谢鹤楼虽也要算是李梓清的一个知己，只是谢鹤楼丝毫不懂得武艺，李梓清所感激的，就是感激谢鹤楼那句"当今之世，哪里去寻找足下这般有骨气的人"的话，情愿拿出自己的真实本领，把谢景安教成一个好汉。后来蔡泽远也要拜师，李梓清原不想收受，奈谢景安一再恳求，谢鹤楼也在旁劝了两句，李梓清方肯一同教授。

李梓清在谢家住了两年，两个徒弟的功夫，成功了十分之六。这日忽有一个行装打扮的人，年纪仅三十左右，到谢家来，说要见李梓清。和李梓清在僻静地方，立谈一会儿去了，李梓清即向谢鹤楼作辞。谢鹤楼问他去哪里，何时方能再见。李梓清不肯说出去处，只说后会有期，仍带着来时的单刀、破席，昂然去了。

谢鹤楼猜不透葫芦里卖的什么药，只觉得来得稀奇，去得古怪，知道江湖上是有这类奇人，行止是教人不可捉摸的，也就不加研究了。不过儿子谢景安，既经练了两年武艺，和蔡泽远两个，在广东已有"小霸王"的徽号。平常负些拳脚声名的人，不和这两个小霸王交手则已，交手总是被打得皮破血流，求饶了事。

那时刘清泉才从湖南衡阳，跟着刘三元练成了武艺回来，正想收几个资质极好的徒弟，显扬声名；听说有谢、蔡两个这么好的世家子弟，如何不想收纳呢？特意设一个教武的厂子，在谢公馆紧邻，胡乱收几个亲戚朋友的儿子做徒弟，每日大声吆喝着，使枪刺棒，并贴一张字条在厂门口，上写：不问老少男女，打得过我的，我拜他为师；打不过我的，他拜我为师。凡不愿从师的人，不要来打；谁输了做徒弟，不能翻悔。"

这字条一贴出来，谢景安看了，便找着蔡泽远说道："这个姓刘的，偏在我家紧邻设厂，又贴上这样字条，必是有意想收我们做徒弟；又怕我不从，他面子上难看，所以是这么做作，我们不要去上他的当。我们也不想收人做徒弟，要和他打，须等他出了这厂。他赢了，我不拜他；他输了，也莫拜我。偏不中他的计，你说对不对？"蔡泽远踌躇道："但怕这姓刘的，未必真能赢得了你我，若本领果比你我强，够得上做你我的师傅，你我正苦李师傅走了，寻不着名师，就拜了他还不好吗？"谢景安一想不错，就拉了蔡泽远，同到刘清泉厂里。

刘清泉见二人来了，欢喜得如获至宝，拱手迎着二人说道："久闻两位少爷的大名，只恨自己的俗事太多，没工夫到尊府奉看。今日两位赐临，想必是来指教的。"蔡泽远也拱了拱手答道："特地前来领教的。"

刘清泉听了特地前来领教的话，不觉笑逐颜开，让二人就座，笑嘻嘻的问道："厂门口贴的那字条，两位已看见了么？"谢景安嘴快答道："不看了那字条，也不到这里来了。"刘清泉仍是嘻嘻的笑着问道："两位的尊意，以为何如呢，没有翻悔么？我教武艺，不比别人。平常教师，若是收了两位这般的人物做徒弟，必然眼睁睁的望着一笔大大的拜师钱，拜师以后，还得层出不穷的需需索索；我则不然，简直一文钱，也不向两位开口。"

谢景安听了，心里好生不快，暗想这姓刘的真是狂妄，我们和他并不曾见过面，不待说没有见过我们的本领，就能预先断定，是他赢我们输吗？我倒不相信，他能操胜券。谢景安心里这么想，口里正待批评刘清泉狂妄，蔡泽远已开口答道："我们如要翻悔，尽可此刻不上这里来。不过你的话，只就你打赢了的说；若是你的拳头，不替你争气，竟打输了，又怎么说呢？"谢景安听了这几句话，正中心怀，不觉就大腿上拍一巴掌，说道："对呀！看你输了怎么说？"

刘清泉看了二人天真烂漫的神情，伸手指着厂门说道："我输了的话，那字条上不是也说了的吗？我一些儿不翻悔，立刻拜打输我的人为师，拜师钱要多少给多少，决不争论。"蔡泽远摇头道："我们两人都不收徒弟，也不要拜师钱，只要你这一辈子，见我们一次面，给我们叩一次头，就算是你狂妄无知的报应。你不翻悔，便可动手。"

刘清泉毫不动气，一迭连声的应道："我若输了，准是这么办，说话翻悔，还算得是男子汉大丈夫吗？但是两位将怎生打法咧，一齐来呢，还是一个一个的来呢？"谢景安道："自然一个一个的来。我两个一齐打你一个，打输了你，也不心服。来来来，我和你先打了，再跟他打。"说着，跳起身，卸去了外面的长衣。刘清泉也不敢怠慢，二人就在厂里，一来一往，各逞所长。

谢景安的本领，毕竟还欠四成功夫，哪里敌得过刘清泉的神力呢？走不到十个回合，谢景安看看支持不住了，满心想跳出圈子来，让蔡泽远来打；叵耐刘清泉存心要用软功夫，收服这两个徒弟，使出全副的本领来，一味和谢景安软斗，把谢景安困住在两条臂膊里面，如被蜘蛛网缠了，不痛不痒的，只是不得脱身。

蔡泽远见谢景安斗得满头是汗，想胜固然做不到，就是想败也做不到，不由得气往上冲，也不管怎样，奋勇攻了上去。他不攻上去，谢景安还不至打跌，刘清泉见加上一个生力军，也怕力敌二人，万一有些差错，关系非浅，因此趁蔡泽远进步夹攻的时候，先下手将谢景安打跌，再以全力对付蔡泽远。

蔡泽远的年纪，虽比谢景安大两岁，本领却不相伯仲。谢景安打不过，蔡泽远自然也是不济。但是刘清泉在谢公馆紧邻设厂，写那字条的时候，何以就有把握，知道一定打得过谢、蔡二人呢？这必须将刘清泉学武艺的来头，叙述一番。看官们才知道刘清泉这样举动，确有几成把握，不是行险侥幸的。

他的师傅刘三元，那时在湖南的声名，连三岁小孩都是知道的。第一是湘阴县的米贩，听得"刘三元"三个字，没一个不吓得三十六颗牙齿，捉对儿厮打。最奇的是刘三元得名，在七十岁以后，七十岁以前，并没有人知道刘三元的名字。

据说刘三元周岁的时候，他母亲抱着他，走四川峨眉山底下经过，忽来了一只绝大的白猿，将他掳上山洞去。牝猿用乳将他养大，遍身长了几寸长的猴毛，老猿并传授给他武艺。十几岁走出洞来，灵根未泯，见了人，能知道自己不是猿种，跟着人下山。所跟着的人姓刘，就也姓刘，取名本是山猿两个字，后因这两字太不雅驯，才改了连中三元的"三元"。这话虽说荒唐，然刘三元在湖南的徒弟，至今还是很多，所打的拳脚，像猿猴的动作。还可说武艺本有一种猴拳，但他的徒弟，无不异口同声的说，刘三元身上的猴毛，临死还不曾脱落干净，两脚也和猿猴一样，能抓住树枝，倒吊起来，能端碗拿筷子，与手无异的吃饭。这也就是不可解的事了。

他在什么时候，因什么事到湖南来的，少有人知道。初来也没人从他学武艺，他自己对人说，他三十岁的时候，正是洪秀全进湖南的那年，他在常德，被发军掳了他去，教他喂马。马有病躺在地下，一见他来，那马自然会立了起来。他生性欢喜骑马，有一天，骑死了发军三匹马，带兵官抓着他要打，他怕打，情急起来，顺手将抓他的军官一推，那军官身不由己的跌了一丈开外；连忙上前扶起一看，已口喷鲜血，顿时被推死了，吓得他不要命的逃走。背后有几百兵追赶，骑着马追的，都赶他不上，竟逃了出来。他从此才知道自己的气力大，普通人受他一下，准被打死。从发军里逃出来之后，和一个逃难的女子配合，居然成了家室。夫妻两个，做些小本买卖度活，生了一个儿子，取名金万。

时光易过，他已有七十岁了，这日因事到了湘阴，湘阴的米贩子最多，最是横行霸道。凡是当米贩子的，每人都会几手拳脚，运起米来，总是四五十把小车子，做一路同走，有时多到百几十把。不论是抬轿挑

223

担，以及推运货物的小车，在路上遇着米车，便倒霉了。他们远远的就叫站住，轿担小车即须遵命站住，若略略的支吾一言半语，不但轿担小车立时打成粉碎，抬轿的人，坐轿的人，挑担的人，推小车的人，还须跪下认罪求饶。轻则打两个耳光，吐一脸唾沫了事，一时弄得性起，十九是拳脚交加，打个半死。湘阴人没有不知道米贩子凶狠可怕的。

抬轿挑担的人，在路上遇了米贩子，情愿绕道多走几里，不愿立在路旁，让米贩子走过。米贩子在路上，不遇着让路的人，都推着米车，走得十分迅速。有时他们自己内伙里比赛，竟是飞跑如竞走一般，一见前面有人让路，便大家故意装作行走不动的样子，半晌才提一步，又每把米车相隔两三丈远，百多把米车，可连接几里路，让路的须站着，等米车都走过了，方能提脚。所以都情愿绕道多走几里，免得立在道旁恼气。

刘三元一到湘阴，就听得这种不平的举动，只气得他须眉倒竖，存心要重重的惩治米贩子一番，以安行旅。

不知刘三元用何方法惩治，且待第二十九回再写。

总评：

老尼姑教训李梓清一番话，可谓至理名言。不特练武艺者所当牢记，其实无论何人，立身行事，皆当如是。读小说至此等处，最是有益人心。故为尝谓子弟能读有益之小说，胜上修身课万万也。

此一回上半回仍是李梓清传，下半回乃折入刘清泉传。其中以蔡泽远、谢景安二人，为之接笋。入后则又由刘清泉传，折入刘三元传矣。随笔蔓延，而收束时却能一丝不乱，匪易事也。

作者写刘清泉设厂收徒一事，明欲与前回陈广泰事相犯，即其立意欲收谢、蔡二人为徒，亦犹陈广泰之欲刘大也。顾曲曲写来，又与前文截然不同，毫无相犯之处。用笔敏妙，令人

224

叹服。

谢景安、蔡泽远与刘清泉比武，一实写，一虚写，小处亦不呆板。

叙刘三元一节，宛然神怪小说矣。猿之灵真有如此者耶？我又不敢谓其必无也。使其说而信，则三元之力绝人，亦无足怪矣。

第二十九回

刘三元存心惩强暴
李昌顺无意得佳音

话说刘三元存心要惩治湘阴的米贩，打听得这日有一大帮米贩，足有百四五十人，走西乡镇龙桥经过。刘三元便在朋友家，借了一匹马，骑着迎上去。不曾到镇龙桥，就远远的看见无数小车，如长蛇一般的蜿蜒而至。刘三元在马屁股上抽了一鞭，那马便拨风相似，向小车冲去。约莫相隔还有四五十步远近，走前面的几个米贩，照着旧例，齐声高喝："站住！"刘三元哪里肯听呢，辔头一拎，两腿一紧，那马如上了箭道，扬鬃鼓鬣，比前更快了。

走前面的几个米贩，突然见了这样一个不知回避的人，都不由得大怒，满口村恶的话，向刘三元骂起来。刘三元也只作没听得，转眼奔到第一把小车面前，并不将马勒住，只把缰索略向右边带了一下，那马就从小车旁边，挨身冲了过去。

那一段道路，并不甚仄狭，骑马过去，本不至妨碍小车，但刘三元既是存心挑衅，怎肯好好的冲过？故意将脚尖，在米袋上拨了一下，米贩便掌不住，连车带人翻下田去了。一霎眼又奔到第二把车，也是如此一脚拨翻。后面的米贩见了这情形，都不约而同的将车往地下一蹾，一片声只叫"打！"

和刘三元相离不远的米贩，早有三五个抢到马跟前，争着伸手来夺辔头。刘三元一面扬手止住，一面滚鞍下马说道："且慢动手！我跑不到哪里去，要打只管从容。"那几个先到跟前的米贩，看看刘三元这种神色自若的样子，又听了这几句话，倒怔住了，没一个敢冒里冒失的动

226

手。翻下田去的两个已爬了起来，各人提着各人的车扁担在手。第一个跑上前，向刘三元喝骂道："你这老杂种，什么东西戳瞎了眼，是这么乱冲乱撞？"第二个趁着第一个喝骂的时候，冷不防就是车扁担，向刘三元头上打来。

刘三元仍装作没看见，也不躲闪，也不拦挡，"啪"的一声响，正打在顶心发上。却是作怪，车扁担一着头顶，就如打在石头上一般，将车扁担碰得脱手飞去。刘三元见碰飞车扁担，才回头说道："我教你们不用忙，我跑不到哪里去，就来不及的打做什么呢？"

这时，在后面的那百多个米贩，都放了车子，提了车扁担，渐渐的包围拢来，一个个摩拳擦掌的，恨不得把刘三元打死。刘三元提高着声音说道："米车是我撞翻的，与我这马不相干。我知道你们是免不了要打我的，打我不要紧，这马在这里，有些碍手碍脚，我且将这畜生送到前面桥上，回头再来给你们打。"

众米贩以为刘三元要借此逃走，争着嚷："不行，不行！"刘三元不理，伸直两条臂膊，往马肚皮底下一托，凭空将马托了起来。马的四蹄既已悬空，无处着力，头颈身体略动了动，便伏在臂膊上不动了。刘三元托着向前走，遇米车就跳了过去，一连跳过十几辆米车，才到镇龙桥上，放下马来，一手揭起一大块桥石，一手将缰索压在桥石底下；回头又是几跳，跳到了原处。众米贩看了，都吓得伸出舌头来，收不进口。

刘三元反着两手，往背后一操，盘膝向地下一坐，口里喊道："你们要打我，怎么还不动手呢？会打的快来打吧，我还有事去，不要耽搁了我的正事。"

众米贩在平日虽是穷凶极恶，然这时见了刘三元这般神力，却都乖觉了，知道动手必没有便宜可占，大家面面相觑，平日凶恶的气焰，一些儿没有了。刘三元坐在地下，连喊了好几遍，见没人肯上前，遂立起来问道："你们爽直些说一句，还是打不打呢？"众米贩都望着翻在田里的两个，两个只得答应道："若把撞翻了的车子扶起来，我们就放你过去，不打你了。"刘三元听了，仰天打了一个哈哈，仍旧往地下一坐，说道："还是请你们打。我一身老骨头，三天不挨打，就作痒作胀；难得你们人多，饱打一顿，松松我的皮，倒可舒服几天。所以我情愿挨打，不愿扶车子。"

米贩觉得两人的话说错了，换了一个人出来，说道："你这老头子，也不要放刁。我们大家没事，你去干你的正事，我们赶我们的路程。你的年纪这么大了，又只一个人，我们都是些年轻力壮的，百几十个人打你一个，打死了你，吃人命官司不打紧；就是以少欺老、以多欺少，太不公道了些。"刘三元抬头看说话的这人，满脸刁猾的神气，心想这东西，必是惯会欺负行人的坏蛋，这时候居然还能说得这般冠冕，可想见他平日的凶横。若不重惩他一番，世间也真没有公道了。遂翻眼对那说话的人冷笑道："你们也知道什么叫做公道吗？只怕你们今日才讲公道，讲得太迟了些，又偏遇着我这个不懂得公道的人，你们再讲多些，也不中用。老实说给你们听吧，你们讲公道不打我，我却不讲公道要打你们了。"

刘三元的话才说了，身子就地下一个溜步，溜到那说话的跟前，一扫腿过去，那人的腿弯便如中了铁杆，仰天一跤，倒在地下。刘三元思量走第一、第二的两个，必是他们同伙中最凶悍的，所以众米贩都瞧着二人的神气，既以扫腿打倒了这人，掉转身躯，又将二人打倒。

众米贩见刘三元动手，其中也有些冒失不怕死的，就还手和刘三元打起来。但是他们自己这边的人太多了，动手就碍着自己，找不着刘三元下手。刘三元的身体，比猿猴还来得灵巧，几起几落，蹿入人丛之中，举起两个栗暴，拣众人实在地方，每人一下，打得众人个个叫苦。隔得远的，知道不妙，都撒腿逃跑；被打倒了的，逃跑不了，都哀声求饶。刘三元觉已打得十分痛快，方住了手，高声喊那些逃跑的人转来。

众米贩见刘三元停手不打了，都一步一步的挨了过来。刘三元向大众说道："你们可知道，我今日为什么要打你们么？你们平日仗着人多势大，到处欺负行人，不问是什么地方的人，只要是到过湘阴的，谈到湘阴的米贩，没一个不是咬牙切齿的痛恨。这湘阴的道路，难道是你们私有的产业？你们凭哪一种道理，只教人家让你们的路，你们不能让人

228

家的路？我刘三元并不是湘阴人，这次到湘阴来，也没有多久，而你们欺负行路人的事，我两个耳里，实在听得有些不耐烦了，以为你们固有多大的本领，才敢如此欺人？特地到这里来领教领教你们的手段。原来你们只会欺负那些下苦力的人，真应了你们湘阴的俗语，'牛栏里斗死马，专欺负没有角的牛'。我从此就在湘阴住着，你们若再敢和从前一样，欺负抬轿挑担的行路人，你们欺负一次，我就打你们十次。你们仔细着便了。"说完之后，从桥石底下取出缰索来，一跃上马，飞也似的去了。

众米贩等刘三元走得不见影子了，才扶起第一、第二两把米车，忍气吞声的走了。湘阴的米贩，自从刘三元惩治了这次之后，再也不敢向人，使出从前那种穷凶极恶的样子了。有几个年老的湘阴人，从前曾受米贩欺负过的，听了这回的事，心里痛快得了不得，出外又遇着些米贩，就故意高声喊道："我刘三元在这里，你们敢不让路么？"湘阴的米贩，闻刘三元的名，无不心惊胆战的，忽然听得说是刘三元叫让路，哪里敢支吾半句呢？连忙都把米车让过一边，等假刘三元过去。刘三元威名之大，即此可以想见了。

刘三元在湘阴既显了声名，就有好武艺的人，从他练习拳脚的。刘清泉从小就喜习拳棒，在广东已从了好几个名师，因有朋友从湖南来，说起刘三元的武艺，得自仙传，不是寻常教师的拳脚，所能比拟万一。刘清泉听了心动，径到湖南寻找刘三元。在衡阳遇着了，果然不是寻常家数，便拜刘三元为师，朝夕不离的相从了七年。刘三元承认刘清泉的功夫，在自己之上，教刘清泉只管回广东，大胆收徒弟，刘清泉才别了刘三元，回广东来；所以对于谢景安、蔡泽远二人，自觉有十成把握。

这日，谢、蔡二人既打输，也就心悦诚服的拜刘清泉为师。不到几年，二人都练成了一身惊人的本领。只因二人都是世家子弟，既不依赖收徒弟谋衣食，又不在江湖上行走，有本领也无处使用，也没多人知道。何载福当捕头的时候，遇了疑难案件，十九找刘清泉帮忙，刘清泉总是指挥自己的徒弟去办。然以谢、蔡二人是少爷身份，教二人出力的时候最少。这回因已知道陈广泰的本领非凡，而帮同陈广泰犯案的这人，虽不知道他的姓名、来历，然绝对不是无能之辈，是可以断定的。刘、卢二人的徒弟虽多，功夫能赶得上谢、蔡的甚少，所以不能不把这两个得意的徒弟找来，帮办这件大案。

闲言少说，书归正传。这日黄昏时候，何载福来到刘清泉家，刘、卢二人，并许多徒弟，正聚作一处，议论夜间截拿的办法。见何载福到来，卢用广迎着先开口说道："我可给老哥一个喜信，也教老哥快活快活。"何载福嬉笑道："什么喜信？我听了快活，老弟必也是快活的。"卢用广点头道："我们自然先快活过了。"刘清泉和众徒弟，都起身让何载福坐了。卢用广指着在座一个三十多岁、工人模样的人，对何载福说道："喜信就是他送来的。"

何载福一看，不认识这人，遂抬了抬身，向这人问道："老哥贵姓？"这人忙立起身，还不曾回答，卢用广已向何载福说道："不用客气，这是小徒李昌顺。他本是一个做木匠的人，从我练了几年拳脚，功夫也还将就得过去，所以我今日叫他来帮忙。刚才我们大家在这里议论，谈到陈广泰，他才知道连日广州出了这么多案子，是陈广泰做的。他说他知道陈广泰现在的住处。我们不相信，以为他是胡说。我说县里悬了五千两银子的赏，指名捉拿陈广泰，你如何到这时才知道呢？他说：'我终日在人家做手艺，不大在外面走动。悬赏捉拿陈广泰的告示，我就看了也不认识，又没人向我说，我怎生知道咧！'我又说：'你既不大在外边走动，陈广泰现在住的地方，你又怎生知道的呢？'他说：'这事很是凑巧。前几日，吕祖殿的金道人，叫我去他那里做工。我因是老主顾，也没问做什么工，随即带了器具，同到吕祖殿。原来是西边房里，一扇朝后房的门破了，要我修整。我看那门破得很稀奇，像是有人用脚踢破的；并且看那门的破处，就可以见得踢破那门的人，脚力很不小。因为门闩、门斗都一齐破了，若非力大的人，怎能把门斗都震破咧！我心里觉得奇怪，便问金道人：那门是如何破的？金道人道:快不要提了吧！提起来又是气人，又是笑人。前四日，有个公子模样的人，到我这里来，见东边配房空着，要向租住些时，房钱不问多少，照数奉纳。我问他为什么要租这里的房子居住，他说从广西到这里来看亲戚，因为亲戚家里人太多了，有些吵闹，他是爱清净的人，这地方极相安。我那房横竖空闲着，就答应租给他。问他的姓名，他说姓张，名燕宾。第二日便把行李搬来，在那房里住了。人倒真是一个爱清净的人，也没有朋友来往。昨日我因有事进城去了，到夜间才回来，就见这门破了，问小徒才明白是对房姓张的客人，来了一个鲁莽的朋友。那时张客人也不在家，小徒两个在这房里因下棋吵嘴，张客人的朋友在外面听错了，以为里面有人相打，来不及的跑进来劝解，见房门关了，便一脚踢成了这个样子，你看是不是又好气又好笑？金道人是这么说，我心想：金道人是个不懂功夫的人，所以不在意，我倒要看看这位张客人，和张客人的朋友，毕竟是怎样的人，有这大的脚力？我修整了门之后，恰好有两人从外边进来，到东边配房里去了。我在窗眼看得明白，走前面的漂亮人物，我不曾见过，不认识；走后面的那个，我在街上见过多次，就是卖武的陈广泰。暗想怪不得他有这么大的脚力，当时也没向金道人说，就回来了，因此我说知道陈广泰的住处。"

卢用广述李昌顺的话到这里，何载福点点头，接着说道："事情又隔了几日，只怕此刻又不住在那里了呢？"刘清泉道："那却不见得。他们做强盗的人，今日歇这里，明日歇那里，是没能耐的人胆怯。有能耐的，必不如此，自己住的地方不破露，决不肯轻易迁徙的。他们在这里的案子，虽说做得凶，但这些办案的举动，不仅不能惊动他们，他们见了这些不关痛痒的举动，反可以坚自己的心，不妨安然在这里做下去。老哥只看这几日的案子，越出越凶，便可知道了。"何载福、卢用广都点头道是。

刘清泉又说道："我们知道了他们住的地方，并没旁的好处，去吕祖殿拿他们是做不到的，打草惊蛇，反而误事。他二人若海阔天空的一跑，我们的人便再多些，也奈何他们不了。我们知道他们的住处，好处就在今夜，堵截的道路有一定，免得张天罗地网似的，把人都分散了，自己减了自己的力量。"

何载福道："这话一些儿不错。我正愁不知贼人的来去路，偌大一个广州城，黑夜之中，怎好布置？这两个贼又不比寻常，谈何容易的将他们拿住，于今既知道他们落在吕祖殿，我们今夜专在西方角上布置就得了。有这多人专堵一方，除非贼人有预知之明，不来便罢，来了总有几成把握使他们跑不了。"

当下，就有三个老头，调拨二三十个徒弟，在西方角上把守，只等陈广泰、张燕宾到来。

不知陈、张二人来了与否，拿住了不曾，且待第三十回再写。

总评：

锄强扶弱，为侠义英雄之天职，作者描写诸人，大都于此落笔，故格外动人心目。此回叙刘三元严惩米贩子事，亦使人快心之一端也。米贩子欺湘阴人，本无与刘三元事，而刘三元心不能平，必欲惩创之以为快，非侠义英雄，不能具此一副热心肠也。

写刘三元之殴米贩子，若有意，若无意，假作痴呆，神情妙极。米贩子虽穷凶极恶，而对此老人，竟有无可如何之叹。刘三元真妙人也！

我尝见世之善弈者，往往在有意无意中，下一闲子，对局者及旁观者，都莫测其用意所在。入后棋势紧急，方知此一着闲子，大有关系于全局。对方虽欲去之，不可得矣。作小说亦然，往往有种因于若干回之前，而收果乃在若干回后者，即如陈广泰之踢破房门，当时阅者，固孰知其为此处泄露之资哉！伏笔之细如是，令人拍案叹绝。

李昌顺看破陈广泰一段情事，全从卢用广口中叙出，不用实写，此是作者图简便处也。若必欲从李昌顺下笔，则不唯呆板，且觉头绪纷繁，反足令正文因之松劲矣！

第三十回

逛乡镇张燕宾遇艳
劫玉镯陈广泰见机

话说陈广泰、张燕宾二人，住在吕祖殿，一连做了六夜大窃案。张燕宾本来是胆大包身，陈广泰的胆量，也因越是顺手越大。二人都看得广州市如无人之境，白日装出斯文模样，到处游逛，看了可以下手的所在，记在心头；夜间便前去实行劫抢。县衙里的举动，绝不放在心上。

这夜行窃回头，已是三更过后，陈广泰的眼快，见街上有五人一起行走，蹑足潜踪的，仿佛怕人听得脚步声响；不由得心中一动，以为是自己的徒弟刘阿大一班人，去哪里行窃。其实，这时的刘阿大等，都已被拘在番禺县牢里，哪里能自由出来，重理旧业呢？不过陈广泰在县衙里的时候，不曾见着他们，不知道实在情形。这时看了五人在街上走路的模样，不能不有这个转念，连忙伏身在檐边，朝下仔细一看，已看出走当中的那人，就是杜若铨知县。心里吃了一惊，遂向张燕宾做了个手势，运用起功夫，匆忙向吕祖殿飞走。

二人这一走，杜若铨也看见了。陈、张二人回到吕祖殿，陈广泰对张燕宾计议道："那瘟官亲自出来巡逻，可见得他是出于无奈了。我想广州的富人虽多，然够得上我们去下手的，也就不多了。常言道得好：得意不宜再往。我们此刻所得的东西，也够混这一辈子了，何不趁此离开广州，去别省拿着这点儿本钱，努力做一番事业。这种勾当，毕竟不是我们当汉子的人，应该长久干的事。你的意思怎么样呢？"

张燕宾道："你这话错了。我这回到广东来，原是想做几桩惊天动地的案子，使普天下都知道有我张燕宾这个人，是个有一无二的好汉。

没想到天缘凑巧，我还不曾动手，就于无意中得了你这么一个好帮手，我的胆气更加壮了。我们当汉子的人，第一就是要威望，古言所谓：人死留名，豹死留皮，这回的事，正是你我立威望的好机缘。我的主意，并不在多得这些东西，只要弄得那些捕快们叫苦连天，广东的三岁小孩，提到'张燕宾'三个字，便害怕不敢高声，就志得意满了。于今瘟官的赏格，只指出了你的名字，并没提起我，哪怕广州变成了刀山，我也决不就是这么走开。瘟官亲自巡逻，要什么鸟紧！还有林启瑞，是个发洋财的人，他家里值钱的珍宝最多，我们尚不曾去叨扰他。他这家的案子一做下来，又是给那瘟官一下重伤，不愁广州满城的人，不诚惶诚恐。我们要往别处去，怕不是很容易的事吗？寅时说走，卯时便出了广东境。"

陈广泰踌躇道："我想我们在广州做的案子，越做越多，绝没有长久安然的道理。虽说于今在广州的捕快，没有你我的对手，难道就听凭你我横行，不到旁处请好手来帮助吗？依我的意思，与其贪图虚名，身受实祸，不如趁此转篷，倒落得一个好下场。"张燕宾听了，心里不快，愤然说道："你原来是个器小易盈的人。你既害怕，就请便吧，不要等到出了乱子，受你埋怨。我为人素来是不到黄河心不死的。"

陈广泰见张燕宾生气，忙转脸赔笑说道："快不要动气。我在穷无所归的时候，承你的情，将我当个朋友，替我出气。我不是全无心肝的人，安肯半途抛却你，独自往旁处去呢？我过虑是有之，你不要多心，以为我是害怕。"

张燕宾也笑道："你的意思，怕他们到旁处请好手来帮助，这是一定会有的事，并不是你过虑。不过他们尽管去找好手，你我不但用不着害怕，并且很是欢喜。他们好手不来，怎显得出你我的能耐？如果他们找来的人，本领真个大似你我，你我又不是呆子，不会提起脚跑他娘吗？"陈广泰知道张燕宾是个极要强、极要声名的人，不到万不能立脚的时候，是不肯走的，只心里自己打算，口里也不多说了。

次日早点过后，二人到附近一处小市镇闲逛，遇见一个十七八岁的女子，容貌装饰都十分动人。张燕宾不觉停步注目，魂灵儿都出了窍的样子。那女子却也奇怪，也用那两只水银也似的媚眼，瞟着张燕宾，连瞬也不瞬一下，并故意轻移莲步，缓缓的走了过去。走过去还回过头来，望着张燕宾嫣然一笑。张燕宾也不约而同回头一看，见了那流波送盼的媚态，即五中不能自主，也不顾镇上来去的人看着不雅，兀自呆呆的回头望着，如失魂丧魄一般。

陈广泰生性色情淡薄，见了张燕宾和那女子的情形，心中好生不快，提起手在张燕宾肩上拍了一下。张燕宾自觉有些难为情，搭讪着说道："我们回头去那边逛逛好么？"陈广泰知道张燕宾，是想跟踪那个女子，自己不愿意同去，便推故说道："我肚内急得很，要去大解。你一个人去逛吧！"说着，装作要出恭的样子，向这边走了。

张燕宾此时一心惦记着那女子，无暇研究陈广泰是否真要出恭，急忙转身，追赶那女子。那女子向前行不到一箭路，复停步回头来望。张燕宾看了，心里好不欢喜，追上去报以一笑，那女子却似不曾瞧见，仍袅袅婷婷的向前走。张燕宾追上了，跟在后面，倒不好怎生兜搭。因张燕宾平日为人，并不甚贪图色欲，攀花折柳的事，没多大的经验，所以一时没方法摆布，只跟定那女子，走过了几十户人家。

那女子走到一家门口，忽止了步，举起纤纤玉手，敲了几下门环，里面即有人将门开了。张燕宾忙退后一步，看开门的是个十来岁的小丫头，那女子遂进门去了，小丫头正待仍将大门关上，那女子在里面叫了一声，张燕宾没听清，不知道叫的什么，小丫头即不关门，转身跟那女子进去了。

张燕宾心里疑惑，暗想这是什么缘故呢？这不是分明留着门不关，等我好进去吗？我自是巴不得能进去，不过青天白日，怎好进门调戏人家的妇女，白受人家抢白一顿，又不好发作，那不是自寻苦恼么？如此思量了一会儿，终是不敢冒昧进去。忽转念一想，我何不等到夜间，人不知鬼不觉的前来寻欢取乐，岂不千妥万妥吗？照刚才她对我的情形看来，已像是心许了，夜间见是我，料不至于叫唤不依。

张燕宾有此一转念，便打算回头寻找陈广泰，才要提脚，只见那个开门的小丫头，走出门来，向自己招手。张燕宾这时喜出望外，一颗心反怦怦的跳个不住，糊里糊涂的含笑向那小丫头点了点头，走近前低声问道："你招手是叫我进去么？"小丫头也不回答，笑嘻嘻的拉了张燕宾的衣角，向门里只拖。张燕宾的胆量便立时壮起来了，随着小丫头，走进一个小小的厅堂。小丫头指着厅堂背后的扶梯说道："上楼去！"小丫头说时，从扶梯上下来一个老婆子，也是满脸堆笑，仿佛招待熟客一般的，让张燕宾上楼。

张燕宾看了这些情形，已料定是一家私娼，不由得暗自好笑，幸喜这里招我进来，不然，今夜若跑到这里来采花，岂不要给江湖上人笑话！随即大踏步跨上扶梯，抬头就见那女子，已更换了一身比方才越发娇艳的衣服，立在楼口迎接。张燕宾伸手携了她的皓腕，一同进房。房里的陈设，虽不富丽，却甚清洁。张燕宾是个爱清洁的人，其平日不肯宿娼，就是嫌娼寮里腌臜的多，清洁的少，此时见了这个私娼倒很合意。和那女子并肩坐下来，问她叫什么名字。那女子说姓周，名叫金玉。谈到身世，周金玉说是父母于前年遭瘟疫症死了，留下她一人，没有产业；又因原籍是贵州人，流寓广东，无身份的人，她不愿嫁，有身份的人，又不愿娶，因循下来，为衣食所逼，只得干这种辱没家声的事。

张燕宾听了，心中非常感动。登时就存了个将周金玉，提拔出火坑的念头，这日便在周金玉家吃了午饭，细语温存的，直谈到黄昏时候。心里总不免有些记挂着陈广泰，曾约了今夜，同去劫林启瑞家的，怕他在吕祖殿等得心焦，才辞别周金玉出来。

周金玉把张燕宾认作富家公子，竭力的挽留住夜。张燕宾推说家里拘管得严，须等家中的人都睡熟了，方能悄悄的出来，到这里歇宿，大约来时总在三更以后。周金玉信以为实，临别叮咛嘱咐，三更后务必到这里来。张燕宾自然答应。

回到吕祖殿，陈广泰正独自躺在床上纳闷，见张燕宾回来，才立起身问道："你去哪里游逛，去了这么一日？"张燕宾并不相瞒，将这日在周金玉家盘桓的情形，详细说了一遍，并说自己存心要提拔周金玉出火坑。陈广泰听了，半晌没有回答。张燕宾忍不住问道："周金玉的模样，你是和我在一块儿瞧见的，不是个很可怜、很可爱的雌儿吗？我提拔她出火坑，并不费什么气力，也算是积了一件阴功，你心里难道不以为然吗，为什么不开口呢？"

陈广泰笑道："提拔人出火坑的事，我心里怎能不以为然！不过我看这种阴功，我们于今很不容易积得。要积阴功，就不要有沾染；有了沾染，便不算是阴功了。你我于今能做到不沾染么？"张燕宾笑道："你这又是呆话了。周金玉于今一不是孀居，二不是处女，况且现做着这般买卖，怎说得上沾染的话！"

陈广泰和张燕宾相处了几日，知道张燕宾的性格，是个私心自用、欢喜护短的人，逆料他一贪恋烟花，必无良好结果；已存心要离开他，自去别省，另谋生活，便懒得和他争论了。张燕宾见陈广泰不说什么了，遂笑说道："我因曾说了今夜去林启瑞家下手，恐怕你一个人在这里等得慌，才赶了回来。我们今夜快去快回，周金玉还在那里等我呢。"陈广泰原不愿意再干这勾当，因尚不曾离开张燕宾，若忽然说出不去的话，恐怕张燕宾多心，疑是不满意周金玉的事；只得强打精神，和张燕宾一同进城。

他二人近来每夜在城墙上，翻过来，爬过去，从没一人瞧见。二更时分，到了林启瑞家。拿着二人这般本领，到寻常没有守卫的商人家行窃，怕不是一件最容易的事吗？这时林家的人，都已入了睡乡。二人进了林启瑞的房，房中的玻璃灯，还煌煌的点着，不曾吹熄。轻轻的撬开箱橱，得了不少的贵重物品。已将要转身出来了，张燕宾忽然一眼见床上睡着一个中年妇人，手腕上套着一只透绿的翠玉镯头，心想我此刻所得的这些贵重物品，总共还抵不上这一只翠镯，既落在我眼里，何不一并取了去呢？遂示意教陈广泰先走，独自挨近床前，握住翠镯一将，不曾将下，妇人已惊醒了。一声"有贼"没喊出，张燕宾已拔出宝剑，把手腕截断，取出翠镯走了。等到林家的人起来，提灯照贼时，陈、张二人大约已离去广州城了。

二人回到吕祖殿，陈广泰见张燕宾手上很多血迹，问是哪里的血？张燕宾笑道："你在林家屋上，不曾听见吗？"陈广泰吃惊道："你竟把

237

那妇人杀死了么？你教我先走，我就走了，哪里听见什么呢？"张燕宾摇头道："无缘无故，谁杀死那妇人干什么？只因镯小手大，一时捋不下来，那妇人已惊醒要开口喊了，我急得没有法子，只好抽剑将那只手腕截断，所以弄得两手都是鲜血，挂点儿红也好。"

陈广泰一听这几句残忍话，不由得冒上火来，沉下脸说道："你这回的事，未免做得过于狠毒了一点。我想不到你相貌生得这么漂亮，五官生得这么端正的人，居心行事，会有这般狠毒。"张燕宾也勃然变色说道："你才知道我居心行事狠毒吗？居心行事不狠毒，怎的会做强盗咧！你是居心仁慈、行事忠厚的人，快不要再和我做一块，把你连累坏了。"

陈广泰受了这几句抢白，火气就更大了，指着张燕宾的脸说道："你做错了事，不听朋友规劝，倒也罢了；还要是这么护短，我真不佩服你这种好汉！"张燕宾貌如春风，性如烈火，对着陈广泰"呸"了一口道："谁和你是朋友，谁教你规劝，谁教你佩服？你是好汉，你就替林家的妇人报仇。"

陈广泰这时本已大怒，只是回头一想，张燕宾究竟待自己不错，而且自己是得他好处的人，既已同做强盗，怎好过责他狠毒呢？若认真翻起脸来，旁人也要说我不是，因此勉强按捺住火性，向张燕宾拱手道："你也不必生气，我的一张嘴，本来也太直率了些，承你的情，交好在先，不值得为这事伤了你我的和气。周金玉在那里等得你苦了，你去开开心吧，不要把我的话作数。"

张燕宾见陈广泰转脸赔笑，倒觉自己性子太躁，回出来的话太使人难堪；心里也是不免有些失悔，不该截那妇人的手。当下也赔着笑脸，向陈广泰说道："你知道我的性子不好，原谅我些。我的一张嘴，实在比你更直。周金玉那里，我既约了她，是不能不去，今夜便不陪你了，明朝见吧！"陈广泰说了一声："请便！"张燕宾竟自去了。

陈广泰独自在房中思来想去，终以往别处谋生为好，不过自己要走是很容易的事，心里就只放不下张燕宾，思量他如此逞强，目空一切，俗语说得好：做贼不犯，天下第一。世间哪有不破案的贼？况且他于今

238

又迷了一个私娼，更是一个祸胎。我若丢了他，自往别处去，他一个人在这里，没人劝他，没人帮他，他拿真心待我，我曾受过他好处的人，问心实有些过不去。但是我不离开他，终日和他做一块，他横竖也不听我的话，一旦破了案，同归于尽，也是不值得。不如趁他今夜到周金玉那里开心去了，我离开这吕祖殿，另寻一个妥当地方藏躲，暗中探听他的行止。或者他见我走了，一个人单丝不成线，从此敛迹了，或竟往别处去了，我再去别省，这就尽了我朋友的交谊了。万一他仍执迷不悟，弄到破了案，有我在这里，能设法救他，也未可定。总之，我离开他不了，丢了他不顾也不好，就只有这一条离而不离的路可走了。只是我此刻是悬赏捉拿的人，离开这个好所在，却去哪里安身呢？

又踌躇了一会儿，忽然喜道："有了！乡村之中，富厚人家的大住宅很多。大住宅多有天花板，我藏在天花板里面，每夜到周金玉那里，或这地方，探一度消息。若两处都没有他的踪迹，外面又没有拿了大盗的风声，那就是已往别处去了；我再往别处，问心也没对不起朋友的所在了。"

陈广泰主意打定，即出了吕祖殿，找了一家大住宅的天花板，藏躲起来；每夜二三更时候，出来探听。这夜到吕祖殿一看，东边配房空洞洞的，不但张燕宾不见，连房中陈设的器具，一件也没有了。陈广泰心想：难道他将行李，都搬到周金玉那里去了吗？我何不到那里去探听探听。遂跑到周金玉家，伏在房檐边，听得房里有两个女人说话的声音，也不见张燕宾在内。仔细一听房内所说的话，不觉大惊失色。

不知听出什么话音来，且待第三十一回再写。

总评：

　　此一回写陈、张二人之分离矣。陈广泰十分谨慎，十分见机；张燕宾却十分骄纵，十分托大。性情既异，欲其长久相处，难矣！纵无劫玉镯及嫖周金玉事，陈广泰亦必飘然引去，又况张燕宾之举措乖张，大背初志耶！陈广泰去而张燕宾之祸，遂不旋踵作矣，可胜叹哉！

张燕宾之行为虽未必尽轨于正道，顾其对待陈广泰，不可谓非一时之知己。故陈之对张，亦复恋恋不忍遽去。及至迫不得已，犹复匿身广州，暗为援护，其笃于友谊如此。张之被祸，广泰不与，虽曰见机，要亦有天道存焉。

女色之祸，千古一例。张燕宾若不遇周金玉，则或可不劫玉镯；不劫玉镯，则陈广泰不去，而盗案亦永无泄露之日。不可一世之英雄，卒败于一女子之手，为可慨耳！

此书所传，多为近代侠义英雄，长枪大戟，叱咤喑呜；人尽魁伟，事皆诙奇，其细腻缠绵者勿与也。乃此回忽夹写一私娼勾人事，媚行烟视，做尽丑态，此犹金鼓乱鸣之际，杂以筝琶细乐，足令阅者耳目，突然为之一新，诚妙笔也！

第三十一回

陈广泰热忱救难友
张燕宾恋色漏风声

　　话说陈广泰伏在周金玉的房檐边窃听，听得一个很苍老的婆子声音说道："贼无死罪，是不错，但他这样的举动，怎能把他当窃贼办？不问落在什么好官手里，总不能说他不是江洋大盗。江洋大盗还怕不是死罪吗，你害怕些什么呢？你和他结识不到几日，他犯的案，你本来全不知情，又没有得着他什么了不得的好处，受他的拖累，真犯不着呢！这回还侥幸遇着齐老爷，为人慈善，又拨不开我的情面，才肯替我帮忙，想这个方法，开脱我们窝藏屯留的罪。若遇了旁人，怕你我这时候，不一同坐在牢监里吗？你年纪轻，哪里知道厉害，窝藏江洋大盗，就是杀头之罪。你只想想，如果齐老爷不顾情面，不想这个法子，替我们开脱，这种官司，你我如何能吃得消？俗语说得好：贼咬一日，入木三分，何况是窝藏江洋大盗呢？"婆子说到这里，遂听得一个很娇嫩的声音，接着说道："谁知道他是江洋大盗，窝藏他咧！这罪也加我不上，我若知道他是个狗强盗，早就到县里领赏去了。"

　　陈广泰听到此处，知道是张燕宾破了案，被拿到县衙里去了。想起自己从县衙逃出来，穷途无依，和张燕宾萍水相逢，承他慨然收容自己，并竭力相助的情事，不由得感伤知己，一阵心酸，两眼的泪珠扑簌簌只往下掉。听了房内女人谈话的口气，已猜透几成，张燕宾之所以破案，必是捕快们商通这婊子做内应，不然，论张燕宾的本领，也不是容易得给人拿住的。不过怎生一个内应的法子，我得查出来，好给他报仇雪恨。只是我于今是悬赏缉拿的正犯，如何能出头露面，向人家查问呢？想了一想道："有了。现放着做内应的人，在底下房里，不好下去，逼着她们详细说给我听吗？"再侧耳听下面，已停止谈话了。

　　陈广泰自从在李御史家，受了张燕宾开玩笑的一吓，当时觉得身边仅有一把解腕尖刀，敌来不好抵挡，随即就在古董店里，拣选了一把单刀。这时打算下房去，逼房内的女人招供，就把单刀亮了出来，翻身从后院跳落下去，正想用力撬门，猛然转念道："不妥，不妥！我此刻报仇事小，救人事大。我能把张燕宾救将出来，还愁不知道怎生内应的详细吗，更还愁报不了仇吗？若于今冒昧撬开门，跑上楼去，不问这婊子如何说法，煞尾总是给她一刀两段。杀一个这般恶的婊子，自然算不了一回事；但是婊子被我杀了，地方人免不了要报告瘟官，捕快们一猜就着，除了我没第二个人。他们不知道我还在这里，不大防备，我设法救张燕宾就容易些。若他们因这里的命案有了防备，不但张燕宾关在县牢里，我不容易进去救他，并且还怕那瘟官，预防发生劫牢反狱的事，担不起干系，迅雷不及掩耳的把张燕宾杀了，事情不更弄糟了吗？"想罢，觉得上楼逼周金玉招供，是万分不妥的事；遂急回身上屋，插好单刀，施展平生本领，向广州城飞奔。

　　再说张燕宾，是个很机警、有智谋的人，就专论武艺，也很了得，为何这么容易的便破案，被人拿获了呢？看官们看了陈广泰在房檐上听的那段谈话，大约已能猜透。张燕宾破案的原因，就全坏在"贪色"两个字上。不过贪色究竟和破案有何相关？周金玉并不是个有勇力的婊子，又如何能帮着捉拿生龙活虎一般的张燕宾呢？这其间还有一段极曲折的文章，在下因只有一张口，不能同时说两面的话，只有一支笔，不能同时写两面的事。为的陈广泰是《游侠传》里的重要角色，所以先将他安顿，再腾出工夫来，写张燕宾的事。看官们不要性急，请看以下张燕宾的正传。

　　张燕宾自从这夜同陈广泰在林启瑞家，砍断林启瑞老婆手腕，抢了翠玉镯头，回吕祖殿被陈广泰说了一会儿，心里仍放不下周金玉，就跑到周金玉家歇了。周金玉这个私娼，很有些牢笼男子的手段，误认张燕宾是个富贵公子，放出全副本领来牢笼，果然半夜工夫，把张燕宾牢笼得心花怒发，无所不可，不待天明，便心甘情愿的将那流血得来的翠玉镯头，孝敬了周金玉。周金玉知道那镯头是一件很珍贵的宝物，不是大富的人家没有，喜不自胜的收了，谢了又谢，因要得张燕宾的欢心，当时就套在手腕上。

张燕宾送了那镯头之后，见周金玉即套在手腕上，心里又不免有些后悔，恐怕被人看出来，跟踪追问。但是已经送出了手，不能说周金玉收着不用，只得换一种语意说道："这镯头是无价之宝，我不是爱你到了极处，也不肯拿来送你，你却不可拿它当一样平常的东西，随便套在手上。你在家里套着，还不大要紧，若是套着到外面去走，就很是一件险事。你要知道，像这样透绿的镯头，不问什么人，一落眼便看得出，是一件无价之宝。在好人看了，不过垂垂涎，暗暗的称赞几句；若一落到坏人眼里，就免不了要转念头了，你看那还了得么？"周金玉听得，也承认这话不错，当时就把镯头收藏起来。

张燕宾享受了一夜温柔之福，次日兴高采烈的回到吕祖殿，打算将一夜快活的情形，说给陈广泰听。跑到自己房里一看，哪里有陈广泰的踪影呢？察看了一会儿房里的情形，自己的东西丝毫未动，陈广泰的东西一件也不见了，心里已明白陈广泰是因劝谏自己不听，恐怕在这里受拖累，所以不告而走了。只是张燕宾心里虽然明白，却不把当做一回事，独自在房里徘徊了几转，因惦记着周金玉，安坐不住，回身仍锁了房门，打算到周金玉家里，细细的领略那温柔乡的滋味。才走进门，那个老婆子笑嘻嘻的迎着，陪张燕宾上楼。张燕宾到楼上不见周金玉，连忙问道："我那心爱的人，上哪里去了呢？"老婆子在旁赔笑说道："请少爷坐一会儿，就回来了。"张燕宾靠窗坐下说道："到什么地方游逛去了吗？"老婆子笑道："我家姑娘知道少爷就会来了，她说，没好吃的东西，给少爷下酒下饭，怪我不会买，趁少爷没在这里的时候，她亲自到店里买去了。"张燕宾信以为真，心里好不畅快。

其实周金玉哪里是去买什么下酒下饭的东西呢？原来就在这个市镇上，有一家姓齐的，很有些财产，为人欢喜多管闲事。市镇上的人因他的行为还正直，又有钱，肯替人帮忙，办事更机警，有些手段，就公推他做个保正。齐保正有个正太太、两个姨太太，都没有儿子，见周金玉年纪轻，容貌体格都很好，想讨来做第三房姨太太。以齐保正的赀财势力，要讨一个私娼做姨太太，原是一件极平常的事；不过他因周金玉曾当过几年私娼，不见得还有生育，恐怕讨进屋，也和家里的三个一样，虾子脚也不掉一只，岂不又多养一个废物吗？于是，由他两个姨太太出主意，引逗周金玉家里来玩耍，齐保正却暗中和她生了关系。其所以齐保正不亲自到周金玉家去，为的是要顾全自己当保正的面子。打算是这么鬼混一年半载，如周金玉有了身孕，哪怕是外人的种子，也不追究，就实心讨进屋来；一年半载之后不怀孕，这事便作为罢论。

周金玉并不知道齐保正的用意，只因和两个姨太太很说得来，两个姨太太都逢迎得很周到，所以每日高兴到齐家玩耍。那日张燕宾和陈广泰，遇着周金玉的时候，就是从齐家玩耍了一会儿回来。

周金玉得了张燕宾送的翠玉镯头，心中无限欢喜。女子的度量，自是仄小得多，凡得了什么稀奇宝贵东西，总欢喜炫耀给常在一块的姊妹们看，听人几句赞美的话，好开开自己的心。周金玉既得了这样宝贵的翠玉镯头，怎能免得了这炫耀的念头呢？只等张燕宾一出门，她便套上了那只镯头，到齐保正家来了。进房就把镯头脱下来，递给两个姨太太看道："两位姊姊请猜一猜，这镯头可值多少钱？"两个姨太太看了，摇头道："只怕是假的吧？像这么透绿的戒指，我们眼里都不曾见过，哪有这样的真镯头呢？你没看见我们老爷手指上套的那个戒指吗？不及这镯头一半的透，没有一颗蚕豆大，去年花五千块钱买进来，还说是半卖半送呢！"

两个姨太太正品评着，齐保正走了进来，笑问："什么半卖半送？"两个姨太太笑道："你来得好，快拿你的戒指来比比。你时常以为你那戒指好得了不得，你来瞧瞧人家的看。"齐保正从姨太太手里，将镯头接过来，望了一望，即吐了吐舌头，问周金玉道："哪里得来的这件稀世之宝？"周金玉笑着得意道："你猜能值多少？"齐保正摇头道："这种稀世之宝，何能论价？"两个姨太太见齐保正慎重其词，说是真的，就问道："这东西竟是真的吗？"齐保正道："不是真的谁还瞧它呢！这

244

样东西，不是寻常富厚人家能有的。金玉，你从哪里得来的?"

周金玉也不隐瞒，照实说，是一个新来的大阔客人相送的。齐保正很诧异的说道："新和你相交的客人，就送你这样的宝物吗?"周金玉点头应是。齐保正将镯头还给周金玉道："你得好生收藏起来。这东西不好随便带了在外面行走，你有了这件东西，一辈子也吃着不尽。胡乱带了出来，弄得不好，恐怕连性命都会送掉。"周金玉接过来，便不往手腕上套，揣入怀中笑道："客人送给我的时候，也是这么说，教我好好收藏起来。我本也不打算随便带着出来，今日是想送给你和两位姊姊瞧，不然也不带来了。"

周金玉才坐谈没一会儿，那个开门的小丫头名叫狗子的，就跑来叫周金玉回去，说昨日来的那客人又来了。周金玉即同着狗子，辞了齐保正出来。狗子将老婆子对张燕宾支吾的话，向周金玉说了，免得见面时说话牛头不对马嘴。那老婆子并不是周金玉的外人，就是她的亲生母，因为在这市镇上生意清淡，没力量雇人，就拿自己的母亲当老婆子使用，怕人知道了笑话，从不肯对人说出是母女来。陈广泰半夜在屋上偷听，才听出是母女的声口。这时周金玉被叫了回去，在楼底下故意高声对老婆子说，这样菜应该怎煮，那样菜应该怎生烧，说了一大串，才从容上楼。

张燕宾已迎到楼门口，握着周金玉的手笑道："我不问什么小菜，都能下饭，何必要你亲自去买来给我吃。我吃了，心里又如何能安哩!你下次万不可这么劳动了，反教我吃了不快活。"周金玉笑道："少爷说哪里话?少爷是金枝玉叶的人，到我这种龌龊地方来，已是委屈不堪了，若再教少爷挨饿，我就是铁打的心肠，也怎生过得去呢?并且就是我亲自去买，这乡下的市镇，也买不出什么好东西来。我正在急得什么似的，少爷还要我不亲自去，那就更要把我急坏了。"张燕宾听了这派柔情蜜意、极相关切的话，恨不得把周金玉吞到肚皮里去。二人携手并肩，同坐在床上，软语温存，说不尽的恩山情海。

张燕宾知道陈广泰已走，用不着回吕祖殿去，日夜厮守着周金玉，半步也不舍得离开。周金玉也和张燕宾混得火热，轻易不肯下楼。是这么起腻了几日，周金玉要嫁给张燕宾，张燕宾也要娶周金玉，二人都俨然以最恩爱的夫妻自居了。

这日，周金玉上楼对张燕宾说道："我有一个干娘，住在离这里不远。平日我隔不了两天，定得去看她一趟。这几日因不舍得离你，不曾去得，她几次打发丫头来叫，我总是说身体不舒服，推托不去。今日是她老人家六十整寿，刚才不是她老人家，又打发丫头来请，我倒忘记了。这回实在不能推托，只得去走一趟，叩一个头就回来。你没奈何，受点儿委屈，一个人在这里坐一会儿吧！"

张燕宾笑道："这算得什么委屈！你既好几日不曾去，今日又是寿期，应得去多盘桓一会儿，才是做干女儿的道理；怎么只叩一个头就回来咧！快去，快去！尽管迟些回来没要紧。"周金玉指着床上笑道："你趁我不在家，安安稳稳的多睡一觉好么？免得到了夜间，只是昏昏的要睡，推都推你不醒。"说时，在张燕宾肩上拍了一下，抿嘴笑着就走。

张燕宾一时连骨髓都软了，笑眯眯的，望着周金玉走到了楼口，忽然想起一桩事，连忙叫周金玉转来。周金玉跑回来问道："什么事？"张燕宾道："没旁的事。今日既是你干娘的六十整寿，你做干女儿的总应该多送些礼物，替你干娘撑撑场面才对。你打算送些什么东西，且说给我听听看，不要太菲薄了，给人家看了笑话。就是你干娘，也要怪你这干女儿不肯替她做面子了。"周金玉笑道："我干娘家里很有钱，什么东西都有，用不着我这穷干女儿，送她老人家什么礼物。"

张燕宾摇头道："那如何使得？越是她有钱，你的礼物越不可送轻了。世人送礼物，哪里是人家没有钱才送吗！你要知道，越是没钱的人，越没人送重礼给他。你是个聪明的人，怎的一时倒这么糊涂起来了。"其实何尝是周金玉糊涂，周金玉哪有什么干娘，做什么六十整寿，原来是齐保正打发人来叫，说有极紧要的事商量，教周金玉瞒着客人，悄悄的把那翠玉镯头带去。周金玉恐怕商量的时间太久，张燕宾独自坐着烦躁，甚至疑心她出外是和情人相会，所以凭空捏造出这个很重大的事由来。没想到张燕宾如此关切，定要盘问送什么礼物，没奈何，只得

246

又胡乱捏造出无数的礼物名色来。

不知齐保正有什么要紧的事，和周金玉商量，且待第三十二回再写。

总评：

作小说有顺叙，有逆叙；有正叙，有倒叙，为法不一。此回写张燕宾之破案被捕，先从婆子及周金玉口中，隐约叙出。然后再折笔将此事详细叙述，此所谓逆叙或倒叙是也。若事事必依次顺叙，则文章便觉呆板，毫无趣味矣！

周金玉以玉镯示齐保正，我以为此时即可泄露破案矣。不意作者乃轻轻写过，绝不提及盗案一字。直至此回收束时，然后奇峰突起，出人不意。总之作者无论如何，不肯下一平笔，故读者万万猜度不到也。

张燕宾之待周金玉，何等细腻，何等体贴！而金玉卒从他人之谋，设计絷燕宾，入之囹圄。燕宾虽有应得之罪，然金玉絷之，则大负燕宾，良心泪没尽矣！娼妇无情，即此可概见，入后卒致身首异处，不足惜也。

第三十二回

齐保正吊赃开会议
周金玉巧语设牢笼

话说周金玉托故来到齐保正家，打客厅门口走过，只见齐保正陪着一个七八十岁的白发老头，和一个四五十岁的男子，坐在里面谈话。周金玉因见是男客，不停步的往里走，齐保正已瞧见了，追出来喊道："就请到这里来坐吧，有事要和你商量的，便是这两位。"周金玉忙停步转身，齐保正接着问道："那只镯头带来了么？"周金玉点头应道："带来了。"二人说着，同进了客厅。

齐保正指着白发老头，给周金玉介绍道："这位是何载福老爹，这位是林启瑞老先生。"彼此见礼就坐，齐保正伸手向周金玉道："且把那镯头拿出来，请两位看看。对了，我再和你细谈。"周金玉从怀中摸了出来，林启瑞一落眼，就站起来嚷道："丝毫不错，被劫去的，就是这东西，看都无须细看，宝贝是假不来的。"齐保正接了镯头，递给林启瑞，回身问周金玉道："送你这镯头的客人，此刻还在你家么？"周金玉不知就里，只得应是。

齐保正道："那客人向你说是姓什么，叫什么名字，什么地方的人？"周金玉道："他初来的时候，我只知道他姓张，他不曾说出名字、籍贯，我也不曾问他。直到这两日，不瞒齐老爷说，他想讨我，我也想嫁他，他才说是广西梧州人，姓张名燕宾，家里有百十万财产，并无兄弟。"齐保正道："他曾向你说过，到广东来干什么事吗？"周金玉道："他说是来探亲访友，借此也好在广东游览一番。"齐保正道："他的亲在哪里，友在哪里，曾向你说过么？"周金玉摇头道："那却不曾听他说过，近来他住在我楼上，好几日没下楼，也不见他有亲友来拜望。"

何载福从旁插嘴问道："那客人从何时起，才不曾下楼呢？"金玉想了一想道："就在来我家的第二日，他出去了一趟，不久便回来，到今日已有六天了。"何载福道："这镯头是在第二日送给你的吧？"周金玉道："第二日天将发亮的时候。那夜他打过了三更才来，他说他家里拘束得严，非等三更过后，家人都睡着了，不能出来。"何载福笑道："他家既在梧州，到广东来是探亲访友，梧州的家如何管束得他着。即此一句，已是大破绽、大证据了。"

齐保正向周金玉道："你此刻已知道这个你想嫁的张燕宾，是个干什么事的人么？"周金玉道："我实在不知道。"齐保正哼了一声，正色说道："幸亏你实在不知道，若知道还了得吗？老实说给你听吧，那东西是个江洋大盗，近来在广东犯案如山。这位林老先生的夫人，就是被你想嫁的那东西，砍断了一只手腕，劫夺了这只镯头。这位何老爹，也就是为那东西犯的凶案太多，弄得整整的六昼夜，不曾歇憩。还亏我今日到城里，遇见他老人家，谈到林老先生府上的劫案，我顿时想起你那日送给我瞧的这只镯头，觉得来得太蹊跷，就对何老爹谈了一谈。可怜何老爹这么大的年纪，就为这案子受尽了辛苦，正愁没得头绪可寻，听了我这话，连忙和我商量。那时将林老先生请来，同到这里验赃，于今既是赃明证实了，这事你便担着很大的干系了。"

何载福道："于今案子既落在你家，不是拿我向你打官腔，公事公办，我只着落在你身上要人便了。就是你自己，也免不了一同到案。"何载福这几句话，把周金玉吓得脸上变色，眼望着齐保正，几乎流下泪来，放哀声说道："这姓张的，既是个江洋大盗，我一点儿气力没有的女子，如何能着落在我身上要人呢？"何载福道："你窝藏他，又得了他的赃物，不着落你着落谁咧？"

齐保正偏着头，思索了一下，才向何载福道："依我的愚见，这案子在金玉自然不能脱开干系。不过要着落在她身上，恐怕打草惊蛇，反误了正事。不如两面商量停当，内应外合，动起手来，较为妥当。"何载福点头道："齐老爷的见解不错，但应该怎生商量呢？"齐保正道：

"这事须大家从容计议。我看是这么办，此刻最要紧的，是要设法稳住张燕宾，使他不离开金玉楼上。我们再调齐捕快两班，围住那楼，便不怕他插翅飞去了。"何载福道："这话很对。动手捉拿的人，我这里早已准备好了，哪用得着调捕快两班，只是就这么围住房子捉拿，不见得便能拿着。于今且请齐老爷思量一下，看用什么方法，先将那强盗稳住。"

齐保正对周金玉道："你坐在这里，没有用处，不如先回家去，将张燕宾绊住，教你妈到这里来。我们商量妥当了，如有用得着你的地方，你可不能怠慢。你须知这窝藏江洋大盗的罪名，不是当耍的事。"何载福道："你心里若安排犯一个绞罪，我们没甚话说，任便你回家怎生举动。若想我们替你开脱，则我们等歇商量好了，有用得着你的地方，你就得努力照办。"

周金玉道："老爹请放宽心，我因不知道是个强盗，既生成了这般苦命，没奈何只得从他。于今承老爹和齐老爷替我出主意，替我开脱罪名，我还敢不努力照办吗？"齐保正道："这样的大盗，又在此地做了这么多案子，必然机警得了不得。你回家若稍露形迹，使他一动了疑，事情就糟透了；务必和平常一样，不动声色。"周金玉道："这个我理会得。我看张燕宾这人，对于旁的事，是像个都很机警的样子，只我和他说话，灌他的迷汤，他竟和呆子一般，句句信以为实。他前夜还说我将来和他做夫妇，可保得一辈子不会有反目的时候，因为彼此都知道性格的缘故。"

齐保正笑道："你是知道他的性格么？"周金玉道："我何尝知道他什么性格，不过他是个爱巴结、爱奉承的人，说话恭维他，句句给高帽子他戴，他心里就快活。我所知道的，就是这种性格，旁的一点儿也不知道。"

何载福道："闲话不用说了，你快回去稳住他吧！"周金玉起身要走，忽停住脚问何载福道："教我将他稳到什么时候为止呢？"何载福道："时候难说，总之，我们到了你家，你才得脱干系。"

周金玉去了一会儿，换了那老婆子来。齐保正对何载福道："刚才金玉在这里，说张燕宾性格的话，在我看来，并不是闲话。要捉拿张燕宾，只怕就在这几句闲话上。"何载福诧异道："齐老爷这话怎么讲？人家都说齐老爷为智多星，必已有了好主意，何不说出来，大家斟酌斟酌呢？"

齐保正笑道："主意我是有了一个，不过此时还没到说的时候，不说倒妥当些。老爹若肯听我的调度，此时得赶快回城去，将准备好了的人，带到这镇上来，免得临时掣肘。"何载福道："我哪有不听调度的道理。只是教周金玉怎生摆布，这主意我想知道才好。"齐保正笑道："我自然有方法教她摆布，她在里面摆布成了功，我们外面的人才能动手。至于怎生摆布，老爹暂时不知道也没要紧。"

何载福知道齐保正办事素来能干，很相信不至误事，遂连说很好，并拱手向齐保正道："多谢，多谢！拜托，拜托！"就和林启瑞，带了那只翠玉镯头去了。齐保正和周金玉的娘，秘密商议了好一会儿，老婆子遂照着齐保正教的方法，归家转教周金玉实施。

再说周金玉回到自己楼上，见张燕宾果然睡在床上，便挨近床沿坐下。张燕宾醒来，睁眼问道："怎的回得这么快呢？"周金玉笑道："连我自己也不知道，怎的回得这么快！我平日最欢喜到我干娘家里去玩，一去就是大半月，还得等家里人去催我才肯回来。不知是什么道理，自从你进我的门，我一个人完全变了。今日我干娘做六十岁整寿，男女宾客来了二三百，若在平日，像这样热闹的地方，是我最欢喜玩的。今日却不然，没动身的时候，我就不愿意去，逼得没有推托的法子，就打算只去叩一个头便回来。后来经你一说，我也觉得叩个头就走不成个道理，既去了，多盘桓一会儿也使得。谁知一到那里，越是看了那些热闹的情形，心里就越觉得你一个人在这楼上寂寞。他们请我吃面，我也想到你一个人在这楼上，什么也没得吃，总总触目惊心，没一样事不想到你身上。老实对你讲，我于今这种迎新送旧的日月，已过了这么久，若处处以真恩义待客人，那不要苦死了吗？我和你相交，才得几日，毕竟是什么道理，会使我是这么一时也割舍不下呢？世间只有嫖客被婊子迷了的，哪有婊子被嫖客迷了的呢？因为婊子是专一安排把客人迷住，才好称心如意的弄钱。我于今既当了这半开门的婊子，应该把你迷住才好，怎么倒像吃了你的迷药一般？坐在我干娘家，简直是成了热锅上的蚂蚁，一时也存身不住。干娘见我呆了似的，以为我身体上有什么病痛，拉住我手问长问短，我便趁着那当儿说道：'我的身体，近来本不舒服，每日只是昏昏的睡，饭也不想吃，所以好几日，不曾到你老人家这里来，今日是勉强撑持着来的。'我干娘本很痛我，听了我的话，以为是真的，当下就催我回家道：'这里今日人多嘈杂，身体不舒服的人，和许多人混在一块儿，必然更加难过。你就回去吧，等身体好了，再来这里玩耍。'我一听干娘这么说，登时如遇了皇恩大赦，来不及似的跑回来，在半路上想你，必也等得很苦了。"

张燕宾被周金玉灌了这一阵闻所未闻的迷汤，只灌得骨软筋酥，拉了周金玉的手笑道："等却并不等得苦，不过独自一个人在这里，觉得寂寞些儿。若依我的心愿，自然巴不得你一刻也不离开我。"

周金玉这番更放出最有心得的媚人手段，用在张燕宾身上。夜间亲自下厨房，帮同老婆子弄了无数下酒下饭的肴馔，搬上楼陪张燕宾吃喝。酒到半酣，周金玉就坐在张燕宾身上，口对口的灌酒。灌了一会儿，周金玉忽然立起身说道："我真糊涂，一些儿不知道体贴你，我这么重的身体，只管坐在你腿上揉擦，你不压得慌吗？"张燕宾乘着些儿酒兴笑道："你真小觑我了。我这两条腿，不是我自夸的话，多的不说，像你这般轻如燕子的人，只要坐得下，至少也禁得起坐十来个。我这两条臂膀亮开来，一条臂膀上，吊十个你这么重的人，也只当没这回事。"

周金玉做出惊讶的样子说道："你一个公子少爷，怎么有这么大的力，我倒不相信是真的！"张燕宾仰天大笑道："我岂肯向你说谎话。难道公子少爷，就不许大力吗？"周金玉偏着头，凝神一会儿，嫣然一笑，说道："怪不得你每次抱我，和小孩一样，我这人真粗心，一点儿不在意。不过你的力，比我们女人的大，我是相信，若照你刚才说，有那么大的力，我就不相信了。牛和马的力，算顶大的了，牛、马的背上，也不能禁得起十多个人，难道你的力，比牛、马的还大些吗？"

张燕宾又仰天打了个哈哈，仍把周金玉拉到自己腿上坐下，慢慢的笑着说道："你是个年轻的姑娘，哪里知道外面的事情，以为牛、马的力，就是无大不大的了，哪晓得人的力，没有的便没有，一有就比牛、马还要大几倍咧！"周金玉道："你出世就有这么大的力吗？"张燕宾道："谁能出世就有这么大的力，一天一天操练出来的。"

周金玉欢喜了不得的样子说道："前几年看相算八字的先生，都说我的命好，将来的夫星好。这几年流落下来，我心里常骂那些看相算八字的混账东西，当面瞎恭维人，一些儿效验也没有，流落到了这步地位，还有什么命好！至于夫星好的话，更加说不上，我已流落做这种生涯，哪有好人肯来娶我？于今有了你，我心里想起这些话，又不由得有些相信了。我哪怕嫁给你做姨太太，我也心甘情愿。一个女人嫁人，情愿嫁给一个英雄好汉做姨太太，不愿嫁给庸夫俗子做正太太。你不是个英雄好汉，哪里会有这种气概，和这种气力？我这里能有你这样的人来往，说要算是我的福气，何况你待我这般恩义呢？"

张燕宾紧紧的把周金玉搂在怀中道："我的好乖乖，我并不曾娶妻，如何忍心将你做姨太太？像你这样的人物，还怕够不上做正太太么？"周金玉偎傍着张燕宾的脸，温存说道："我是什么身份的人，哪里配存想做你的正太太的念头？承你瞧得起我，不拿我做没身份的人看待，我真是感激到死。"说着，眼眶儿红了，扑簌簌的要流下泪来。张燕宾连忙拿出手帕，替周金玉拭干眼泪，端起一杯酒，一饮而尽道："无缘无故的，伤感些什么！快不要提这些话了，我们来寻些快活的事说说。"

周金玉即收了悲容，立起身复斟上一杯酒，递到张燕宾嘴唇边说道："只怪我不懂世故，你原是来这里图快活的，倒弄得你不快活，不是岂有此理吗？你说要寻快活的事说说，我却想出一件快活的事了，只看你肯做给我瞧瞧么，我瞧了便真快活。"张燕宾忙问道："什么快活的事，快说出来，只要你能瞧着快活，我一定肯做给你看。"

不知周金玉说出什么快活事来，且待第三十三回再写。

总评：

此一回承上而下，仍是追叙前事，借一齐保正，与上文所

253

述之何载福等，突然拍合，借此收束张燕宾全传。再由陈广泰归到罗大鹤，由罗大鹤归到金光祖。逐步兜转，则文气方不散漫。

张燕宾之断腕劫镯，不第陈广泰恶之，即作者亦深恶之也。故张之破案，即以玉镯为泄露之端，其垂诫也深矣。

上文写张燕宾之为人，何等精灵活泼！此回写其受周金玉之惑，则又呆笨不可名状，此非作者之自相矛盾，正是写色之易于迷人也。善哉周金玉之言："这人对于旁的事，像个很机警的样子，只有灌他迷汤，他竟和呆子一般。"世之喜灌迷汤者，盍共鉴之。

周金玉对张燕宾一番说话，反正相生，委婉曲折，真是天下第一等好文章也。此种娼妓灌迷汤口吻，不知作者从何处学来，佩服，佩服！

第三十三回

陈广泰劫狱担虚惊
齐保正贪淫受实祸

话说张燕宾问周金玉，要看了什么事才快活，周金玉笑道："你的力大，就拿你的大力给我看看。"张燕宾笑得跌脚道："你是个聪明人，怎么说出这样呆话来了。力是什么东西，可以拿给人看的吗？我通身是力，你如何能看得见呢？"周金玉笑道："既是不能给人家看，人家又如何知道你的力比旁人大呢？你不肯做给我看也罢了。"

张燕宾见周金玉怪自己不肯做给她看，不由得着急起来，连忙分辩道："委实不是我不肯做，只要你说应如何做给你看，我就如何做给你看。可惜你这里，没有大石块和很重的东西；若是有时，我学霸王举鼎的样子，举给你看也使得。"周金玉嬉笑道："我问你一句话，看你说是不是谣言。我前几天，听得有从城里头来的人对我说，县衙里许多捕快，去捉拿一个大强盗，抖出铁链来，把强盗锁了，强盗居然把铁链扭成两段，就逃跑了。我想铁链何等坚牢，人的手怎么能扭得断，我便不相信这话。你的力大，你可相信有这种事么？"

张燕宾笑道："扭断一条铁链，算得了什么稀奇。铁链到我身上，我并不用手去扭，只大喊一声，就能变成几段，你相信不相信呢？"周金玉摇头笑道："我更不相信。你明知我这里没有铁链，所以是这么说。我不要铁链，只用绳把你缠住，你若能一喊就断，我便相信你是真的了。"张燕宾道："你快拿绳来，我就做给你看。别人不相信我没甚要紧，唯有你，非教你相信我不可！"

周金玉听了，笑嘻嘻的四处寻觅绳索，楼上地下寻了一会儿，没有寻着可用的绳索，仅寻了一绺散麻，拿上来向张燕宾道："见笑见笑，我家连一根绳索都没有，只有这点儿散麻，单缠你两只手是够的了。"张燕宾哈哈笑道："看你要怎生缠法，听凭你缠便了，缠好了，给我一个信，我若要喊第二声才断，就算我骗了你。"说时，将两个手掌合拢来，伸给周金玉缠。

周金玉把散麻分开来，接成几尺长，接的时候，嫌干麻打不牢结头，拿向洗脸水里面浸湿了，才一箍一箍的将张燕宾两只手腕，捆了一个结实，捆好又倾了半杯酒在上面，站开来大声喊道："捆好了，捆好了！"喊声未了，猛听得房外如雷的一声答应，随即蹿进两个壮士来。张燕宾初听周金玉喊"捆好了"，还以为是和自己说话，及听得房外有人答应，才知落了圈套。但他并不害怕，忙运起全身气力，大吼一声，以为手腕的麻必应声而断。谁知散麻的性质，与铁链完全不同。铁链是硬东西，只要力大，一拗即断；麻是软的，又用水和酒浸透了，岂是人力所能拗得断的，一下不曾拗断，倒把手腕上的皮捋破了，异常疼痛，心里才有些着慌起来。

正要下死劲拗第二下，蹿进来两个壮士的单刀，已分左右砍下。张燕宾料知两手被捆，不能抵敌，将身往后一蹲，避开了两面刀锋，一跃上了临窗的桌子，打算从窗户蹿下楼去。两壮士哪里肯放松半点，举刀直向下部砍来。张燕宾抬腿踢飞了这把刀，那把刀已砍下，任凭他有登天的本领，也避让不及，只听得"咯嚓"一声，右腿上的膝盖骨早割去了一大块，一只脚便站立不牢。两壮士一拥齐上，把张燕宾活捉了。原来这两个壮士，一个是谢景安，一个是蔡泽远。

何载福和卢用广、刘清泉并许多徒弟，都在楼下，将这一所房子包围了。捆手的计策，是齐保正想出来，和周金玉的母亲商量好了，告知了周金玉，教她见机行事的。周金玉看透了张燕宾的性情举动，所以能指挥如意，不费多大气力，就活捉了一个这般如生龙活虎的大盗。

谢、蔡二人将张燕宾擒住，一声吆喝，登时拥上楼十多个人，拿出铁链来，恐怕被张燕宾拉断；何载福抽出尖刀，在张燕宾两边肩窝上，戳了两个窟窿，把两条铁链，穿了两边琵琶骨。不论有多大本领的好汉，一被擒穿上了琵琶骨，就万没有免脱的希望了。

张燕宾咬紧牙关，听人摆布，一不叫痛，二不求饶，只临走的时候，用极严酷的面目望着周金玉，冷笑了声说道："你当婊子的本领很够。好，我认识你了！"这两句话，吓得周金玉遍身发抖，连忙向床后躲闪。

一干人将张燕宾捕去后，天色已亮了。陈广泰来周家探望，是在张燕宾被捉的第二夜。何载福等将张燕宾解到县衙，杜若铨随即派人将吕祖殿的行李，并金道人，押去检查研讯，所以陈广泰这夜到吕祖殿，见房中空洞无物。

陈广泰一心想救张燕宾出狱，不敢逗留，连忙进城，飞奔县衙，果然县衙里不曾防范有人劫狱，除照常所有更夫之外，并没添加看守的人。陈广泰挟着头等的轻身本领，又在三更过后，因此直寻到张燕宾所关的牢里，绝无一人知道。张燕宾那间牢房，没关第二个人，只张燕宾一个。禁卒因知张燕宾武艺好，怕他越狱，用铁链将张燕宾两手缚住，高高的吊在楼枕上。

陈广泰一见张燕宾被吊着的情形，不由得心中难过，轻轻扭断铁链，推开牢门进去，先将壁上的油灯吹灭，才低声喊了两声"燕宾"。张燕宾已听出是陈广泰的声音，忙答道："陈大哥吗？你怎么还在这里呢？"陈广泰耸身攀住楼枕，想解开铁链将张燕宾放下来。张燕宾止住道："不要去解，解下来也没用，我横竖逃不了。承你的情，快下来，我好趁这时候，和你说几句话。"陈广泰道："为什么逃不了呢？"说着，仍动手解那铁链。

论陈广泰的力量，扭断那条铁链并不为难，不过高高的吊在楼枕上，须用一手攀住楼枕，一只手不好用力，解了两下解不动，心里就有些慌急起来。张燕宾道："我不听你的话，悔也来不及了。于今我一脚砍去了膝盖，一脚割断了后跟，肩窝又戳了两个大窟窿，便劳你救了出去，也是一个废人了。快不要白劳神吧。你来得很好，我只求你将周金玉那个没天良的婊子，斫成肉酱，替我出了这口怨气，我就含笑入地了。我在广州所得的金银珠宝，全数埋在吕祖殿后山一株大桧树底下，我也用不着了，你我结交一场，都送给你吧。"

　　陈广泰耳里虽听他说话，口里也不答应，将身体倒转来，用两脚钩住楼枨，腾出手来，挽着铁链，只两三下，便"喳喇"一声，拗成了两段。张燕宾跟着响声，掉下了地。陈广泰也一个跟斗翻下来，哪有工夫说话，连链条都不及下，提起张燕宾往肩上一搁，驮着就跑。跑不到两三步，好像背后有人把张燕宾拖住了，陈广泰急回身一脚踢去，却不曾踢着什么，正自惊讶，张燕宾说道："我脚上的铁链还没有解下，如何能向外跑呢？"陈广泰叹道："怎么不早说，可不把我急死了。"遂复将张燕宾放下，刚待弯腰，除去他脚上的铁链，猛听得外面有多人大声喊："拿住！不要放走了劫狱的强盗！"陈广泰大惊，举眼望牢门外，只见火光照耀得透亮，但他虽则惊慌，却仍不舍得丢下张燕宾就走，还是张燕宾催他道："决走！同死在这里无益，你替我报了仇，比救了我还好。"话没说完，牢门已被人堵住了。

　　原来陈广泰寻到张燕宾这间牢房的时候，看守张燕宾的禁卒，凑巧登坑去了，回头走进牢房，就听得陈广泰扭锁的声音，遂又听得在牢里说话，知道是劫狱的来了。禁卒一个人胆小，不敢声张，悄悄的退出来，报知杜若铨，吓得杜若铨屁滚尿流，一面火急传齐本衙捕快前来捉拿，一面派人飞调何载福，带领会把式的人前来帮助。陈广泰心想张燕宾既然被捉，可知县衙里不无好手，哪敢再事迟延呢？只对张燕宾说了一声："报仇是我的事。"即掣出单刀来，大呼一声："挡我者死！"冲出牢门，没人敢挡，都纷纷向两旁退让。

　　那些捕快们，没一个有多大的能为，见了陈广泰那把雪亮般的单刀，舞动起来，映着火光，照得各人眼花缭乱，躲闪都唯恐躲闪不了，还有一个敢大胆上前的吗？陈广泰冲到空处，一跃上了房檐，更无人能上房追赶。陈广泰恐天光亮了，不能越城，慌忙逃到城外，不觉心中暗悔道："我若早知番禺县衙的捕快们，尽是些这般不中用的东西，何妨从容将燕宾脚上的链条扭断，驮着他一同逃走呢？这也是他命该如此，翻悔也无用了。"这夜因天色快亮了，只得仍到前几夜藏躲的地方，藏躲起来。

第二夜起更的时分，陈广泰即跑到周金玉家，伏在昨夜偷听的所在，听得房里有男子的声音说道："请姑娘快点儿吧。我老爷是个性急的人，疑心又重，我在这里耽搁久了，他不会怪你，一定又要骂我不是东西。"说罢，嘻嘻的笑。陈广泰觉得诧异，忙用倒挂金钩的身法将脚尖钩住房檐，身子倒垂下来，从窗缝朝里面张望，只见一个年约二十多岁，跟班模样的人，涎皮涎脸的立在床头，望着周金玉痴笑。

周金玉坐在床沿上，低头思量什么似的，忽抬头对那跟班啐了一口道："你还自以为是个东西吗？你老爷不向我问你便罢，若问我时，看我不把你这东西，无礼的情形，说给你老爷听。你好大的胆，你和二姨太的勾当，打算我不知道？"

那跟班做出胁肩谄笑的样子，跪一脚在楼板上说道："姑娘要打我、要骂我、要罚我，我听凭姑娘，只求姑娘高抬贵手，放我过去。我不但不曾得罪姑娘，就是前夜的事，我在老爷跟前，也很帮姑娘说了几句话。姑娘若不相信，等歇去问二姨太，就知道我不是这时在姑娘面前讨好了。"

周金玉鼻孔里哼了一声道："胡说！什么事要你在老爷跟前，帮我说话？"那跟班道："姑娘哪里知道，我老实说给姑娘听吧！姑娘还不明白我老爷的脾气，我老爷的醋劲，比这屋子还大，他见姑娘看上这个强盗，几日不到我家来，只气得每日在家里对大姨太、二姨太乱骂；说姑娘绝无天良，他对姑娘如何如何的恩爱，姑娘心中简直没有他的影子。他并说要将姑娘驱逐，不许在这镇上居住。那时就亏了我，教二姨太帮姑娘说话，说姑娘此刻既吃了这碗饭，比不得讨进了屋的姨太太。老爷听了二姨太的话，才把驱逐姑娘的念头打退了。直到前日，老爷带着我进城，知道姑娘走的那客，是个江洋大盗，老爷的气便更大了。对我说，姑娘一定知情，要把姑娘一同拿到县衙里去。我就说，姑娘是一个可怜的人，走的客是强盗，姑娘必不知道；若知道时，也不至将那镯头拿给老爷看了。当时还替姑娘表白了多少话，老爷的气才渐渐的消了，不然，老爷肯这么替姑娘设法，把强盗拿住吗？连何老爷都说，若不是老爷的妙计，姑娘的能干，便再多些人，也不见得能把强盗拿住。"

周金玉问道："你刚才说你老爷的话，是真的么？"跟班道："你不信，我可以当天发誓。"周金玉点头道："我相信了。我也老实对你说，你老爷待我虽是不错，但我心里不爱他是实。论年纪，他比我大了那么多，他若是命好，他的儿女儿媳，多有我这么大了。就凭着天良说，我怎得有真心爱他？莫说我此刻还在外面，心里想和谁要好，便和谁要好，决爱不到他这干姜一般的老头子身上去。就是他已经讨到家里来了的两个姨太太，你老爷待她们，不比待我好么，能逼着她们爱你老爷么？她们两个鬼鬼祟祟的勾当，哪一点儿能瞒得我。你是一个好东西，就不会奸了二主母，还替大主母拉皮条。"

跟班笑道："你要做了我家的三姨太，我总可算得是你的心腹人。我的嘴紧得很，不问什么人，想从我嘴里，问出一句要紧的话，便将我活活的打死，我也决不肯说。二姨太就欢喜我这一点儿，所以肯和我要好；大姨太若不是因我的嘴紧，也不肯教我做引线了。"

周金玉正待答话，一个老婆子走进房，对周金玉说道："时候不早了，阿林哥来了这么久，尽管在这里闲谈，齐老爷不等得发躁吗？不要再耽误了，你们两人就去吧。"

陈广泰听了，才知道这跟班叫阿林，心中不由得暗喜道："听这一对狗男女的话，可知捉拿燕宾，是这阿林的主人出的计策，教这婊子实行的。原来阿林的主人，还是因为和燕宾吃这婊子的醋，才设计把燕宾拿去。照这样看来，燕宾的仇人，还不完全是这婊子。刚才老婆子说什么齐老爷，大约设计拿燕宾的，就是这姓齐的东西了。我此刻既于无意中，得了燕宾的仇人，岂可随便放过？何不跟着这一对狗男女，看那姓齐的是个什么样的人，因此再听得什么相关的话来也未可料。"陈广泰一面思量，一面张望周金玉，开箱更换了衣服，对镜理了理青丝，匀了匀粉脸。那阿林便从壁上，取下一个琉璃灯笼来，点了一支烛，插在里面，照着周金玉下楼去了。

陈广泰遂翻身上了屋，在屋上跟定那个灯笼，走过了十多家门户，到一处很大的公馆式房屋门口，二人住了脚。阿林敲响门环，"呀"的一声，大门开了，即听得开门的人，笑声说道："阿林，你也还没忘记要回来吗？老爷已气得在里面大骂起来了。"阿林的声音回答道："怪得我么？姑娘身体不快，睡了不肯起床，我只少磕头了。"边说边向里面走，以后便听不清了。

陈广泰察看这房屋的形势，估料上房在那一方，赶过去朝下细听，果听得有人在下面，骂阿林回迟了的声音。阿林照着对开门人答的话，才申辩了两句，就听得大喝一声："滚下去！"阿林便没开口了。

陈广泰寻着便于偷看，又相离不远的所在，伏下身子张望，只见一间陈设十分富丽的房子，对面炕上摆了一副鸦片烟器具，一个烟容满面的男子横躺着烧烟。两个轻年丽服的女人，一个坐在男子的腿边，握着粉团一般的小拳头，替男子捶腿；一个立在男子背后，左手端着一支光可鉴人的银水烟袋，右手拈着一根纸撚，装水烟给男子吸。周金玉和男子对面躺在烟坑上。

陈广泰料想这个男子，必就是什么齐老爷，这两个妖精，不待说是什么大姨太、二姨太。那炕旁边有一个小门，大约是通后房的，我何不转到后房去，隔得近些，他们说话，不更听得明白些吗？若听出根由来，果真捉住燕宾，是这烟鬼设的毒计，我就要动手替燕宾报仇，到了他们身边也容易些。主意打定，即抽身从屋上绕到后面，跳落丹墀。

这时已在二更以后，齐家的用人，都趁主人在追欢取乐的时候，少有差使，一个个偷着睡了。陈广泰挨进后房，所以没人知道，侧耳贴在壁上一听，只听得周金玉的声音，带笑说道："怪道人家都说：三个鸦片烟鬼，可抵一个诸葛亮。像你这样的鸦片烟鬼，我看只一个，就足够抵一个诸葛亮了。"

不知陈广泰听出姓齐的怎生回答，且待第三十四回再写。

总评：

周金玉甜言蜜语，虚情假意，能使矫健绝伦之张燕宾，束手就缚。观此，可知"色"之一字，非常可怕。古来英雄豪杰，败于好色者，不胜屈指数。彼张燕宾之于周金玉，特其小焉者耳。后人读此，可不知所取鉴也哉！

周金玉之捕张燕宾，手段辣极，心思毒极，阅之令人恨恨。盖张燕宾之为人，虽未能轨于正道，然其对待金玉，则不可谓非多情人也。而金玉以是报之，可乎不可？天下人可捕燕宾，唯周金玉不可捕燕宾。今金玉卒悍然为之而不顾，此其人岂尚有丝毫之人心哉！卒死于陈广泰之手，不为冤矣。

张燕宾虽系剧盗，顾其人亦有可取者在。徒以恋恋周金玉故，卒死于女子之手，余甚惜之。

齐保正机警多智，乃独不能治家，观周金玉与小林之一席话，则其家中之污秽不治，亦可概见。至于周金玉对待齐保正数语，则尤足为老年好色之人，下一当头棒喝也。

第三十四回

送人头为友报怨
谈往事倾盖论交

话说陈广泰在齐家后房，偷听得周金玉说齐保正这个鸦片烟鬼，足抵一个诸葛亮，即听得齐保正，呼呼的抽了一口鸦片烟笑道："你这个小蹄子，还在这里说笑话打趣我！不错，我这鸦片烟鬼，是可以抵得一个诸葛亮。但是你这小蹄子，知道昨夜县衙里出了大乱子么？"

陈广泰听到这里，不觉大吃一惊，忙将身子更凑近了些，就听得周金玉说道："什么大乱子？我不知道。"齐保正道："我也料你不知道，不过说出来，真要吓你一跳。谁知那狗强盗张燕宾，还有余党在这里。昨夜三更过后，竟胆敢独自一个人，跑到县衙里劫狱，险些儿被他把张燕宾劫去了。"

周金玉失声叫着"哎呀"道："那还了得吗，你怎么知道的呢？那劫狱的强盗，拿住了没有呢？"齐保正道："我知道说出来，必然吓你一大跳，若能拿住了劫狱的强盗，倒好了。我今早因有事到城里去，顺便去瞧瞧何老爹，因为何老爹前日曾许我，事情成功了，在五千花红中，提一成送给我。我虽不在乎这一点儿银两，但是你不能不算是这件案子的出力人，论情论理，都应派一份花红给你才对。前日仓促之间，忘记向何老爹说明这话，打算今日去和他说，我自愿把份下的一成，也送给你。及我走到何家，他家的人对我说，何老爹昨夜四更时候，被杜大老爷传去了，还不曾回来。我说杜大老爷有什么事，在四更时候把老爹传去呢？他家人起初不肯实说，支支吾吾的说不知道什么事。我说：'不要紧，我是和老爹同事的人，断不至误老爹的事。'他家人才请我

263

到里面说道：'这事我们老爹吩咐了，不许张扬。因为昨夜三更过后，来了劫狱的强盗，想将张燕宾劫去，杜大老爷恐怕本衙里的捕快们，敌不过劫狱的强盗，火速派人调老爹去帮助。老爹临走的时候，吩咐我们，不许把劫狱的话向人说。'我当时听了何家人的话，只吓得我目瞪口呆，以为张燕宾必已被人劫去了，杜大老爷逼着何老爹去追赶，所以这时没有回来。我所怕的，就是怕那强盗得了活命，必来寻仇报复，我又不会武艺，如何防备得了呢？那时在何家，就和热锅上的蚂蚁一般，坐也不是，走也不是，幸亏还好，等不到半个时辰，何老爹回来了，我开口就问张燕宾怎么样了。何老爹摇着头答道：'这事情糟透了，只怪杜大老爷太不小心。我原说了，这强盗非同小可，一句口供都不曾问出来的时候，得加班防守，一怕有他同党的来劫牢，二怕他自料没有活命，在牢里自尽。杜大老爷不听我的话，说用铁链悬空吊起来，万无一失。哪晓得这强盗的余党，胆大力也大，居然一个人乘禁卒出恭的当儿，偷进牢房，把吊手的铁链已经扭断了，亏得脚上的铁链不曾扭断。禁卒已知道了，传齐了本衙的捕快班，先行捕拿，一面通知我，前去助阵。好在那强盗因人少心虚，不敢恋战，掼下张燕宾跑了。'"

周金玉听到这里，逞口而出的念了一声："阿弥陀佛！"齐保正笑道："你这小蹄子，就高兴得念佛么？我索性再使你高兴一会儿子。何老爹说，等他得信赶到县衙里时，劫牢的强盗，已逃去好一会儿了。他一见杜大老爷的面，杜大老爷就苦着脸说道：'你看这事怎么了？我悔不听你的话，以致有此失着。'何老爹答道：'大老爷的洪福，不曾被劫去，就是大幸了，此后加意防范，仍属不迟。'杜大老爷听了，光起两眼，望着何老爹道：'此后还要加意防范什么，你刚才没到牢里去看吗？'何老爹很觉这话来得诧异，忙答：'实不曾去牢里。'杜大老爷道：'张燕宾已经自己碰得脑浆迸裂，死在牢里了，你看这事怎么办？'"

陈广泰在后房听得这话，禁不住一阵心酸，险些儿哭出声来，不由得咬牙切齿，痛恨齐保正和周金玉两个，想就此蹿到前房，一刀一个宰了这两个狗男女；只因恐怕以下还有要紧的言语，不曾听得，勉强按捺住火性，听齐保正继续说道："我当时见何老爹说张燕宾自尽了，倒也放下一件心事。何老爹却说：'张燕宾死与不死，无关紧要。因张燕宾生时，已一脚砍去了膝盖，一脚割断了脚筋，两手又穿过了琵琶骨，便不死也是个废人，没有报仇的力量了。倒是来劫牢的那东西，有些可怕，那东西若不和张燕宾十分知己，便不肯冒险来救他；若不是有很大的本领，必不敢单身来干这种惊人的事。那东西说不定就是前次逃走的陈广泰。旁人没要紧，只周金玉留神一点儿，为的是张燕宾是在她家里被拿的，便是捆手的事，外面知道的人也很多，难保陈广泰不听得说，到周家替张燕宾报仇。'"

周金玉插嘴呼着"哎呀"道："这样说起来，我怎么得了呢？我自从前夜到于今，不知怎的，心神总是不定，好像有大祸临头似的，心里慌得厉害。照何老爹这话说起来，我却如何得了咧！齐老爷可怜我，救救我吧！"齐保正鼻孔里哼了一声道："我能救你么，你也要我救么？你前几日，不是和张燕宾搅得火一般热，把我丢到脑背后去了的吗？此时倒认得我姓齐的老爷了！"说罢，咯咯咯做鹭鸶笑。

周金玉便哭起来，齐保正又抽了一口鸦片烟说道："我故意这么说，逗着你玩的，谁认真和强盗吃醋吗？我今夜教阿林接你到这里来，就是要你在这里，躲避躲避的意思。"周金玉止了哭声说道："多谢齐老爷的意思，我周金玉不会忘记。休说张燕宾还有余党在这里，难免不到我那里来寻仇，就是没有这回事，我听得张燕宾在牢里自尽了，我一个人也不敢照平常的样，睡在那楼上。前昨两夜，我妈都陪我坐到三更过后，我还是睡不着。我妈劝了我许多话，安慰了我许多话，直到天光快亮了，才糊糊涂涂的睡了。一合上眼，就仿佛张燕宾立在我跟前，做出临走时，望着我说那两句恶话的样子。我一惊醒来，便是一身大汗，于今他死了，我更是害怕。"

齐保正道："他临走时，望着你说了什么恶话？"周金玉道："不要再提了，我害怕得很。"齐保正笑道："真是小孩子的胆量，到了我这里，还怕些什么？我素来不相信有鬼，并且即算有鬼，这种在生做强盗的鬼，也不敢到我们这种人家来，你放心就是了。"

陈广泰哪里能再忍耐得下，抬腿一下，便将那扇向前房的门板"哗嚓"一声，踢得飞起来，身子跟着蹿将进去。房中一男三女，同声都叫"哎呀！"齐保正翻身起来，喝问："是谁？""谁"字不曾喝出，陈广泰已手起刀落，连头带肩，劈倒在炕上，回手一刀，即将周金玉的粉头砍下。

在陈广泰的意思，原没打算杀齐保正两个姨太太的，奈两个姨太太命里该和齐保正、周金玉死在一块，当时见陈广泰杀倒了二人，都吓得大声喊："强盗杀死人了！"陈广泰被喊得气往上冲，不假思索，也就一个给了一刀。杀死了四人之后，心里忽然转念道：我何不如此如此，出出胸中恶气，随即割下齐保正的半边脑袋，和周金玉的脑袋，两绺头发做一个结纽了，提起来暗祝道：你们俩不要怨我，你们今世不能成夫妇，来生再作结发的夫妻吧！就死人身上的衣服，揩去了刀上鲜血，不敢停留，提头飞身上屋，径向县城奔来。抓着更夫，问明何载福的家，把一颗半人头，送到何家屋梁上挂；回身到吕祖殿山后，寻到张燕宾窖的珠宝，并他自己的珠宝，做一个大包袱捆了，改了行装，星夜向湖南进发。

脱离了广东境，就晓行夜宿，饥餐渴饮，一路之上，绝没人知道他是一个大盗。陈广泰到长沙之后，便不似当日在福州、广州的狼狈情形了。他的仪表，本来并不丑陋，有了钱，自然会高车驷马，衣履鲜明。初到的时候，还不敢露出陈广泰的真姓名来，后来住了几个月，打听得广州官厅对于这桩案子，只雷厉风行的，认真办了两个月，因到底没有证据，能断定是陈广泰的凶手，张燕宾又不曾招一句口供，就自尽死了；只好仍提刘阿大等一班小偷儿，再三严讯陈广泰的行为。

刘阿大一班人，倒有些天良，始终咬定陈广泰只教过他们的武艺，不但不曾帮同偷盗；并且连他们偷盗的行为，陈广泰都一点儿不知道。全赖这套口供，把悬赏缉拿陈广泰的案子，无形的和缓下来了。

清朝的法律，命、盗、奸、拐，为四大案，办理本比较以外的案子认真。不过那时官场的习惯，在这个县官任上，出了这回大案件，这个县官因自己前程的关系，不由得不认真办理。这县官一调了任，下任的接手来办，就觉得是前任遗下来的案子，只要苦主追求不急，便成了照例的拖案。齐保正既没有亲生儿子，周金玉的母亲，又不是有能力追求官府的人，林启瑞的翠镯，已得物归故主，其余的东西，就也不放在心中了。其中只有李御史，追得厉害些，然拖延几个月下来，又已有张燕宾死在牢里，明知再追也无用，不能不忍痛把这事放下。

大家一松懈，陈广泰自然在长沙心安理得、无所顾忌了。他虽在广州，因收徒弟受了大累，然他并不因此灰心。听说湖南会武艺的很多，自己技痒起来，便想会会湖南的好手。在湖南略略负些儿时望的把式，会过了好几个，动手都不上三四个回合，总是被陈广泰打跌了；于是就有人劝陈广泰，在长沙设厂，教些徒弟。

陈广泰想起自己师傅，教自己多传徒弟的话，遂真个设起厂来；只因打来打去，从不曾遇着一个对手，少年人气盛心雄，不由得就目空一切了。这日正在兴高采烈的向一班看的人夸海口，不提防罗大鹤，从人丛中跳了出来，将手里做小生意的篾篮，往地下一掼，要和陈广泰见个高下。

大凡练武艺的人，自己的能耐到了什么程度，看人的眼力，必也得了什么程度。有本领的人，与有本领的人相遇，只须看得一举一动，听得三言两语，虽不能说看得如何明白，能断定功夫做到哪一步，然功夫深浅，必能得着一个大概。

陈广泰一见罗大鹤从人丛中，跳出来的身法，很和自己的师傅身法仿佛，就知道这人的本领，不是那些不中用的把式所可比拟；恐怕随便交手，万一有个差错，当众一干面子有些下不来。只得慎重其事，把罗大鹤请到里面，很客气的攀谈起来。

陈广泰将自己的师傅，因见了鹰与蛇相斗，悟出"字门拳"的历史，对罗大鹤说了。罗大鹤笑道："原来如此。这事真巧极了，我前、昨两日，看了你的身手，心里就有些疑惑，怎么有几处竟和我相同呢？因思量我师傅，手创这路'八拳'之后，除了我，不曾教过第二个徒弟，以为不过是偶然相同罢了。于今听你说出来历，你、我简直可说是一家的功夫呢！"遂也将自己师傅，手创八拳的来历，述了一遍给陈广

267

泰听。二人就此成了好友。陈广泰自愿将已经收来的徒弟，让给罗大鹤教，自己却回江西原籍，另辟码头。陈广泰在江西，很干了几件有声有色的大事，至今江西武术界的老前辈，谈到"陈广泰"三个字，少有不知道的；并且谈起来，少有不眉飞色舞、津津乐道的，可以见当时的精彩了。后文自当一件一件的细写出来，暂时只得将他搁在一边。

再说罗大鹤，当时受了陈广泰移交的几个徒弟，从事教练。这日罗大鹤在街上行走，打一家屠坊门口经过，那屠坊正在宰猪。只见一个身体十分肥胖的人，一只右手，捉着猪耳朵，往杀猪凳上一搁，随用左手按在猪颈上，那猪躺在凳上，便只能张开口叫唤，不能动弹。胖子从容不迫的，右手从盆里拿起尖刀来，对准猪咽喉，一刀刺下，随手即抽了出来，刀上不见一点血迹。

罗大鹤看了，暗暗纳罕，估量那胖子的年纪，不过二十多岁，宰的这只肥猪，倒足有三百多斤。暗想这胖子的实力，怕不有七八百斤吗？更难得他手脚，也有这么轻快，我有心想收几个好徒弟。陈广泰移交给我的，虽不能说不好，然大都不过比平常人的体格天分，略高一筹，将来的造诣，看得见的没什么了不得。若能像这个胖子的资格，教练起来岂不是事半功倍吗？但不知他肯不肯从我学习？我何不借着买肉，去和他攀谈一番。一面思量着，一面走上前去。

那胖子将猪杀死，即交给两个伙计模样的汉子，刨毛破肚，自己却去账房里坐着。罗大鹤料想他必是老板，遂向他点了点头，叫声"老板"，说道："我多久不曾尝过肉味了，想买两斤肉吃吃。不过我是一个穷人，难得有钱买肉吃。要请老板亲自动手，砍两斤精带肥，没有骨朵的，使得么？"胖子即立起身，笑容满面的答道："使得，使得！"遂走到肉坊，提刀砍肉。

罗大鹤问道："请问老板贵姓大名？"胖子道："我姓黄，叫长胜。"罗大鹤笑道："我刚才看黄老板杀猪，有那么大的气力，又有那么快的手脚，莫不是罗大鹤师傅的徒弟么？"黄长胜道："我不知道罗大鹤是什么人，我们做屠坊的，从来少有带徒弟的，并且长沙城里没第二个屠夫，能和我一样杀猪，也没听同行中，有过什么罗大鹤。"

罗大鹤笑道："黄老板弄错了。我说的罗大鹤不是屠夫，是一个上打东西两广下打南北二京，没有敌手的好汉。他的徒弟，都是力大无

268

穷、手脚极快。我以为黄老板若不是他的徒弟，如何会有这么大的气力，和这么快的手脚？"黄长胜现出不快的脸色说道："我倒不相信罗大鹤的徒弟，能和我一样杀猪。"罗大鹤道："他的徒弟，岂但能和黄老板一样杀猪，他们杀牛都是这般杀法，杀猪算得什么！我曾看见罗大鹤自己动手，杀一只极大的肥猪，一条极大的水牛，还不用刀呢？"

黄长胜问道："不用刀，却用什么咧？"罗大鹤做着手势道："就这么用手，对准猪咽喉戳进去，和用刀杀的一般无二。"黄长胜掉头笑道："岂有此理！牛怎么杀的呢？难道也和杀猪一样，用手对准牛咽喉，戳进去吗？"

不知罗大鹤怎生回答，且待第三十五回再写。

总评:

张燕宾少年英俊，身怀绝技，一旦以盗案败露，碎首狱中，我知读者必深为之惜。然其人亦自有可死之道，即如断臂夺镯一事，残忍凶悍，非英雄所宜出。张、陈二人，同为剧盗，然张死而陈得脱去，殆以此耳！

齐保正设计捕盗，为闾阎除害，此固职务所当为。陈广泰杀之，毋乃过乎？曰："不然。"齐保正之捕张燕宾，私也，非公也；为妒忌也，非为除害也。设张燕宾不与周金玉媾，则齐虽明知其为盗，亦必置之勿问。然则陈广泰之为友复仇，不亦宜乎！

周金玉夜间每一合眼，即见张燕宾，此非燕宾之能为焉，实周金玉之心虚故也。金玉自知重负燕宾，不免内疚，心虚胆怯，目中便仿佛若有所见矣。世所传冤魂索命事，大率如是，故人切勿作负心事也。

张燕宾既死，则陈、张二人之合传，自应收束矣。故借陈广泰之亡命湖南，依然归到罗大鹤身上，并将前事重提一过，以醒眉目。文笔圆转自如，异常活泼。

此回后半，将陈广泰搁过一面，专叙罗大鹤事，照例应述罗大鹤与金光祖比拳事矣，作者乃偏不提及，另行岔入黄长胜一传，炉灶另起，使人不测。

第三十五回

黄长胜杀猪惊好汉
罗大鹤奏技收门徒

话说罗大鹤见黄长胜问牛怎么杀，晃了晃脑袋笑道："他杀牛么？他杀牛与杀猪不同。人家杀牛，都得用绳索缚住牛蹄，将牛绊倒；罗大鹤杀牛，全不用费这些麻烦，只伸直五个手指，往牛肚子里一戳，随手就把牛的心花五脏抓了出来。牛禁不住痛，倒地喘几口气便死了。"

黄长胜摇头道："哪有这样的事，我不相信！"罗大鹤道："黄老板不相信，敢和我赌彩么？"黄长胜问道："赌什么彩，怎样赌法？"罗大鹤道："罗大鹤是我嫡亲老兄，于今住在小吴门罗家大屋。你不相信有这样的事，看赌什么彩，说妥了，我同你到罗家大屋去，要我老兄当面杀一条牛你看。"

黄长胜绝不踌躇的说道："什么彩我都不赌。如果罗大鹤真能照你刚才说的，杀死一条牛，我自愿赔一条牛的钱，并立时拜他为师。若是你说假话，应该怎么样？"罗大鹤道："也照你的样，送一条牛的钱给你，也教他拜你为师。"黄长胜道："好！大丈夫说了话，是没有翻悔的呢！"罗大鹤笑道："谁翻悔，谁不算汉子。我此时回去，便对家兄说明白，你明日上午，到罗家大屋来看便了。我有工夫就来接你，但怕我没工夫来，也没要紧。"黄长胜道："你不来，怎么使得呢？我并不曾和令兄见过面。"罗大鹤不待他说完，连忙界面说道："我来，我来！你在这里等着便了。"

原来罗大鹤本有从牛肚中抓心花五脏的能耐，所以敢和黄长胜赌彩。当下与黄长胜约定了，给了肉价，提了肉归家；顺路到卖牛肉的店里，租了一条大黄牛。湖南的风俗，或是发生了瘟疫，或是人口多病，六畜不安，多有租一条黄牛，到家里来杀了，祭奠土神的。每条黄牛的租价，不过七八百文，至多一串钱。罗大鹤这次租牛，比寻常租牛祭土神的略有不同，因得在牛肚皮上戳一个窟窿，价钱比寻常也略贵点儿。

次日早饭后，罗大鹤在家里安排好了，走到黄长胜屠坊里来。黄长胜正在家中等候，罗大鹤道："我已和家兄说明了，他教我来请老板去。我今天原约了朋友，有要紧的事，得出城去；只因昨天和黄老板约了，不能不抽空亲来一趟，就请同去吧！我领你和家兄见过面，当面把昨日赌彩的话说明了后，便不干我的事了，我还要出城去呢！"黄长胜点头道："只要见了令兄的面，说明了昨日的话，你有事要出城，你尽管去好了。"

罗大鹤遂引黄长胜到罗家大屋，教黄长胜在客堂里坐了，说是去里面通报家兄，故意到里面走了一转，出来对黄长胜说道："请等一会儿，家兄牵牛去了，一刻儿就会转来。"黄长胜信以为实，就坐着等候，罗大鹤陪坐了一会儿，做出不安的样子，自言自语的说道："牵牛怎的去这么久呢？又不是有多远的路。"

黄长胜倒安慰他道："没要紧，便多等一会儿，又有何不可！"罗大鹤道："黄老板不知道家兄的性格，实在疲缓得了不得，他身体的高矮肥瘦以及容貌，都和我差不多。我与他本来是双生子，就只性格完全与我两样。我的性子最急，今日约了朋友同出城，家兄不回来，我便不能去，此刻我朋友一定等得不耐烦了。我心里急得很，请黄老板在这里再坐坐，我去催家兄快回，好么？"黄长胜只得应好。

罗大鹤即高声叫："周春庭！"一个后生应声而至。罗大鹤道："你陪黄老板坐坐，我去找你师傅回来。"周春庭应着"是"，陪黄长胜坐了。罗大鹤出来，更换了一身衣服，到牛肉店牵了黄牛回来，进门便向黄长胜拱手道歉道："对不起，对不起！害黄老板等久了。舍弟因有事，出城去了，不能回来奉陪。他昨日和黄老板约的话，我已明白了。"

黄长胜见了罗大鹤，心里暗暗惊疑道："分明是一个人，怎么说是兄弟，难道兄弟相貌相同，同到这么传神吗？"但他心里虽这般疑惑，然罗大鹤向他拱手道歉，也只得立起身来，口里却不好怎生说法。只见周春庭在旁问道："师傅在半路上，遇了二师叔吗？"罗大鹤摇头道："哪里是半路上，我为这条劳什子牛，不知和那牛肉店里的老板，说了多少话。你师叔若不去，恐怕此刻还没说妥呢！昨日你师叔从黄老板那里回来，将赌彩的话说给我听了之后，我就去租牛，很容易的说妥了。谁知我刚才去牵，那老板就变了卦了。他说租给我用刀杀可以，用手去牛肚里抓出心花五脏来，这牛死得太惨，他不忍心为多得这几百文钱，做这种惨事。我说左右是一死，有什么惨不惨，你们用刀将牛杀死之后，难道不破开牛肚皮，把心花五脏抓出来吗？那老板固执得什么似的，听凭如何说，总是不肯。我呕气不过，已打算不租他的了，刚待回来和黄老板商量，另买一条牛来，恰好你师叔来了。他的脾气，比我的大，听说那老板临时忽然变卦，只气得向那老板暴跳起来，说：'你不是三岁五岁的小孩子，昨日家兄来向你租牛的时候，并没把用手杀的话隐瞒，谁教你当时答应！你当时若不答应，偌大一个长沙城，怕租不着一条牛吗？于今事到临头，哪由得你变卦。你几十岁的人当老板，说了的话不作数，还了得吗？'可笑那老板，生成的贱骨朵，我好好的劝他，打种种譬喻给他听，他固执不通。你师叔是那么一顿愤骂，他倒害怕起来，服服帖帖的答应了。"

黄长胜听了这派话，已疑心罗大鹤确是双胞兄弟，便对罗大鹤作揖说道："昨日二师傅在小店，谈起师傅的武艺，我不是不相信，只因想见识见识，所以约了到师傅这里来；倒害得师傅和人动气，我心里很是不安。"罗大鹤慌忙答礼笑道："这算不了什么！请问黄老板的功夫，是跟哪位师傅练的？昨日据舍弟回来说，黄老板的气劲如何好，手脚如何快，料想尊师必是个有名的人物。"

黄长胜笑道："昨日二师傅问我是何人的徒弟，我听错了，因为我们做屠坊的人，没有什么师傅、徒弟。俗语说得好：捉得猪叫，便是屠夫，从来没听说屠夫也带徒弟的。想学习杀猪的，只要到屠坊里当伙计，留心见几次，自己动手杀几次，屠夫的本领便完全得着了。因此二师傅问这话，我一时没想到，是问学武艺的师傅，我并不曾学习过武艺，连会武艺的朋友也没有交着。"

罗大鹤道："生成有这么大的气劲、这么快的手脚吗？"黄长胜道："我也莫名其妙。我父亲本是做屠夫的，我十二三岁的时候，就帮着我父亲杀猪，每日总得杀几只。我的年纪一年大似一年，我的气劲也跟着一年大似一年，直到二十岁，才自己动手杀。起初杀百多斤一只的猪，也得提上凳，用肘按住，才能杀死。后来气劲更觉大了，非二百斤以上的猪，便用不着上凳，只须提起来，往自己膝盖上一搁，就一点儿不费事的杀了。手快也是习惯成自然，我能将头上的帽子，放在血盆里，一刀将猪杀了，抽出刀来，从血盆里抢了帽子往头上戴，帽子上不沾一点猪血。"

罗大鹤道："你有这么好的资质，怎的不从一个会武艺的人，学习武艺呢？"黄长胜道："我因不曾见过会武艺的人，想学也没人教。我那条街上，有个姓张的，混名叫'张三跛子'，人家都说他好武艺，教了许多的徒弟。我要张三跛子做武艺给我看，做得好我就从他学。他当时做了几个样子给我看，并说给我听，人家如何打来，应该如何接住人家的手，如何回打人家一拳，脚来该怎么接，头来该怎么接，说你若不信，尽管打来，好接给你看。我见他教我打，我就用杀猪的法子，朝他胸脯戳了一下，正正的戳在他胸脯上，等他用手来接，我和抽刀一样，早已抽了回来，他没接着；我还想戳他第二下，只见他连退几步，脸上变了颜色，两手揉着胸脯，一句话也没说就跑回去了，我还不知道他为的什么。他去后，好几日没见他的面。后来有人对我说，张三跛子被人打伤了，大盆大盆的吐血。我听了也不在意，不知他被什么人打伤了。隔了大半年，我这日在街上遇了他，顺口问他，吐血好了么？他面上很露出不好意思的样子说道：'我是做手法给你看，并不是跟你动手过堂，谁知你存心不善，冷不防一拳打在我胸脯上。我那时本打算回你一拳，转念一想，不好，我的拳头太重，你是个没练过把式的人，受不起一拳，倘有个一差二错，定遭人唾骂。'我见张三跛子这么说，才吃了一惊，问他道：'你吐血，难道就是我那一拳戳伤的吗？怪道你那日，用两手揉着胸脯，一句话也不说，就跑了啊！'张三跛子却又摇头道：

'我是说笑话，逗你玩的，你一拳怎能打得我伤！我本来有吐血的毛病，每年得发两次。'他说着便走了，以后一次也没到敝店来过，平常是隔不了几日，就来买肉的。"

罗大鹤哈哈笑道："原有一句俗语：把式把式，怕的是猛势。张三跛子是个不成材的把式，怎能当得起你这样的大猛势！幸亏你没练过武艺，只要练上两个月，他胸脯上受了你那一拳，我包他没性命带回家去了。好！等我杀过了牛，也来做几样武艺给你看。你要知道，徒弟打死师傅，不要抵命的。你尽管照戳张三跛子的样，多戳我几下，看我够不够做你的师傅！"

黄长胜高兴，跟着罗大鹤到一块青草坪里，只见一条很大的黄牛，正低着头吃草。离黄牛不远，竖了一根二尺来长的木桩，在青草地下，牛绚拴在桩上。罗大鹤叫周春庭拿一条粗麻索来。罗大鹤亲自动手，将麻索一头缚在牛的前腿上，一头缚在桩上，笑问黄长胜道："你想看我抓牛肚子里的什么东西，只管说出来，我照着你说的，抓给你看就是！"

黄长胜心里总不相信有这种本领的人，随口答道："听凭师傅的意思去抓就得啦！"罗大鹤道："不行！得你说出来，我照着你的去抓，才有兴味；随便去抓的，算不了稀奇。"黄长胜笑道："师傅定要我说，就请师傅把牛心抓出来，好么？"

罗大鹤笑着点头道："看你说的，倒像一个内行。牛肚里的东西，只一颗心最不好抓；要抓人的心，却是最容易的事。"黄长胜问是什么道理。罗大鹤笑道："这道理很容易明白。因为人的心，都是歪在一边的，我看它歪在哪一边，就从哪边下手去抓，一抓便着了。唯有牛的心，不论黄牛、水牛，都是在当中的，不费点儿气力，抓它不出来。也罢，你既说了，我总得抓给你看。"说着，将衣袖捋上肩头，露出一条筋肉突起的右臂来。两眼在牛肚上端详了好一会儿，只见他手膀一动，那牛便四脚齐起，蹦了几尺高下。再看罗大鹤的手，已是抓住一大把血淋淋的东西，授给黄长胜看。那牛只蹦跳了两下，因前脚被麻索吊在木桩上，跑不开来，禁不住痛苦，登时倒在青草里，只痛得乱动乱滚。黄长胜看了，不由得吐出舌头来，半晌收不进去。

罗大鹤伸手给黄长胜看道："你看是不是牛心，没抓错么？"黄长胜仔细一看，一颗鲜血淋漓的圆东西，不是牛心是什么呢！目瞪口呆了好一会儿，才双膝往地下一跪，一连叩了四个头说道："弟子就在这里拜师了！"罗大鹤很欢喜的收了这个得意徒弟。罗大鹤的声名，自从收了黄长胜做徒弟，又有赤手抓牛心的奇事，不到几日，就传遍了长沙城。想学武艺的，争着送赆敬，前来拜师。

罗大鹤收徒弟，不问年龄老少，不论家资贫富，他只见一面，说这人可教，便是一文钱没有，又是三四十岁的年纪，他也肯收作徒弟；若他见面摇头，说很难，很难，就跪在地下求他，整千的送银子给他，他也是决不肯教的。有人问他是什么缘故。他就说缘故难说。有时被人问急了，便大声说道："我也问问你看，黄牛像马，你可以拿来当马骑么？"因此，找到罗家大屋拜师的虽多，罗大鹤高兴收了的，只有杨先绩一个。

杨先绩的身体，枯瘦如柴，年纪恰好三十岁，以前不曾从师学过一手拳脚，住在长沙乡下。杨家几代种田生活，家境并不宽舒。杨先绩因身体生得太弱，种田的功夫太劳苦，他连一担谷都挑不进仓，只得改业，挑着一副小小的杂货担，做些小本生意，哪里敢存个学习武艺的念头呢？

离杨家不远，有个姓胡名菊成的，也是个做杂货生意的人。胡菊成的身体，不但二十分强壮，并且从师很练过好几年拳脚。乡下平常的教师，曾被胡菊成打翻的，十有七八；胆量小些儿的，简直不敢和胡菊成动手。

胡菊成只二十六岁，一般乡村教师，见了他都称"老师傅"，他还昂头天外，做出爱理不理的神气。不论遇着什么人，三言两语不合，他总是两眼一瞪，开口就"乌龟忘八蛋"的骂起来。被他骂的，知道他凶恶，忍气吞声的不和他计较，他骂骂也就罢了。若牙齿缝里露出半个带些反抗意味的字来，便登时给一顿饱打。一乡的人，见了胡菊成的背影，都要吓得发慌。但他却和杨先绩要好，时常邀杨先绩同出外做买卖。

杨先绩体魄虽弱，气魄却强，为人又异常机智，喜怒不形于色，见胡菊成有意拉拢，面子上也做得和胡菊成很要好。这日胡菊成来邀杨先绩，同到省城里办货。杨先绩本有事进省，就和胡菊成一道走。在省城住了两日，胡菊成便闻得罗大鹤的声名了，对杨先绩说道："听说来了一个姓罗的教师，在罗家大屋教打，声名大得很，你同我拆他的厂去。"

杨先绩问道："怎么叫做拆厂呢？"胡菊成笑道："你连拆厂都不知道吗？"杨先绩道："我又没练过武，知道什么拆厂！"胡菊成道："他开了一个厂教徒弟，我不许他教，就是拆厂，你知道了么？"杨先绩道："他教他的打，又不在你住的地方教，你如何能不许他教呢？"

胡菊成笑道："你真是个外行。这教打的事，不比教书，和教旁的手艺，尽管他不在我住的地方教，我有本领，就能去拆了他的厂子。他被我拆了，屁都不能放一个，赶紧滚蛋。我们会武艺的人，照例是这么的，我也不知拆过人家多少厂了。"

杨先绩道："我和你同去，怎生一个拆法？我完全是个外行，不要弄错了，反给人笑话。"胡菊成大笑道："我要你同去，不过带你去看看，拆厂哪关你的事？有什么内行、外行。"杨先绩道："既不关我的事，却要我同去干什么呢？"胡菊成笑道："你这人真是糊涂，除了做杂货生意以外，什么也不懂得。拆厂就是去跟那教师过堂，我将他打败了，不许他再在这里教徒弟，就和拆倒了他的厂子一般，所以谓之'拆厂'。要你同去，是要你去看我打他，你这下子懂了么？"

杨先绩点头道："懂是懂得了，不过你去打他，万一你打他不过，倒被他拆了你的厂，不是没趣吗？"胡菊成连连摇头道："哪有这种事！我拆了无数的厂，不曾遇过对手，你尽管放心。并且我不教徒弟，也没厂子被人家拆。我们就去吧，我一定打他一个落花流水给你看。"杨先绩没法，只得跟他同去。

不知胡菊成怎生与罗大鹤过堂，毕竟谁拆了谁的厂，且待第三十六回再写。

总评：

此一回又完全为罗大鹤传矣！大鹤诡称有兄，与黄长胜戏，种种布置十分有趣，可见得名师固难，得一高徒，亦复不易也。

空手杀牛而取其心，言之吓人，此不特黄长胜所不信，目睹之人，恐亦无人能相信也。然作者固言之凿凿，天下之大，无奇不有，我又不敢谓其必无焉。

从黄长胜之徒弟，引出杨先绩之徒弟，又从杨先绩身上引出胡菊成，以为陪衬。一壮健，一瘦弱；一勇敢，一懦怯，而日后成就，适得其反，文情极诡奇之致。

第三十六回

闻大名莽夫拆厂
传噩耗壮士入川

　　话说胡菊成一鼓作气的带了杨先绩去拆厂，走到罗家大屋，罗大鹤正在教周春庭、黄长胜一班徒弟的功夫。胡菊成趾高气扬的走进去，抬头向天说道："闻罗大师傅的武艺高强，特来领教！"罗大鹤见有人要拆厂，只得停了教授，迎出来，见一个大汉子，同一个和猴一般的人立在客堂里，就拱了一拱手道："承两位来赐教，很好，请坐下来谈谈吧！"

　　胡菊成做出极骄矜的样子说道："有什么话谈！你打得过我，算是你强，你教你的徒弟，我不能管你。你若打不过我，就得请你两个'山'字叠起来，让这地方给我住住再说。"罗大鹤听了，故意装出不懂得的说道："怎么叫做将两个'山'字叠起来呢？"胡菊成大笑道："这是我们的内行话。两个'山'字打叠，名叫请'出'。"罗大鹤也笑道："我若打不过你，拜你为师好么？"胡菊成应道："使得！"

　　罗大鹤道："你我如何打法呢？"胡菊成道："听凭你要如何打法都行。"罗大鹤道："我有个最好的打法，非常公道。"胡菊成忙问："什么打法？"罗大鹤道："这门外草坪里有一个木桩，我用一只脚立在木桩上面，任凭你如何推打，只要推打得我下来，便算是你赢了。"胡菊成道："你立在木桩上面，怎么好回手打我呢？"罗大鹤道："回手打你还算得公道吗？尽你打个饱，我只不回手。这个打法，还不好吗？"

　　胡菊成心想："哪有这样的打法？一只脚站在地下，尚且站不稳，何况站在木桩上面，岂有推打不下来的道理！也罢，这是他自己说出来的法子，他成心要讨苦吃，怨不得我。"胡菊成心里高兴，口里却对罗大鹤说道："你自己说出来的法子，我也不管你公道不公道，不过拳脚无情，彼此受了伤都不能啰唆，各自服药调理。"罗大鹤道："我说了不回手，你若再受了伤，自然不能向我啰唆。你打伤了我，算是你的本领，我立刻拜你为师。"一面说着，一面引胡菊成、杨先绩二人，到门口青草坪里来。

杨先绩心里有些疑惑，将胡菊成拉到旁边，悄悄的说道："我虽不懂得武艺，但据我看，这罗大鹤说出来的打法，有些不近情理。如果他不会邪术，便是极大的能为。若不然，他明知你是来拆他的厂子，他又不是一个疯子，怎么肯这么坏自己的事？你倒要小心一点儿才好。"胡菊成道："他说了不回手，只有我打他，他不能打我，还愁打他不过吗？你不懂得，不用过问。"杨先绩便不作声了。

罗大鹤已捋衣跳上木桩，用一只左脚站住，右脚跷起来，使出"朝天一炷香"的架势，笑向胡菊成道："你尽管使出全身本领来吧！"胡菊成看那木桩，有饭碗粗细，竖在草地，不过一尺高下，四周都是平坦草地，极好施展功夫。走上前，对准罗大鹤的肚皮，猛力一拳冲去，就和打在气泡上一般，一点儿也不得劲。心里觉得有些奇怪，暗想他肚皮是软的，不受打，我何不从背后去，打他的屁股。随即转到罗大鹤的背后，又使劲打了一拳。这一拳打去，罗大鹤的身体不见摇动，胡菊成的拳头，倒打得痛彻心肝了，躲在罗大鹤背后，揉了几揉。谁知不揉还好，越揉越痛，越发红肿起来。胡菊成的拳脚，是从乡村中蛮教师练的，最喜用头锋打人，从不知道于生理有妨碍。胡菊成的头锋，能将五六寸厚的土砖墙，冲一个窟窿，头皮不受损伤。这时见拳打不中用，自己拳头反受了伤，只得使出他看家本领的头锋来。那一头冲去，不由得"哎呀"一声，倒退了几步，一屁股顿在草地上，几乎昏死过去了。

杨先绩连忙跑上前搀扶，胡菊成半响才喘过气来说道："好厉害的屁股，简直比铁还硬，我定要拜他为师，不可错过。"

这时罗大鹤已跳下木桩，走过来笑道："你拿大狼槌，在我屁股上，打了那么一下吗？"胡菊成也不答话，忍住痛爬起来，双膝跪倒，叩头说道："我是一个鲁莽人，师傅不要见罪，求师傅收我做个徒弟。"罗大鹤扶起胡菊成道："不敢当！请到里面去坐。"胡、杨二人复随罗大鹤到客堂就座。胡菊成的脑袋，也渐渐肿起来，只得向罗大鹤求情道："我悔不听我这个杨伙计的话。他原已料定师傅的本领高强，劝我不要动手的；只怪我太粗心鲁莽，自讨苦吃。还要求师傅做个好事，替我治好脑袋和拳头的伤。"

罗大鹤望了杨先绩一眼笑道："这不算是受了伤，只因你老哥当日练功夫的时候，不曾遇着个好师傅，打出来的劲，不能过三，所以不能透到人家身上去；一遇了功夫比你硬的人，他的劲就把你的劲，触得退回你自己身上去了。你这脑袋和拳头，便是你自己的劲，被触回来，在里面作祟；也用不着敷药和吃药，只须按穴道揉擦几下，使那退回去的劲，有了消路，肿就自然消了。"说时，走到胡菊成跟前，双手捧住胡菊成的脑袋，几揉几抹；再拉着那肿得和木盂般大的拳头，也是几揉几抹，只痛得胡菊成，两眼掉下许多泪来。

却是作怪，那肿头肿手，经这么几揉几抹，比什么灵丹妙药都快，眼看着回复原状了。胡菊成好生欢喜，向杨先绩道："我就在这里，从师傅学武艺，武艺不学成，不回家去，请你去我家送个信，免得家里人盼望。"罗大鹤连忙摇手道："不行，不行！我不能收你做徒弟。你要学武艺，最好另找名师。"

胡菊成道："师傅以为我出不起师傅钱么？看师傅平日收徒弟，照例是多少师傅钱，我照样一文不少便了。"罗大鹤笑道："不是！我收徒弟，一文师傅钱不要，只大家凑饭给我吃就得了。"胡菊成道："然则师傅何以不肯收我做徒弟呢？"罗大鹤道："我不能教你的武艺，你做我的徒弟，有什么用处咧？"

胡菊成听了，仍不懂是什么意思，便问："怎的不能教我的武艺？"罗大鹤指着杨先绩道："我倒愿意收他做徒弟。"胡菊成忍不住笑道："他通身没有四两气力，一天拳脚都不曾学过，年纪又已经三十岁了，怎么师傅倒愿意教他呢？"罗大鹤笑道："就是为他不曾学过一天拳脚，我重新教起来容易。你若是从来没练过武艺，今日来拜师，我或者能收你也不一定。老实对你讲吧，你从前学的武艺，完全走错道路了。"

胡菊成不服道："从前即算走错了，难道还抵不了他这个一天不曾学过的吗？我也从头学过就是了。"罗大鹤摇头道："哪有这般容易的事！譬如走路一般，本来要向南方走的，你却向北方走了几千里，于今要你回头向南方走，你不是要退回来，走几千里白路，才得到原先动身的地方吗？他这个不曾走白路的，走一步就算一步，你如何能抵得了他。我收徒弟，不问年纪，哪怕是五十岁的人，只要他是真心想学，我自有方法教他。有没有气力，更没要紧，气力是操练出来的，除非害了病便不能操练。我看你这个伙计，一点儿病没有，他一对眼睛生得最好，使人一望便知道是个有悟性的人。他若肯真心从我学武艺，不惮劳苦，将来的成就，必在我现在几个徒弟之上。"

杨先绩因为自己的身体弱，哪里敢存个操习武艺的念头，这时听了罗大鹤的话，起初还疑心是罗大鹤有意打趣他，后来听出是实在话了，喜得直立起来，向罗大鹤问道："师傅真肯收我做徒弟么？"罗大鹤只点点头，还不曾答应，杨先绩已跪拜下去了。罗大鹤欣然受了杨先绩的拜，立时叫周春庭、黄长胜一班徒弟出来，一一给杨先绩介绍了，杨先绩从此就做了罗大鹤的徒弟。

论年纪，杨先绩比一般徒弟都大，真是后来居上，一般徒弟，都称他"大师兄"。杨先绩的体质虽然极弱，他的意志却是极强，见一般同学的都称他大师兄，他觉得师兄的本领，应比师弟高强，才当得起"师兄"两个字，因此不避艰难，日夜苦练。罗大鹤所教授的那种功夫，与杨先绩的体格又甚相宜，一教便会，同学的没一个赶得他上。

罗大鹤之得意，固不待言，不过罗大鹤心中，还觉有一层不满，只因罗大鹤从言师傅学成之后，自己最得力的，是两种功夫，一种是气功，一种是力功，杨先绩的体格只宜练气功，不宜练力功。黄长胜虽能练力工，然因身体太胖，不能练到绝顶，为此存心想再物色一个好徒弟。

这日来了一个五十多岁的乡里人，要见罗大鹤。罗大鹤以为是来拆厂的，见面却是一个很忠厚的长者。那人见了罗大鹤，恭恭敬敬的一躬到地道："我姓陈，名宝亭，从乡下特地前来拜师的。"罗大鹤一边答礼，一边打量陈宝亭，不觉暗暗好笑，心想我收徒弟，确说不论年纪，然而五六十岁的人，快要进土了，莫说筋骨老了，不能学武艺；便是能学，学成功就死，又有什么用处呢？这不是笑话么。并且这个陈宝亭，就在年轻的时候，他生成这样的筋骨，也不是能学武艺的人。当下只得忍住笑说道："老先生怎的忽然想拜师学武艺呢？"

陈宝亭长叹了一声说道："说起来话长，并不是我忽然想拜师，实在是一向访不着好师傅。这回到省里来，才闻得你罗大师傅的声名，直喜得我什么似的。我家住在平江乡里，几代传下来，都是安分种田，没人做过犯法的事。不料近十年来，离我家不远，从浏阳搬来一家姓林的，他家的田和我家的田，相连的也有，相间的也有。他家人多强霸，欺我家人老实，他田里水不足，就强行把我田里的水放下去，他田里若水多了，就放到我田里来。几次和他论理，他睬都不睬，打又打他们不过，忍气吞声好几年了。我有五个儿子，大的三十岁，小的也有十六岁了。我忍气不过，便想教五个儿，练习武艺；练成了，好替我出这口恶气。无奈访了几年，没访着一个有真才实学的好师傅。"

罗大鹤听到这里，才知道他原来是替自己儿子寻师傅，便点头答道："我收徒弟，和旁的教师收徒弟不同。那些教师，只要你肯出师傅钱，就没有不收的徒弟；我却要看人说话。你把五个儿子，都领来给我看看，若有可教的，我包管从我学成回家，一定能替你出这口恶气。"陈宝亭答应着去了。

过了几日，果然把五个儿子领来，送给罗大鹤看。罗大鹤看了，只第四个名叫"雅田"的，好学武艺，就收了陈雅田做徒弟。陈宝亭望儿子学成的心思急切，特地在厂子旁边，租了一所房，趁三九极冷的天气，把陈雅田的衣服剥了，仅留一条单裤穿着，关在一间房里，自己坐在门外监守。陈雅田敌不住严寒，只得咬紧牙关苦练，每次须练得出三身大汗，才给衣服穿着休息休息。古话说得好："天下无难事，只怕有心人。"陈雅田原有能学武艺的资格，又加以这么苦练，怎会不练成惊人的本领呢？

罗大鹤因陈雅田的体格，比杨先绩强壮，便专教他的力功，结果二人都练成了绝技，罗大鹤且自叹不如。不过陈雅田的性情偏急，见一般同学的功夫皆不及他，唯杨先绩在他之上，心里好生妒忌。就因这一点妒忌之心，后来闹出多少纠葛，然这是后话，且等后文再行叙述。

　　于今且说罗大鹤，在长沙教了三年拳脚，原打算就去河南，找神拳金光祖，替言师傅报仇。因他有个娘舅，在平江开设药材店，这年就去四川采办药材。不料到四川后，一病不起，就死在四川。罗大鹤的舅母，得了这消息，定要罗大鹤去四川，搬取灵柩。罗大鹤无可推诿，只得搭船到四川去。

　　川河里的急流，谁也知道比箭还快。罗大鹤坐的，是一条很小的货船，但船身虽小，在川河里行起上水来，也一般的没有百十人在岸上牵缆子，休想上去。这日那船正行到急水滩头，岸上牵缆的人夫，一个个弯腰曲背，拼命的向前拉扯，用尽无穷之力，才能上前一步。猛听得上流一阵吆喝之声，仿佛千军万马，奔杀前来一般。

　　罗大鹤这船的人，大家抬头向滩前一望，都登时惊得慌了手脚。原来上流一只大巴篁船，载满了一船货物，二三百名人夫牵缆，刚到湍流最急的地方，忽然牵缆一断，那只巴篁船，便如离弦之箭，"飕"的一声，往下直射将来。前后两船，在一条航线上行走，前船断缆，直流而下，后船自然首当其冲。前船牵缆的人夫，吓慌了，无计可施，只有大家朝下流发干喊。罗大鹤这船的人夫，更吓得连喊声都发不出了，只呆呆的望着那只奔舟，朝自己船头冲下。

　　这时罗大鹤坐在船舱里，听船上流吆喝之声，伸出头来探望，只见那只断缆的船，对准自己的船直冲下来，两船相离，已不过三五丈远近了。艄公在船尾，攀住舵把，"哎呀""哎呀"的直叫。罗大鹤喊声"不好"，想抽篙撑抵，已来不及，只得蹿到船头，双手抢着铁锚，对那只船尾横扫过去。

　　真是说时迟，那时快，那船尾受了这一下，不到眼睛一霎的工夫，两只船舷相擦，"喳喇"一声响，那船已奔向下流去了。岸上数百名人夫，不约而同的齐喝一声彩，不知高低。这一声彩，却惊动了一个英雄，那个英雄是谁呢？于今要叙述罗大鹤入川的一段事故，便不能不另起炉灶，先把与罗大鹤故事有关的川中英雄历史，叙述一番。

原来成都府管辖的乡下，有一家姓曹的富户，主人叫曹元简，是一个博学多闻的孝廉，在江苏、浙江两省，做过好几任知县，晚年才生一个儿子，名叫仁辅。曹元简不知因何事挂误，把官丢了，就回籍教养这个晚生儿子。

曹元简平日乐善好施，一乡的人，都很感他的好处。曹仁辅年才十岁，因为家学渊源，文学已有些根底了。乡人都说曹仁辅将来的成就，必在曹元简之上。这也是一般人因感戴曹元简的好处，就希望他儿子成立的好意思。却是天不从人之愿，曹仁辅正在谨读父书、须人维护的时候，曹元简一病呜呼死了。曹仁辅的母亲，是个极仁柔的慈祥老妇，只知道维护儿子，至于儿子应如何教督，是绝对不放在心上的。曹仁辅父亲一死，失去了监督的人，虽是生长诗礼之家，不至为匪人引坏；然当曹元简在日，读书非经史不教曹仁辅寓目，曹元简死后，曹仁辅便无书不读了。有许多部书，最能使血气未定之青年，玩物丧志的。曹仁辅读了些唐代丛书和《剑侠传》这一类的书，只小小的心肠，就把那些剑侠之士，羡慕得了不得，恨不得立时自成一个剑侠才好。他家里有的是钱，又没了监督的人，自然听凭他一个小孩子为所欲为。素来不敢踏进他家门的，一般好勇斗狠的无赖子，自从曹仁辅心慕剑侠，想在风尘中物色剑仙，不敢轻视一般无赖，那些无赖便有进身之阶了。大凡富贵人家，想一个道德之士进门，便用八人大轿去迎接，也不容易迎接得来；只有这般贪图银钱酒食的无赖，就成群结党的，不招自来，挥之不去。

曹仁辅这时才一十四岁，身体发育，已如成人。一般无赖子，投他所好，替他网罗懂得些儿拳脚的人，教他的武艺。曹仁辅却是生成的体格，宜于习武，那些半吊子教师，能有多少本领？因图得曹仁辅的欢心，不能不各尽所长，争先恐后的传给曹仁辅。曹仁辅一学就会，二三年下来，一般教师倒打不过曹仁辅了，一个个恭维得曹仁辅满心欢喜，随手将银钱衣物，送给一般教师。成都境内懂些武艺的人，都知道曹仁辅的性情，第一喜有武术家找他过堂；第二喜打胜了听人的恭维话。他心里有了这两种喜事，便无所不可了。他生长富厚人家，不知物力艰难，只要找他过堂的人，肯向他开口，他决不露出一些儿难色。因此远近的武师，想得曹仁辅帮助的，就跑到曹家来，进门装出目空一切、豪气凌云的样子，高声说几句江湖内行话，明言要找曹仁辅见个高下；曹仁辅必欣然接待，解衣唾手，认真相打起来。动手就输给他手，却不大欢喜，必待走过多少合之后，还勉强招架一会儿，好好的卖个破绽，给他打跌了，才跳起身向他拱手，说果然名不虚传，少年英勇。如某手某脚，若不是我招架得法，躲闪得快，说不定要受重伤。

曹仁辅听了这恰如其分的恭维话，直喜得心痒难搔，在这个时候，总是有求必应，多少不拘。到曹家来的武师，无一个不遂心满意。归家后，亲戚朋友得了消息，都来道贺。和曹仁辅家有关系的人，看了过不去，便将这些情形告知曹仁辅，劝他以后不要再上这种当了，他哪里肯信。他说会武艺的人，没有不好名的，常有拼着性命去求显名的，哪有故意输给我的道理！况且古来豪侠之士，自己有为难的事情，多不肯向人开口求助，于今这些肯向我开口，就是把我当个豪杰，我如何能学鄙吝鬼的样子，不帮助人家？进言的碰了这个钉子，自此不肯再说了。

不知曹仁辅闹成个如何的结果，且待第三十七回再写。

总评：

从黄长胜之徒弟，引出杨先绩之徒弟，一个极肥胖，一个极瘦弱，两两写来，相映成趣。从杨先绩之徒弟，又引出陈雅田之徒弟，一个有心拜门，一个无意得师，两两写来，又相映成趣。

罗大鹤之收杨先绩而不收胡菊成，确是出人意外，走路之喻，说得固是十分巧妙，然我终疑罗大鹤之本意，乃不慊于胡菊成之人品。走错道路之说，特其饰词耳！

劲能退回之说，不特新颖，且甚玄妙。仔细想来，却与物理学家论力之说，颇能吻合，由此可知处处都是学问也。

父母爱其子女，欲令其有所成就，必先使之吃苦愈深，则所得愈多。若姑息溺爱，任意放纵，是直自害其子女也。此一回中，写陈、曹两家之父母，相去悬殊。陈子严厉，其子卒能大成；曹母放纵，其子几一败不可收拾。后之为父母者，孰去孰从，可自择之。

此回下半段，已从罗大鹤传折入曹仁辅传矣，其斗笋处，将前事提醒一句，俾读者不致遗忘，此是作者细到处也。

第三十七回

慕剑侠荡产倾家
遣刺客报仇雪恨

话说曹仁辅不听人劝说，不到几年工夫，即将曹元简遗传下来的产业，消耗殆尽；而远近武术家，用过堂方法来求他帮助的，仍是络绎不绝。曹仁辅手头无钱可赠，竟将衣服、古玩变卖了，去周济人家。曹仁辅的母亲，因见家境日益艰难，忧郁死了。曹仁辅孑然一身，更是没了牵挂，时常带些散碎银两在身边，出外闲游，遇见人有为难的事，便慷慨资助，连自己的姓名都不肯说给人听，自以为剑侠的举动，应该是这么不给人知道的。

这日又来了一个武士找他过堂，说是贵州人，因闻曹仁辅的大名，特地前来请教的。曹仁辅听说是特地从贵州来的，心中欢喜得了不得，以为若不是自己的威名远震，怎得有千里以外的人，前来造访。当下殷勤接待，在家住了三日，第四日，曹仁辅才和那武士较量手脚。二人正待动手的时候，忽外面走进一个年约五十来岁的布贩。

那布贩进门，见二人将要比武，即立在下面观看，不上来惊动二人。二人也不在意，斗了十多个回合，那武士被曹仁辅一腿踢去，仰跌了丈多远。曹仁辅想赶上去再打，武士已托的跳了起来，连连拱手道："住了！这一腿真是非同小可，比武二郎打蒋门神的'连环步鸳鸯脚'还来得厉害。我这回算得没有白跑，虽花得不少的盘缠，然见了这般高明的腿法，也很值得了。"

曹仁辅被恭维得心花怒放，也连连拱手答道："我何敢上比古人，不过我这腿法，曾经高人指点，名师传授，自信也过得去。老兄多远的前来赐教，真是迎接还愁迎接不到，岂有要老兄自费盘缠的道理？看老兄一路花费了多少，请说出一个数目来，我自当如数奉还。"

那武士忙说："这怎么使得！我们当豪侠的人，岂是贪财的鄙夫？"曹仁辅不服道："老兄说哪里话，照老兄这样说来，简直把我当鄙吝的小人了。老兄不受我的盘缠没要紧，此后还有谁肯花钱费事的，再来光顾我呢？"那武士就笑嘻嘻的说道："既是这般说，我若执意推辞，一则辜负了足下的盛情，二则妨碍了足下进贤之路，反对不起足下。听凭给我多少，我只得老着面皮，拜足下之赐了。"曹仁辅这才高兴了，随即跑到里面，拿了一封银子出来。

只见那个立在下面观看的布贩，这时已肩着一大叠形形色色的布，走上来，向曹仁辅问买布么？曹仁辅连望都不望，挥手喝道："不买，不买！快肩着出去吧。"那布贩笑道："不买就不买，怎么要快肩着出去，我又不是来向你打抽丰的，便多在这里站一会儿，打什么鸟紧！"

曹仁辅将手中银两，交给武士，武士正待伸手去接，只见那布贩上前说道："且慢！这银两我正用得着，给我吧！"曹仁辅两眼一翻喝道："你凭什么，要我给你这银两？"布贩举着拳头说道："就凭这一对拳头，要这点银两。"曹仁辅哪里把布贩看在眼里，气冲冲的问道："你有什么本领，敢在我这里撒野？倘若打我不过，怎么样？"布贩笑道："打你不过，你就得给我银子。"曹仁辅也哈哈笑道："你倒想得好，你打我不过，我倒得给你银子？"布贩指着武士问道："他打你不过，你却为什么给他银子呢？"曹仁辅道："他是慕我的名，不远千里前来拜访，我自愿赠他银子，不与你相干。"布贩道："我也是慕你的名，来得比他更远，银子非给我不行！"

武士见银两已将到手，无端被布贩阻挠，不由得愤火中烧，恨不得一拳将布贩打死；只是又有些怕敌不过，只得自己按捺住火性，从容向布贩发话道："你也不要见了银子便眼红，我并不是为打抽丰到这里来的。"

曹仁辅举着银子向武士道："老哥只管收着吧！我的银子，愿送给谁，便送给谁，谁也管不了我。"布贩这时却不伸手阻拦了，立在边旁，长叹了一声说道："可怜，可怜！可惜，可惜！曹元简一生，宦囊所积，并没有丧绝天良的钱在内，怎么落到你这个不肖的儿子手里，便拿来泥沙不如的浪费！"

曹仁辅虽在愤怒的时候，然听了这种语气，心里不禁吃了一惊，呆呆的望着布贩发怔，半晌才问道："你姓什么？我浪费我的钱，犯得着你来管吗？"布贩冷笑一声道："你自己若有本领，弄着钱来浪费，有谁管你？不过这钱是你死去的老子，一生辛苦所积，由你是这么浪费了，我实在觉得可怜可惜。你出世太迟，大约也不认识我，我便是金陵齐四。"

曹仁辅听说是金陵齐四，一时心里又是欢喜，又是疑惑，暗想我小时，常听得母亲说，在老河口遇难，幸得金陵齐四相救的事。因那时我才有周岁，没有知觉；后来就听得母亲说起，也不大明白，不过心中有这回事的影子罢了。这布贩若固是金陵齐四，在老河口救我一家的事，必能说得出当时情景来。当下想罢，便正色向布贩说道："金陵齐四的声名，在下耳里实在听得很熟，只是一时想不起来，还得请你老明白指教。"说着，对布贩拱拱手。

布贩正待回答，那武士将银两揣入怀中，向曹仁辅作辞要走。布贩且不答话，伸手把武士拦住道："你好大的胆，好狠的心，打算就这么走吗？"武士一听布贩的话，脸上登时变了颜色，折转身往外就跑，脚步比箭还快。布贩哈哈笑道："由你跑得掉的吗？"随将右手一扬，喝一声"着"，那武士"哎哟"没叫出，腿一软，便就地倒了下来。

布贩赶上前，一脚踏住武士，用手指着自己鼻颠说道："你不认识我金陵齐四么？二十年前，在老河口赶走你们的，就是我。你是好汉，应找着我寻仇报复，与曹家无干；并且曹家的老主人已死，这少主人在当时，尚在奶妈怀中抱着。你尤不应该暗下毒手，将他打伤，外面假输给他，骗他的银两，他对你薄了吗，你与他有何仇恨？"

那武士在地下哀求道："望好汉饶恕。我这番到此地来，并非本意，也不是为老河口的事来寻仇。只因曹元简在清浦任上，将周三结巴问成了死罪。周三结巴的儿子周东彦，愿出一万串钱，求迟解半个月，曹元

289

简不依，反连夜把周三结巴解走了。周东彦既知曹元简有了这杀父之仇，就在太湖落草，招聚了数十名水、旱两路的英雄，存心要和曹元简作对。那次在老河口，也就是周东彦打发我们去的，并不为劫曹元简的财物，实是要他的性命。不料有好汉出头，将我们打走。我们当时还以为好汉是曹家请的镖手，因此不敢来第二次。自后不久，周东彦就破了案，本也是要定死罪的，亏得花的钱多，办成了永远监禁，直到这回皇太后万寿，将他赦出来。他忘不了杀父之仇，特地派我到这里来。我到这里一打听，才知道曹元简已死去了好几年，又打听得他儿子曹仁辅，也会几手拳脚，痴心妄想的要做剑侠。我思量要刺杀曹仁辅，原不是一件难事。不过留下一场官司，究竟不妥，不如投他所好，借过堂暗中伤他，使他死了都不明白。想不到又遇了好汉，但不知好汉与曹元简有何渊源，肯这么替他家出力？"

齐四这才掉转脸来，望着曹仁辅说道："你听明白了么？"曹仁辅已走过来，指着武士骂道："你在我这里三日，我有何薄待了你，你竟忍心害理，暗下毒手，要我的性命？"边骂边提起脚要踢，武士大笑道："不薄待也只有三日，周东彦厚待我三十年，抵不了你么？"

齐四一面止住曹仁辅，一面提脚放武士起来道："冤仇宜解不宜结。你也是一个汉子，你把真姓名说出来，治好曹仁辅的伤，我也把你的伤治好。你和曹仁辅，原没有仇恨，杀周三结巴的，是曹元简，于今曹元简已死去多年了，与曹仁辅有什么相干？并且周三结巴一生，杀人放火，打家劫舍的勾当，也不知干过了多少，确是死于王法，不是死于曹元简之手。便是曹元简活在世上，只要留得我金陵齐四一口气在，我也决不容周东彦，是这么不讲情理的报仇！"

武士道："我姓巴，单名一个和字，安徽婺源人，原在周三结巴手下，当踩盘子的伙计；周三结巴死后，就在周东彦跟前。既是有好汉出来讲和，自当遵命把他的伤治好，不过我身边没有带药，好在四川是出产草药的地方，且请好汉先治好我腿上的伤，好去寻药。"

齐四笑道："何必你亲去寻药，我代你一并治了吧！"遂对曹仁辅道："你知道身上的伤，在什么地方么？"曹仁辅愕然说道："我身上何曾受伤？我踢了他那一腿，他才难免不受伤呢！"

齐四大笑道："公子爷，你的功夫还差得太远啊！身上受了人家的致命伤，尚不知道，岂不可怜吗？你不信，且捋起裤脚，瞧瞧腿弯，看有什么形迹么？"曹仁辅哪里肯信，齐四教曹仁辅坐下来，露出右腿弯，指点给他看道："这一点紫红指印，是你原来有的吗？"

曹仁辅看了，才觉得诧异，自己用手按了按道："一些儿不痛，怎么说是致命伤呢？并且如何会伤到这地方来呢？"齐四笑道："你不用武二郎的'连环步鸳鸯脚'踢人，人家何能伤到你这地方？"这一句话提醒曹仁辅，才仿佛记得那腿踢去的时候，腿弯麻木了一下，当时囚自以为打胜了，心里高兴，就没把麻木的事放在心上。这时虽是看出来了，然仍不相信这一点点伤痕，可以致命，向齐四问道："常有断了大腿和胳膊的人，尚且能活着不死，难道这一点点伤痕，就能死人吗？"

齐四长叹了一声道："公子爷自小练武，练到今日，连这道理都不懂得，可见得实在本领，不是拿钱买得来的。我这时也难得解说给你听，我这里有颗丸药，你且吞下去。"说时从怀中取出药瓶，倾了一颗丸药，给曹仁辅吞服了。又将曹仁辅的右腿，揉擦了好一会儿，只见越揉擦越红肿起来。一会儿，那一点指拇大的伤痕，已红肿得有碗口粗细。曹仁辅道："怎么服了药，伤倒重了呢？"齐四道："哪里是重了，治得急，发得快，伤只在腿上；若在一个月以后发出来，便得通身红肿了，你说能致命不能致命咧？"

齐四治好了曹仁辅的伤，在巴和大腿上，用磁石吸出一根头发粗细、半寸多长的针来。曹仁辅不知是什么东西，接过来一看，比绝小的绣花针还短小些，一端极锋利，一端没有线眼，上面沾了些紫色的瘀血。正待开口问这是哪里来的，断了线眼的绣花针，巴和已望着这针，吐舌摇头说道："好厉害的暗器！任你有多大能力的人，也受不了这一针。"曹仁辅吃惊问道："这也是暗器吗？这样飘轻的东西，如何能打得出手呢？"巴和笑道："打不出手，还算得本领吗？若人人能打得出手，还算得好汉么？"

曹仁辅道："这上面有毒么？"齐四摇头道："我素来不用毒药暗

器。像这梅花针，更用不着毒药。打在肉里，照着血脉往里走，只要三个时辰不拔出来，便不容易出来了。多则七日，少则三日，其人必死。"遂对巴和说道："你我都是有缘，才得适逢其会。我与曹元简并无渊源，在老河口救了他一家性命，固是偶然相遇；就是这番到四川来，虽是闻得曹仁辅心慕剑侠的名，想成全一个心地光明的汉子，不先不后，遇了你来寻仇报，因得救了他的性命，这也是偶然的事。在老河口和我动手的是你，你的面貌身法，我还仿佛记得；你若不下手点他的腿弯，我一时或者想不起来，没有仇恨的人，决不肯暗中下这种毒手。"

曹仁辅到这时才忽然感激齐四起来，也不顾自己的腿痛，趴在地下向齐四叩头道："你老人家真是我的重生父母。今日若没有你老人家救我，我将来伤发死了，还是一个糊涂鬼。"齐四刚待搀扶曹仁辅，巴和也向齐四跪下道："我这回不能替周东彦报仇，也不愿意回去，再和周东彦见面了。知道你老人家，是个行侠好义的英雄，情愿伺候你老人家一辈子。"

齐四伸手将二人拉起来笑道："好极了！跟着周东彦做强盗，本也不是英雄好汉的举动，我于今正用得着你这样的人。"说时回头问曹仁辅道："你家的产业，搜刮起来还一共有多少？"曹仁辅见问，红了脸半晌答道："自先母去世以后，我漫游浪费，几年来，已将先父遗传下来的产业，变卖干净了，所剩的就只这所房屋，然前两日都已抵押给人了。刚才那封银两，便是抵押房屋得来的。这项银两，还有二百多两，不曾用去，此外没有产业了。"

齐四点头道："我正有事，需用二百多两银子，你拿来给我去用吧！"曹仁辅连声道好，即去里面取了出来，双手捧给齐四。齐四收了笑道："你除了这点儿银子以外，别无产业了吗？"曹仁辅道："田业房屋固是早已变卖了，就是衣服器具，也都变卖的变卖了，典押的典押了，实在除了这点银子，什么也没有了。"

齐四道："你此刻还只二十零岁，我把你这银子用去了，你以后的日月，将如何过度呢？"曹仁辅道："这点儿银子，你老人家便不用去，我也不能拿来过多少日月。承你老人家救了我的性命，我恨不得粉身碎骨的报答。这一点点银子，只愁你老人家不肯收用，至于我以后的日月，怎生过度，如何反累老人家着虑？我以后就乞食度日，这银子也是应该送给你老人家的，何况我还有几家很富足的亲戚，我可以去借贷，成都有几家店铺，是从我手里借本钱去开设的，一文钱也不曾还给我，我可以向他们讨取。总而言之，不愁没钱过就是了。"

齐四连连点头道："你既这么说，我就愧领了你这番帮助的好意。"巴和从怀中取出那封银子来，要退还曹仁辅，曹仁辅不肯受，齐四向巴和道："他好意送你，你就收用了吧！我们有缘再会。"仍肩了布匹，偕同巴和一路走了。曹仁辅挽留不住，只得望着二人出门去了。

承受他这房屋的人，来催他搬腾出屋。曹仁辅当抵押房屋时的主意，原打算把抵押的银两，在成都做个小本生意，好好的经营，混碗饭吃。没想到银子到手，是这么耗散了。于今只得找从前借他本钱做生意的人，讨回此钱来，再作计较。但是，曹仁辅一些儿不懂得世情，当借钱给人家的时候，只要人家三句话说得投机，就一千八百的拿给人家，休说要利息，要中保，连借字也不教人写一张。他所放的债，简直无丝毫凭据。这时穷困了去向人讨取，有谁肯认账呢？曹仁辅跑了几处，不但不曾得一文钱到手，并受了人家多少气话。只因自己手中没有凭据，便打成官司也说人家不过，只得忍气吞声的罢了。

曹仁辅心想这些没天良的人，只怪我当初瞎了眼，胡乱拿钱给他们。我既没有凭据，他们自然可以不认账。至于亲戚是生成了，不能改移的，难道我一时穷了，连亲戚都不认了吗？他哪里知道，人一没了钱，莫说亲戚，便是嫡亲的父子兄弟，也都有不肯相认的时候。曹仁辅当时有钱，只顾和一班游手好闲的无赖厮混，自称剑侠，亲戚的庆吊，都不大放在心上。有时亲戚劝阻他这些无意识的举动，每每的讨他一顿抢白，这时穷了去求亲戚，自然无人肯顾念他。当面揶揄他的，倒是异口同声，直把曹仁辅气得个没奈何了。

不知曹仁辅怎生了局，且待第三十八回再写。

293

总评：

此回在曹仁辅传中，夹写入齐四传矣！巴和者，曹、齐两传接笋处之转捩也。

武士之访曹仁辅，其为骗钱而来，固早在阅者意中。即曹仁辅武艺之不如武士，亦在阅者意计之中也。不料读至后文，则武士乃为报仇而来，其志初不在金钱；而曹仁辅乃身受重伤，险致殒命，此则断非阅者之所能料矣。作者文笔，往往更进一层，使阅者不易揣测，所以妙也。

三代之下，唯恐不好名，曹仁辅盖好名之徒耳！彼以歆美"剑侠"二字，致尽毁其家不悔，其行固极可嗤，其志亦甚可嘉，不得以其败家荡产而遂少之也。今之富室子弟，不求学问，不惜名誉，以嫖赌酒食倾其家，以视仁辅，固何如哉！

齐四云："实在本领，不是用钱能买得来的。"此二语，点醒学者不少。今之少年，或以钱买一毕业文凭，或花费若干银子出洋游学一次，即用以自豪者，可以鉴矣。

齐四无端向曹仁辅取二百两银子，大是奇事。然善读此者，必能知其为后文之伏笔也。后段写世态之炎凉，笔甚深刻，妙在对于曹仁辅，亦有微词，必如此方不落恒蹊也。

第三十八回

假英雄穷途受恶气
真剑侠暗器杀强徒

话说曹仁辅讨债告贷，受恶气，受揶揄，真急得走投无路，只得垂头丧气的回家。在路上遇着平日曾受他帮助的人，这时见了他，仿佛就和他害了瘟疫症，提防传染的一般，远远的便避道而行了。曹仁辅到这时，才觉得自己一晌的行为错了。心想古来的剑侠，只有救人家急难的，没听说剑侠有急难，要人家救的。我充了一辈子的剑侠，也不知救助过多少人，到于今落得两手空空，哪有真剑侠前来救我呢。大约古来的剑侠，救人只是假话，若真和我一般肯救人，他自己必也有穷困望人救的一天。世间没有用不了的钱，而有救不尽的困苦。剑侠不做强盗，从哪里得许多的钱，和我一样随意帮助人家呢？可惜我不早几年，想透这个道理，以致把困苦轮到自己来受。于今纵然悔悟，已是迟了。这房屋既经抵押给人，是不能不让给人家住的。

曹仁辅将房屋让给承受抵押的人，独自出来，没有地方居住，只暂时住在客栈里。没有钱的人，如何能住客栈？三天不交账，客栈主人便不把他当客人招待了。曹仁辅生长到二十零岁，几曾受过人家的轻慢，这时没有钱还房饭账，虽是平生不能受轻慢的人，人家也不能不轻慢他。

曹仁辅忍气过了几日，客栈主人估料他的行李，仅能抵这几日的房饭钱，若再住下去，加欠的便无着落了。于是客栈主人，决心下逐客令，将行李扣留下来，勒令曹仁辅光身出去。曹仁辅自觉理亏，无话可说，没精打采的出了客栈，立时成了没庙宇的游神，东走走，西站站。

成都的地方虽大，竟无一处能给他息脚。他猛然想起那小说书上，常有会武艺的人，或因投就不遇，或因遭逢意外，短少盘川，流落在异乡异域，都是在街头巷尾，使几趟拳脚，求人帮助。每有遇了知己，就将他提拔出来，即算知己不容易遇着，讨碗饭充饥，是极容易的。论我的文学，因抛书太早，还不够游学的本领；至于武艺，十八般器械，都曾受过高人的指点，名师的传授。四川省的好手，少有不曾在我手底下投降的，提起我曹仁辅的声名，谁不知道！我此时虽不在异乡异域，然流落也和古时的英雄一样，现放着这繁盛的成都在此，我何不仿照古时流落英雄的样，择一处四通八达的好场子，将生平本领当众显些出来，也可以得名，也可以得利。若有不自量的要来和我比试，我就更可扬名了。

他想到这个主意，不由得精神陡长，兴会淋漓，一面在成都街上，寻觅演武的场所；一面心里思量对看客应说的，要求帮助的话。

不一会儿，寻着了一处，被火烧了房屋的地基。有好几个无业游民，弯腰曲背的，在碎砖破瓦堆中，寻找火未烧化的东西，想得意外的财喜。曹仁辅立在一处平坦的地方，高声咳了嗽，想引得那些弯腰曲背的游民注意，方好开口说话。无奈那些游民，各人只顾在碎砖瓦中，发见值钱的物事，任凭曹仁辅立在那里咳嗽，没一个肯牺牲宝贵的眼光，抬头望他一望。

曹仁辅见咳嗽没人理会，兴头已扫去不少。思量人家虽不理会，我不能就不开口，若是一句话不说，就在这里使起拳脚来，人家看了，还不知道我在这里干什么呢？随即又咳了声嗽，满心想开口把预备应说的话，向空说了出来。无奈初次出场卖艺的人，总免不了有些怯场。何况曹仁辅是个公子少爷出身，面皮最嫩，像这样的场子，不是老走江湖的人，饶你有苏、张之舌，平日口若悬河的人，能说会道，一上这种场子，没有不慌张说不出口的。纵然已出了场，被逼得不能不老着脸开口，然口虽开口，心里预备了要说的话，胡乱说不到几句，不知怎的，自然会忘记。江湖上人称这种现象，叫做"脱线"，就是说出来的话，没有线索的意思。曹仁辅要开口又忍住，接连好几次，只在喉咙里作响。

那些弯腰曲背的游民，这时却都注意到曹仁辅身上了，见了这种待说不说、满脸通红的怪样，有的望着发怔，有的竟张口大笑起来。曹仁辅被笑得连耳根颈都红了，要说的话更吓得深藏心腹之中，再也不敢到喉咙里来了。想想这地方往来的太少，就显出平生本领来，也没有多少人观看，这些翻砖瓦的人，是不会有钱给人的，且换一个人多的地方再说，遂急匆匆的出火烧场，到处物色。

　　凑巧，有一个庙里，正在演戏酬神，看戏的人极多。曹仁辅挺着胸膛，走了进去，只见庙中挤满了的人，一个个昂头张口望着台上，台上大锣大鼓，正打得热闹。曹仁辅挤入人群，想寻觅一处空地，在庙中哪里寻找得出呢？他这时也无心看戏，在人群中挤了几个来回，只挤得一般看戏的，都望着他怒形于色。曹仁辅心里踌躇道："这时台上正在演戏，就是有空地方给我显本领，这些人也不肯丢了戏不看，来看我的拳脚。我何不在这里等台上的戏唱完了，看戏的散了些儿，我便接着开场呢？"主意既定，就在人群中立着，心里仍不断的计算开场如何说话。

　　还好，等不多久，戏已完了。曹仁辅见台上的戏一完，一颗心不知怎的，只是怦怦的跳个不了，手脚也觉得不似平时得劲，不由得暗暗着急道："我怎的这般不中用，人少不能开场，人多也不能开场，这成都如何有我卖艺的地方呢？"他心里一着急，就顾不得害臊了，放开喉咙，先"哇"了一声说道："诸位叔伯老兄老弟，请听在下一句话。在下姓曹名仁辅，并非老在江湖卖艺的人，只因一时短少了盘川，流落在此，要求诸位叔伯兄弟，赏光帮助帮助。在下小时，胡乱学得几手拳脚，十八般武艺，也略略的懂得些儿，想在诸位叔伯兄弟面前，献丑一番。诸位高明，看得上眼时，赏赐在下几文，作盘川用度；若看不上眼，便求大量包涵，或下场指教几手。"

　　曹仁辅这篇话一说，看完了戏要走的人，果然有大半停步回头，望着曹仁辅。年轻好事的，就围拢来，登时绕了一大圈子，将曹仁辅裹在当中。曹仁辅扎拽起衣服，对大众拱了拱手，即把他自己得意的拳脚，施展出来。一趟使完，也有许多叫好的。又使了一趟，使得满头是汗，见没人肯丢钱，只得向大众作个团圈揖说道："叔伯兄弟赏光帮助几文。"看的人听了，都你望着我，我望着你，没有肯伸手去袋中掏钱的。

曹仁辅以为使的趟数太少了，咬紧牙关，又使了一趟，再看那些看客，已悄悄的退去了不少了，剩下的看客，十九衣裳褴褛，不是有钱给人的。自己累出一身大汗，不曾得着一文钱，心里实在不甘，气愤愤说道："在下已说明在先，使出来的拳脚，看不上眼时，请诸位指教；若勉强看得上眼，就得请赏光帮助几文。在下不是吃了饭没事做，使拳脚玩耍；也不是因诸位没得武艺看，特累出一身大汗，给诸位解闷。诸位已看了我三趟拳脚了，既不肯下场来指教，就得赏光几文。诸位都是男子汉大丈夫，大约不能白看我的武艺。"说毕，两手撑腰，横眉怒目的立着，仿佛等人下场厮打的神气。

即有两个年轻的看客，向曹仁辅冷笑了声说道："你还想问我们要钱吗？我们不问你要钱，就是开恩，可怜你这小子穷了！"曹仁辅一听这话，又是气愤，又是诧异。看那说话的两人，都是青皮模样，体魄倒很强健，挺胸竖脊的，绝对不肯饶人的气概。曹仁辅也不害怕，"呸"了一口问道："你们凭什么问我要钱？我什么事，要你们开恩可怜？倒请你们说给我听听。"

那两人同时将脚向曹仁辅一伸道："要钱便凭这个要钱，你这小子，又不瞎了眼。"曹仁辅心想这两个东西，必是踢得几下好腿，所以同时腿伸出来，他们哪里知道我的腿，素来是著名的，我原不妨和他们见个高下。不过照这两个东西的衣服气概看来，不是有钱的人，我不卖艺则已，既是在这里卖艺，有人要来和我动手，我须得要他拿出银子与我赌赛，我胜了时，便可名利双收。并且要赌赛银两，来找我比赛的也就少些，这两个东西没有钱，我赢了他也没什么趣味，遂对两人说道："我不管你们的腿怎样！只要你们每人拿得出五十两银子，就请来和我见个高下。你们赢了，我立刻离开成都，你们输了，银子就得送给我，我是卖艺的人，银两是没有的。"

两人一张口，就吐了曹仁辅一脸的唾沫，接着愤骂道："你这穷小子，想银子想颠了么？"你以为我们要和你打架吗？你不瞎眼，也不瞧瞧我两人脚上的鞋子，上面是什么东西？我们都是新买来，才上脚的鞋子。"曹仁辅看两人鞋尖上，都沾了些泥，心里兀自猜不出是什么道理来。被吐了一脸的唾沫，本来气得登时要发作的，奈为人一没了钱，气性就自然柔和了，况曹仁辅正在求人帮助的时候，怎敢轻易向人动怒？当下只好自己揩干了唾沫，随口答道："你们的新鞋子也好，旧鞋子也好，与我什么相干！既不是要跟我打架，为什么向我伸腿？"

那两人见曹仁辅还不懂得，就说道："你到这时候还装佯吗？我们这鞋子上的泥，不是你这小子，在人群中挤来挤去，踩在上面的吗？我们不教你赔鞋子，不是开恩可怜你吗？"曹仁辅这才明白，在寻觅场所的时分，无意中踩坏了两人的鞋尖。可怜曹仁辅平生养尊处优惯了的人，一旦居这种境况，满腔怨气正无处发泄，因为这一点点小事，就被人当着大家厉声谩骂，并吐这一脸的唾沫，便换一个老于人情世故的人，也决不能俯首帖耳的受了，一些儿不反抗；一时气涌上来，按捺不住，也噙着一口凝唾沫，对准离他自己近的那个青皮下死劲吐去，"呸"一声骂道："你这两只死囚，戳瞎了眼吗，敢来欺负我！"边骂边要动手打两人。

这一来却坏了，那被曹仁辅吐唾沫的青皮，叫做"小辫子"刘荣，也懂得几手拳脚，在成都青皮帮里，是一个小小的头目。成都的青皮，大半须听他的命令，受他的指挥。凡是客路人到成都来的，只要是下九流的买卖，如看相、算命、卖药、卖武、走索、卖解，以及当流娼的，初到时总得登他的门，多少孝敬他几文，名叫"打招扶"，若不打他的招扶，迟早免不了受他的啰唣。像小辫子刘荣这种人，本来各省、各地都有，性质也都差不多，不单成都的小辫子刘荣一个。不过四川一省，这类青皮会党的势派，比各省都大些。差不多四川全省中等社会以下的人，十有九是入了什么会的。

曹仁辅虽在成都长大，只因他是个公子爷出身，与那些会党不曾发生关系，也不知道那些会党的厉害，更不知小辫子刘荣就是成都的会首。刘荣原是有意与曹仁辅寻衅，见曹仁辅居然敢还吐他一口唾沫，哪里等得曹仁辅动手，当场围圈子看的人，有四五十个是刘荣的党羽，只须刘荣用手一挥，口里喊一声"给我打这不睁眼的小子"，这四五十人便一拥上前，争着向曹仁辅拳打脚踢。

曹仁辅全是别人口头上的功夫，有什么真实本领？开场三趟拳，早打得汗流遍体，又肚中有些饥饿，更不似平日在家时有气力。那些如狼似虎的青皮，以为曹仁辅是个有武功的人，动手时都不肯放松半点，一脚一拳下来，全是竭尽其力的。曹仁辅不曾施展出半手功夫，容容易易的，就被一班青皮横拖直拽，躺在地下不能动弹，周身无一处没打伤，头脸更伤得厉害。

刘荣教党羽将曹仁辅按住，亲口问他服辜不服辜？曹仁辅恨不得把刘荣和一般青皮，生吞活吃了，怎么肯说服辜的话！刘荣见他不说，脱下自己的鞋子来，拿鞋底板在曹仁辅脸上"啪""啪""啪"打了几下道："你大爷的新鞋，平白被你这东西踩坏了，你连一个错字，都不肯认，好像你大爷的鞋子，应该给你踩坏的一般。你是哪里来的恶霸，敢在你大爷跟前这般大胆！你这一两手毛拳，就到这里来献丑，也不打听打听这地方，是谁的码头，你连拜码头的规矩，都不懂得？你大爷不教训你，有谁教训你，你服辜不服辜？"

曹仁辅虽是被打得经受不了，然他毕竟是有些身份、有些根底的人，又生成要强的性格，宁肯给刘荣打死，不肯说出服辜的话，口里反大骂道："你是什么东西，要少爷在你面前服辜！你尽管把我打死，十八年后，再来找你算账。"刘荣用鞋子指着曹仁辅的脸，哈哈笑道："你只道你大爷不敢打死你么？你大爷打死你，不过和踩死一个蚂蚁相似，实时叫地保来，给叫化子四百文大钱，赔你一片芦席，拖到荒郊野外的义冢山上，掘一个窟窿，掩埋了便完事。你大爷有的是钱，破费这几文，算不了一回事。你要知道，你大爷在成都专一打硬汉、惩强梁，不结实给点儿厉害你看，你死了也不合眼。"骂着举起鞋子，又待打下，忽觉拿鞋子的手膀一软，鞋子不因不由的掉下地来。

刘荣还不在意，以为是自己不曾握牢，遂弯腰想拾起鞋子再打。不知怎的右手失了知觉，五个指头动也不能动了，这才有些诧异；然还以为是用力太久，拗动了筋络，一时麻痹了，打算甩动几下，将血脉甩流通了，便可恢复原状。心里虽是这么想，无奈右膀似乎不听他的命令，

300

就和这条臂膊，与本身脱离了关系一般。但刘荣是个粗鲁人，也不肯用心研究，自己的臂膊，何以忽然有这种现象，更不肯说出来，好教曹仁辅听了开心。自己换了左手拾起鞋子，仍继续问曹仁辅："服辜了么？"

曹仁辅大声喝道："要打就打，贪生怕死的不是汉子。"按着曹仁辅的青皮对刘荣道："大哥不结实打他，他如何肯服辜？他还只道是几年前的曹大爷，有钱有势，人家怕了他，和他动起手来，故意输给他，讨他的欢喜，骗他的银子。于今他穷了，再有谁怕他？我们的兄弟，送给他打过的有好几个，难得他有今日，我们还不趁此多回打几下，更待何时？"

小辫子刘荣一听这话，冷笑着向曹仁辅道："谁教你此刻没有钱，你若还是和前几年一样，有的是钱送给人家，我们就有天大的本领，也仍得送给你打。你此刻既没了钱，就得给我们打回头了，这边脸打肿了，快掉过那边脸来，索性两边打得肿得一般儿大，好看点儿。人家见了，都得赶着叫你胖子呢！"

刘荣说话时，将左手一举，才举得平肩窝，没想到又是一软，和右手一样，鞋子掉下地来，左膀跟着往下一垂，两条胳膊就与上吊的人相似。不知不觉的叫了声"哎哟"，遂向左右的党羽说道："不好了！我两条胳膊，好像被人砍断了似的，一些儿不由我做主了，这是什么道理？"

立在两边的青皮，看了刘荣拾鞋子、掉鞋子的情形，已觉得很奇怪，听得刘荣这般说，就有两个伸手拉刘荣的胳膊，仿佛成了两条皮带，偏东倒西，就像是没有骨头的。刘荣道："难道这小子，有什么妖法吗？我的胳膊流了，不能打他，你们动手替我打他，倒看他有什么妖法……""法"字还不曾说出，忽两脚一软，身子往后便倒，吓得众青皮都慌了手脚，连问怎么。

大家正在忙乱，有一个青皮突然喊道："啊哟，啊哟！从屋上飞下来两个人。"众青皮听得，都抬起头看。

不知屋上飞下来的，是两个什么人，且待第三十九回再写。

301

总评：

甚矣！人之不可以无钱也。今世纨绔子弟，不知祖父创业之艰，视金钱若粪土，任意挥霍。一旦金尽，遭人白眼，谁复哀王孙而进食者！甚或以分文之微，受小人之诟辱，愤无可泄，追悔莫及。观于曹仁辅，殷鉴不远矣。

此一回完全为曹仁辅传也。作者记仁辅金尽受辱之窘状，写得淋漓尽致，我知作者胸中，必有一股郁塞不伸之气，蓄积已久，乃借此以发泄之耳。

一回中，有许多牢骚感慨语："成都虽大，竟无处能给他息脚。"又如"人一没了钱，气性就自然柔和了。"又如"正在求人帮助的时候，怎敢轻易向人动怒。"又如"谁教你此刻没有钱！"使人读之，哭不得、笑不得。仔细想想，竟如从自己心胸里搔挖出来，此等语非亲身经历过者不能道；亦非亲身经历过者，不能读之而生感想也。

此回写曹仁辅之受辱于刘荣，足为徒惊虚声者戒。入后借青皮口中揭破之，说得畅快之至。

第三十九回

三侠大闹成都城
巨盗初探仁昌当

话说众青皮见小辫子刘荣忽然倒地，大家正在忙乱，有个青皮发现屋上飞下两个人来。看两人的年纪，都在五十以外，短衣窄袖，青绢包头，望去虽是武士模样，却都赤手空拳，并且颜色和蔼，没一些恼怒的神气。众青皮见了，全不害怕，嘴快的就开口喝问道："你们两个哪里来的，如何打屋上跳下来？"二人不作理会，分开众青皮，走到曹仁辅跟前，将要弯腰说话。

众青皮哪知道二人厉害，见二人目中无人的样子，竟推开众人，要和曹仁辅说话，登时都鼓噪起来。相隔远些儿的，就口里发喊："不许多管闲事！"立在面前的，以为二人是和曹仁辅要好的，必和曹仁辅一般的本领；又仗着自己人多势大，就一齐动手，向二人打去。

二人哈哈大笑道："你们平日欺负人，成了习惯，太岁头上也来动土了。"二人伸直四条臂膊，抓住青皮的顶心发，拔草也似的，往两边随手掼去。有的被掼到半空中，翻几个跟斗，才跌下地来，轻的跌得头昏目眩，重的跌得骨断筋折。狡猾些的，知道不好，想溜出庙去。叵耐小辫子刘荣，指挥自己党羽打曹仁辅的时候，恐怕外面有人来帮曹仁辅，或被曹仁辅走脱了，一面动手，一面就叫党羽把庙门关了，并上了门闩。那庙门又大又厚，当刘荣叫关门的时候，大家七手八脚，很容易的关上了。这时三五个人，在手慌脚乱的时候，兀自拉扯不开。

曹仁辅拼着被人打死，不肯口头服辜，即紧闭双睛，等待刘荣的鞋底打下。忽听得一阵混乱，夹着呼救喊痛，和扑通倒地的声音，急睁眼

303

一看，原来齐四、巴和二人，正在如拔葱扔草一般的抓着众青皮，掼得满天飞舞。当下看了这种情景，不由得顿时精神陡长。他虽是被打得遍体鳞伤，然都是浮面的伤，不曾损坏筋骨，此时精神上一感觉愉快，就自然把身上的痛苦，都抛向九霄云外去了，从丹田一声大吼，托的跳起来。

他的本领，和四五十个强壮青皮相打，便没手脚能施展出来，而这时打跛脚老虎，却不嫌本领不济了，咬牙切齿的寻人厮打。先踢了刘荣几脚，再看一般青皮全被齐、巴二人掼倒在地了，自觉专打死蛇没有趣味。一眼望见了有几个青皮，在庙门跟前慌张乱蹿，如初进陷笼的耗子，连忙蹿上前去，一阵拳打脚踢，霎时都打翻在地。

曹仁辅还待痛打，齐四、巴和已赶过来拉住。曹仁辅道："不打死他们几个，怎出得我胸中恶气？"齐四道："不干他们的事，我们开门走吧！"遂伸手抽去门闩，巴和拉开了庙门，三人一同走出庙。齐四向曹仁辅道："你这番既与众青皮结下了仇怨，以后不宜在此间住了。我略略有些产业在重庆，我们且去那里，另辟码头吧。你在此间，还有什么未了的事没有呢？"曹仁辅道："我巴不得早一刻离开这里，心里早一刻得安乐。我父母是早已去世了，产业也早已在我手里花光了，亲戚朋友的心目中，也早已没有我这个人了，我还有什么未了的事！"

三人遂实时起程，不日到了重庆，由齐四拿出钱来，开设一爿当店，叫"仁昌当店"，在重庆是极有信用的，因为利息比一般当店都轻些。

曹仁辅本是个资性聪明的人，在成都经受一番大磨折之后，很增进了不少的经验阅历。他的文学，虽没有什么了不得的本领，然曹元简在日，不曾一刻许他荒疏。读些儿书的人，头脑毕竟清晰些，店中一切账项，都归他经管。重庆的当店，内部的组织照例分四大部分，归四个重要的人管理：第一是管账项的，须读书识字的人，所以曹仁辅经管；第二是管银钱的，齐四见巴和诚实稳重，便要他经管；第三是衣包的，须得内行人经管，齐四便聘请了一个老成人管理；第四是管金珠首饰的，一时得不着相当的人，齐四只得自己管了。

那时在重庆开设典当店的，都得聘请会武艺的人，或有名的镖师，常川住在店里保护；不然，就难免有强盗抢劫的事。这种当店里的镖师，在各省也常有，不过别省只有乡镇的当店，因为与官府相离太远，又人烟稀少，所以开设当店的，不能不聘请镖师保护。至于省会、府、县，便用不着这种保护的人了。唯有四川那时的情形，与别省不同，大约是因四川会党太多的缘故。仁昌当店开张的时候，免不了要与重庆各大商号，及典当同业的周旋联合。齐四因曹仁辅是成都有名的世家大族（清初八侠中有曹仁父，系另一人，非此曹仁辅），一切应酬，都由曹仁辅出面。各大商号和典当同业的，争着向曹仁辅推荐镖师，曹仁辅因有齐四、巴和两人在店里，哪里还用得着什么镖师，自然一概谢绝了。

　　开张没多日，有一个高大汉子，提一把很大的点锡酒壶来当，只要当一串铜钱。掌柜的如数给了钱和当票，大汉去了。凡是金属的物事，概归齐四经管。过不了几日，大汉便拿了当票和钱，前来赎取，掌柜的对过了号码，照例从经管人手里，取出原物交还。掌柜的将锡酒壶交还大汉，大汉接到手一看，即沉下脸向掌柜的道："你这当店里，好对换人家当的东西吗？"掌柜连忙答道："没有的事。不论什么稀奇宝贝，当在敝店，没有对换的道理。你前日来当的，就是这把酒壶，怎么说是对换了呢？"

　　大汉怒道："放屁！你看见我当的，就是这把酒壶吗？你们对换了人家的东西，人家认出来了，你们还想抵赖，怪道外面都说仁昌是强盗当店。赶紧将那原当的酒壶还我，万事罢休，想抵赖是不成功的。"掌柜的一听"强盗当店"的话，也不由得冒起火来，并且自信没有对换的事，如何能忍受人家的辱骂呢？当下便也回口骂道："你也不睁睁眼，想到这里来寻找油水吗？什么大不了的东西，一把锡酒壶，谁把它放在眼角落里！"

　　二人正一个立在柜台外面，一个立在柜台里面口角。曹仁辅坐在账桌上，都听得明白，心想闹起来，妨碍自己的生意，遂走到柜台跟前，止住掌柜的说话，自向大汉说道："你老哥在这里当的，是什么酒壶？"大汉翻着白眼，望了曹仁辅一下，晃了晃脑袋答道："我当的是点锡酒壶。"曹仁辅大笑道:"却也来,这不是点锡酒壶,是什么酒壶咧!"大汉也不答白,举起酒壶对谁曹仁辅劈脸打来。曹仁辅慌忙躲闪,酒壶却不曾打出手,原来是做出空势子,吓曹仁辅的。

曹仁辅自也止不住恼怒,顺手从柜台上,提了一个紫檀木算盘,劈头扎了下去。大汉一闪身体,肘弯在磉柱上碰了一下,只碰得那合抱不交的磉柱,歪在一旁,脱离磉墩,足有七八寸远近,屋檐上的瓦片,"哗碴喳"一阵响,纷纷掉下地来,吓得一干朝奉,抱头躲让不迭;一个个都怕房屋倒塌下来,压死了自己。就是曹仁辅,竭力装作镇静,一时也惊得呆了。

大汉行所无事的从地下拾起算盘来,高声向曹仁辅说道:"嗄!原来你当店里的算盘,是用来打客人的,宝号还有什么打客人的东西没有,尽管一发使出来,我正要多领教几样。"掌柜的见大汉这么凶恶,慌忙跑进里面,想报知齐四、巴和。凑巧这时齐四有事出去了,只有巴和在里面,一听掌柜的话,也吃了一惊。走出来看那大汉,身高六尺开外,圆腰阔背,大眼浓眉,虽是武人装束,衣服的裁料却甚阔绰,不像是没有一串铜钱使用,要拿锡酒壶来当的人。又见了这种寻事生风的情形,心里已明白是有意来显本领的,遂上前向大汉拱拱手笑道:"请老兄不要动怒,他们有什么不到之处,望老兄看小弟薄面,海涵一点。他们都是些没有知识的人,因此有言语冲撞老兄的地方,小弟就此与老兄赔罪。"说罢,又作了个揖。

大汉仍翻起白眼,睄了巴和一下,鼻孔里"哼"了一声道:"没有知识的人,倒会拿算盘打人呢!想必宝号是专请了这些没知识的人,坐在柜台里面,安排打客人的。"巴和忙赔笑道:"谁敢打老兄?我们做买卖的人,只有求福的,没有求祸的,岂有客人赐顾我,倒敢向客人无礼的!"大汉扬着算盘,冷笑道:"不敢无礼,这算盘会自己跑到我手里来,这磉柱会自己跑离了磉墩?"

巴和看大汉的神气,料知专凭一张嘴,向他说好话是不中用的,心里一面着急齐四怎的还不回来,一面用眼打量那离了墩的磉柱,暗揣自己的力量,能将磉柱移回原处。即挨近磉柱,运动全身气力,蹲下马去，两膀朝下抱住礓柱，仿佛鲁智深倒拔垂杨柳的架势，抱稳了往上只一提，"喳喇"一声响，不偏不倚的已将礓柱移到墩心。呼匀了一口气，才立起身来，望着大汉笑道："见笑，见笑！敝店因本钱不足，造出这样不坚牢的房屋，一些儿经不起挨碰。"

大汉见了，才转了些儿笑脸，说道："你既代替这些没知识的东西，向我赔罪，好在我闪躲得快，不曾挨他们打着，果然看你的面子，就这么饶恕了他们。不过宝号换错了我的酒壶，总应该将原物给还我。"

巴和道："来敝店当东西的，不论大小贵贱，比时就编定了号码，按着号码赎取，从来是不会有差错的。一把锡酒壶，所值的钱也有限，若真是号码错了，不应该不将原物退还老兄，无奈实在不曾换错，请老兄仔细认清。"

大汉点了点头道："一把锡酒壶，所值固有限，你既硬说没有换错，我也争你不过。只是我当的是点锡壶，和铜一般的坚硬，这壶好像是铅的，我赎回去也无用，不如不要了，免得看了怄气。"旋说旋用两手将酒壶一搓，酒壶随手搓成了一个锡饼，一手举起来，往砖地下一掷，陷入砖内有寸来深，如炮子打进砖里一般。

巴和看了，心中十分纳罕，思量这厮的内外功夫，都这般厉害，我哪里是他的对手？若齐四哥在家，倒不难给点儿惊人的本领他看，使他佩服；偏巧四哥这时出去了，我只用软言留他在这里，等四哥回来。即向那大汉说道："很对不起老兄，换错了老兄的酒壶，理应赔偿，不过敝东人此时有事出外去了。小弟不敢做主，想留老兄在敝店宽坐一会儿，敝东大概不久就快回来了，不知老兄肯赏脸多坐一会儿么？"

大汉摇头道："我哪有工夫在这里坐地。一把锡酒壶能值多少，只要你肯认是换错了，便没有话说，我走了，有缘再见。"巴和忙上前挽留道："老兄纵不肯赏脸多坐，愿闻尊姓大名，并贵乡何处？敝东回来，也好专诚拜访。"大汉笑道："姓名、住处是有的，但此时用不着和你说，你和我无缘。"

巴和听了这话，心里甚是生气，只是估量自己的本领，远不如大汉，不敢翻脸，只得忍气送大汉出门，回头和曹仁辅商量道："我知齐四哥，在重庆一次也不曾出过面，外面没人知道我二人在仁昌当店里。这大汉刚才的举动，好像是有意显本领，然而外人既不知仁昌当有齐四哥，这大汉却为什么要来显本领呢？这事很有些蹊跷。"曹仁辅道："我们此时是白猜度了的，等四哥回来，将这情形对他说，看他怎样？"巴和也点头应是。

看看天色已暗，齐四还不曾回来，曹仁辅、巴和都着急起来了。因为齐四从来不大白天出门，便是有时出门，也得与巴和或曹仁辅说知。这日齐四出门的时候，只对巴和说去看姑母。巴和并不知道齐四有姑母，自然不知道他姑母住在什么地方，当下也不曾问齐四，此去有多久才得回来。

于今暂不言曹、巴二人，在店里很焦急的，等候齐四回来，且先将齐四的来头履历，表白一番，看官们才不至看了纳闷。因为前几回书中，金陵齐四突然出面，并不曾把齐四的来历，交代一言半语，看官们必然要疑心是作者随手拈来的人物，其实不然。金陵齐四在这部《游侠传》中，很是个重要角色，前几回书因是曹仁辅的正传，所以不能交代齐四的履历。

闲话少说，相传齐四的父亲齐有光，兄妹二人，都是甘凤池的徒弟，妹名齐秋霞，本领更在齐有光之上。不过齐秋霞的性质，十分温柔和顺，轻易不肯在外人跟前，显自己的本领。她的造诣，除了她师傅甘凤池外，没人能知道；便是她老兄齐有光，也只知道妹子的功夫，比自己高强，至于高强到什么地步，却说不出所以然来。

齐秋霞二十岁的时候，嫁给四川鲁泽生。鲁泽生是个拔贡生，为人温文尔雅，学问渊博，因中年丧偶，抑郁无聊，带了些盘缠，想游历各省名胜。游到南京，下榻在齐家隔邻一个客栈里，不知如何闻得齐秋霞的名，托人到齐家说合。真是有缘千里来相会，谁也想不到齐秋霞，肯嫁一个纯粹的文人。鲁泽生在南京聘订了齐秋霞做继室，因在客中，不便成礼，只得约定了日期，由齐有光送妹子到四川结婚。当结婚的这日，鲁家的宾客中，有人曾听说齐有光兄妹，都是甘凤池的徒弟，各有惊人本领的。在闹新房的时分，就逼着要新娘显本领，若新娘不依，便大家闹整夜，不出新房门。

　　齐秋霞被逼闹得无法，就低声教伴妈拿两个鸡蛋并泡一盘茶来。伴妈依言将茶和蛋取来，齐秋霞接了鸡蛋，纳在两只脚尖底下，一耸身立了起来，双手端了盘茶，向众宾客各敬一杯。众宾客见了，无不惊得吐舌摇头。齐秋霞生平，就只这次当着多人，显过这番本领，此外绝不曾有人看过她的能耐。

　　齐秋霞出嫁的这年，齐四才得四五岁，从堂兄弟排行第四，因此一般人都叫他齐四。齐四自小生成的铜筋铁骨，义烈心肠，最喜结交江湖上奇异人物。在他父亲手里练武功，练到一十六岁。那时正是洪秀全在南京称孤道寡，齐有光在李秀成幕下，很干了些惊人的事业。李秀成甚是器重他，并欢喜齐四聪明，教齐四拜在广惠和尚门下做徒弟。广惠和尚是李秀成幕下，第一个精剑术的人，李秀成奉之若神明。不论军行至什么地方，广惠总不离李秀成左右。不过李秀成想差遣广惠去哪里干什么事业，广惠是不肯应命的。广惠几次劝李秀成放弃功名之念，一同入山修道，并包管李秀成的造就在自己之上。李秀成不能相从，广惠便郁郁不乐，常对李秀成左右的人说，他因爱慕李秀成身有仙骨，才相从至此；可惜功名之念太重，不肯回头。后来齐四拜在他门下，他很欢喜说："此儿的资质，虽远不及忠王，然老僧物色数年，得此差堪自慰。"

　　不知齐四从广惠和尚怎生学艺，且待第四十回再写。

总评：

　　曹仁辅被殴之时，齐四与巴和突然来援，此回早在阅者意计之中矣。我意齐四之去而复来，亦有意使曹仁辅饱受艰苦，挫其少年刚劲之气，俾克有所成就耳。仁辅何幸，乃遇齐四哉！

　　大汉寻衅一节，是完全出力写巴和也。作者欲写巴和，便不得不先将齐四遣开，盖四若在店，则店中有事，四必出场，不劳巴和矣。作者用心之苦如此。

　　因欲遣开齐四，便想到齐四之姑母，又因此而写出齐四之家世履历，文艺异常活泼。巴和与大汉对答之语，一方软，一方硬；一方谦恭，一方傲慢；一方委婉，一方蛮横。两两对照，格外好看。

后端写齐四之家世履历，是补笔也。亦有在暗中补处者，如齐秋霞嫁川人鲁泽生，故齐四常游四川。此则不必表明，善读者已能体会得之矣。

第四十回

取六合战走老将军
赏中秋救出贞操女

话说齐四既拜广惠和尚为师，便日夜在广惠左右。齐四从他父亲学的本领，已有七八成火候。从广惠不到三年，能耐已超过齐有光几倍了。齐四跟随李秀成，攻打六合的时候，清军中有个姓车的统领，年纪已有了五十多岁，极骁勇善战。那时临阵，虽已有了枪炮，然军中主要器械，仍是刀枪剑戟、藤牌戈矛之类。到了肉搏的时分，也是和戏台上一样，兵和兵打，将和将打。车统领在清军中，与太平军大小数十战，真是马前无三合之将。只因他为人戆直，不会逢迎巴结，不得上司的欢心，每次打仗，虽是他出力最多，论功行赏，却十九没有他的份。好在他的功名心甚是淡薄，只要上阵使他杀得痛快，旌赏绝不在意。他知道李秀成是太平军中第一个善战的人，部下奇才异能之人很多。他本来是在六合城的，听说李秀成领兵来攻六合，文武官员和满城百姓，都心惊胆战，唯有这位车统领，欢喜得摩拳擦掌，兴高采烈的等待厮杀。

齐四虽在李秀成军中三年，然不是有职责的军官，因没有冲锋打仗，斩将搴旗的必要。这回相随攻打六合，也原没有打算出阵的，只因第一次对阵，车统领一连杀伤李军好几名战将，李军的将士，见了车统领就胆寒，几乎没人敢出战了。李秀成正思量用计除了车统领，六合城方能攻打得下。不知车统领如何知道李军中有个齐四，指名要与齐四单骑比赛。齐四是初生之犊不畏虎，哪把车统领放在心上，一口承诺了，听凭车统领怎生比赛。

车统领约了两边都不带一名兵士，单人独马，在六合城外，选择一

311

片大荒场交手。齐四因不曾在马上用过武，广惠教他步战，齐四遂装束停当，如期到那一片大荒场上去。只见车统领已横刀勒马，立在场中等候，远远望去，威风凛凛，俨如天神一般。车统领见齐四步行而来，即在马上高声问道："甘凤池的徒孙就是么？"齐四答道："是便怎么！你既闻小爷的威名，天兵到来，应得早早投诚免死，却如何敢大胆屡伤天将？你若果真是识时务的俊杰，从速下马解甲，归顺天朝，小爷可保你不失现在的地位。"

车统领笑道："我因听说你是甘凤池的徒孙，想必本领不错，所以特地约你到这里来，见个高下。国家大事，哪有你这乳臭小儿谈论的份儿？今日相见，我不将你作叛逆看待，就是念你是凤四爷的徒孙，不相干的言语不用多说，只快把凤四爷的本领，使给我看看。"

齐四一听车统领欺他年小的话，不由得大怒，一面拔刀在手，一面大声说道："明人不做暗事。你马上，我步下，动起手来，你须讨不着便宜，下马来一同步战吧！"车统领点头下马，暗想这小子倒很公道。二人就在荒场上，一来一往，各人施出平生本领，鏖战起来。

论齐四的武艺，并不比车统领高强，只是齐四年轻，身躯灵便。车统领平生独到的本领是溜步，一步能溜一丈四尺远近；齐四的独到本领，也是溜步，一步能溜一丈五尺远近。齐四既战车统领不下，即跳既出圈子，要和车统领比溜步，车统领不知道齐四的溜步，比自己远一尺，欣然答应了。于是齐四用溜步向前跑，车统领用溜步随后追，追到跟前，一刀朝齐四脚后跟砍去，恰恰相差一尺。追赶了十来步，车统领累得一身大汗，齐四只是嘻嘻的笑。

车统领停步不追了，齐四转身说道："这下子轮到我追你了。我念你的年纪老，不用刀口砍你，只用刀背在你脚跟上做个记号，你以为如何？"车统领自料溜齐四不过，不肯受这羞辱。齐四便劝车统领投降，车统领也不肯，只承诺不再与太平军交战。车统领回营，即辞官入山访道去了。六合失了车统领，便绝不费事的攻下了。李秀成论功行赏，以齐四第一。齐四的声名，就因这事，震动遐迩了。他的声名虽然高大，却仍是朝夕不辍的，跟着广惠苦练功夫。

这日正是八月十五，午夜月色，清明如水，军中刁斗之声，四周相应。广惠照例每夜独坐蒲团用功，无论什么人，不许夜间进他的房，惊扰他的功课。齐四的房，紧靠着广惠。齐四这夜工夫做完了，因贪看中秋月色，不想早睡，信步走出房来，到庭院中仰天看月。

此时皓魄明空，微风袭面，四围刁斗声中，隐隐夹着丝竹管弦的声音，由微风送入耳鼓，顿时觉得心旷神怡，几疑身在琼楼玉宇。兴之所至，急返身进房，取了李秀成因战走车统领赏他的一柄宝剑，回到庭院中，在月下舞跃一番。舞罢，就月光看剑，如秋水侵人，肌肤起栗。陡听得那丝竹管弦的声音，截然中止了，接着便依稀仿佛的听得有哭泣之声，心中暗自疑惑道："这四围都是兵营驻扎，半夜哪来的哭声？并且这哭声，分明是个女子，难道军中有无法无天的人，敢偷瞒着强奸民家的女子吗？这声音不到我耳里来便罢，既听得明白，不去打听个下落，如何能安睡得了呢？"

齐四心里这么想着，身躯已一跃上了屋脊。在庭院中的时候，因四面房屋遮掩了，听不明方向，一到屋脊，就听得那哭声，发自洪秀全的天王宫里面。少年人好奇心重，齐四又是生成的义胆忠肝，当即提了宝剑，蹿檐跃脊的，向那发哭声的地方奔去。瞬息到了宫中，再听哭声，却没有了。俯着身躯，侧着耳朵，听宫里全无声息，暗想我分明听得哭声，从这里面发出，为什么一会儿，就毫无声响了呢？欲待回营安歇，心里只是放不下。

宫中的房屋宽广，逐层细听，到了最后一座极高的房屋，知道底下就是洪秀全住的，在这房屋上面，看见左首一个很大的花园，园中仿佛有人声脚步声。借着清明的月光，仔细向园中看去，只见一株大桂花树下，有好几个人，立在一块儿说话。

齐四轻轻蹿到离桂树不远的一株树上，见有四个穿短衣的人，交头接耳的，好像商议什么。再看树荫底下，横放着一张竹床，床脚朝天，床里躺着一个人，有被单盖着，十九是个死尸。齐四见那四人，离竹床有丈多远，竹床又在阴处，便大着胆梭下树来，绕到竹床跟前，揭开被单一看，两只瘦小的脚露了出来，一只穿着绣花弓鞋，不满三寸。当揭

313

被单的时候，觉得两脚都动弹了一下，正待将这头的被单，揭开看看，耳里忽听得锄头响，偷眼瞧那四人时，各人拿了一把铁锄，在桂花树下掘土。

齐四心想这事，很是蹊跷，桂花树下，如何是埋人的地方？宫里的女人死了，如何就是这般掩埋？刚才我听得女子哭泣的声音，此时就见这事，哭泣的敢莫便是这个女子？不知何人将她谋死了，不敢声张，打算悄悄埋在这树下。齐四心里在如此着想，不提防死尸忽然动起来，倒吓了一跳，连忙凑近身躯。才将被单一揭，已被掘土的人看见了，大喝一声："什么人？"

齐四一时吓慌了手脚，想走又放不下这事不问，待用武艺对付这四人，又怕被四人认出；急中生智，随手拖了那条盖死尸的被单，往自己头上一罩，口里学着鬼叫，一跳二三丈高下，只吓得四人丢了铁锄，就往里跑，八条腿都吓软了。跑几步就跌，爬几步又跑，各人口中都"吓呀，吓!"的旋跑旋喊。

齐四眼看着四人，跑得无影无踪了，才抛去被单，回身看竹床中的女尸，因在树荫之下，看不明白年龄的老少、面貌的美恶，并已否身死，只得将竹床拖到月光之下，看那女子仰面躺着，头发蓬松盖面，身体甚是苗条，上身的衣衫撕破了几处。

齐四到了这时，也顾不得男女的嫌疑了，伸手解开女子胸前的衣服，在胸窝摸了一摸，尚有一丝呼吸。方思量要如何灌救，猛听得刚才四人跑去的那方面，有好多人的脚声，急急的奔来。知是那四人，纠集了许多人前来探看，只是一时没有好方法对付，独自立在竹床旁边，望着昏死过去的女子，急得搔耳爬腮，不得计较。

正在这无可如何的当儿，那女子又动弹起来，这回的动却不比前两回了，竟将身躯翻了转来，喉咙里也哼出声来了。齐四见了，忙就近女子的耳边说道："我是特地前来搭救你的人。你若能说话，就请快说，我带你出去好么？埋你的人又快来了。"是这么问了两遍，不见女子开口，听奔来的脚声越发近了，心想我且将这女子，带出宫再说。遂把被单打开，铺在地下，将女子提放被单里面，抄起被单四角，和装在布袋里面一般，提起来往背上一驮；就见有无数的灯笼火把，蜂拥一般的穿花越柳而来。

齐四怎敢露面，溜到花园尽头处，双脚一顿，已上了高墙。蹿过几重房屋，拣僻静的地方放下女子来。因在蹿檐跃脊的时候，觉得女子已经醒了似的，自己原不知道女子是谁，家住什么地方，此时更深夜半，将驮着女子，跑到什么所在去呢，因此不能不放下来问个仔细。女子果已清醒转来，且能在地下坐着了。

齐四在旁说道："我是无意中见你被难，一时不忍，救你到了此地。我并不知道你姓什么，家住哪里，因何到了王宫里面，因何要将你活埋？快说出来，我好送你家去。"女子听了，抬头向左右看了一看，未开口，已掩面哭泣起来。齐四着急道："你知道这是什么所在，此刻是什么时候，如何能容你在这里哭呢？你只快说你家在哪里，旁的话都不用说了。"

女子才揩着眼泪说道："我就因为没有家了，听了恩公问我家住哪里的话，所以不由得伤心痛哭起来。"齐四一听说是没有家的，立时觉得为难，不知要怎生处置才好。很失悔自己太孟浪，怔住了一会儿才问道："你怎么会没有家的呢，难道连亲戚也没有一处吗？听你说话，不是南京的口音，是哪一省的人咧？"

女子道："我姓许，是湖北黄州人。我父母兄弟姊妹，连我共十二口人，除我而外，都死在北王部下将官李德成之手。李德成当时不杀我，也不许我自尽，逼着要我做他的小，我誓死不肯相从，自尽也不知寻了多少次。李德成却又派人监守得严密，幸亏李德成的老婆仁慈，见我可怜，将我带在身边，不许李德成无礼。北王死后，李德成谋得天王宫中侍卫，移家王宫左首房屋内。自从搬进那房屋之后，李德成每乘他老婆不在跟前的时候，百般的轻侮我，他夫妻为我口角了好几次。李德成见我屡次不肯相从，渐渐的恨我入骨了。今夜因是中秋，李德成的老婆，进王宫里朝觐去了，李德成以为得了机缘，在家饮酒作乐，把酒喝得烂醉，又逼我相从。我不依他，他就叫左右的人，剥了我的衣服痛打。我不给他们剥，便哭叫起来。李德成恐怕哭声传进王宫去，教人拿灰袋压住我的嘴脸，灰袋一到我脸上，我就昏死过去了。往后怎么样，一些儿不知道，直到此时才醒转来。虽承恩公救了我的大难，只是我一家人，都被李贼害了性命，于今却教我去哪里安身？"说到这里，又低头掩面，呜呜的哭起来了。

齐四道："这时哭着有什么用处？你也没有亲眷在南京吗？"女子道："我是湖北黄州人，哪有亲眷在南京呢？"齐四到了这时，毫无主意，当在急难的时候，说不得避嫌疑，虽是年轻女子，也只得驮在背上逃走。这时既没有安顿的地点，而女子又已清醒明白，不好再用被单包裹，并且年轻男女，在夜深无人之处，两两相对，齐四是个义烈汉子，怎肯久居这嫌疑之地呢？无奈是他自己多事，无端把人驮着逃出来，论情理，论事势，都不能就这么丢了不管。

抬头看看天色，东方已将发白了，只得向那女子说道："我从小闯荡江湖，素来是以四海为家的人，今夜虽于无意中救你脱难，却没有好地方安插你。离此不远，有座清净庵，庵里的住持老尼无住，和我认识，唯有暂时送你到那里去，再作计较。"女子就地下向齐四叩头泣道："我削发修行的志向，存了好几年了，既有这么好的所在，求恩公从速带我去便了。"

女子身体并不曾受伤，一清醒便如常人，能起立行走，不过一脚没了弓鞋，步履十分不便；好在歇息之处，离尼庵很近，一会儿就到了。原来无住老尼，很有些道行。广惠和尚时常来庵里，与无住论道，齐四因此认识。

但不知无住肯将自己的清净的庵院，做逋逃薮，收容这女子与否，请观四十一回再谈。

总评：

此一回叙齐四事，忽然岔出车统领守六合一段情节，骤观之，似旁生枝节，无甚关系；仔细思之，方知完全为齐四作衬托也。将军统领抬得愈高，则齐四之本领愈显，出力写车统领，正是出力写齐四耳。旁敲侧击，愈见文章之妙。

尝观他种小说，欲出力写一人，亦有另写一人以衬托者。唯往往将衬托之人，写得非常恶劣，非常狼狈。余以为如此衬托，则反足令被衬托者因之减色。此书写车统领，虽败于齐四之手，然身份气概，仍不稍失。作者之胜人，即在此等细处，不可不察也。

　　将写齐四在月下救一女子，便先将月色之皎洁细细描出，此等伏笔，泯然无迹，文章亦更见精致。

第四十一回

仗锚脱险齐四倾心
代师报仇王五劝驾

话说齐四将那女子送到清净庵里，只见无住老尼正和广惠和尚对面坐着谈话。齐四不觉怔了一怔，暗想我在庭院中舞剑，听得哭声的时候，师傅不是独自坐在房中做功课的吗？他老人家平日在夜间，从来不见出过房门，怎的这时却到了这里？心里一面怀疑，一面紧走上前，先向无住见礼，然后向自己师傅见礼。正要开口将搭救女子的情形禀明，广惠已点头含笑说道："不用你说，我已知道了。"

无住向齐四合掌道："劳居士解救了贫僧的小徒，感谢，感谢！"齐四忙鞠躬答礼，心里却是纳闷，怎么这女子是她的徒弟？师傅不是曾说她道法很高的吗，如何自己徒弟在难中几年，并不去解救呢？并且这女子又没有落发出家，怎么是她的徒弟？心里正自这般疑惑，忽见这女子走到无住面前，双膝跪下说道："师傅不就是某年某月在我家化缘，向先父母要我做徒弟的吗？"无住哈哈笑道："你的眼力倒不错。你父母那时若肯将你化给我，这几年的困苦，和今夜死中求活的事也没有了。"

广惠合掌念了声阿弥陀佛道："贫僧在此数年，只因忠王生成一身仙骨，立愿要渡脱他，也可因此减除一分浩劫。无奈数由前定，佛力都无可挽回，贫僧只好回山去了。"说时，望着齐四道："你有了这点儿本领，此后能时时向正途上行事，保你充足有余；若仗着这点儿本领，去为非作歹，将来就必至死无葬身之地。须知，我传你的本领，是因你的根基还好，想你替我多行功德。替我行的功德，也就是你自己的功

318

德。你在此地的事，不久自然会了，此间事了之后，便是你广行功德的时候。"

齐四听了，问师傅将去哪里，广惠不肯说，只说："你此后的居心行事，果能不负我的期望，到了那时候，我自然来渡你。不然，你便来见我也无用。"广惠说了，即向无住告辞，转眼就不知去向了。齐四惘然回营。

李秀成次日得了伺候广惠的兵丁，呈上广惠留下告别的字条，心中甚是不快，忙传齐四上来，盘问广惠走时，说了些什么。齐四依实说了，只不提搭救女子的事。李秀成听了，不免有些追悔，但是这时一身的责任太重，清兵又围攻正急，只好付之一叹。

不久南京被清兵攻破了，齐有光死于乱军之中，齐四背着齐有光的尸逃出来，择地葬埋了；遂遵着广惠临别时的吩咐，游行各省，竭力救济因战事流离颠沛的人民。其间侠义之事，也不知做了多少，直到与曹仁辅见面，几十年如一日，这便是金陵齐四的略历。

这日齐四清早起来，偶然想起自从与曹仁辅、巴和开设仁昌当店以来，已有好多日子，不曾去姑母家问候，心里很有些惦记。吃过早饭，即对巴和说了，去姑母家问候一番便回，想不到走后就出了大汉来赎锡酒壶的事。

齐四问候了他姑母，回头沿着川河行走。川河里的水，人人都知道是急流如箭，行船极不容易的。上水船拉索缆的夫子，大船要几百名，小船也得一百或数十名。齐四这时心境安闲，跟着一般拉缆的夫子，慢慢的向上流头走，细玩流水奔腾澎湃之势。船随川转，刚绕了一处山湾，耳里便听得一阵吆喝惊喊的声音，夹杂着激湍溅泼的声音，俨然如千军万马，奋勇赴敌的样子。

齐四举眼看时，原来上流头有一艘大巴篁船，顺着急流直冲而下，比离弦之箭，还要加上几倍的快迅。相离不过二百步远近，就有一条小乌江船，正用着三五十名拉缆夫，一个个弯腰曲背的往上拉，照那大巴篁船直冲而下的航线，不偏不倚正对着乌江船的船头。巴篁船上的艄公连忙转舵，无奈船行太快，两船相隔又太近，艄公尽管转舵，船头仍是不能改换方向。两船上的人和岸上拉缆的夫子，见此情形，大家都慌乱起来，不约而同的齐声吆喝。齐四看了，也不由得代替乌江船着急，眼见得两船头只一撞碰，乌江船又小又在下流，断没有幸免的道理。

说时迟，那时快，正在这个大家惊慌得手无足所措的当儿，俄见乌江船舱里，猛然蹿出一个中年汉子来。那汉子的身手真快，一个箭步蹿到船头，一伸腰肢，右手已将搁在船头上的铁锚擎起，作势等待那巴篁船头奔到切近，只一下横扫过去，"喳喇"一声响还不曾了，那巴篁船便如撞在岩石上一般，船头一偏，从乌江船边挨身擦过。瞬眼之间巴篁船早已奔向下流头去了，乌江船只晃了两晃，一些儿没损伤。

那汉子这一锚没要紧，只是把船上、岸上的人，都惊得望着汉子发怔，一个个倒说不出什么话来。那汉子神色自若的从容将手中锚安放原处，就仿佛没有这回事的样子。齐四不由自主的脱口叫了一声："好！"这"好"字才叫出口，却又甚悔孟浪似的，连忙掉转脸看旁边，好像怕被那汉子认识的一般。乌江船上的船户，六七人围住那汉子说笑，约莫是向那汉子道谢。齐四心想这人的本领，真是了得，我今且既亲眼看见了，岂可失之交臂？况且我店里正少一个保管首饰的人，看这人一团正直之气，又有这般本领，若能结纳下来，岂不是一个很得力的帮手！

齐四虽这么思量着，却苦于水岸两隔，不便招呼，忽转念一想，我何不如此这般的做作一番，怕他不来招呼我吗？主意已定，即挨上拉缆的夫子队里，看见一个年纪稍老、身体瘦弱的夫子，拉得满头是汗，气喘气吁，一步一步的提脚不动。齐四即向这夫子说道："可怜，可怜！你这般老的年纪，这般弱的体格，还在这里拼着性命拉缆子，我看了心里很难过。我横竖是空着手闲行，帮老哥拉一程好么？"

那夫子一面走着，一面抬头望了望齐四说道："好自是好，只是你帮我拉一程只得一程，你去了仍得我自己拉。"齐四笑道："拉一程便少了一程，你把带子给我吧！"那夫子累得正苦，有人代劳，当然欢喜，笑嘻嘻的从肩上卸下板带来，交给齐四。齐四也不往肩上搭，右手握住板带，左手朝后勾着缆子，大踏步的向前走。在前面的夫子，忽觉得肩上轻松了，都很诧异，一个个停步回头，看那乌江船，就和寻常走着顺风的船一样，急流水打在船头上，浪花溅得二三尺高。齐四口里喝着快走，两脚更加快了些。一班拉缆夫看了，才明白是齐四的力大，独自拉着乌江船飞走，大家都不由得惊怪，见齐四走上来喊着快走，只得都伸着腰，嘻哈哈的跑。也有些觉得奇怪，边跑边议论的；也有些看了高兴，口里乱嚷的。总之，哗笑的声音，比刚才吆喝的声音，还来得高大。

乌江船上那个拿铁锚扫开巴篁船的汉子，毕竟是谁？只要不是特别健忘的看官们，大概不待在下报名，都知道就是入川访友的罗大鹤。罗大鹤当下扫开了巴篁船，船户都围着他称谢。他正打算仍回舱里坐地，忽觉船身震动得比前厉害，接着便听得拉缆的哗笑，一抬头就看出齐四的神力来。他入川的目的，原是访友，这时既发现了这般本领的人物，怎肯当面错过呢？就船头只一纵，跳上了岸，赶上齐四笑道："好气力。佩服，佩服！请教好汉贵姓大名？"

齐四见自己的计策验了，喜得将两手一松，抽身和罗大鹤相见。谁知一班拉缆夫，都伸着腰走，没一个得力，想不到齐四突然卸肩，那乌江船便如断了缆索，被水推得只往下挫，连一班拉缆夫，都被拖得立脚不住，歪歪倒倒的只往后退。坐在船里的船户，只道是真断了缆，吓得狂呼起来。亏得罗大鹤顺手捞着缆子，才将那船拉住。

齐四倒毫不在意的向罗大鹤拱手答道："岂敢！阁下才是神力，真教人佩服呢！"罗大鹤谦逊了两句，彼此互道了姓名。齐四就邀请罗大鹤同回仁昌当店去。罗大鹤原无一定的去处，既遇了齐四这般人物，又殷勤邀请，哪有不欣然乐从的？当下罗大鹤也不推让，即回船待开发船钱。船户因罗大鹤刚才救了一船的货物，和好几人的性命，不但不肯收受罗大鹤的船钱，反争着攀留罗大鹤款待。

罗大鹤辞了船家，与齐四一同来到仁昌当店，已是天色向晚了。曹仁辅、巴和二人，正等得焦急万分，唯恐齐四这夜不回，出了意外的乱子，二人担当不起。此时见齐四同一个英气勃勃的汉子回来，二人才把心事放下。

齐四将罗大鹤给曹、巴二人介绍了，并述了在河边相遇的始末。三人相见，彼此意气，都十分相投。曹仁辅将大汉赎锡壶的经过情形，告知齐四、罗大鹤。齐四笑道："这自是有意来探看虚实的。因为做我们这行生意的人，没有不聘请几个有名的把式，常川住在店中保护的。唯有我这里，开张了这么久，一个会把式的，也不曾聘请，生意又做得这般兴旺，如何免得了有人转我们的念头？但是外路的人，毕竟看不透我们的虚实，所以派了今日那大汉来，借故探看一遭。这也是合当有事，偏遇了我不在家，不能和他打个招呼。大约不出几日，他们必有一番动作，好在我们有了这位罗大哥，尽管他们怎么动作，都不用着虑。"罗大鹤见三人都是豪侠之士，也很愿意出力。

过不了几日，这夜三更时分，果然来了八个大盗。只是哪里是齐、罗二人的对手，一个个都身受重伤的跑了。从此仁昌当店的声名，在四川一般当店之上。齐四留罗大鹤在店里，经管了一年多首饰，并将言师傅传授的本领，转教了店中几个资质好的徒弟。四川至今还有一派练八仙拳的武术家，便是从罗大鹤这回传下来的。

罗大鹤住了年余之后，自觉不负言师傅吩咐，已将本领传了川、湘两省的徒弟，于今可去宁陵县，找神拳金光祖，替师傅报十年之仇了。罗大鹤主意既定，即日辞了齐四等一干人，驮上原来的黄包袱，起程到宁陵县。齐四等自然有一番钱饯送程仪举动，这都不必述他。

从四川到宁陵，水陆数千里，在路上耽搁了不少的日子，才到宁陵。四处访问金光祖，知道的人极多，很容易的就找到了金家，并打听得金光祖才买了一匹千里马回家。所以金禄堂推说金光祖不在家，罗大鹤能说若真不在家，我也不会来的话。

罗大鹤当下见金光祖出来，才将肩上的包袱卸下，回头见金光祖背后，立着一个魁梧奇伟的汉子，英气逼人，料知不是一个等闲的人物，心想明枪易躲，暗箭难防。我今日不远数千里来替师傅报仇，我只单身一人，他这里现有三个，不要动起手来，受了他们的暗算；十年之仇不曾报得，反白丢了性命，这倒不可不先事加以慎重。想罢，即向王五拱手，请教姓名。

王五未见罗大鹤之前，只听得金光祖说这姓罗的，系来报十年之仇的话，心里很有些厌恶罗大鹤，有意要帮金光祖一臂之力。及与罗大鹤见面，不因不由的就发生了一种爱慕之念，暗想两虎相斗，必有一伤，便是这姓罗的打输了，也甚可惜。正在这么想着，罗大鹤已向他拱手问姓名，遂走出来答礼说道："兄弟姓王，名子斌，和金老爹也是初次相识，难得老哥今日前来，凑巧兄弟也在这里。兄弟因和两位都是初会，想从中替两位讲和。金老爹年纪虽老，十年前的本领还在，只看他老人家的精神色采，便可知道了。老哥正在壮年，既特地前来报仇，本领之高强自不待说。两下动起手来，彼此拳脚无情，不论谁胜谁败，在兄弟看来，都觉不妥。金老爹今年七十八岁，享一生神拳的声名，垂老的人，果然经不起蹉跌；就是罗老哥，好容易练就一身本领，若真有不共戴天的大仇，说不得就明知要拼却性命，也得去报。尊师十年之前，和金老爹交手，并不曾受什么重伤，怎说得上'报仇'两个字。老哥若肯瞧兄弟的薄面，将这个字丢开……"

金光祖听到这里，见罗大鹤很露出不愿意的神气，以为罗大鹤疑心王五这般说法，是代自己说情，年老力衰，不敢和他交手。遂不等王五再说下去，一步抢到王五跟前说道："承五爷的好意，老朽却不敢遵命。老朽今年已活到七十八岁了，就要死也死得过了。姓言的有约在先，当时老朽已答应了他，幸亏老朽有这么高的寿，居然能等他十年。他自己没本领前来，教罗君来代替，老朽已占着上风了，但愿罗君能青出于蓝，替他师傅把仇报了，老朽也了却一重心事。请五爷在旁边，给老朽壮壮声威。"

罗大鹤见金光祖已有这么高的年纪，又听了王五讲和的话，心里本也有些活动了，只是觉得既受了自己师傅的嘱托，一时没作摆布处，因此显出踌躇的神气，并不是金光祖所推测的心事。此时忽听金光祖说言师傅没本领前来，教罗君来代替，已占了上风的话，就不由得生气起来，随即冷笑了一声说道："既说到有约在先的话，当时我师博不是曾说了，若他自己没有再见的缘法，也得传一个徒弟，来报这一手之仇的话吗，为什么却说人没本领前来呢？十年前的事，本来也算不了什么仇恨，不过我师傅传授我的本领，为的就是要实践那一句话。如果金老爹

323

自觉上了年纪，只要肯说一句服老的话，我就从此告别。"

金光祖哈哈大笑道："黄汉升八十岁斩夏侯渊，我七十八岁怎么算老？你尽管把你师傅传授的本领，尽量使出来，畏惧你的，也不是'神拳'金光祖了。"

罗大鹤望了望王五和金禄堂道："两位听了，可不是我姓罗的欺负老年人。"罗大鹤说这话，就是防两人暗中帮助金光祖的意思。金光祖已明白罗大鹤的用意，即教王五和金禄堂退开一边，让出地盘来，对罗大鹤说道："你固能欺负得下我这老年人，算是你的本领，要人帮助的，也辱没'神拳'两字了。"

罗大鹤至此才不说什么，只高声应了个"好"字，彼此就交起手来。这一老一少，真是棋逢对手，两方都不肯放松丝毫。初起尚是一来一往，各显身手，斗到二百多个回合以上，两人忽然结扭起来，都显出以性命相扑的样子。

金禄堂恐怕自己祖父吃亏，多久就想跳进圈子去给罗大鹤一个冷不防。王五看出金禄堂的意思，觉得不合情理，又见金光祖并未示弱，几番将金禄堂阻住了。金禄堂这时见罗大鹤和自己祖父，已结扭在一团，明知打这种结架，照例是气力弱的人吃亏，自己祖父这般年纪，如何能扭得过罗大鹤？再也忍耐不住，逞口喝了一声，刚要跳进圈子，金光祖、罗大鹤二人已同时倒地。随听得"唧喳"一声响，金光祖两脚一伸，口中喷出许多鲜血来，已是死了。罗大鹤就在这"唧喳"一声响的时候，一耸身跳了起来，仰天打了一个哈哈，便直挺挺的站着不动。

金禄堂看了自己祖父，被罗大鹤打得口吐鲜血而死，心中如何不痛恨？一时也就把性命不顾了，蹿到罗大鹤跟前，劈胸就是一掌打去。作怪，罗大鹤竟应手而倒，连一动也不动。王五也觉得奇怪，赶上前看时，原来直挺挺站着不动的时候，便已断气了。

金禄堂心痛祖父，抚着金光祖的尸大哭。王五也不胜悲悼，洒了几行热泪。装殓金光祖时，解出胸前的铜镜，已碎裂做几块了。罗大鹤死后，遍身肌肉，都和生铁铸成的一般，唯腰眼里有一点指拇大小的地方，现出青紫的颜色，竟像是腐烂了的。

王五十分可惜罗大鹤这般一身本领，正在英年好做事的时候，无端如此葬送，心中甚觉不快，自己拿出钱来，替罗大鹤棺殓埋葬。直待金、罗二人的坟都筑好了，沽酒祭奠了一场，才怏怏的取道回北京来。

　　这日方到大名府境内，从一处乡镇上经过，忽见前面一家小小的茶楼门口，立着两匹很高大的黑驴，骨干都异常雄骏，鞍辔更鲜明夺目。两驴的缰索，都连鞭搭在判官头上，并没拴住，也无人看守。茶店出进的人挨驴身擦过，还有几个乡下小孩，大概是不常见这种动物，也有立在远处，抓了泥沙石子向两驴挥打的；也有拿着很长的竹枝树桠，跑到跟前戳驴屁股的。两驴都行所无事的睬也不睬，动也不动。

　　王五骑着马缓缓的行来，这种种情形都看在眼里，不由得心里不诧异，暗想这两条牲口，怎调得这般驯顺？骑这两条牲口的人，大约也不是寻常俗子。我口中正觉有些渴了，何不就到这茶楼喝杯茶，借此瞧瞧骑这牲口的人物。

　　王五心里想着，马已到了茶楼门首，翻身跳下马来，正待拴住缰索，只见茶楼门里走出两个华服少年来。一个年约二十来岁，生得剑眉隆准，飘逸绝伦；一个年才十五六岁的光景，一团天真烂漫之气，使人一见生爱。就两少年的装束气度观察，一望便能知道是贵胄豪华公子。两少年边走边回头做出谦让的样子，原来跟在两少年背后出来的，是一个三十多岁的汉子。见那汉子的装束，像个做工的人，面貌也十分粗俗，不过眉目之间，很有一种精悍之气，步履也矫健非常。跨出茶楼门，向两少年拱了拱手道："公子请便，后会有期。"说这话的时候，似乎带着几分傲慢的态度。两少年却甚是恭顺，拱立一旁，不肯上驴，直等那汉子提步向东走了，才跳上驴背向西飞驰而去。

　　王五看了三人的举动，不觉出神，拴好了马，走进茶楼，在临街的楼檐下，拣了个座位。

　　这茶楼虽是在乡镇上，生意却不冷淡，楼上百十个座头，都坐得满满的。王五喝着茶，听得旁边座位上，有两个人谈论的话，好像与刚才所见的情形有关，遂看两人，也是做工的模样。只听得那一人说道："我多久就说郭成的运气，快要好了。从前同场赌钱，总是他输的回数

325

居多，近一个月以来，你看哪一场他不赢？他于今衣服也做了几件，粮食也办得很足，连脾气都变好了，不是转了运是什么？"这一人答道："你的眼皮儿真浅，看见有两个富贵公子和郭成谈话，就说他是转了运。赢几回钱，做几件衣服，算得什么？只一两场不顺手，怕不又把他输得精光吗？并且我看郭成，若不改变性子，他这一辈子，也就莫想有转运的时候。他仗着会点儿把式，一灌醉了几杯黄水，动不动就打人。刚才这两个阔公子，虽不知道是哪里来的，只是据我猜想，一定是闻他的名，特来跟他学武艺的。"

那人听到这里，即抢着说道："你说我眼皮儿浅，他不是转了运，怎么忽然有阔公子来跟他学武艺呢？教这样阔公子的武艺，不比做手艺强多了吗？"这人连连摆手说道："阔公子是阔公子，与郭成什么相干！大名府的大少爷，你难道能说不是阔公子吗？那大少爷不也是跟着郭成学武艺的吗？请问你，他曾得了什么好处，倒弄得把原有的一份差使，都革掉了，还挨了六十大板。你说他要转运了，我看只怕是他又要倒霉了呢！这两个阔公子，不做他的徒弟则已，做了他的徒弟，也不愁不倒霉。他的老娘七十多岁了，就为他的脾气不好，急成了一个气痛的毛病，时常发了，就痛得要死。他的老婆，也为他动不动打伤了人，急得躲在我家里哭，说他在府里当差的时候，结的仇怨太多，若再不和气些儿，将来难保不在仇人手里吃亏。"那人点头道："这倒是实在话。你瞧，他又来了。"

王五朝楼梯口看时，只见刚才送那两个少年的汉子，正走了上来。

不知这汉子是谁，那两个少年是谁家的公子，且俟第四十二回再写。

总评：

此一回乃全书中间之转捩处也。举凡上半部书中所未曾了结之事，一一均于此回收束。如齐四在太平军中之结局，罗大鹤之游川，质壶者之讹诈，与夫金光祖与罗大鹤之比武，或隔数日，或隔十余回，作者均能于一二千字中，收束妥帖。其笔

326

力之雄伟，诚非他人所及。放之则弥六合，卷之则退藏于密，作者之文笔，庶几近之。

此回收束之处，忽然出一郭成，借以开出后半部书。我故曰："此一回者，全书中间之转捩处也。"

此书所叙过堂比武事，曾见迭出，最易重复。若此回金光祖与罗大鹤比武，两败俱伤，同归于尽，则固上文所无，故写来倍见精彩。

骑驴之贵公子，从王五眼中开出，郭成之身世履历，从王五耳中听出，此是换一种写法也。吾尝谓王五、芥四，为此书之主人，故处处借两人作线索，观此益信。

第四十二回

周锡仁输诚结义
罗曜庚枉驾求贤

话说王五见那汉子上楼，两只光芒四射的眼睛，在百十个座头上，都看了一遍，好像寻找什么人似的。最后看到王五座上，恰巧和王五打了个照面，似乎要寻找的人，已寻着了的样子，脸上登时露出喜色，走到王五跟前，抱了抱拳笑道："五爷已经不认识我了么？才几年不见，五爷更发福了。"王五连忙起身拱手，一面口里含糊答应，一面心里思量，面貌虽仿佛记得是曾在哪里会过，但是一时连影子都想不起来，只得让座说道："惭愧，惭愧！竟想不起老哥的尊姓大名了。"

汉子笑道："怪不得五爷想不起，只怪那时在贵镖局里打扰的人太多。俗语说得好：一百个和尚认得一个施主，一个施主认不得一百个和尚。我姓郭，单名一个成字，大名府人，因少时喜练些拳脚，略能在江湖上，认识几个有本领的人。大家谈到当今豪杰之士，没一个不是推崇五爷的。有好些人投奔五爷，得了好处，因此我也到贵镖局里，想五爷赐教些拳脚。无奈那时和我一般住在贵镖局里的，约莫有二三百人，五爷每日的应酬又忙，总轮不到有我和五爷谈话的时候。我整整的在贵镖局里，打扰了四个月，虽隔不了几日，五爷就得来我们八个人住的那间房里一趟，有时见面向我们说几句客气话，有时也坐下来谈论一会儿，然而我同房八个人当中，只我的年纪最轻，最是拙口钝舌，不会说话。在没见五爷面的时候，心里打点了好多话，想在见面的时候，说出来请求指教；及至五爷来了，陡然间觉得一肚皮的话，不好从哪里说起。即有时打定了主意，而同房的人，每次总是好像有意与我为难，自五爷进门便争先恐后的说起，非说到五爷起身走到隔壁房里去了，再不住口。是这么挫了我几次，兴致也就挫得没有了。逆料便再住下去，三五个月，也不过是跟着大家吃饭睡觉，想得五爷指教武艺，是决办不到的事，也没当面向五爷告辞，就回了大名府。"

王五听郭成滔滔不绝的说了这一大阵，忍不住长叹了一声道："我那时名为好客，实在是胡闹。真有本领的好汉，休说断不肯轻易到我那里来，即算肯赏光来了，若不自己显些能为给我看，或是素负盛名的，我何尝知道是真有本领的好汉？那时我以为是那么好客，必能结交许多豪杰之士，其实不那么好客倒好了，越是那么好客，越把大卜豪杰之士得罪了，自己还不知道。即如老哥赏脸，在敝局住了四个月，连话都不能和我说一句，幸亏老哥能原谅。我应酬太忙，不周不到之处是难免的，倘若换个气度不及老哥宽宏的，不要怪我藐视人吗？很对老哥不起，老哥如有指教的地方，于今敝局已没有宾客了，看老哥何时高兴，即请何时枉顾。敝局此刻既没有宾客，我自己一身的俗事，也摆脱了许多，比几年前清闲了几倍，老哥有指教的地方，尽有功夫领教，断不至再和前次一样，失之交臂了。"

郭成欣然答道："从前五爷是使双钩的圣手，这几年江湖上都知道五爷改使大刀了。五爷使双钩的时候，我想五爷指点我使双钩的诀窍；于今五爷改使大刀，我更想从五爷学大刀了。我也知道大刀比双钩难使，只是能得五爷指点一番，江湖上的老话，算是受过名师的指点，高人的传授，究竟与跟着寻常教师练的不同。五爷既允许我参师，我就在这里叩头了。"说时，已推金山倒玉柱的拜了下去，也不顾满茶楼的茶客，都掀眉睁眼的望着。

王五起初和郭成说的，原不过初会面一番客气话。自从王五受过山西老董那番教训之后，久已谢绝宾客，辞退徒弟，几年不但没传授一个徒弟，并不曾在不相干的人跟前，使过一趟拳脚，谈过一句武艺；从前那种做名誉、喜恭维的恶劣性质，完全改除净尽了。就是有真心仰慕他本领，并和他有密切关系的好青年，诚心要拜他为师，他也断不会答应。郭成是个何等身份的人，平日的性情举动怎样，王五一些儿不知道，怎么会随口便答应收做徒弟呢？照例说的几句客气话，万不料郭成就认为实在，竟当着大众，叩头拜起师来。郭成这么一来，倒弄得王五不知应如何才好，心里自是后悔不应该说话不检点，不当说客气话的人，也随口乱说，以致弄假成真。然口里不便表明刚才所说全是客气语，不能作数，只得且伸手将郭成扶起，默然不说什么。

　　郭成双手捧了一杯茶，恭恭敬敬的送到王五面前，又叫了几样点心，给王五吃。王五心想这郭成平日为人行事，我虽不知道，只是就方才这两人谈论的言语，推测起来，又好赌、脾气又大，七十多岁的老母，为他急得气痛，老婆为他急得在邻家哭泣，他都不肯将脾气改变，其人之顽梗恶劣，就可想而知了。他于今想从我学武艺，当然对我十分恭顺，这一时的恭顺哪里靠得住？我此刻若说不肯收他做徒弟的话，显见得我说话无信，倒落他的褒贬，不如且敷衍着他，慢慢看他的行为毕竟怎样。方才谈论他的是两个做工的粗人，他们的眼界不同，他们以为是的，未必真是，他们以为不是的，也未必真不是。看这郭成的五官，也还生得端正，初看似乎粗俗，细看倒很有一团正气的样子，两只眼睛，更是与寻常人的不同，大概做事是很精明强干的。我局里也用得着这种帮手，便收他做个挂名的徒弟，也没什么使不得！王五是这般左思右想了好一会儿，才决定了将错就错，且教郭成到镖局里帮忙，一时想起骑驴的两个少年来，即向郭成问是什么人。

　　郭成见问，仿佛吃惊的样子说道："师傅不曾瞧出两人的来历么？"王五摇头道："只在这茶楼门外见了一面，话也没交谈一句，怎生便瞧得出他们什么来历。到底是什么来历，不是哪一家做官人家的大少爷么？"

　　郭成点头道："我并不认识他们。据他两个自己说，姓吕，是亲兄弟两个。他父亲曾在广西做过藩台，于今已告老家居了。他兄弟两个，生性都欢喜练武，只苦寻不着名师，不知从哪里听说，我的本领很好，特地前来要拜我为师。哈哈，师傅，你老人家说，直隶一省之内享大声名，有真本领的好汉，还怕少了吗？如果真是诚心拜师，还怕寻不着吗？哪里有轮到我头上来的道理呢！我练武是欢喜练武，但是外面的

330

人，休说决不至有替我揄扬，乱说我本领很好的话；就是全不懂得功夫的人，有时替我瞎吹一阵。然而他们兄弟，既是贵家公子，不是闯荡江湖的人，这类瞎吹的话，又如何得进他们耳里去。并且寻师学武艺，总得打听个实在，也没有胡乱听得有人说某人的本领很好，就认真去寻找某人拜师的道理。因此他两人说的这派不近情理的话，我虽不便驳他，心里却是不信。"

王五问道："他们住在哪里，今日才初次在这里和你见面吗？"郭成点头道："据他们说，就住在离城不远的乡下。今日我和这个同行的伙计，在这边桌上喝茶，眼朝街上看着，忽见两人骑着两头黑驴走过。我因见那两头牲口，长得实在不错，我小时跟着父亲，做了好几年驴马生意，从来没见过有生得这么齐全的牲口，不由得立起身，仔细朝两头牲口和两人打量。两人一直走过去了，我看了两人的情形，心里不免有些泛疑，猜度他十九不是正经路数。我那年从师傅镖局里归家之后，就在大名府衙里，充了一名捕班，在我手里办活了的盗案，很有几起疑难的，两年办下来，便升了捕头。什么乔装的大盗，我都见过。办的日子一久，见的大盗也多，不问什么厉害强盗，不落到我眼里便罢，只一落我的眼，不是我在师傅跟前，敢说夸口的话，要使我瞧不出破绽，也就实不容易。今日我见了他两个，心里虽断定十之八九，只是我的捕头，在几个月以前，已经因醉后打了府里的大少爷，挨了六十大板之后革了，尽管有大盗入境，也不干我的事，要我作什么理会，当下也就由他们骑着牲口过去了。谁知两人去不一会儿，又骑着那牲口，飞也似的跑回来了。一到这楼下，两人同时跳下，将鞭子缰绳，往判官头上一搁，拴都不拴一下，急匆匆的走上楼来，竟像是认识我的，直到我跟前行礼，自述来意。师傅，你老人家是江湖上的老前辈，看了他们这般举动，能相信他们确是贵家公子，确是闻我的名，特来拜师的么？"

王五道："这话却难断定。不见得贵家公子，就不能闻得你的声名，你的声名，更不见得就只江湖上人知道。你既是一个被革的捕头，他兄弟若真是强盗，特地来找着你，故意说要拜你为师，却有什么好处？你当了几年捕头，眼见的大盗自然不少，便是我在镖行里混了这半辈子，还有什么大盗没见过吗？一望就知道不是正经路数的，果然很多，始终不给人看出破绽的，也何尝没有。总之，人头上没写着'强盗'两个字，谁也不能说一落眼，就确实分辨得出来。"

郭成见王五这么说，不敢再说自己眼睛厉害的话，只得换转口气，说师傅的话不错。王五接着问道："他兄弟要拜你为师，你怎么说呢？"郭成道："我说两位听错了，我哪里有什么本领，够得上收徒弟。纵说我懂得两手毛拳，可以收徒弟，也只能收那般乡下看牛的小孩做徒弟，如何配做两位的师傅？两位现在的功夫，已比我强了十倍，快不要再提这拜师的话，没的把我惭愧死了。两人咬紧牙关，不承认曾经练过武艺，我便懒得和他们歪缠。"

王五道："他们怎知道你在这楼上呢？"郭成道："他们原是不知道的。因先到寒舍找我，我每日必到这里喝茶，家母、敝内都知道，将这茶楼的招牌，告知了他两人，所以回头就跑到这里来。我刚才送他们走后，回家问家母才知道。"

王五道："你打算怎样呢？"郭成道："且看他们怎样，即算他们所说是真的，是诚心要拜我为师，凭你老人家说，我正在拜你老人家为师，岂有又收旁人做徒弟的道理！不论他们如何说法，我只是还他一个'不'字。我回家只将家母和敝内食用的东西，安排停当了，能勉强支持两三个月，即刻就动身到师傅局子里来，哪怕跟师傅这种豪杰，当一辈子长随，也是心悦诚服的。当捕头的时候，平日担惊受怕，一旦有起事来，没有昼夜，不分晴雨，稍不顺手，还得受追受逼，便办得得意，也是结仇结怨，反不如做泥木手艺的来得自在。只是做手艺太没出息，所以情愿追随师傅。"

王五见郭成的言谈举动，也还诚实，略略的谈论了一会儿武艺，本领也很过得去，当下便拿了二十两银子，教郭成将家事处理停当，即到会友镖局来，直把个郭成喜得心花怒发。

王五起身下楼，郭成恭送到门外，伺候王五上马走了，仍回到茶楼上。那两个同做手势的伙伴，迎着郭成笑道："郭大哥真是运转兴隆了，今日只一刻工夫，凭空结识了三个骑驴跨马的大阔人，又得了那么一大包银子。去，去，去！我昨夜输给你的钱，今日定得找你捞回来。"郭成正色说道："什么骑驴跨马的大阔人，你们道那两个后生是谁，那是两个杀人不眨眼的大强盗，大概是来邀我入伙的。我家世代清白的身子，岂肯干那些勾当！刚才走的这位，是北京会友镖局的王五爷，是我的师傅。我只有帮他出力做事的，他便再阔些，我也不能向他要钱。他送我这包银子，是给我安家的，我怎敢拿着去赌钱，此后我寻着了出头的门路，得认真好好的去干一下子，吃喝嫖赌的事，一概要断绝了。你两个多在这里喝杯茶，我有事要先回家去。"

郭成随即付清了茶钱，回到家中，将遇见北京王五爷，及拜师拿安家银两的事，详细对他老母说了。他老母道："你刚才回来一趟，急匆匆的就走了，我的记性又不好，那两个找你的少爷，还留了一个包袱在这里，说是送给你的，我忘记向你说。"

郭成忙道："包袱在哪里？"他老母在床头拿了给他，打开来一看，里面几件上等衣料，和一小包金叶，约莫有十多两轻重。衣料中间，夹了一张大红帖，上写"贽敬"两个大字，下写"门生周锡仁、周锡庆顿首拜"一行小字。郭成翻来覆去的看了一会儿，不好怎生摆布，暗想："怪道两人在茶楼上见我的时候，没提曾到我家的话，也有情理。我是一个已经革了的捕头，他两个就要在大名府作案，也用不着来巴结我。若真是闻名来拜师的，这就更稀奇了。"郭成一时想不出一个所以然来，只好仍将包袱裹好收藏。

次日清晨，郭成方才起床，周锡仁兄弟就来了，见面比昨日更加恭顺，更加亲热，仍是执意要拜在郭成门下。郭成笑道："我若有本领能收徒弟，像两位这般的好徒弟，拿灯笼火把去寻找，也寻找不着，何况两位亲自找上门来，殷勤求教呢？"周锡仁见郭成抵死不肯，并将包袱拿出来要退还，遂改了语气说道："我兄弟实在是出于一片仰慕的热诚，既是尊意决不屑教诲，就请结为兄弟何如？"

郭成便自思量：我有何德何能，可使他两人这么倾倒。我本是一个贫无立锥的人，也不怕他沾刮了我什么东西去，我又没有干什么差事，只要我自己有把握，行得正，坐得稳，更不受了他什么拖累。我若拒绝他们过于厉害了，反显得不受抬举似的。我看走了眼色，他们原是好人，倒也罢了；如我所见的不差，我太拒绝使得他们面子上过不去，反转头来咬我一口，岂不是自讨苦吃！郭成心里这么一思忖，即笑着说道："我既没有惊人的本领，又没有高贵的身份，一个被革斥的府衙捕头，论理还不敢和两位平行平坐，于今承两位格外瞧得起我，降尊要和我结拜，我心里哪有个不愿的，不过觉得罪过罢了。"

周锡仁、周锡庆见郭成允许了，都喜不自胜。周锡庆即去外面买了香烛、果品，并叫了一席上等酒菜，就在郭家和郭成三人当天结拜，歃血为盟。凡是结拜应经过的手续，都不厌烦琐的经过了，论年齿自是郭成居长，周锡仁次之，周锡庆最小。经过结拜手续之后，周锡仁兄弟都恭恭敬敬的登堂拜母，并拜见大嫂；又送了些衣料、食物给郭成的老母，然后三人开怀畅饮，直谈论到黄昏以后才去。第二日一早又来了，谈论了一会儿，觉得在家纳闷，就邀郭成去外面游逛。从此每日必来。每来一次，必有一次的馈赠，每次的馈赠，总是珍贵之品。

郭成随处留神，察看二人的行动，只觉得温文尔雅，最是使人亲爱。二人对郭成的老母，尤能曲体意志。郭成虽不是个纯孝的人，然事母并不忤逆，少时虽因生性暴躁，手上又会些把式，时常和人相打，使他老母受气；然他老母责骂他，他只是低头顺受。这时有两个把兄弟，替他曲尽孝道，他心中自是欢喜。但郭成越是见周锡仁兄弟这般举动，越是疑惑，不知是什么用意，心里惦记着和王五有约，满想早日动身到北京去。无奈每日被周锡仁兄弟缠住了，直延宕了半个多月。这日实在忍不住了，只得向周锡仁说出有事须去北京的话来。周锡仁也不问去北京干什么事，更不问多久可回来，只说大哥打算什么时候动身，我们兄弟再痛饮一场，便放大哥去。郭成高兴，说就是明早动身。周锡仁兄弟这日又叫了酒席，替郭成饯了行，约了等郭成从北京回来，再团聚作乐。郭成送二人去了，就检点随身行李。家中有两个把兄弟半月来所馈赠的财物，已足够一家数年温饱之赀了，尽可放心前去。

这夜郭成将行李拾掇停当，准备次早即行首途。胡乱睡了一夜，天光还不曾大亮，猛听得有人敲得大门响，郭成猜疑又是周锡仁兄弟来了，忙起床打开门一看，哪里是周锡仁兄弟呢？只见有两个从前在府衙里同当捕班的人，见面就叫了声郭大哥道："不得了，不得了！大哥得救我们一救。"郭成初见时，很吃了一惊，及听得"大哥得救我一救"的话，才勉强将心神镇定了，问道："什么事不得了，教我怎么救？"两捕班已走进门来说道："大哥好安闲自在。你知道我们已经被逼得体无完肤了么？"郭成摇头道："我离衙门已这么久的日子了，衙门里的事，你们没来说给我听，我如何知道！你且说为什么案子，受逼得这样厉害。"

捕班长叹一声道："当日有大哥在府里的时候，从来没有办不破的盗案。我们都托大哥的福，终年是赚钱不费力。自从大哥离衙之后，一般大盗吓虚了心，仍不敢在府境作案，好几个月都很安静，直到十多日以前，大概那班东西，已打听得大哥不在府里了，竟敢在离城三五里地李绅士家里，打劫起来，劫去的金银珠宝共值十多万。我们有了这一件案子，已经够麻烦，够辛苦的了，谁知李家第二日才报了案，就在这夜，离城更近的黄绅士家，又被劫去好几万，还杀伤了事主黄绅士的儿子。这儿子便是直隶总督的女婿，才到一十五岁。大哥请想想，这不是要我们的命吗？这两案报后，仅安静了一夜，以后就更不成话了，一连八夜，居然在城里出了八处同样的乱子。上头只管在我们腿上追赃，为要顾他自己的前程，哪里还顾我们的性命？并且还命我们不许张扬，一日紧似一日的限逼。幸亏菩萨保佑，这三夜倒安静，我们昨夜全班简直挨了一通夜的逼。大家思到大哥身上，知道若有大哥在府里，断不至有这么要命的乱子闹出来。于今既闹到了这个糟样子，没有大哥出头，便将我们全班兄弟都活活的逼死，连家眷都上笼子，也是不中用的。我们大家商量妥当了，此刻明人不说暗话，我们因图延挨一时的活命，没到大哥这里请示，已将大哥向上头保荐了。我两个此时是奉了堂谕，特来请大哥同去的。"

郭成听完这一段话，不禁怔了半晌，倒抽了一口冷气说道："诸位兄弟才真是胡闹。我又不是个世袭的捕头，已经革役大半年了，怎么有案子起来，又来保我呢？诸位都是吃这碗饭的人，好差事却不曾见诸位保我；我于今吃自己的饭，倒教我做公家的事。诸位平日没事的时候，得了薪饷，此时正是应当出力了。我自己有我自己的事，尽管府里太爷有堂谕，我决不能同到府里去。太爷不是不知道我脾气坏，今日有事仍得用我，当日又何必因一点儿小事，将我打了又革呢？请两位回去，就拿我这话禀报也没要紧。俗语说得好：不做官，不受管；不当役，不受饬。若在平日，两位肯赏光到寒舍来，我应当殷勤款留。这时一则府里的案情重大，两位肩上的担负更不轻松，不敢多使两位耽搁；二则我自己家里的事正忙，改日再迎接两位来多谈。"

二人齐声说道："太爷对不起大哥，我们何时不拿着说，何时不代大哥委屈。大哥难道就不念我们同事几年，没事对不起大哥的情分吗？这种案子，在我们没能为的脓包，就觉得难上加难，一辈子拼命也办不活，然拿着大哥的本领去办，又算得什么了不得的事呢！大哥这回救了我们的性命，我们实在情愿来生来世，变猪变狗的报答大哥。"郭成连连摇手道："办不到，办不到。诸位兄弟有私事教我帮忙，我若说半句含糊话，也不算是个汉子。唯有这回的公事，决不能遵命。"

郭成的话才说到这里，虚掩着的大门，忽有人推开了。郭成眼快，一看暗道不好了，原来来的不是别人，正是打革郭成的大名府知府，姓罗，名曜庚，是个捐班出身，又贪又啬的人。这番竟肯屈尊枉驾，亲到一个已经革斥的捕头家来，也实在是完全为保持禄位的心思所驱使，并不是真能礼贤下士的好官。

郭成见是罗曜庚亲来，只得趋前跪接。罗曜庚连忙双手扶起道："本府今日才知道你是个好汉，所以特来瞧瞧你。你在衙里当差几年，没出过一件麻烦的案子，自从你走了，近来简直闹得不成话。衙里少不了你，还是跟本府一阵回衙里当差去吧！"说着，拉了郭成的手要走。

不知郭成怎生摆布，且俟下回再写。

总评：

此一回借王五为过渡，叙入郭成传矣。作者写郭成之为人，爽直处极其爽直，精细处极其精细，与上文所写诸人，各

336

各不同。但觉声音笑貌，跃然纸上，真妙笔也。

文章能前后呼应，则自然脉络贯通，节节灵活。此回郭成所叙会友镖局事，与此书开手数回，前后相应，故随意叙来，自不觉其情事之突兀。

写周锡仁兄弟交结郭成事，真是诡异惝恍之至。公子耶？大盗耶？令人阅之，竟无从测其究竟，致异常狡狯。

天下事本无一定不易之理，故小说中叙事，亦不能呆板板的，毫无更改。譬如此一回中，有许多事出人不料者，郭成不肯再当捕头，而到底不能不当；不肯结交周锡仁等，而到底不能不结交；王五招郭成往京师，郭成亦念念不忘，欲赴京师，行李已部署矣，而到底不能成行。此皆出人意外之事，而亦文章之变化不测处也。

图书在版编目（CIP）数据

近代侠义英雄传·第一部／平江不肖生著. — 北京：
中国文史出版社，2020.3
（民国武侠小说典藏文库·平江不肖生卷）
ISBN 978 - 7 - 5205 - 1664 - 8

Ⅰ．①近… Ⅱ．①平… Ⅲ．①侠义小说 - 中国 - 现代
Ⅳ．①I246.5

中国版本图书馆 CIP 数据核字（2019）第 272983 号

整　　理：杨　锐
责任编辑：薛媛媛

出版发行：**中国文史出版社**
社　　址：北京市海淀区西八里庄 69 号院　邮编：100142
电　　话：010 - 81136606　81136602　81136603（发行部）
传　　真：010 - 81136655
印　　装：廊坊市海涛印刷有限公司
经　　销：全国新华书店
开　　本：720×1020　1/16
印　　张：22.5　　　　字数：302 千字
版　　次：2020 年 3 月第 1 版
印　　次：2020 年 3 月第 1 次印刷
定　　价：67.50 元